SECRETOS ENTRE VIÑEDOS

SECRETOS ENTRE VIÑEDOS

Ann Mah

Traducción de
Mariana Hernández Cruz

© Ann Mah, 2018
Traducción: Mariana Hernández Cruz
© Malpaso Holdings, S. L.
C/ Diputació 327, pral. 1.ª
08009 Barcelona
www.malpasoycia.com

Título original: *The Lost Vintage*

ISBN: 978-84-17893-01-9
Depósito legal: B-10.573-2019
Primera edición: junio de 2019

Impresión: Unigraf
Maquetación: MonoChroma
Diseño de portada: © Ezequiel Cafaro

Para Lutetia

Et par le pouvoir d'un mot
Je recommence ma vie
Je suis né pour te connaître
Pour te nommer
Liberté

Y por el poder de una palabra
Vuelvo a comenzar mi vida
Nací para conocerte
Para nombrarte
Libertad

de «*Liberté*», PAUL ÉLUARD, 1942

PARTE I

CAPÍTULO 1

Jamás se lo habría confesado a alguien, pero la verdad era esta: me había prometido no volver a este lugar. Desde luego, había soñado mil veces con él, con el movimiento de las vides sobre las pendientes ondulantes, con el sol como una mancha blanca y ardiente en el cielo, la luz resplandeciente y las sombras salpicadas de luces. Sin embargo, mis sueños siempre tenían un giro oscuro: nubes pesadas ensombrecían el cielo, ráfagas hostiles convertían el movimiento de las hojas en un silbido de secretos que se contaban a susurros. Siempre me despertaba sobresaltada, el corazón me latía a un extraño ritmo de trueno y tenía un nudo en la garganta que no se deshacía ni con varios sorbos de agua fresca.

Y sin embargo, ahí estaba, mi primera mañana en Borgoña. Desde las ventanas de mi habitación, los viñedos se veían exactamente como me los imaginaba, verdes y exuberantes en su abundancia de finales del verano. En dos semanas, quizá tres, comenzaríamos *les vendanges*, la cosecha anual de uva, y me reuniría con los grupos de vendimiadores para recoger la uva a mano, honrando la larga tradición borgoñesa. Hasta entonces, observábamos cómo la fruta se hacía aún más dulce, las uvas *chardonnay* maduraban hacia el verde amarillento, las *pinot noir* hacia el negro... y esperábamos.

Di un brinco cuando alguien llamó a la puerta.

—¿Kate? —Heather me llamó—. ¿Estás despierta?

—¡Buenos días! —dije, y entró a la habitación. Su sonrisa era exactamente como la recordaba de la universidad, un destello feliz de ojos arrugados y dientecitos iguales.

13

—Te traje café —me dio una taza y se apartó los rizos oscuros de la cara—. ¿Dormiste bien?

—Como un tronco —después de viajar casi veinticuatro horas desde San Francisco, caí profundamente dormida en cuanto toqué la almohada.

—¿Estás segura de que estás bien aquí arriba? Creo que es demasiado austero —contempló la habitación, vacía, salvo por una cama estrecha de sábanas ásperas, un perchero de madera que hacía las veces de armario y un escritorio maltratado junto a la ventana.

—Estoy bien —le aseguré, aunque tenía razón: a pesar del ramo de dalias color fuego que estaba sobre la repisa de la chimenea y del suelo de madera que brillaba como la miel, las estancias vacías del ático no podían desprenderse de un aire desolado; las paredes con el papel descolorido y ajado, las ventanas desnudas—. No creo que estas habitaciones hayan cambiado desde que era niña.

—Ah, sí. Venías con tu madre, ¿verdad? Había olvidado que te quedabas aquí. Ha estado vacía durante veinte años, desde que murió tu abuelo. Pero no te preocupes, como siempre les digo a los niños, los fantasmas no existen —me guiñó y me reí—. En fin, seguramente vamos a encontrar muebles en el sótano. El otro día vi una mesita de noche.

—Fueron muy generosos —dije impulsivamente—. No sabes cómo te agradezco que me invitaras a quedarme.

Heather y yo no nos habíamos visto en años y, sin embargo, cuando tres semanas antes le mandé un correo electrónico para preguntarle si podía participar como voluntaria en la siguiente cosecha, me respondió rápidamente: «Ven cuando quieras. *Les vendanges* serán en algún momento a mediados de septiembre, pero mientras nos puedes ayudar con otro proyecto».

Heather hizo un gesto con la mano, restándole importancia.

—¡No digas tonterías, eres de la familia! Ya sabes que siempre serás bienvenida. Además, como te dije, hace siglos que queremos despejar el sótano. Es el momento perfecto —dudó y miró repentinamente hacia la ventana.

—Estas son mis primeras vacaciones en años —admití—. En San Francisco, mi trabajo como *sommelier* me exigía estar muchas horas en el restaurante. Dedicaba todo mi tiempo libre a estudiar el vino y a cualquier viaje a investigar. Siempre reservaba vuelos nocturnos para correr desde el aeropuerto al servicio de almuerzo.

—Soñaba que comía en el Courgette —interrumpió Heather con melancolía—. Aún no puedo creer que haya cerrado.

—Fue una conmoción para todos. En especial después de haber obtenido la tercera estrella Michelin...

Antes de que pudiera continuar, el rugido de un motor me interrumpió. Por la ventana vi un tractor anaranjado que entraba dando tumbos en el patio. Mi primo Nico iba al volante. Lo acompañaba otra persona, alta y delgada, con el rostro oculto en las sombras.

Heather caminó a mi lado.

—Son Nico y Jean-Luc. Llevaron el tractor al taller esta mañana.

Dejé mi taza en el alféizar por miedo a derramar el café.

—¿Ves a Jean-Luc con frecuencia?

—Ay, sí. Nico y él son inseparables y supercompetitivos, claro —se ríe—. Aunque Jean-Luc tiene ventaja, por desgracia para Nico. No tiene esposa ni hijos, tiene libertad absoluta para ser un adicto al trabajo.

Crucé los brazos y me obligué a sonreír. Aunque no podía escuchar la conversación de los hombres, la voz de Jean-Luc me llegaba a través del cristal. No lo había oído en más de diez años, pero lo reconocía.

Como si me hubiera percibido, Jean-Luc miró hacia arriba. Me quedé inmóvil, con la esperanza de que las contraventanas me protegieran de su mirada. Después, Nico caminó hacia la casa; Jean-Luc se dio la vuelta y se inclinó para revisar un portapapeles. Lentamente solté el aliento.

—¡Bruyère! —la voz de Nico se escuchó por las escaleras—. ¿Has visto mis botas de goma?

—¡Bajo en un segundo! —gritó Heather.

—¿Te sigue llamando «Bruyère»?

—Sí, después de todos estos años, tu querido y apreciado primo sigue insistiendo en que es imposible que los franceses pronuncien «Heather» —entornó los ojos, pero pude percibir una pizca de picardía en ellos.

Yo también recordaba eso de los días de universidad. «¿Eh-der? ¿Eh-der?», decía Nico cada vez con más frustración, hasta que un día, por fin, abandonó su nombre real en favor de «bruyère», la denominación francesa para el arbusto con flores que en inglés se llama *heather*.

—Es tierno que tenga un apodo especial para ti.

—Kate, por favor —se detuvo con una mano en el marco de la puerta—. Todo el pueblo me llama Bruyère —una expresión compungida pero pícara atravesó su rostro. Entonces salió de la habitación, gritando por encima del hombro—: Voy a estar abajo, por si necesitas algo, ¿de acuerdo?

15

Escuché sus pasos apresurados bajando las escaleras, la voz de Nico, que hablaba rápidamente en francés, el griterío de los niños, y el estrépito de un millón de juguetes de plástico cayendo sobre el suelo de madera.

—¡Ay, Thibault! —Heather regañó a su hijo, pero su desesperación se suavizaba con la risa.

Me arriesgué a mirar de nuevo por la ventana. Jean-Luc estaba recostado en el tractor, alzando un brazo para protegerse del sol. Desde atrás increíblemente tenía el mismo aspecto que antes, su complexión aún era alta y delgada, su cabello castaño emitía destellos dorados a la luz de la mañana.

Esperaba que no me hubiera visto.

La casa se había quedado en silencio a la hora en que deshice el equipaje y reuní valor para darme una buena ducha tibia en el baño rosa salmón. Bajé a la cocina con mi taza para buscar más café. Sobre la barra encontré una nota de Heather: «Fui a dejar a los niños al campamento. Sírvete todo el café y todo el pan que quieras». Unas flechas señalaban hacia la cafetera y una hogaza de pan.

Puse a tostar una rebanada y me recosté sobre la barra a esperar a que el pan saltara de la tostadora. La luz del sol inundaba las habitaciones, se filtraba a través de las cortinas arrugadas de lino, sobre las librerías y la tarima. La luz del sol caía sobre las habitaciones filtrándose a través de las cortinas de lino sobre las estanterías y la tarima. Ahora la luz de la mañana mostraba los signos del paso del tiempo que antes no había observado: el papel de la pared descolorido, las grietas del techo y la pintura descascarillada por alguna vieja filtración de agua. Miré hacia la repisa de la chimenea de la cocina donde Heather había puesto algunas fotografías en marcos de plata. Nico y ella aparecían jovencísimos en su retrato de bodas, con mejillas redondas y suaves como las de un bebé. El rígido corsé del vestido de novia sin mangas guardaba su secreto: la semilla de su hija, Anna. Yo le había ayudado a elegir ese vestido en una tienda de novias en San Francisco, pero no lo había vuelto a ver hasta ese día. ¿De verdad habían pasado diez años? Todavía me sentía culpable por no haber ido a la boda.

Heather y yo nos conocimos en la Universidad de Berkeley; éramos amigas y compañeras del posgrado de Lengua y Literatura Francesas, y decidimos inscribirnos en el mismo programa de estudios en el extranjero. Cuando llegamos a París, ella apenas podía pedir un *croissant* en la *boulangerie* y tenía tanta nostalgia de su tierra que pensó en regresar anticipadamente. Fue entonces cuando le presenté a mi primo Nico y, siete meses y un embarazo sorpresa después, su romance relámpago se convirtió en algo permanente. Yo no habría creído en aquella relación, pero había notado la manera en que se miraban el uno al otro cuando creían que nadie los veía. Ahora tenían dos hijos y vivían en el viñedo de la familia, donde Nico trabajaba con su padre, el tío Philippe.

Con el golpe de un resorte, el pan salió disparado. Encontré un cuchillo y me senté a la mesa para untarle mantequilla y una mermelada que brillaba como cristal esmaltado. La *confiture de cerises* que hacían a partir del cerezo del jardín era la favorita de mi madre. Su sabor agridulce me recordó las visitas de mi infancia, cuando ella me echaba una cucharada en el yogur y me observaba hasta que me terminaba la última cucharada, por temor a que desperdiciara la comida y provocara la ira de su padre. Creo que las dos sentimos un poco de alivio cuando *grandpère* Benoît murió y esas visitas acabaron; poco después de eso mis padres se divorciaron y a ella la destinaron a Singapur.

—Europa me exaspera. ¡Es tan provinciana! El futuro está en Asia —me decía siempre. No podía recordar la última vez que mi madre había puesto un pie en Francia. En cuanto a mí, salvo por el año que pasé aquí como universitaria, tampoco había vuelto.

Comí el pan tostado y después llevé el plato lleno de migajas al fregadero. Eché un vistazo por la ventana y vi que Nico y Jean-Luc caminaban entre los viñedos, a punto de desaparecer en la cima de una colina. Con un suspiro de alivio empecé a moverme por la cocina, limpiando repisas, enjuagando platos. Mientras intentaba quitar una mancha de mermelada particularmente pegajosa, mis pensamientos fueron hacia la verdadera razón por la que había venido hasta aquí. El Examen.

Habían pasado dieciocho meses desde la última vez que me presenté al Examen —no podía evitar pensar en él más que con mayúsculas— pero aún recordaba con detalle la prueba de cuatro días, la forma de los decantadores de cristal que contenían el vino para las catas a ciegas, el sonido de la pluma sobre el papel mientras redactaba breves descripciones de cada vino, de dónde provenía y cómo se producía, el sabor de las almendras tostadas, la flor de saúco y el sílex que conformaban el blanco de Borgoña, ante el cual me había quedado muda. La sensación de humillación que me invadió cuando me di cuenta de que había identificado incorrectamente uno de los vinos más reverenciados del mundo, el mismo vino que mi familia francesa había producido durante generaciones. El vino que, a decir de mi familia, corría por nuestras venas.

Desde luego, sabía que pasar el Examen no garantizaba el éxito. Conocí aglomeraciones de respetados profesionales que se burlaban del título de «Maestro del Vino», al considerarlo un capricho tonto y costoso. Sin embargo, otra parte de mí, la parte que limpiaba la *Wine Spectator* con el cepillo de acero de la envidia, la parte que se quedaba despierta hasta el amanecer elaborando tarjetas de estudio, esa parte se sentía fracasada sin el título. El título de maestro del vino era similar a un doctorado o a un máster, más prestigio, si se considera que hay menos de trescientos maestros del vino en todo el mundo. Había pasado cinco años preparándome para el examen, había invertido cientos de horas y miles de dólares agitando, bebiendo y escupiendo.

Me había presentado en tres ocasiones. La primera fue un desastre, una confusión vergonzosa de preguntas que sólo consiguieron que me diera cuenta de cuánto me faltaba por aprender. Un año después aprobé la parte teórica, una serie de preguntas fáciles sobre viticultura y producción de vinos, sobre su venta, su almacenamiento y las formas apropiadas de beberlo. Sin embargo, todavía tenía que pasar la otra parte, la práctica, una prueba de pesadilla de catas a ciegas, un bosque de copas llenas de decenas de vinos diferentes que tenía que identificar sólo con un par de sorbos. El programa Maestro del Vino se autodenominaba orgullosamente «La prueba más difícil de conocimiento y habilidad en el mundo del vino», y se preciaba de reprobar cada año a la mayoría de los aspirantes. Sólo tenía una oportunidad más para aprobar el examen antes de que el estirado Instituto Británico de Maestros del Vino me prohibiera volver a presentarme.

—Tu talón de Aquiles es Francia. Pero no todos los vinos franceses, sólo el blanco —me dijo Jennifer unos meses antes, mientras repasábamos uno de mis exámenes de práctica—. Es gracioso porque el examen cubre mucho más que cuando yo me presenté. No sólo Sudáfrica, sino también Líbano, Australia, Oregón, California...

—El vino del Nuevo Mundo sí existía desde la Antigüedad —bromeé—. Incluso en otros lugares, además de Sudáfrica —Jennifer había nacido en Ciudad del Cabo y era defensora infatigable de la *pinotage*.

—Pero tú eres excelente con el Nuevo Mundo, siempre lo has sido. Incluso cuando recién empezabas. No, los que tienes que estudiar son los vinos europeos. Eres justo lo opuesto a mí —Jennifer me miró por encima de la montura de sus gafas—. ¿Has pensado en ir a Francia?

—¿A Francia?

—No pongas esa cara de consternación. Sí, a Francia. Ya sabes, ese país que produce un poquito de vino. Mira, Kate, como tu mentora profesional, mi deber es darte consejos aunque no me los pidas, así que ahí va: si quieres pasar el maldito examen tienes que saber de vinos franceses. Y la verdad es que no sabes. Es raro, es casi como si tuvieras algo *en su contra* —me taladró con una mirada que mezclaba preocupación maternal con autoridad profesional. Jennifer y yo nos conocimos en un restaurante español de Berkeley cuando ella era la *sommelier* principal del establecimiento y yo una estudiante de licenciatura que ganaba dinero extra como camarera. Me había acogido bajo su ala, me había alentado a profundizar en mi educación en vinos y había sido mi mentora a lo largo del programa de Maestro del Vino. Sin su apoyo nunca habría llegado tan lejos.

Me ruboricé bajo su mirada.

—Creo que he progresado bastante con las etiquetas de Burdeos.

—Ah, sabes lo suficiente para arreglártelas —agitó una mano—. Pero me refiero a conocer los vinos *de verdad*. No sólo las diferencias entre regiones, sino las diferencias entre denominaciones. Tienes que comprender el terreno, ser capaz de saborear las diferencias que provocan cinco kilómetros de distancia. Visitar viñedos. Conocer productores. Beber vino. La mayoría de la gente mataría por tener tus problemas —se acomodó en la silla—. Todavía hablas francés, ¿no?

Miré fijamente la fila de copas llenas a la mitad.

—Podría recuperarlo si lo intentara.

—Piénsalo. Unas vacaciones largas, por lo menos tres o cuatro meses. Tienes que viajar y tendrías que estar ahí antes de la cosecha. Ver el proceso de primera mano.

—¿Tres o cuatro *meses*? —sólo tenía diez días de vacaciones al año—. No tengo tanto tiempo libre.

—¿Por qué no? Te fuiste una temporada así a Australia.

—Eso fue justo después de la universidad —protesté—. Ahora tengo responsabilidades. Tengo que pagar el coche, el alquiler —«Es Francia», gritaba en silencio en mi cabeza. «No puedo volver»—. Es demasiado complicado —dije.

—Sólo piénsalo.

—Lo haré —contesté, y me decidí a olvidarme de ello por completo.

Sin embargo, después ocurrieron algunas cosas.

En primer lugar, recibí la llamada de una cazatalentos. Yo adoraba mi trabajo como directora de vinos en el Courgette y usualmente interrumpía a los cazatalentos antes de que pudieran comenzar sus discursos. Sin embargo, esta vez, antes de que pudiera interrumpirla, la persona pronunció una palabra que hizo que el corazón me diera un vuelco: *Sotheby's*.

Me dijo que estaban haciendo una lista de candidatos para abrir un departamento de vinos en el Valle de Napa. El título de Maestro del Vino era muy deseado. Se trataba de un proceso largo, pero las entrevistas a los escasos candidatos comenzarían después del Examen. ¿Me interesaba?

En un principio no fui clara. El Courgette era aclamado por la crítica, tenía tres estrellas y era sumamente popular. Por otro lado, sabía que no podía quedarme en el restaurante para siempre. Quería dormir cuando se pusiera el sol, no al contrario. Quería tener una relación con alguien que saliera a cenar los sábados por la noche, no que estuviera trabajando. Además, cargar cajas pesadas y estar de pie catorce horas al día no iba a ayudarme a llegar a vieja. Bromeaba con que estaba a una hernia del desempleo, hasta que el anterior director de vinos del Courgette tuvo que renunciar a causa de una hernia y me dieron su puesto. Me atraía la posibilidad de cambiar mi carrera, en especial en una prestigiosa casa de subastas como Sotheby's: trabajar con coleccionistas de cosechas antiguas, organizar ventas, un trabajo estable, bien pagado y codiciado, con todas las prestaciones que ello supone. «Sí», le dije, «me interesa». No, le aseguré. El examen no iba a ser problema, y crucé los dedos.

La segunda cosa que ocurrió nos impresionó a todos. Una tarde nublada de julio, el tipo de día gris y frío que puede ocurrir a medio verano en San Francisco, arrestaron a Bernard «Stokie» Greystokes —*bon vivant*, enófilo, propietario del Courgette— por malversación de fondos. Entre la comida y la cena los federales se lo llevaron esposado. Unos días después, llegamos a trabajar y nos enteramos de la oscura verdad. Stokie estaba arruinado; el restaurante, en bancarrota, y todos nos habíamos quedado sin trabajo. Después de quince años, el Courgette cerraba sus puertas azules con rayas blancas para siempre.

Nos reunimos en un bar de mala muerte a tres manzanas. A los margaritas siguieron los *shots* de tequila y después más tequila, directamente de la botella. Nos abrazábamos unos a otros, conmocionados por lo de Stokie, lamentándonos por el Courgette y aterrados por nuestras cuentas bancarias. Sin embargo, más tarde, cuando en la madrugada me despertaron las punzadas en la cabeza, me obligué a ser práctica. Tenía algunos ahorros, lo suficiente para cubrir unos cuantos meses, pero faltaba alrededor de un año para el Examen. Necesitaba encontrar un nuevo trabajo.

—¿Por qué no aprovechas para dedicarte por completo en la preparación del examen? —sugirió Jennifer cuando me llamó a la mañana siguiente—. Me parece la oportunidad perfecta para hacer un largo viaje vinícola.

—Salvo por el pequeño problema del dinero.

—Pon tu apartamento en Airbnb y usa tus ahorros para comprarte el billete a Francia. ¿No tienes familia con un viñedo en Meursault?

—Pues, sí —admití.

—Pregúntales si te puedes quedar un par de meses. Diles que ayudarás en el viñedo a cambio de hospedaje y comida. Créeme, no he conocido a un viticultor que rechace el trabajo gratis. Y si empiezas a planearlo pronto —dijo entusiasmándose con la idea—, incluso podrías estar ahí para *les vendanges*.

Jennifer podía ser obstinada y entrometida, pero desde que la conozco nunca me había dado un mal consejo. Me tragué el orgullo, escribí a Heather y a Nico, y un par de semanas después me encontré en el último lugar donde pensé que iba a estar: en un vuelo directo a París.

CAPÍTULO 2

—Allá vamos —Heather giró la manija de la puerta y esta se abrió con un crujido mostrando un tramo de escaleras que descendía a un pozo de oscuridad—. Prepárate —añadió.

La seguí hacia el sótano, respirando el aire frío y húmedo con recuerdo a moho. Del techo colgaba un foco desnudo que arrojaba una luz débil sobre los montones de trastos que llenaban la habitación. Ropa vieja atiborraba cajas abiertas; periódicos y revistas se deslizaban de sus pilas; montones de muebles rotos amenazaban con derrumbarse y aplastarnos. Vi televisiones previas a los mandos a distancia, una radio que precedió la televisión, un globo terráqueo cuarteado anterior a la Unión Soviética, y muchos ventiladores que habrían podido ser anteriores a la electricidad moderna. Y eso sólo en la zona que teníamos enfrente.

Heather miró hacia arriba.

—Cielo santo —murmuró—. ¿Se multiplicarán mientras dormimos?

—Es como un episodio de *Acumuladores*.

—¿De qué? —apartó la mirada de todo aquello para verme.

—Ya sabes, el *reality show* en el que se ponen trajes de protección contra agentes biológicos y limpian las casas de la gente.

—¿Hay un programa sobre eso? Dios, a veces me siento totalmente desconectada de Estados Unidos.

—La gente se puede morir por almacenar cosas de manera compulsiva. Las cosas les caen encima y los sofocan.

—¿Nosotras somos los tipos con trajes contra material peligroso, o los que van a morir enterrados vivos?

—Podríamos ser los dos.

—Me reiría pero podría resultar verdad —dijo con pesimismo. Desplegó un rollo de bolsas de basura—. Vamos. Tú empiezas por este lado, yo ataco este otro y nos encontramos a la mitad; probablemente en algún momento del próximo febrero. ¿Te parece bien?

—Claro —asentí; tomó una porción de bolsas de plástico y me la dio.

Después del almuerzo, Heather propuso llevarme a Beaune para pasear por las calles retorcidas de la ciudad vieja y tomar limonada en la plaza Carnot.

—Es tu primer día —había dicho—. Tenemos mucho tiempo para limpiar la *cave* antes de que empiecen *les vendanges*.

Y, sin embargo, casi había parecido aliviada cuando le sugerí que empezáramos a trabajar de inmediato.

—Quiero ayudarles en todo lo que pueda —le dije, lo cual era parcialmente cierto. No añadí que no estaba preparada para una tarde de reminiscencias o de confidencias que intercambian dos amigas que no se han visto en diez años.

Ahora trabajábamos en amistoso silencio; los únicos ruidos eran rasgueos de cartón, el crujido de las bolsas de plástico. Ocasionalmente yo anunciaba el contenido de una caja.

—Pijamas manchadas de bebé. Chupones cuarteados. Animales de peluche raídos.

—¡Basura!

—Como un millón de pañales de tela.

—¡Basura!

—¿Alguna especie de instrumento de tortura medieval? —levanté un objeto de plástico del que salían tubos de goma.

—Ay, Jesús, mi sacaleches. ¡Basura!

Pensé que era extraño hurgar entre estos recuerdos y tratar de evaluarlos sin conocer su valor sentimental. Como un montón de camisetas de poliéster chirriantes, de colores primarios y electricidad estática. Alcé una y tuve que parpadear ante las audaces líneas amarillas y azules; en la espalda tenía impreso el nombre «CHARPIN» y un enorme número 13 abajo.

—Uniformes de fútbol... ¿tal vez de Nico? —grité.

—¡Basura! —y después, en voz más baja—: Pero no le digas.

Puse una de las playeras de Nico en el montón de cosas que conservar y metí el resto en una bolsa de basura. Cuando abrí la siguiente caja, mis dedos rozaron una piel suave y saqué un par de botitas atadas con rosas descoloridas. Les di la vuelta, vi un nombre bordado en las suelas, «Céline», y supe que los zapatos habían pertenecido a mi madre, que había vivido su infancia en esa casa. Por mucho que lo intentara, me parecía difícil imaginármela de bebé usando algo tan tierno. En mi mente siempre aparecía como una mujer de negocios, profesional, pulcra y refinada, con el pelo rubio y corto, impecable.

Dudé. ¿Debía guardarle los zapatos? Ella nunca había mostrado interés por su herencia. De hecho, para cuando yo nací, ya había abandonado su lengua materna —incluso había perdido el acento— y había renunciado a la ciudadanía francesa «por motivos fiscales», por lo que no me había heredado ninguna de las dos cosas. Sin embargo, estos zapatitos eran una de las pocas cosas que quedaban de su infancia. Decidí dejarlos en las cosas a conservar.

En el fondo de la caja encontré un traje de marinero en miniatura, de tela amarillenta, con cuello cuadrado y botones de latón.

—¡Ay, mira! —exclamé—. Este tiene que haber sido del tío Philippe —busqué una caja vacía—. Voy a preparar una caja para él y tía Jeanne.

Heather se acercó y me quitó el traje de las manos, dudando.

—Los papás de Nico están de vacaciones en Sicilia.

—Claro, pero la pueden revisar cuando vuelvan.

Ella dudó una vez más, e incluso en la penumbra vi que se sonrojaba.

—Me imagino que tienes razón —dijo por fin, y regresó a su lado antes de que pudiera hacerle cualquier pregunta.

Hacia el final de la tarde nos encontramos vadeando un mar de bolsas de basura completamente llenas; pese a ello, el sótano parecía extrañamente intacto, lleno aún de montañas de trastos.

—Te juro que se multiplica cada vez que nos damos la vuelta —se quejó Heather mientras cargábamos las bolsas para apilarlas en la caja de la *pickup* de Nico. Sin embargo, después de una taza de té y varias galletas de mantequilla, las dos empezamos a animarnos. Volvimos al sótano, reacomodamos algunas cajas y logramos despejar medio metro cuadrado aproximadamente del suelo de la bodega. Heather arrastró una maleta a ese espacio, una reliquia rectangular rígida, de cuero rasgado y hebillas de latón. Una gruesa asa de piel colgaba de la parte superior.

—¿Te imaginas llevar arrastrando esta cosa por ahí? ¿Sin ruedas? —se inclinó para abrir el broche—. Hmmm.

—¿Qué pasa? —aparté la mirada de una caja de libros para verla.

—Está atascada.

—A ver —me apretujé para pasar junto a una estantería de metal—. Déjame ver —me arrodillé al lado de la maleta y vi junto al asa una etiqueta de piel gastada con las iniciales H.M.C. Apreté el cierre—. Está cerrada con llave. ¿Hay alguna por ahí? Busca en el suelo.

Encendió la linterna de su móvil y dirigió la luz hacia el suelo.

—No veo nada —volvió a intentar abrir el cierre—. A lo mejor podemos forzarla. ¿Habrá una caja de herramientas en alguna parte?

—Podemos intentar... —busqué en los bolsillos de mis pantalones—. ¿Con esto? —le ofrecí mi sacacorchos de palanca.

Heather se rio.

—¿Siempre llevas eso encima?

—En caso de emergencia —se lo di.

Metió la punta del sacacorchos en la cerradura y se preparó para golpear el otro extremo con el lomo de un diccionario de francés-inglés.

—No sé si va a funcionar.

Heather hizo una mueca de dolor cuando se golpeó el pulgar con el libro.

—Déjame intentarlo —tomé el diccionario y di un par de golpes. Sentí un estallido seco y repentino, y el cierre se abrió de par en par.

—No volveré a burlarme de tu sacacorchos —prometió Heather mientras alzaba la tapa de la maleta—. Ay, no, más ropa vieja. ¿Puedes creerlo?

Me arrodillé y saqué un vestido de algodón descolorido con estampado de flores. Parecía de la década de 1940: un cuello cuadrado modesto, mangas cortas abombadas. También se veía muy usado: tenía manchas bajo los brazos y una constelación de hoyos diminutos esparcidos por la falda, que rodeaban uno más grande, como si la tela se hubiera quemado. Debajo de ese vestido había otro de algodón del mismo estilo, pero de puntitos rojos y blancos, con más hoyos en la falda. Dos sobrias faldas pantalón de *tweed* marrón y grueso en estado razonable. Un par de sandalias de pulsera, con la piel gris brillante a causa del uso. Un sombrero aplastado de color beige con el ala raída por las polillas. Varios pares de guantes de *crochet* para mujer y uno sólo de encaje de seda negro.

—¿De quién será esta ropa? —alcé el vestido de puntitos. Me llegaba justo por debajo de la rodilla, por lo que debió pertenecer a alguien de mi estatura—. No es posible que fuera de mi abuela. Ella era muy pequeña.

—Mira —Heather seguía hurgando en la maleta—. Hay más cosas. Un mapa —lo desdobló—: *Paris et ses banlieus*. ¿París y sus suburbios? —Rebuscó hasta el fondo— Y... ¡un sobre! —alzó la solapa y encontró unas fotografías en blanco y negro; era difícil observarlas en la penumbra—. ¿Subimos? De cualquier modo, tengo que empezar a preparar la cena.

En la cocina bien iluminada, nos lavamos las manos antes de empezar a inspeccionar las fotos.

—Estoy casi segura de que esta es una de nuestras parcelas —Heather levantó la imagen de unos viñedos en la que se veía una choza de piedra con techo de teja en punta—. Reconozco la *cabotte*. Es ovalada, lo que es algo raro; por lo general son redondas.

Había también una foto de dos niños pequeños junto a un perro labrador color miel. La última era una toma de un grupo frente a la casa. En el centro había un hombre bajo y fornido de bigote oscuro con un indicio de sonrisa en los labios y una gorra que le sombreaba los ojos. A su lado estaba una mujer delgada con un vestido de algodón a cuadros y rasgos de porcelana, tenía una sonrisa tiesa. Enfrente se acuclillaban los mismos dos niños de la foto con el perro. El más pequeño fruncía el ceño ante la cámara, mientras que el otro, ligeramente mayor y con cabello crespo, miraba a la cámara con ojos oscuros en un rostro pálido y enjuto. Al lado de los niños y de pie, había una adolescente; el cabello castaño ondulado le caía sobre los hombros, llevaba un vestido de flores y un par de anteojos redondos de concha de tortuga.

—El vestido de la muchacha —dije—. Es el mismo de la maleta.

—¿Quién es? ¿Reconoces a alguien? —preguntó Heather.

Negué con la cabeza.

—Mi madre nunca ha sido muy entusiasta a la hora de contar la historia familiar. Pero este niño es idéntico a Thibault —señalé al que fruncía el ceño—. ¿No te parece?

Heather empezó a reírse.

—Tienes toda la razón —entornó los ojos para ver las caras y después le dio la vuelta a la foto—. *Les vendanges*, 1938. Entonces no es el padre de Nico, porque él nació en los cincuenta.

—Uno de estos niños ha de ser *grandpère* Benoît. ¿Pero de quién es la maleta? Hasta donde yo sé, no tenía hermanas —toqué la etiqueta ajada, pasando un dedo por las iniciales—. ¿Quién es H.M.C.?

Heather negó con la cabeza.

—No tengo idea. ¿Una tía perdida hace mucho? ¿Una hija caída en desgracia?

Antes de que pudiera responder, la puerta trasera se abrió y Thibault entró rápidamente.

—¡Mamá! —se lanzó hacia Heather—. Tenemos una sorpresa para Kate.

—¿Para mí? —pregunté.

Anna apareció en la puerta y después Nico, con los brazos llenos de botellas.

—Seleccioné algunos vinos para una *dégustation*, para ayudarte a estudiar para el examen —me dijo.

—¡Sí! —Heather aplaudió una vez—. Eso significa que podemos cenar CQC.

—¿Qué es CQC? —pregunté, mientras Nico me daba una botella para abrirla.

—Carnes frías. Queso. *Crudités* —Heather acarició el cabello de su hija antes de inclinarse para sacar un par de tablas de madera de una repisa.

—Todo lo que se necesita para una dieta equilibrada —dijo Nico.

—¡Y no hay que cocinar! —añadió ella.

Veinte minutos más tarde estábamos sentados alrededor de la mesa de la cocina cortando queso, apilando *saucisson sec* sobre rebanadas de *baguette* y amontonando ensalada en nuestros platos. Un bosque de copas se alzaba ante nosotros.

—Ahora prueba este.

Nico sirvió otro vino blanco en mi copa y me observó mientras la giraba y aspiraba su aroma profundamente.

—El color es puro y brillante... amarillo con toques de oro... —comencé—. Olor a frutas de hueso: melocotones... y algo tostado. ¿Almendras? —vertí unas cuantas gotas en mi lengua—. Sí... melocotones. Albaricoque. Y un final encantador y duradero con notas especiadas —tomé otro sorbo y suspiré un poco. Cuando abrí los ojos noté que todos estaban mirándome: Heather, Nico y los niños, con pedazos de baguette a medio camino de la boca.

—*Alors?* —Nico alzó sus pobladas cejas.

—Magnífico —dije, haciendo tiempo.

—¿Y? ¿Qué denominación? —giró la etiqueta para que no pudiera verla.

Deliberé.

—¿Montrachet?

Me miró sorprendido.

—*Mais non*, Kate. El vino anterior era un montrachet. Este es un meursault. Nuestro vino. Vuelve a intentarlo.

El segundo sorbo reveló notas florales bajo la fruta y algo sensual, casi seductor, que no pude distinguir. Mi mente rebuscó tratando de encontrarlo. ¿Dónde había bebido algo similar?

—De alguna manera es... familiar.

—*Pas mal*, Katreen —Nico apretó los labios y asintió. Es el vino del terreno de Jean-Luc. Es de su padre.

—Ah. El padre de Jean-Luc —tragué saliva con más fuerza de la que hubiera querido.

—Es una de las últimas cosechas de Les Gouttes d'Or que hizo —dijo Nico—. Lo saqué de la *cave* para que pudieras compararlo con los otros.

—Les Gouttes d'Or, gotas de oro —repetí. Tomé otro sorbo y despertó un recuerdo espontáneo: las manos de Jean-Luc acunando una botella cubierta con una capa gruesa, blancuzca y gris, de moho de cava.

—Les Gouttes d'Or —había dicho con ojos brillantes de orgullo—. El vino de mi familia. Este es un 1978, una de *millésimes* más excepcionales. Y el primer vino que hizo mi padre —me golpeó una ola de nostalgia tan poderosa que el vino se me volvió amargo en la lengua.

—¡Mamá! —Thibault rompió el silencio, tirando el tenedor con estruendo—. Quiero ir a ver *Barbapapa*. ¡Ya terminé!

Empujé mi copa con la esperanza de que nadie se diera cuenta.

—Yo también ya terminé —dijo Anna bajando de la silla.

—Esperen, esperen, ¿cómo se dice? —Heather los miró expectante.

—Gracias por la cena, mamá. ¿Por favor, puedo levantarme de la mesa? —dijeron a coro.

—Pueden irse —dijo ella—. Gracias por preguntar.

Desaparecieron de la sala y, segundos después, la televisión empezó a zumbar al fondo.

—Hablando de *les caves* —Heather alzó su copa de vino y tomó un sorbo—. Kate y yo encontramos cosas interesantes hoy.

—*Ah, bon, quoi?* —Nico se estiró y tomó una rebanada de jamón del plato casi lleno de Thibault—. ¿Un escritorio Luis XV raspado? —dijo con esperanza—. ¿O a lo mejor una pintura horrenda que en realidad es la obra de un joven Picasso?

—Ah, no. Más bien una maleta vieja... llena de ropa y de fotografías viejas —tomó las fotos de la barra y se las dio a Nico, mirando sobre su hombro mientras las pasaba.

—Esta es una de nuestras parcelas —dijo al mirar la fotografía de los viñedos y la choza de piedra—. Mi padre me llevaba de campamento a la *cabotte*. ¿Te acuerdas, Kate? Creo que un verano fuiste con nosotros. Papá siempre decía que era como en los viejos tiempos. *Comme autrefois*.

En mi mente se formó el recuerdo de una noche oscura. Un cielo lleno de estrellas. Un fuego crepitante. Salchichas de cerdo cocinadas en brochetas y en lugar de *s'mores*, onzas de chocolate negro en un pedazo de baguette.

—Hacíamos fuego en medio de la choza —Nico pasó a la foto siguiente, la foto de grupo—. ¡Guau!, la casa está exactamente igual.

—La tomaron en 1938 —Heather robó un pepinillo del plato—. ¿Reconoces a alguien?

Nico observó las figuras.

—Él —señaló al hombre bajo y robusto cuyas fuertes facciones gálicas y ojos oscuros eran iguales a los suyos—. Es nuestro bisabuelo. Edouard Charpin. Murió bastante joven en un campo de concentración durante la guerra... Ha de haber sido pocos años después de que tomaran la foto. Y ella es nuestra bisabuela, Virginie —su dedo se movió hacia la mujer delgada—. Y este es nuestro abuelo, Benoît —indicó al niño de rostro enjuto—. Y el niñito es su hermano, Albert. Se convirtió en monje trapense.

—¿En serio? —preguntó Heather.

—Era algo común en aquella época, *chérie*.

—¿Quién es ella? —Heather se inclinó sobre la silla de Nico, de modo que su cabeza tocaba la de él. Señaló a la joven con el vestido de flores—. ¿Está emparentada con ustedes?

Él examinó la foto más de cerca.

—Se parece mucho a...

—¿Thibault? —lo interrumpió Heather—. Yo también lo pensé.

Nico alzó la mirada, concentrado.

—Iba a decir que se parece a Kate. Mira su boca.

Heather hizo un gesto de sorpresa.

—Ay, Dios, tienes razón.

Observé a la muchacha de la fotografía. ¿También tenía ojos verdes? ¿Pecas tenues sobre la nariz? Cuando alcé la mirada, Heather y Nico me estaban observando con tanta intensidad que me sonrojé.

—¿Quién es H.M.C.? —pregunté, tratando de cambiar el tema—. Esas son las iniciales de la maleta.

—No sé —admitió Nico—. Mi padre es la única persona que realmente conoce nuestra historia. Él lleva el *livret de famille*, la historia familiar —volvió a meter las fotos en el sobre—. Desde luego, a veces puede ser... sensible para hablar de cosas como esta. No le gusta recordar el pasado.

Asentí; recordé los rasgos firmes de mi tío Philippe y su mirada oscura. De niña me aterraba su habilidad para acallar nuestras risas con una sola mirada penetrante. Incluso como universitaria, había encontrado intimidante su fría formalidad, por no hablar de la manera en que corregía mi francés de modo que la lengua se me trababa cerca de él. No, Nico tenía razón. Mi tío no era alguien que aceptara preguntas sobre el pasado.

—Qué triste —toqué el borde del sobre de las fotografías—. Simplemente se olvidaron de ella. Se perdió en el tiempo.

Del otro lado de la mesa, Heather dejó caer los hombros y se levantó para quitar los platos.

—Eso podría pasarle a cualquiera de nosotros, ¿no?

Nuestros días cayeron en la rutina. Por la mañana, acompañaba a Heather y a los niños al campamento y, después de dejarlos, ella y yo nos dirigíamos al basurero, que estaba a trece kilómetros de Beaune. Heather llevaba una caja de *brownies* caseros para el encargado cada vez que llevábamos aquellas cosas, y él nos ayudaba a vaciar la camioneta, sacando cajas y bolsas antes de que nosotras bajáramos de la cabina. Nuestra siguiente parada era el dispensario local de caridad, que siempre estaba cerrado por las mañanas. Ahí dejábamos nuestros artículos junto a la puerta trasera y nos escabullíamos sintiéndonos como criminales. Después regresábamos a la casa y bajábamos al sótano donde seguimos clasificando y guardando en bolsas o cajas. Alrededor de la una tomábamos un breve descanso para almorzar sobras que calentábamos en el microondas y que usualmente comíamos sobre la barra de la cocina, echando un ojo a nuestros móviles. «No les digas nada a mis hijos», decía Heather, después regresábamos a nuestra tarea hasta que era la hora de recoger a los niños.

Al principio me preocupaba pasar demasiado tiempo a solas con Heather. Temía que me interrogara sobre mi vida en San Francisco y que hiciera demasiadas preguntas incómodas. Francamente, lo que más me avergonzaba era admitir que, aparte de mi trabajo, no tenía mucha vida. El Examen consumía la mayor parte de mi tiempo libre y de mis ingresos disponibles, y aún no había conocido a un hombre al que no le molestara estar a la sombra de mis estudios.

Sin embargo, para mi sorpresa, Heather no había expresado curiosidad, algo tan poco característico de ella que me pregunté si no debía yo preguntarle a ella. ¿Sólo estaba siendo discreta, o estaba distraída? Tenía mucho en qué pensar, entre la casa, los niños y la preparación de las próximas *vendanges*. Sin embargo, a veces la sorprendía mirando al vacío, tan perdida en sus pensamientos que ni siquiera las peleas de sus hijos la sacaban de su ensimismamiento; y yo no podía evitar pensar que escondía algo.

Después de una semana, habíamos abierto docenas de cajas de libros, rebuscado entre guías de viaje obsoletas, volúmenes múltiples de clásicos franceses encuadernados en piel y suficientes diccionarios francés-inglés/inglés-francés para surtir una convención de traductores. Observamos con horror una feísima pintura al óleo de una joven pálida que llevaba en una bandeja la cabeza de un hombre barbado, de rostro blanquecino, con ojos apagados y el muñón del cuello ensangrentando el suelo.

—Es horrible, ¿verdad? —murmuró Heather—. Es una copia, *Juan Bautista decapitado*, que antes, cuando nos mudamos, estaba en la sala. Al parecer, tu bisabuela era *très croyante*, muy católica. Como obra de arte no vale nada, pero bueno… no es el tipo de cosa que uno simplemente tira a la basura.

La mayor parte de las cosas que encontrábamos, sin embargo, no representaban ningún dilema. Hicimos una fogata con los montones (y montones y montones) de periódicos, revistas y documentos burocráticos obsoletos copiados por triplicado. Tiramos un abultado futón, roto por un lado, sobre el que Heather y Nico habían hecho turnos para dormir después del nacimiento de Anna: «Alucino con sólo verlo», dijo. Una mesa de cocina que Heather había pintado de un color verde bilioso: —Martha Stewart se avergonzaría. Se avergonzaría muchísimo—. Un tocador de tablas de madera dorada con cajones rotos que caían como dientes torcidos: «Ikea».

También habíamos desenterrado algunos muebles útiles; cosas más salvables que valiosas que seguían siendo prácticas: un pequeño escritorio que necesitaba unos arreglos, un sofá que Heather pensó en retapizar. Sin embargo, a pesar de nuestro cuidado en la búsqueda, no habíamos encontrado nada más que pudiera ayudarnos a explicar a la misteriosa H.M.C., la maleta o su contenido.

—¡Mira! —la voz de Heather interrumpió mis pensamientos—. ¿Te acuerdas de estos?

Llevó una pila de cuadernos adonde yo estaba: a la francesa, pequeños y delgados, con páginas cuadriculadas y tapas de color pastel. Abrí uno y vi mi propia letra sobre las páginas: «Côte de Beaune-Villages, 2004. Moras rojas, tierra, hongos. Suave, buen cuerpo. Bajo ácido, pocos taninos». Cerré el cuaderno rápidamente.

—Te acuerdas de nuestro club de degustación, ¿no? ¿O debería decir el club *nerd*? —Me miró con malicia.

Me obligué a sonreír.

—Parece que te dejó una notable impresión.

—¿Es en serio? Pasaban horas discutiendo acerca de qué *frutos rojos* probaban realmente. ¡Fresas!, no. ¡Pimienta roja!, no. ¡Fresas!, no, fresas *salvajes*. Me daban ganas de echar todos los vinos en una gran copa para tragármelo todo.

—Creo que de hecho *lo hiciste*.

—¿Lo hice? —sonrió con dulzura y volvió adonde estaba, dejándome con un montón de cuadernos entre los brazos.

El club de degustación de vinos había sido idea de Jean-Luc, y lo propuso después de descubrir que yo había tomado una clase de vinos en Berkeley.

—Si estás en Francia —exclamó—, *tienes* que aprender de vino francés —a Heather no le entusiasmaba tanto la idea, pero en ese momento habría hecho cualquier cosa para pasar más tiempo con Nico. No, no; a ella no le *gustaba* Nico; tenía un novio en Estados Unidos. Sólo quería practicar su francés (cuando, unas semanas después, mi primo llevó a Heather a la ópera Garnier y en el intermedio sacó una botella de champán del bolsillo de su chaqueta, no pude evitar sentir un poco de lástima por el novio que había quedado atrás en Berkeley. En realidad, nunca había tenido una oportunidad).

Hacíamos las reuniones del club de vinos en el diminuto ático donde yo me quedaba, porque era la única que vivía sola. Mi anfitriona vivía tres pisos más abajo en un apartamento elegante, burgués y laberíntico; alquilaba su antigua *chambre de bonne*, el cuarto de servicio, para complementar su escasa pensión de viuda. Los cuatro nos metíamos en ese pequeño espacio, Heather y yo en la cama, Jean-Luc y Nico en el piso de terracota. Bebíamos en copas baratas y poníamos las botellas de vino blanco a enfriar en el borde de la ventana porque no cabían en la nevera. Yo preparaba rebanadas de baguette y un pedazo de queso comté en una pequeña tabla junto con cuatro tazas de plástico.

—¿Para *escupir*? —Heather parecía casi ofendida—. Estás bromeando, ¿verdad?

—Las teníamos en mis otras clases y es lo que usan los profesionales.

—Pero, es que… ¡qué asco! —arrugó el gesto.

—Bueno, ahí está si la quieres —dije, mientras Jean-Luc sacaba el corcho de una botella de *sauvignon blanc*.

Nadie escupía. Desde luego que no. Comenzábamos con sorbos pequeños y medidos, y decíamos palabras como *pedernal, mineral* y *ácido*. Conforme progresaba la tarde, el vino comenzaba a fluir a un paso alarmante y nuestras descripciones —que garabateábamos con manos poco firmes en nuestros cuadernos— tenían la inspiración de un mal concurso de poesía:

—Un árbol de manzanas se inclina sobre una corriente de piedras de río; la fruta recibe besos del frescor del limón del Mediterráneo, con un toque de amargor —declamaba Heather.

—Qué profundo —dijo Nico con una sonrisa que no era del todo irónica.

—¿Qué? —Heather se reía—. ¿Qué?

No pude resistirme a suspirar de manera exagerada, y cuando miré a Jean-Luc, parecía igualmente exasperado y divertido.

Cuando Nico mencionó por primera vez a su amigo Jean-Luc, no pude evitar sospechar que trataba de emparejarnos. Sin embargo, cuanto más tiempo pasábamos juntos los cuatro, más me daba cuenta de que a Nico simplemente le gustaba pasar tiempo con *Jeel*, como él lo llamaba. Jean-Luc había crecido en un viñedo vecino y yo lo recordaba de mis visitas de infancia a Borgoña porque era el único francés a quien no le avergonzaba hablarme en inglés. Para mi sorpresa, el muchacho gracioso y delgado se había convertido en un joven seguro de sí mismo con cabello castaño con tintes dorados, ojos del mismo color leonado con maravillosas profundidades claras. Sus ojos brillaban con un encanto infatigable; siempre prestos a centellear con una broma o a llenarse de empatía, bañados de una calidez implacable. Mi tía Jeanne siempre decía que todos adoraban a Jean-Luc: los bebés, los gatos sarnosos y la mujer malhumorada detrás del mostrador de la *boulangerie*.

El club de vino. Casi no teníamos idea de lo que estábamos haciendo y sin embargo aprendí mucho. A percibir el sabor a pedernal y yeso que ancla el encanto difícil del champán. La manera en que el viento mistral puede infundir en un côtes du Rhône la esencia de los pimientos verdes. Cómo cada vino cuenta una historia —de un lugar, una persona, un momento—, un verano miserable, un viticultor seguro, uno preocupado, o quizá alguien enamorado.

—El vino duerme en la botella. Sin embargo, sigue cambiando, evolucionando —nos había dicho Jean-Luc—. Y cuando se quita el corcho, vuelve a respirar, vuelve a despertar. Como un cuento de hadas. *Un conte de fées* —su mirada sostuvo la mía.

¿Fue así como comenzó? Con una mirada, un roce de mi cabello, una mano sobre su espalda. Más tarde, cuando estábamos a solas, un rubor furioso lo traicionó:

—Cada vez que te veo, me siento como un idiota, Kat. Eres tan... intimidante. Con tu paladar perfecto y la manera como te expresas, con precisión tan graciosa y aguda... Nunca pensé que te fijaras en mí —verlo inesperadamente aturdido hizo que algo se abriera dentro de mí. Sus labios tocaron los míos, sus mejillas ásperas rozaron mi cara, sentí la calidez de su cuerpo contra el mío mientras nuestra ropa caía en una pila en el suelo.

¿Fue entonces cuando nos enamoramos? Con las largas caminatas por las calles estrechas y las conversaciones susurradas en la profundidad de la noche, hablando de nuestros libros favoritos y de música, y de si los vinos de postre eran deliciosos o asquerosos. Todas esas conversaciones íntimas, sobre el divorcio de mis padres y sus nuevos matrimonios, de los viñedos de su familia y las parcelas que esperaba añadir algún día, nos atrajeron uno al otro, tanto que a veces sentíamos que nunca habíamos estado separados.

Era sólo un romance de estudios en el extranjero. Simplemente un interludio de ensueño. Ambos éramos demasiado jóvenes para comenzar una relación permanente. Sin embargo, una mañana desperté con su cuerpo suave y musculoso junto al mío y me di cuenta de que nunca en la vida había sido tan feliz. Había tenido otros novios antes de Jean-Luc, pero por primera vez sentía que alguien me veía, que no era sólo la camarera bonita o la estudiante mediocre de Literatura Francesa, o la adolescente solitaria cuyos padres habían dejado que se las arreglara sola, sino la verdadera yo. Por primera vez, me había enamorado completa y perdidamente.

Y después, de alguna manera, se terminó.

Los cuadernos del club se habían humedecido en mi mano. Se me durmió el pie izquierdo. En el otro lado del sótano, Heather desenrolló una bolsa de basura y la sacudió de modo que el plástico crujió y se infló como una vela. Me levanté con dificultad, encontré una caja vacía y metí los cuadernos del club. Había pasado mucho tiempo, diez años; sin embargo, aún podía escuchar su voz murmurando a altas horas de la noche. Aún podía sentir sus brazos a mi alrededor, estrechándome...

Tomé una pila de suéteres apolillados y los lancé sobre la caja de cuadernos para cerrarla, de manera que se pareciera al resto listas para el viaje del día siguiente al basurero de la ciudad. Después acerqué otra caja.

Cuando la abrí, mi ritmo cardiaco regresó a su velocidad normal. Adornos de Navidad rotos. Cadenas de papel arrugadas. Guirnaldas de luces terminaban en enchufes que fácilmente podían provocar un incendio. Basura. Busqué en la siguiente caja: más libros. Vi el primero, un libro de texto de francés. Lo hojeé... la tabla periódica; ah, un libro de texto de química en francés. Basura. El resto de los libros también estaba en francés, todos de escuela: historia, matemáticas, biología, un ejemplar maltratado de *El conde de Montecristo*. Basura. Cerca del fondo de la caja, una pila gruesa de cuadernos con tapas de cartulina marrón oscura: *cahiers d'exercises* llenos de ejercicios de gramática copiados en una caligrafía meticulosa. Hojeé el primero antes de ponerlo junto a los demás. Basura.

En el fondo de la caja mis dedos tocaron otro libro, largo y plano. No, era una carpeta de piel marrón cuya cubierta tenía un grabado de una flor de lis; dentro había una especie de documento amarilleado por el tiempo. Lo enmarcaba una rama de agujas de pino a un costado, sobre el que había varios sellos oficiales y en la parte superior decía: «*Lycée de jeunes filles à Beaune*». Mis ojos recorrieron el texto y leí, traduciendo en silencio:

República de Francia
DIPLOMA DE ESTUDIOS SECUNDARIOS
3 DE JULIO DE 1940
Otorgado a mademoiselle Hélène Marie Charpin

Me quedé sin aliento.

—¡Hélène!

La cabeza de Heather apareció sobre el montón de cajas.

—¿Estás bien? —gritó.

—¡Mira! *Lycée de jeunes filles!* —exclamé muy emocionada—. H.M.C. —agité la carpeta en el aire. «Hélène Marie Charpin».

—¿Cómo dices? Espera. Voy para allá —Heather avanzó entre el desorden y agarró el documento que tenía en las manos—. «Hélène-Marie Charpin. Nacida en Meursault el 12 de septiembre de 1921» —tocó las palabras con el dedo índice.

—¡Ha de ser la chica de la fotografía! Seguramente la maleta era suya. Pero... —fruncí el ceño—, ¿quién era? Si su apellido es Charpin, ¿cómo es que está emparentada con nosotros?

A mi lado, Heather rápidamente contuvo el aliento.

—Mira —señaló la línea superior—. Este diploma está fechado en julio de 1940. Fue poco después de que comenzara la Ocupación.

—¿Habrá muerto durante la Segunda Guerra Mundial? ¿Será por eso que nunca supimos de ella?

—Pues... quizá, pero, ¿por qué habría desaparecido?

—¿No dijo Nico que el bisabuelo Edouard murió durante la guerra? Tal vez todo está relacionado.

Ella se encogió de hombros.

—Quizá —dijo, mientras metía con dificultad el diploma en la carpeta—. Nico dijo que su padre sabría algo, ¿verdad? Ojalá pudiéramos preguntarle —sin embargo, cuando mencionó al tío Philippe, recordé una tarde lluviosa de verano, hace mucho, cuando éramos niños, quizás teníamos seis o siete años. Nico entró a la oficina de su padre para agarrar unas tijeras. De niños no teníamos permitido entrar y cuando su padre lo descubría, el castigo era severo: una tanda de azotes en el trasero. Nico se encogía de hombros y decía que no le había dolido, pero nunca olvidé los labios blancos del tío Philippe, furioso porque lo hubiéramos desobedecido—. Aunque, supongo que nunca ha sido muy, eh, «accesible».

Antes de que Heather pudiera responder, la puerta de la bodega se abrió de par en par y Nico bajó saltando por las escaleras.

—¡Hola, Nico! No vas a creer lo que hemos encontrado... —empecé a decir, pero cuando vi su cara, se me quedaron las palabras en los labios. Tenía los ojos muy abiertos, la piel enrojecida, y jadeaba como si hubiera estado corriendo.

—Ya regresaron —le dijo a su esposa, y ella brincó como un caballo espantado.

—¡Pensé que nos quedaba una semana más! —gritó ella.

Nico se encogió de hombros.

—Juan le envió un mensaje de texto con los resultados del laboratorio. Papá no quiere esperar un día más —respiró profundamente, cruzándose de brazos. Heather se mordió la parte inferior del labio.

—¿Qué sucede? —les pregunté, cada vez más preocupada—. ¿Pasa algo malo?

Intercambiaron una mirada y voltearon hacia mí al unísono.

—No, no. No te preocupes. No es nada —dijo Nico—. Son sólo... *les vendanges* —se obligó a sonreír—. Las uvas ya están listas para la cosecha, así que vamos a empezar a recogerlas mañana.

36

—Pero, ¿está todo bien? —insistí—. Parecen...

—¡Tengo que ir al supermercado! —me interrumpió Heather—. ¿Cuántos van a almorzar mañana?, ¿dieciocho?

—Mejor considera unos veinte —dijo Nico.

Ella asintió y empezó a subir las escaleras, buscando en sus bolsillos las llaves del coche.

—Tengo que empezar a preparar el equipo. Los cubos, las tijeras de podar... —murmuró Nico detrás de ella.

Unos segundos después, ya se habían ido, dejándome a solas en el sótano mal iluminado; mis preguntas flotaron como polvo para después volver a asentarse, sin respuesta.

Cher journal:

Me pregunto si suena tan tonto en inglés como me parece en francés: «*Dear diary*...». ¿Otras chicas de verdad escriben cosas así?

Bueno, no estoy muy segura de cómo iniciar este diario, así que empezaré con los hechos, como una verdadera científica. Mi nombre es Hélène Charpin y hoy cumplo dieciocho años. Vivo en Meursault, un pueblo en la Côte d'Or, región de Borgoña. Mi padre dice que nuestra familia ha estado produciendo vino desde que el duque de Borgoña plantó las primeras uvas *chardonnay* en las colinas, lo cual sucedió por lo menos hace quinientos años. Sin embargo, se sabe que papá tiende a exagerar un poco si con ello logra vender una caja o dos más. Tan sólo hace unas semanas, le dijo a un importador estadounidense que Thomas Jefferson había llevado vino de nuestra familia a Estados Unidos. «*C'est vrai!*», dijo, «*Les Gouttes d'Or* era el vino blanco borgoñés favorito de Jefferson». No estoy segura de que el hombre le creyera, pero añadió tres cajas al pedido y papá me guiñó. Cuando el hombre se marchó, después de saltar en su vehículo y e irse tambaleando hacia otro viñedo, papá me puso un brazo alrededor de los hombros:

—Léna, ¡eres mi amuleto de la suerte! —exclamó. Eso fue el mes pasado, en agosto. Ahora empezamos la cosecha y mi padre sonríe cada vez con menos frecuencia. Es verdad que ha sido un verano terrible, pero no creo que ninguno de nosotros se diera cuenta de lo húmedo o de lo frío que había sido hasta que empezamos a recoger las uvas, hace unos días. La mitad de la cosecha está inmadura, dura y verde, y la otra mitad,

38

destruida por la podredumbre de Botrytis. Anoche papá y los otros hombres estuvieron seleccionando la fruta hasta tarde, tratando desesperadamente de sacar algún rendimiento de ella. Albert se quedó dormido en la *cuverie* y cuando lo llevé a casa, me sorprendió ver que el patio estaba cubierto de nieve. ¿Desde cuándo cae nieve a mediados de septiembre?

No le dije a mi padre; parece tan mórbido, pero temo que la mala cosecha sea un presagio. Durante semanas, nadie ha hablado de otra cosa más que de la declaración de guerra de Francia. Todos están sensibles, a la espera de que algo ocurra. Nos pidieron que lleváramos nuestras máscaras antigases a la escuela y tengo miedo de encender la radio. Mi padre bromea con que la tensión de la atmósfera es buena para las ventas de vino, pero palidece cada vez que abre el periódico. ¿Cómo podría no preocuparse, después de haber vivido la Gran Guerra, que asesinó a sus dos hermanos y lo dejó como hijo único? Gracias a Dios, Benoît y Albert son demasiado pequeños para pelear.

Considerando esta atmósfera tensa, pensé que todos se iban a olvidar de mi cumpleaños hoy, pero me equivoqué. Antes de la cena, mi padre me encontró junto a las madrigueras de los conejos, poniendo tiras de composta en las jaulas.

—*Joyeux anniversaire, ma choupinette* —me puso una bolsita de raso en la mano. En su interior encontré un collar de perlas, pequeñas y blancas como dientes de bebé—. Eran de tu *maman* —dijo, lo cual explica que Madame no les hubiera puesto las manos encima, como al resto de joyas de la familia.

Toqué las perlas suaves y frías.

—*Merci*, papá —cuando le besé las mejillas ásperas, sus ojos brillaron y, por un segundo, sentí que extrañaba a *maman* tanto como yo.

—Cuando sonríes, eres idéntica a ella —susurró. Una declaración basada más en la nostalgia que en los hechos, porque las pocas fotos que he visto de *maman* muestran una joven delgada con rizos sueltos de color claro, no crespos y de castaño oscuro, como los míos, y un brillo alegre en los ojos (Madame dice que las gafas le dan a mi cara un aspecto severo). *Maman* murió hace más de trece años, tanto tiempo que ya no sé si mis recuerdos son reales o sólo son cosas que la gente me ha contado—. Estaría tan orgullosa de ti —suspiró papá—. Como tu *belle-mère* y yo —añadió rápidamente.

Fue una exageración tan evidente que yo sólo asentí, con una sonrisa fija en los labios. Desde que se casó con mi padre, cuando yo tenía once años, Madame ha estado contando los días para que me vaya de la casa.

No me sorprendería que fuera tachando cada uno en un calendario, como el conde de Montecristo. Es lo que yo hago.

Papá, quizá percibiendo mi reticencia, continuó:

—Sé que puede ser especial pero, por favor, trata de no ser demasiado dura con Virginie. La enfermedad de Benny nos ha causado mucha angustia a todos —bajó la mirada hacia sus pies. La frágil salud de mi medio hermano rige nuestra familia como el clima moldea los viñedos. Sólo Albert es capaz de suavizar a Madame. Aunque a sus tres años, es un cachorro de oso *grizzly* —*un petit ours brun*— que podría derretir el más duro de los corazones, incluso el mío, su media hermana sistemática y científica, quince años mayor.

A mi lado, papá respiró profundamente.

—Hélène —utilizaba mi nombre formal en tan escasas ocasiones que lo miré con atención. En la luz tenue de la tarde, sus ojos se oscurecieron—, decidí permitir que continúes tus estudios el próximo año.

Ahogué un grito.

—¿Puedo postularme para entrar en Sèvres?

—Si es lo que deseas.

—¿Mi *belle-mère* lo sabe?

—Quería decírtelo a ti primero.

Ninguno de los dos expresó lo que estábamos pensando: iba a decir que las jovencitas decentes no dejaban su casa antes del matrimonio. Aunque la École normale supérieure de jeunes filles, fundada en 1881, era la universidad de ciencias para mujeres más prestigiosa de Francia, se ubicaba en Sèvres, en las afueras de París, y si uno escuchara a Madame expresar sus opiniones sobre París, podría pensar que estaba hablando de Gomorra. Miré mis zapatos, unas sandalias de pulsera gris pálido que papá me compró a principios del verano, aunque eran tremendamente caras y Madame dijo que no las necesitaba.

—Voy a hablar con ella —prometió, y la seguridad de su voz me reconfortó. Quizá Madame pensará en mi educación como una inversión contra mi cara llena de pecas y mis piernas escuálidas.

—Te vamos a echar de menos, ¿sabes? La casa siempre parece vacía sin ti. —Una sonrisa jugueteó en los labios de mi padre, pero sus ojos permanecieron serios.

—Ni siquiera sé si me van a aceptar. Dicen que hay mucha competencia.

—Claro que te van a aceptar. Aunque me he estado preguntando si deberías esperar para inscribirte, teniendo en cuenta la situación actual.

—No, ni siquiera ha pasado nada —protesté—. Creo que están alardeando. Apuesto a que ni siquiera va a haber una guerra —desde luego, eso es lo que todos esperamos. Durante un minuto, nos sentamos a escuchar cómo los conejos masticaban la lechuga. Después, papá se quitó el abrigo y dijo que tenía que volver al trabajo. Él y el equipo de *pressoir* van a prensar las uvas hasta mucho después de la medianoche.

Me impresiona el amor que mi padre le tiene al viñedo. Creo que, con el tiempo, mis hermanos se lo tendrán también. Donde yo veo quemaduras de sol, manos agrietadas, niños trabajando en el campo cuando deberían estar en la escuela, equipo de granja sucio y manchas indelebles de vino, ellos ven la alegría de la actividad física, la satisfacción de la tradición, el orgullo de ser propietarios de la misma tierra a lo largo de varias generaciones.

No estoy segura de que aquí haya lugar para mí, en el viñedo. Tampoco estoy segura de que lo quiera. He hablado de encontrar un trabajo como profesora en Dijon si obtengo el título, pero últimamente he estado pensando en ir a otro lugar, a algún lugar remoto: París, Berlín, Ginebra, incluso, quizá, Estados Unidos. *Les États-Unis...?* ¿Me atrevería?

De algo estoy segura. Esta casa no ha sido mi hogar desde que papá se casó con Madame. Si el próximo año me ofrecen un lugar en la universidad, no tengo la intención de regresar a vivir aquí nunca más.

CAPÍTULO 3

Una neblina flotaba sobre los viñedos, un rocío fino que emborronaba el pueblo distante e intensificaba el color de las hojas de la vid, de manera que contrastaban con el gris del cielo. Era la tercera mañana de *les vendanges* y tenía las mangas empapadas de rocío; las manos estaban frías y pegajosas, y me dolía la espalda, de estar encorvada tanto tiempo. Y sin embargo, a pesar de la incomodidad física, la belleza de aquello me hechizaba. El aire, sedoso y puro, los sonidos de las tijeras de podar y de los zapatos apisonando el camino de grava, la precisión de los viñedos ordenados, que marchaban a través de las suaves colinas. A esa hora, antes de que el sol se elevara con toda su intensidad, el paisaje tenía una pátina de color, el violeta tenue de los gruesos racimos de *pinot noir*, el celadón pálido de las *chardonnay*, el brillo esmeralda de las amplias hojas con su brillo esmeralda, la tierra preciosa, una pincelada temblorosa de color rojizo.

—*Allez, tout le monde! Ça va?* —Nico se detuvo cerca de la *cabotte*, una choza de piedra primitiva—. Traje la *casse-croûte* —continuó en francés, sosteniendo en alto una cesta de mimbre con el almuerzo—. Terminemos esta zona y comamos antes de cargar. *D'accord?*

Algunos contestaron afirmativamente y siguieron trabajando; otros, con más experiencia, se movían con firmeza y delicadeza entre el viñedo, mientras yo me quedaba atrás. Por fin terminé mi fila e incliné el cubo sobre la carretilla para dejar la uva. Los otros vendimiadores habían empezado a cargar las cajas llenas en la camioneta, mientras Nico se dedicaba a anotar cada una en una libreta.

En la cesta del almuerzo encontré el último sándwich, una porción de baguette con una rebanada gruesa de *pâté de campagne* y una delgada línea de pepinillos. Me senté sobre una caja y le di un mordisco.

—*Du vin?* —ante mí apareció un adolescente ofreciéndome vino de una botella.

—*De l'eau?* —pregunté con esperanza. Después de una larga jornada necesitaba agua para saciar mi sed, no vino.

—*J'sais pas* —se encogió de hombros, tendría que conformarme con vino.

Encontré un vaso de plástico y me sirvió un trago. Era un vino joven, todavía sumamente tánico, pero lleno de fruta del color del rubí. Me comí el sándwich a grandes mordiscos, pasándolo con el vino. En la distancia, una masa de nubes manchaba el horizonte.

Nico empujó la última caja de fruta al camión y caminó hacia mí.

—Se avecina una tormenta —dijo, señalando hacia el cielo. Como si le diera la razón, un gran trueno se extendió sobre la calma bucólica. Me puse la capucha en espera de la lluvia, pero el ruido aumentó hasta que me di cuenta de que no era un trueno sino una máquina que subía por la colina. Después de una larga espera, finalmente apareció un tractor que se detuvo en seco al lado de la camioneta. La puerta anaranjada se abrió y aparecieron las largas piernas y la delgada figura de mi tío Philippe. Supervisó los movimientos, y observó las cajas llenas que estaban en la camioneta, la cesta del almuerzo vacía, y a los *vendangeurs*, que seguían fumando y hablando.

—¡Nicolas! —exclamó llamando a su hijo, que rápidamente acudió a su lado. Hablaron en voz baja, mientras el dedo índice del tío Philippe señalaba las parcelas de los viñedos distantes. Nico asentía y tomaba notas en la tabla. El viento se aceleró, y movió las hojas de las vides, haciéndolas sisear, bajé la mirada a las puntas gastadas de mis zapatos para correr, preguntándome si sobrevivirían a una tormenta.

—Kate —dijo Nico, indicándome que me acercara, y me levanté para unirme a los dos hombres.

—*Bonjour* —saludé a mi tío.

—*Bonjour*, Katreen —respondió con un movimiento de cabeza. Sus ojos, protegidos por unos cristales sin montura, eran difíciles de escrutar.

—Mira, Kate —continuó Nico en francés—. Nuestro *stagiaire* no se presentó esta mañana y necesitamos ayuda en la *cuverie*. ¿Puedes ir con mi padre? —su voz sonaba despreocupada pero, ¿me estaba imaginando cosas?, ¿había negado con la cabeza de manera casi imperceptible?

—Pues, yo… Eh… —tartamudeé, mirando subrepticiamente al tío Philippe. Leía la tabla frunciendo el ceño, y emanaba de él un aire de fría formalidad que me hacía sentir torpe. Sin embargo, trabajar en la cava me permitiría observar desde dentro el proceso de producción del vino y, ¿no era esa la causa por la que había ido?—. *Bien sûr* —respondí—. Desde luego.

—*D'accord* —dijo Nico, aunque parecía ansioso—. Regresa ahora al viñedo con papá, voy a llevar el tractor a la viña parcela —se dio la vuelta para reunir al equipo, pero antes de irse me lanzó una mirada de aliento. ¿O era de preocupación? No pude distinguirlo.

El tío Philippe y yo subimos a la camioneta. Busqué desesperadamente algún tema de conversación, cualquier cosa que rompiera el incómodo silencio que se hizo en el vehículo. No podía recordar la última vez que había estado a solas con mi tío. Y, pensándolo bien, ¿había ocurrido alguna vez?

Un destello cegador iluminó el cielo, seguido por el crujido ensordecedor de un trueno. Tomé aire instintivamente y mi mano se extendió para tomar el brazo de mi tío. Él me miró con sorpresa.

—Perdón —dije con voz ronca, aclarándome la garganta y quitando la mano—. Sólo me asombré. No tenemos este tipo de tormentas en California.

Él sonrió ligeramente.

—No le da miedo, ¿verdad?

—No, no, desde luego que no —tartamudeé cruzando los brazos. A través del parabrisas vi que los otros *vendangeurs* se dispersaban para buscar abrigo.

—Espero que no —entonces estiró la mano para arrancar el motor. Sin embargo, antes de que pudiera encenderlo, empezó a caer una lluvia gruesa y pesada, las gotas repiqueteaban en el parabrisas y pronto se convirtieron en granizo.

Era sólo una tormenta de verano. Sin embargo, un escalofrío me recorrió la espalda.

Durante la mayor parte del año, las tres majestuosas prensas de uva del Viñedo Charpin, enormes, antediluvianas, hechas de gruesas tablas de madera rodeadas por aros de metal, yacían dormidas, cubiertas por telas para protegerlas del polvo, rodeadas del equipo de la granja. Durante *les vendanges* volvían a la vida: sus enormes placas de hierro descendían sobre montañas de uva con una fuerza capaz de destrozar miembros, haciendo brotar un torrente de líquido que corría hacia las barricas subterráneas. El nacimiento del vino —pensé— hincándome cerca del torrente de líquido para llenar una copa. La uva fresca debía tener sabor fuerte y crudo que se volvería más dulce con la fermentación, pero incluso entonces, puro e intacto, pude saborear el equilibrio de ácidos, azúcares y taninos que presagiaban un año formidable.

Mi tío Philippe circulaba entre las *pressoirs* y la *cuverie*, observando todo con su mirada crítica. Hacia el mediodía ya me estaba arrepintiendo de haberle ofrecido mi ayuda. Él iba de una tarea a otra, avanzando con paso decidido sin dar tiempo a hacerle preguntas.

Mi madre y su hermano habían crecido aquí, en los viñedos, pero mientras ella se había ido de Francia para estudiar la universidad, el tío Philippe había pasado toda su vida en el mismo lugar. Y ahora, a sus cincuenta y tantos años, estaba todavía muy lejos de retirarse de su puesto como *chef vigneron*. Él y mi tía Jeanne vivían fuera del pueblo, en la casa donde ella había crecido; cultivaban la mayor parte de sus verduras y frutas, tenían gallinas y un cerdo. Su frugalidad se extendía al viñedo, que se hundía bajo el equipo ajado y las superficies arañadas y que, sospeché, era fuente de cierta tensión intergeneracional.

—¿Qué le parecería limpiar *les cuves*? —el tío Philippe me dio un golpecito en el hombro y señaló una fila de enormes barricas . Habló en un francés sumamente refinado, dirigiéndose a mí con el tratamiento formal de usted (*vous*), que él prefería y usaba casi con todos, incluyendo a su propia nuera. A mí me habían enseñado a hablarle de *vous*, incluso desde aquellas antiguas visitas con mi madre, cuando apenas era una niñita con mal francés que se esforzaba en usar adecuadamente las conjugaciones verbales hasta que, finalmente, me rendí y empecé a hablarle en inglés (cuando le hablaba).

—Desde luego —lo seguí hacia la *cuverie*. Metió la parte superior del cuerpo en uno de los enormes recipientes de acero, blandiendo una manguera de alta potencia, y salió con el pelo blanco cubierto de humedad. Siguiendo su ejemplo, metí la cabeza y el torso en la *cuve* alta y estrecha, que era oscura y parecida a una cueva, en ella resonaba un goteo intermitente de agua, alcé la manguera y rocié los costados y el techo. La fuerza del agua me empujó hacia atrás.

—Con suficiente práctica, se acostumbrará —dijo mi tío Philippe, dejándome con la manguera y una fila de barricas vacías que tenía que limpiar.

Para cuando las prensas de uva se detuvieron a la hora del almuerzo, yo estaba exhausta. Esperaba sentarme junto a Heather; quería descansar durante un rato de la mirada atenta del tío Philippe, pero antes de que pudiera atravesar el patio, él me llamó.

45

—Por favor, siéntese junto a mí para el almuerzo —me ordenó.

Me quejé por dentro, pero conseguí mantener la compostura y le contesté con una expresión plácida.

—*D'accord* —dije.

En la cocina me lavé las manos, quitándome las obstinadas manchas de las cutículas.

—¿Qué tal? ¿Puedes cortar un poco de pan para la mesa? —Heather, sonrojada por el calor de la estufa, se inclinó para sacar una olla de acero del horno.

—El tío Philippe me invitó a sentarme junto a él en el almuerzo —dije en voz baja—. Me imagino que no puedo negarme.

Hizo una mueca.

—Probablemente no. Lo lamento; voy a tratar de sentarme a tu lado.

Sin embargo, para cuando terminé de ayudarle a distribuir las botellas de vino y las jarras de agua, las cestas de pan, los frascos de mostaza, los platos de mantequilla, los de pepinillos, los platos de carnes frías y las terrinas de *pâté de campagne* casera, sólo quedaba un asiento para mí. Terminé sentándome junto a mi tío, con Nico frente a mí. Algunos miembros de la cuadrilla ocupaban el resto de los asientos.

—Cuénteme —dijo el tío Philippe, llenando mi copa de vino—. ¿Cómo está mi hermana?

—Está bien —jugueteé con la servilleta que tenía en el regazo.

—¿Sigue en Singapur? No puedo seguirle la pista.

Mi madre llevaba viviendo en Singapur más de quince años.

—Sí —respondí sencillamente—. Está muy ocupada —añadí. Lo que, al menos para mí, siempre parecía ser el caso. No era que no nos lleváramos bien, más bien no parecía interesarse por mí; su carrera en el mundo de las finanzas, junto con su trabajo en la fundación de caridad de su segundo esposo, le dejaban poco tiempo para cualquier otra cosa.

Mi respuesta pareció satisfacer al tío Philippe.

—*Du saucisson sec?* —cortó una delgada rodaja de salami y la puso en mi plato—. Usted no se ha vuelto vegetariana, ¿o sí?

Los demás hicieron una pausa a medio bocado, con los tenedores sosteniendo trozos de carne, los cuchillos llenos de mostaza, y los ojos puestos en mí.

—*Non, non* —le aseguré—. En absoluto.

—Uno nunca sabe con los estadounidenses —dijo—. El año pasado tuvimos una... ¿Cómo les llaman? ¿Una virgen?

Me atraganté con un trozo de salchicha.

—¿Una qué?

—Ya sabes, sólo comía vegetales, ni siquiera huevos ni queso.

—Ah, ¡una vegana! —tosí sobre mi servilleta para ahogar la risa.

—*C'est ça. Un végan.* ¿Te imaginas?

—¡Sólo vegetales! —dijo Nico, cortando un enorme trozo de queso—. ¡Qué locura! *C'est dingue.* —Negó con la cabeza, incrédulo.

—En realidad —dije, colocando el cuchillo y el tenedor sobre el borde del plato—, una dieta basada en frutas y verduras es un estilo de vida supersaludable. Además, es bueno para el planeta.

Todos me miraron como si hubiera recitado un versículo de la Biblia.

—Qué espíritu tan creativo tienen *les américains.* Admiro eso —dijo finalmente el tío Philippe—. Me imagino que tiene que ver con la absoluta falta de cultura de su país. Yo prefiero Europa. No sólo Francia. Aunque, desde luego, tengo predilección por Francia, también Italia, España, Austria. Incluso los pueblos más pequeños están llenos de encanto.

—Pero Estados Unidos tiene mucho espacio, papá —respondió Nico, extendiendo los brazos—. Cielos abiertos, grandes caminos. Oportunidad.

—Demasiadas oportunidades, en mi opinión —dijo su padre resoplando—. Los estadounidenses siempre están tratando de cambiar las cosas, de hacer mejoras.

—¿Y eso está mal? —pregunté.

—No, desde luego que no. Sin embargo, aquí en Francia valoramos la tradición. Yo hago vino tal como lo hizo mi padre, que hizo vino de la misma manera que su padre. Sí, quizá hemos hecho algunos avances tecnológicos aquí y allá, pero, en general, el viñedo se ha mantenido sin cambios durante varias generaciones. No necesitamos *marketing* —lanzó la palabra con un inglés de acento muy pesado—. Ni *design* ni un sitio *web* —se estremeció ligeramente.

—Pero, ¿por qué no? —respondí sin pensarlo—. ¿Por qué no crear una página para que más gente tenga acceso a su vino? ¿Por qué no rediseñar las etiquetas para darles mayor atractivo? ¿O envasar la miel que recogen de las colmenas de los viñedos? ¿O incluso abrir un hostal aquí, en el viñedo? Conozco a muchos estadounidenses a quienes les encantaría hospedarse en un verdadero viñedo de Borgoña.

Una imagen del viñedo destelló frente a mí, con pintura nueva, arreglado, las habitaciones restauradas con su gracia original, el patio lleno de plantas y flores...

Del otro lado de la mesa, Nico me miraba fijamente con el rostro desencajado. A mi lado, el tío Philippe suspiró. Me di cuenta de que había sobrepasado un límite.

—*Mais non*, Katreen. ¿No te das cuenta? Eso es lo que estoy tratando de expresar —infló el pecho con chovinismo benevolente—. No estamos aquí para los turistas. Estamos aquí para asegurarnos de que el terreno pase a la siguiente generación. Quizá tú no lo comprendas porque tu madre eligió darle la espalda a esta vida; sin embargo, mi obligación es compartir esto con mis nietos, esta tierra, esta herencia, este *patrimoine*.

—Junto con el *saucisson sec*, desde luego —dijo Nico, recuperando la compostura y haciéndome un guiño—. El cerdo también es nuestro *patrimoine*.

Todos estallaron en risas, incluso su padre.

Al otro extremo de la mesa, Heather empezó a quitar los platos del primer servicio y me levanté para ayudarle a llevar a la cocina los recipientes manchados de grasa. La encontré sirviendo el *pot-au-feu*, frunciendo el ceño mientras colocaba los pedazos de carne de ternera y tuétano en un plato.

—Es una vieja cabra, ¿no? —dijo, para hacer conversación.

—Un necio —abrí el lavavajillas y empecé a acomodar los platos.

—¿Sabes?, cuando llegamos a vivir aquí, yo tenía un millón de ideas para este lugar. Incluso íbamos a... —un pedazo de carne se cayó del plato, y Heather se inclinó para recogerlo.

—¿A qué? —la presioné—. ¿Qué ibas a hacer?

—Ay, ya sabes. Un montón de ideas tontas. Como limpiar el sótano. No se lo has mencionado a nadie, ¿verdad?

—Eh, no.

—Qué bien. Probablemente sea mejor que no se sepa.

La miré confundida, pero ella estaba concentrada apilando patatas hervidas en un plato.

—Sí, mi *beau-père* rechazó todas mis ideas —continuó—. No quería contratar más personal, no quería que Nico se cargara en exceso de trabajo. Y después, quedé embarazada de Thibault y desde entonces estoy exhausta —sonrió brevemente, pragmática. Sin embargo, después suspiró de una manera casi imperceptible.

—Este podría ser un lugar tan hermoso —pasé la mano por la repisa de la chimenea de madera desgastada.

—Ya sé. Tiene mucho potencial, ¿no?

—¿No se da cuenta? Podría ser una mina de oro.

—A veces me pregunto... —tomó granos de sal gruesa de un platito de cerámica y la echó sobre la carne—. Me pregunto si pasó algo. Algo hace mucho tiempo. Es tan reservado, papi, tan inflexible, tan insistente en que mantengamos un perfil bajo y en que no llamemos la atención. Por otro lado, me imagino que simplemente es muy francés. —Alzó la cara riéndose.

Pensé en mi madre y en cómo siempre ocultaba sus emociones.

—Mantiene las cortinas cerradas.

—Exactamente —tomó uno de los platos de carne—. ¿Traes el otro? —preguntó y salió sin esperar mi respuesta.

Volví a contemplar la cocina. Había mencionado la idea del hostal por impulso, sin pensar realmente en la renovación que implicaba, pero la casa no necesitaría tanto trabajo; una capa de pintura, arreglar el suelo, un par de baños nuevos... Bueno, probablemente necesitaba bastante trabajo. Me imaginé las ventanas pintadas de azul cielo, los marcos con un toque de blanco brillante. En el otro extremo de la cocina, un comedor lo suficientemente grande para sentar a ocho personas. *Petits déjeuners* simples pero deliciosos: café recién hecho, *oeufs en cocotte*, croissants, miel del viñedo.

La otra noche me tomé un descanso de los estudios y encontré a Heather en la sala, concentrada en un patrón de tejido y una madeja de lana; Nico estaba sentado a su lado, resolviendo un sudoku. Me pregunté si eso era lo que significaba tener *hobbies*. Había pasado menos de un mes desde la última vez que cubrí un turno en el Courgette, pero ya lo echaba de menos, más que a mi último novio. Echaba de menos a mis colegas, tener una rutina, las relaciones que había construido en el restaurante, el diálogo continuo con los comensales, los productores y distribuidores. Extrañaba el sabor del jerez seco que me servía después de un largo día de trabajo y una noche de estudio, cuando finalmente dejaba mis libros a un lado, ponía música y bebía vino, complacida por el resplandor de la autodisciplina.

Durante estas últimas semanas en Borgoña, me había descubierto pensando en Francia, Estados Unidos y sus diferentes filosofías sobre el trabajo y la vida. Aquí, en Francia, el ritmo majestuoso y sin prisa me encantaba y me frustraba al mismo tiempo. Había muchos negocios que cerraban dos horas para almorzar, los domingos se reservaban para la familia y no para las compras, y muchas semanas de verano se destinaban a las vacaciones. La mayor parte de los franceses tenían varios *hobbies*, tenían pollos y huertos, tomaban clases de fotografía o de baile, participaban en ligas de fútbol de aficionados, incluso el tío Philippe se permitía consentir a su historiador interior, pues se embarcaba en un peregrinaje anual por varios coliseos romanos.

Sin embargo, aunque se alentaba la búsqueda del placer, la ambición se consideraba indecorosa. El trabajo arduo debía ocultarse y el éxito tenía que parecer inesperado, incluso accidental. Mi madre decía que eso era lo que más le molestaba de Francia, y que era la razón por la que se había ido.

Durante las últimas semanas había admirado la dedicación que se mostraban Nico y Heather el uno con el otro, con sus hijos y con sus *hobbies*. Pensaba que eran felices manteniendo el *statu quo*, que estaban satisfechos criando a su familia y manteniendo el viñedo para la siguiente generación. Sin embargo, mi conversación con Heather me hizo preguntarme si aquella devoción no era en realidad una forma de aliviar alguna ambición frustrada. ¿Ellos también anhelaban algo más grande?

15 diciembre 1939

Cher journal,

Hoy fue el último día de escuela antes de las vacaciones de Navidad; por eso nuestras maestras dedicaron los diez minutos finales de cada clase a leer en voz alta la lista de alumnas por orden de calificación. Mis resultados fueron mejores de lo que esperaba en Historia y peores de lo que deseaba en Inglés. Sin embargo, fue la Química lo que me puso a temblar en mi asiento y a contener la respiración desde el momento en que *madame* Grenoble empezó a leer los nombres, empezando por el último.

Era evidente que *madame* G. estaba disfrutando el momento porque cada vez que leía un nombre hacía una pausa para hacer contacto visual para identificar a la persona. Cuando miró a Odette Lefebvre mostró su decepción moviendo levemente la cabeza, actitud con la que íntimamente estuve de acuerdo; esa tonta debería pasar más tiempo memorizando la tabla periódica y menos soñando con Paul Moreau.

—*Numéro trois...* —*madame* G. hizo una pausa, buscando nuestra atención. Entrelacé mis manos para evitar morderme las uñas—. Leroy.

Desde el fondo del salón, vi que Madeleine Leroy dejaba caer los hombros, decepcionada. Pobre Madeleine. Se esfuerza mucho pero siempre se olvida del concepto clave.

—*Numéro deux!* —los ojos de *madame* G. cayeron sobre mí y apreté las manos hasta que me crujieron las articulaciones; sin embargo, después dijo: —Reinach—, y ya no pude oír ni una palabra porque la sangre me zumbaba en los oídos. Porque si Rose era la número dos, eso sólo podía significar una cosa: yo era la número uno. ¡Yo! Me sentí abrumada de alegría y alivio.

—*Félicitations*, Hélène —dijo Rose cuando se acercó a mi escritorio después de clase. Estaba guardando los libros en mi mochila con las manos todavía un poco temblorosas.

—Sólo fue suerte —dije con una modesta sonrisa.

Los ojos de Rose se entornaron un poco, pero después encogió los hombros con indiferencia.

—No importa —dijo—. La próxima vez te voy a ganar.

—¡Ya lo veremos! —respondí con voz dulce pero con los dientes apretados.

¿Por qué tenía que arruinar el momento? ¿Por qué tenía que recordarme que siempre estaba ahí, justo a mi lado, astuta como un zorro? Desde la primaria habíamos competido por los mismos premios, que acabamos repartiéndonos casi exactamente entre las dos. Sin embargo, ahora las dos queremos el mayor premio de todos: un lugar en Sèvers. Nuestro *lycée* nunca ha mandado a una sola chica a la universidad, ya no digamos dos de la misma clase. *Madame* Grenoble me asegura que las dos tenemos oportunidad, pero en mi corazón sé que sólo una de nosotras ganará la admisión. Me parece muy injusto que pueda ser Rose, con su ropa bonita y sus padres amorosos; ella sería perfectamente feliz quedándose en Beaune, cerca de su familia durante el resto de su vida. Mientras yo, con mis gafas y mi horrible estatura, y mi madrastra, que me viste con ropa mal hecha y de mal gusto, ¿qué otra manera tengo de escapar?

No puedo permitir que Rose arruine mis posibilidades. Tengo que ser yo. Tengo que ser yo. *Cher journal*, estoy decidida a que sea yo.

CAPÍTULO 4

Las prensas de uva me despertaron justo después del amanecer; su ruido constante resonaba a través de la *cuverie* y el patio, llegando hasta los últimos rincones de la casa. Para cuando me vestí y me zampé una rebanada de pan con mantequilla y una taza de té, ya habían prensado la primera carga de uva de la mañana.

Era el decimotercer día de *la cueillette*, la cosecha. ¿O era el decimocuarto? Los días respondían a un patrón similar: mañanas brumosas, tardes húmedas y noches de extenuación absoluta. Para entonces, había aprendido a vestirme en capas y a despojarme del impermeable y de la chaqueta de lana al tiempo que el sol empezaba a deshacer las nubes. Había aprendido a llevar mi propia botella de agua al campo, mientras todos los demás apagaban su sed con vino. Había aprendido que las manchas pegajosas y negras de las uñas eran los taninos de la uva y que ninguna friega me las iba a quitar. Había aprendido que las horas de trabajo, aunque físicamente eran tremendas, dejaban que mi mente divagara libre a través de una maraña de recuerdos que deseaba olvidar.

Todo me recordaba a la última vez que había estado en Francia. El olor del detergente de ropa; la música que anunciaba la previsión del tiempo en la radio. El color del papel de baño, de un rosa sorprendente. Incluso la forma de los vasos de plástico me recordaba los días en el Campo de Marte, con una manta extendida bajo la torre Eiffel, mientras todos se recreaban en esa leve angustia existencial que es derecho de todos los franceses.

Un día en particular me seguía atormentando. Un día perfecto, de primavera, abril en París, la ciudad se había desplegado bajo el calor persistente de un auténtico día soleado. Un almuerzo a base de baguette rellena de queso triple crema, vino blanco que sabía a moras y piedras de río. Nuestras piernas estiradas sobre el césped, mi cabeza sobre el pecho de Jean-Luc. Cuando por fin habló, lo hizo con voz ligeramente temblorosa, detalle que tal vez yo no lo habría notado de no ser por lo que dijo a continuación:

—Estaba pensando —dijo— que podría ir a California el próximo año para pasar una temporada en el valle de Napa. No está demasiado lejos de Berkeley, *n'est-ce pas?*

—¿De verdad? —me levanté apoyándome sobre los codos—. ¿Te gustaría hacer eso?

Realmente no habíamos hablado del futuro. Incluso cuando estaba sola evitaba pensar en mi regreso a California al final del verano. Todavía quedaban más de cuatro meses, tiempo suficiente para seguir ignorándolo.

—*Oui*, me gustaría porque, Kat, *je t'aime* —su voz era baja pero me atravesó como un rayo.

Al instante se me llenaron los ojos de lágrimas, pero las palabras, cuando salieron, lo hicieron sin esfuerzo, naturales como la respiración.

—*Je t'aime, aussi.*

—Además —dijo sonriendo—, creo que puedo aprender mucho del vino de California.

—¡Vaya!, si lo dices tú, de verdad has de estar enamorado.

Me incliné y besé su áspera mejilla .

Después nunca me perdonaría por no haber pasado aquella noche con él. Nunca me perdonaría por haberme despedido de él con un beso cuando el cielo se oscureció y me fui a casa a estudiar para un examen de Historia del Arte que tenía a la mañana siguiente. Porque fue por eso que no estuve a su lado cuando le llamaron a media noche. Al día siguiente me encontré con él en el lugar acostumbrado del jardín de Luxemburgo. Estaba acurrucado en una silla de metal con los brazos alrededor de su cuerpo estrecho y el rostro pálido contra un fondo de flores vibrante.

—¿Qué pasa? —yo llevaba una bolsa de sándwiches en la mano.

—*Mon père* —murmuró.

Fue un infarto repentino, fulminante. Jean-Luc no lloró sino hasta que lo abracé, e incluso entonces su llanto fue silencioso, discreto, como si no quisiera montar una escena y molestar a las otras personas que estaban en el parque. Esa tarde iba a abordar un tren, me dijo, para estar con su madre y su hermana.

—¿Podrías venir después? Para el... —tragó saliva— funeral.

—Por Dios, sí, Jean-Luc. Desde luego.

—Te llamo cuando tenga más detalles. Pero si no puedo localizarte, pregúntale a Nico. Él sabrá y te ayudará.

Lo abracé.

—Ahí estaré —respondí—. Te lo prometo.

Al final de la semana, Nico nos llevó a Heather y a mí a Meursault en un citröen destartalado que temblaba al acelerar en la *autoroute*. Tiempo después, al pensar en aquel día sólo recordaba unos pocos detalles: el aroma de los lirios colgantes en el aire fresco de la iglesia del pueblo. La sencilla corona de rosas que adornaba el ataúd. El crujido atronador que producían los bancos de madera cuando los fieles se arrodillaban para rezar. El valor de la madre de Jean-Luc, con su cabello y ropa inmaculados, sus perlas, su perfume, su lápiz labial. Sólo sus gafas, empañadas y manchadas, dejaban traslucir la pena. El saludo de la hermana de Jean-Luc, Stéphanie, sólo se limitó a un roce de dedos temblorosos. La línea recta que dibujaba la boca de Jean-Luc cuando dijo unas palabras, sus ojos brillantes a causa de las lágrimas contenidas. Fuera, la belleza del día —un cielo azul puro, luz del sol suntuosa— despedía la madera brillante y oscura del ataúd mientras se hundía en la tierra.

Después del funeral seguimos a la multitud a casa de la familia de Jean-Luc. En el jardín, él estaba de pie entre un grupo de hombres con manos y rostros curtidos. Por la manera en que observaban los viñedos distantes, con preocupación de propietarios, supe que también eran *vignerons*, productores de vino de los terrenos vecinos, colegas del padre de Jean-Luc. Él escuchaba sus consejos con los brazos cruzados y la cabeza inclinada, pero su expresión no mostraba la rigidez que alguna vez había podido vislumbrar de vez en cuando en París. Aquí, entre viñedos, estaba en casa.

Más tarde, después de que vecinos, familia y amigos se fueran; después de que la tía y el tío de Jean-Luc se marcharan a casa, en Charolles, llevándose a su madre y a su hermana para que pasaran allí algunas noches; después de que Heather y Nico nos ayudaran a recoger la comida sobrante y las sillas, abrazándonos antes de regresar a París, Jean-Luc bajó corriendo las escaleras de la cava y volvió a aparecer minutos después con una botella en las manos.

—La primera cosecha de mi padre —dijo, limpiándola y sacándole el corcho—. Esta noche vamos a beber para celebrarlo —consiguió sonreír.

—Por tu padre —dije, admirando el color del vino, suntuoso y dorado, como un recuerdo de luz de sol.

—Papá abría una *millésime* cada primavera cuando las vides empezaban a despertar. Decía que era un tributo —chocó su copa contra la mía—. Por un buen año. Mi primero como *vigneron*.

Se me hizo un nudo en la garganta.

—¿Vas... Vas a hacerte cargo del viñedo? —incluso mientras lo preguntaba, las piezas comenzaban a acomodarse en su lugar. Desde luego que iba a hacerse cargo: era el único hijo varón, y su hermana sólo deseaba escapar de las provincias. Toda su vida se había estado preparando para el papel de *chef vigneron*.

En la luz tenue de la cocina, su rostro parecía demacrado, indescifrable.

—Hablamos de encontrar un *viticulteur* que se ocupara de los viñedos —dijo—. O de venderle nuestra cosecha a un *négociant*. Sin embargo, al final... bueno, papá no habría estado de acuerdo. Pensé que esta era la mejor solución y *maman* finalmente estuvo de acuerdo.

Luché por evitar que mi rostro cambiara de expresión. ¡Apenas tenía veintidós años! ¡Yo sólo tenía un año menos! ¿Qué sabía él de administrar un viñedo, de negociar los contratos y de regatear con los exportadores?

A mi lado, Jean-Luc apretó los labios. Con la mandíbula tensa, su rostro parecía severo, mostrando los lugares donde algún día tendría líneas de expresión; sus ojos, sin embargo, mostraban una seguridad cuya fuerza resultaba atractiva.

—Lo más importante es mantener la tierra, este *terroir*, en la familia, Kat —bajó su copa y buscó mi mano—. Sé que hablamos de ello... pero no voy a poder ir a California el próximo año... y probablemente tampoco durante mucho tiempo. Y, de hecho... —su boca se puso rígida.

Crucé los brazos para contener el llanto. Sabía lo que iba a venir después y, aunque todo lo que Jean-Luc decía era perfectamente razonable, sentía como si alguien me hubiera arrancado el corazón y lo hubiera lanzado al suelo.

—Vamos... —volvió a tomar su copa pero las manos le temblaron, de modo que el vino estuvo a punto de derramarse por un costado—. No es así como hubiera esperado que ocurrieran las cosas.

—Está bien, Jean-Luc. Obviamente no está del todo bien —tragué saliva con fuerza, intentando que mi voz regresara a su tono normal—. Pero...

—Kat —me interrumpió tomando mis manos entre las suyas—. *Mon amour, veux-tu m'épouser?*

Me quedé sin aliento.

—¿Que me case contigo? —me di cuenta de que el corazón me resonaba en el pecho—. «Estás... ¿Estás hablando en serio? ¡Somos demasiado jóvenes!», iba a decir. Sin embargo, algo en su rostro hizo que demorara las palabras.

—Ya lo sé, ya lo sé... Estás pensando que somos demasiado jóvenes. Sin embargo, he pensado en esto constantemente durante los últimos días. Quiero pasar el resto de mi vida contigo. Quiero formar una familia contigo. Que envejezcamos juntos, que nos demos nuestros *médicaments* uno al otro. Cuando pienso en continuar con este viñedo, no puedo imaginar hacerlo sin ti.

Cerré los ojos, tratando de pensar qué iba a decir. Algo como: «Es una locura. Todavía estás en *shock*. Vamos a tomarnos las cosas con calma y lo vamos a resolver juntos». Sin embargo, abrí los ojos y ahí estaba Jean-Luc, sus largas piernas que terminaban en los zapatos lustrados; su boca, vulnerable como nunca antes, que temblaba entre las lágrimas, y una sonrisa. Me envolvió una ola de ternura. «Quiero cuidarlo —pensé—. Y quiero que él me cuide a mí». Nunca había sentido esa emoción, nunca había sentido el deseo de hacer feliz a otra persona, ni confiado con todo mi corazón en que ella querría lo mismo para mí.

—*Oui* —murmuré.

Un par de días después les daríamos la noticia a su madre y a su hermana.

—Kat me ha hecho increíblemente feliz —dijo Jean-Luc abrazándome por los hombros. Si su madre tenía alguna duda, se la guardó; me besó en las mejillas y me mostró su propio retrato de bodas, una fotografía borrosa tomada en los escalones del *mairie* del pueblo. La vi girar un delgado anillo de oro alrededor de su dedo.

—Ella jugueteaba con su anillo de compromiso hasta que lo vendieron —me dijo Jean-Luc una vez que nos quedamos a solas de nuevo.

Ahora mismo, sin embargo, salimos de la casa a la noche húmeda de primavera, pasamos por encima de una cerca baja y caminamos hacia los viñedos, que formaban un patrón rayado sobre las colinas. El suelo seco estaba grabado con líneas superficiales y los marcos de alambre se extendían vacíos a la espera de contener el peso pleno de la fruta y el follaje que vendría con el verano. Sobre nosotros, el cielo se extendía denso y oscuro, mientras un hilo de humo de madera se elevaba hacia el cielo.

Con la luz de su teléfono, Jean-Luc me mostró las hojas diminutas que salían de las vides, los primeros signos de vida después de meses de sueño.

—Después vendrán las flores —dijo—. Y la cosecha será cien días después de eso, según la tradición.

Sin embargo, yo nunca vi la cosecha de ese año, ni del siguiente ni del que le siguió a ese. No, me fui de Francia ese verano con promesas en los labios, promesas que iba a romper una vez que regresara a casa, en California. Ahora, diez años después, recogiendo uvas en la tierra que colinda con la de Jean-Luc, me obligué a no pensar en lo que hubiera podido ser.

Al final, vino sólo a mi encuentro. Cierto día, mientras llevaba un cubo al final de una fila y echaba la fruta en la carretilla, escuché el claxon de un tractor y vi luces que parpadeaban. Kevin y Thomas, los vendimiadores de doce años que trabajaban el doble de rápido que yo, a pesar de que tenían dos tercios de mi tamaño, estaban lanzándole uvas a Nico, manchando de púrpura su camisa blanca.

—*Madame! Madame!* —me llamaron los muchachos haciendo gestos con la mano. Insistían en llamarme *madame*, lo que me hacía sentir viejísima—. ¡Venga a ayudarnos!

Según me explicaron, era una tradición decorar el tractor para celebrar la última carga de uva.

Fui hacia donde estaban y juntos reunimos ramas con hojas y diminutas flores silvestres azules.

—Pero necesitamos más flores, flores más grandes —dijo Kevin, haciendo un gesto hacia el verde infinito que nos rodeaba.

—Pasamos por un jardín allá atrás —dijo Thomas señalando el camino.

—Niños —su madre, Marianne, una *vendangeuse* de experiencia que había trabajado dieciséis cosechas en el terreno, les lanzó a sus hijos una mirada reprobatoria.

—¡Estaba lleno de rosas! ¡Por favor, *maman*! No se van a dar cuenta si cortamos unas pocas —protestó Thomas.

—Pregúntale a tu padre —dijo con un suspiro de resignación mirando hacia su esposo, que simultáneamente fumaba un cigarro, se ataba un zapato y hablaba por teléfono.

Nico alzó la mirada de la tabla donde llevaba la cuenta de las cajas llenas. Negó con la cabeza.

—Estás hablando de la casa de Jean-Luc. Su *maman* plantó esas flores. No, no. No pueden agarrar sus rosas —apretó los labios y le brillaron los ojos—. A menos que me dejen ayudarlos.

—Uno pensaría que sería difícil pasar desapercibido en un tractor amarillo —murmuró Marianne diez minutos después, cuando Nico dejó el tractor junto al bajo muro de piedra que rodeaba la propiedad de Jean-Luc—. Sin embargo, es la Côte d'Or durante *les vendanges*... supongo que la mitad de los vehículos del camino son camiones de granja amarillos.

Traté de reírme, pero la risa se me quedó atorada en la garganta. Al ver la casa de Jean-Luc el corazón empezó a latirme tan rápido que difícilmente podía mantenerme quieta. La casa era más grande de lo que recordaba, el techo estaba cubierto de tejas amarillas y rojas dispuestas según el patrón geométrico típico de la región. Una torrecilla redonda adornaba el frente del edificio con un pájaro de piedra que miraba sobre un jardín de rosas, lavanda y romero.

—Es bonito, *n'est-ce pas*? —Marianne siguió mi mirada—. Jean-Luc convirtió los establos en una casa de huéspedes desde hace un par de años, pero está tan bien integrada en el conjunto que no se nota. En realidad, la construyó para su madre, pero ella después se mudó a España para estar más cerca de su hija y de sus nietos.

—Thomas, tú ve por el lado derecho. Kevin, tú por el izquierdo. Yo me quedo en el tractor para la huida —dijo Nico en francés.

La sangre me retumbaba en los oídos.

—Pero, eh, no hay nadie en casa, ¿verdad? —miré mi reloj—. Son las seis. Seguramente todos siguen en la *cuverie*.

—*Normalement, oui* —respondió Nico—. Pero más vale ser precavidos. ¿Está bien, muchachos? ¿Listos? *Allez-y!* —dijo la última palabra en un murmullo enérgico y todos cargaron contra la casa.

Marianne se rio.

—Del servicio secreto no son —dijo, volteando hacia mí cuando no respondí—. *Ça va*, Kate?

—Estoy bien, estoy bien —conseguí mantener la voz firme.

—No te preocupes —se rio—. Si Jean-Luc los descubre, no se va a molestar. Le gustan las bromas, ¿no? Estoy segura de que de niño hacía exactamente lo mismo.

Sonreí débilmente.

Los niños regresaron corriendo y dejaron montones de rosas a nuestros pies.

—¡Empiecen a adornar el tractor! —nos ordenó Kevin—. ¡Vamos por más! —ignorando las protestas de su madre, regresaron a la casa. Yo fui al otro lado del tractor y empecé a acomodar las rosas en la cabina.

Las flores eran grandes y fragantes, los pétalos empezaban a caerse por los bordes. Traté de recordar el jardín de mi última visita, muchos años atrás. Fue en abril, demasiado pronto para que hubiera flores, los brotes aún estaban encogidos contra el invierno.

—¡¡¡Ahhh!!! —los niños vinieron corriendo hacia nosotros—. *Il est là! IL EST LÀ!*

Miré sobre la capota del tractor y vi que Jean-Luc salía detrás de aquellos dos.

—*Qu'est-ce que vous faîtes là!* —gritó.— ¿Qué están haciendo? —Parecía molesto, sin embargo, se reía—. ¡Están robando mis flores, pequeños punks! —continuó en francés. Vio a Nico y se detuvo—. ¿Tú estás detrás de esto? —preguntó.

—¿Detrás de qué? —cuestionó Nico.

—Sabes que puedo ver las rosas que robaron de mi jardín.

—No sé de qué estás hablando —dijo Nico con inocencia—. Sólo nos paramos aquí un minuto para contar las *caisses*. Es nuestro último cargamento de uvas —puso una mano sobre el hombro de Jean-Luc—. Hablando de eso, Jeel, ¿qué tal las *vendanges*? ¿Ya casi terminas, o te resignaste a pagar nuestra pequeña apuesta?

—*Pas du tout.* No hay un ganador hasta que se haya prensado la última uva y por ahí escuché que todavía tienes un cargamento de fruta.

—De cualquier manera, sería bueno que le fueras encargando un lechón al carnicero.

—*Ah, bon?* Porque le dije a Bruyère que le llamara.

Volví a mirar y noté que los dos sonreían, con la misma competitividad y complicidad de siempre.

—¿El lechón es para La Paulée? —interrumpió la voz de Thomas.

—*Ouais*, Nico y yo siempre damos una gran fiesta después de la cosecha, y Bruyère asa un lechón entero. Vendrán a La Paulée, ¿verdad? —preguntó Jean-Luc a los niños.

—*J'sais pas* —Thomas dio una vuelta alrededor del tractor para buscar a sus padres—. *Maman?* ¿Vamos a ir a La Paulée? *Maman? Papa?*

—¡Oh! —Jean-Luc se asomó desde el otro lado del vehículo y nos vio—. ¡No podía verlos aquí detrás! —fue hacia nosotros para saludarnos, besó las mejillas de Marianne e intercambió un rápido saludo de mano con su esposo, Raymond, que seguía hablando por teléfono. Después su mirada cayó sobre mí y escuché que decía: «*Bonjour*, Katherine». Nuestras manos se encontraron y la sangre se me subió a las mejillas, pero antes de que pudiera escuchar mi voz, él ya se había ido al otro lado del tractor. Unos segundos después regresó a su camioneta y se fue despidiéndose con la mano.

Sentía las rodillas tan débiles que me temblaban. Me concentré en reunir rosas y hojas de vid, y esperé que la luz del ocaso evitara que alguien viera el sonrojo que me encendía las mejillas.

—Cada año digo que no volveré a asar un lechón y cada año me convencen de hacerlo. —Heather se alejó del horno de madera con la cara enrojecida—. ¿Está lo suficientemente caliente? ¿Está demasiado caliente? ¿El maldito lechón se está cocinando allá dentro? ¿Quién puede saberlo? —se puso en cuclillas y miró las llamas, de las que emanaba calor suficiente para quemar cualquier cosa que estuviera a menos de un metro de distancia.

—*Ça sent bon!* Huele delicioso —dijo Nico, descargando leña en el suelo de piedra del patio.

—Sí, bueno, los olores no se pueden comer. ¿Te acuerdas del año pasado?

—¿Qué pasó el año pasado? —pregunté.

—Empecé a cocinar demasiado tarde y el lechón demoró siete horas en estar listo. ¿O fueron ocho? Terminamos comiendo a las tres de la mañana... Todos estaban borrachos —agarró a Nico del brazo—. ¿Crees que debería ir corriendo a la carnicería para comprar más salchichas?

—*Chérie*, tenemos diez kilos de *saucisses* —le dio una palmada en el hombro—. Hay mucha comida, *ne t'inquiète pas*.

—¿O puedo hacer otra ensalada de lentejas? Todavía hay tiempo, ¿verdad?

Murmurando para sí, regresó a la casa.

—Siempre se pone así antes de La Paulée —dijo Nico, con una sonrisa de afecto mientras ella desaparecía dentro de la casa—. *Alors*, Kate —su expresión se hizo más seria—. Quiero hablar contigo. Ahora que *les vendanges* terminaron, esperábamos que pudieras quedarte unas semanas más para terminar nuestro proyecto especial —Nico bajó la voz al pronunciar las últimas palabras.

Fruncí el ceño.

—¿Qué proyecto, te refieres a limpiar el sótano?

—Eh... —echó una mirada detrás de él—. Sí, *la cave* —prácticamente estaba murmurando—. Bruyère y tú hicieron un trabajo excelente. Sería... sería una lástima que no lo vieras terminado.

Me sentía culpable por decir que no. Sin embargo, empecé a negar con la cabeza.

—No quiero causar más molestias.

—No es ninguna molestia. Tu presencia le ha levantado el ánimo a Bruyère. Creo que ninguno de los dos se había dado cuenta de lo aislada que iba a sentirse sin otros estadounidenses alrededor.

A través de las ventanas de la cocina vi a Heather frente al fregadero. Se dio la vuelta para agarrar un manojo de perejil de la tabla para cortar y después volvió a girar. Era verdad que parecía un poco más alegre estos últimos días, como si su humor finalmente hubiera mejorado. Sin embargo, volví a negar con la cabeza.

—Tengo que regresar a San Francisco. El Examen... —permití que mi voz se fuera apagando. La verdad era que aún faltaban varios meses para el Examen. Sin embargo, la estancia en Meursault me hacía sentir más incómoda de lo que quería admitir.

Nico había estado escuchándome expectante, pero ahora su cuerpo parecía desinflarse.

—*D'accord* —dijo—. Claro, comprendo —sin embargo, su decepción era tan evidente y tan desproporcionada que no pude evitar pensar si Heather y él estaban escondiendo algo. Cada vez que mencionaba el sótano, palidecían de pánico. ¿Cuál era la verdadera razón por la que querían limpiarlo?

Pese a lo que me dictaba el sentido común, me escuché decir:

—Los que me rentan por Airbnb acaban de mandarme un correo para ver si pueden quedarse más tiempo. Tal vez puedo cambiar mi billete.

—¿De verdad? —el rostro de Nico se iluminó.

—¿Cuánto tiempo más me necesitan?

—No mucho. Dos semanas como máximo.

Dos semanas más en Meursault. Dos semanas más de temor ante la posibilidad de encontrarme con Jean-Luc. Sin embargo, esas dos semanas también me darían la oportunidad de visitar los viñedos de Borgoña que Jennifer me había sugerido y de reunirme con los productores que ella había contactado a mi nombre. Dos semanas más me permitirían probar todo el vino de Borgoña que pudiera encontrar. ¿Qué haría Jennifer? Ni siquiera tenía que preguntarle.

Para cuando los invitados empezaron a llegar, el sol de la tarde brillaba sobre nosotros y el lechón había empezado a crujir, llenando el aire de un aroma tan suculento que la gente exclamaba en cuanto bajaba del coche. Pronto el jardín se llenó de vendimiadores y de sus familias, reconocí a mis compañeros *vendangeurs* del viñedo de Nico; los otros, supuse, eran parte del equipo de Jean-Luc, así como amigos, parientes, vecinos y empleados de los dos terrenos. Marianne y Raymond estaban discutiendo con una pareja española sobre autocaravanas rodantes de segunda mano y Heather llevaba varios platos de comida de aquí para allá. Montones de niños comían vorazmente patatas fritas para luego irse corriendo a complicados juegos de caza y persecución.

Mientras me abría camino a través de la multitud, era plenamente consciente de la presencia de Jean-Luc, que hablaba con los otros invitados. Tenía la sensación de que él también era consciente de mi presencia y, por la misma razón, evitábamos encontrarnos uno con el otro. Sin embargo, en breves miradas robadas, vi que los años lo habían tratado con gentileza, haciendo sus hombros más amplios, poniendo líneas en su rostro que lo hacían lucir más guapo. Aún recordaba la última vez que nos habíamos despedido: un abrazo tosco en el aeropuerto, un roce de labios. Si hubiera sabido que era para siempre, ¿habría sido más cuidadosa? Sin embargo, eso fue antes de que el insomnio empezara a sacarme de la cama a altas horas de la noche, antes de que un vocabulario extraño empezara a sonar constantemente en mi cabeza —*deuxième emprunt de logement* (segundo préstamo hipotecario), *droits de succession* (derechos de sucesión), *publication des bans* (anuncio público del matrimonio)—, antes de que las dudas empezaran a dominar mis pensamientos: —¿Y si somos demasiado jóvenes para casarnos? ¿Y si no quiero vivir en Francia el resto de mi vida? ¿Y si es mejor para él seguir siendo soltero?—. Habría sacrificado casi cualquier cosa por Jean-Luc; sin embargo, ¿y si el sacrificio era él mismo? Al final, rompí nuestro compromiso por teléfono, en una conversación perfectamente clara a larga distancia desde California. No había tenido el valor suficiente para mirarlo a la cara.

La tarde se desvanecía en una noche brillante, el cielo azul oscuro resplandecía con un millón de estrellas. Heather y Nico sacaron el lechón del horno de leña —crujiente, con piel dorada y carne jugosa—, y cuando el tío Philippe cortó las primeras rebanadas, se desató un aplauso espontáneo entre los asistentes. La mesa estaba llena de carnes frías y ensaladas, una gran cantidad de salchichas asadas, *courgettes* gratinados y otros vegetales del huerto, platos de quesos de la zona, y un abanico de pasteles y tartas caseros que llevaron los vecinos de Heather. Comimos y bebimos hasta que finalmente el vino cedió paso a la *ratafía*, un *digestif* casero hecho con mosto ligeramente fermentado y algún tipo de alcohol de grano letal. Nico y Jean-Luc encendieron una fogata en un rincón del jardín; uno de los vecinos sacó un acordeón y empezó a tocar una melodía alegre, animando a un grupo a bailar. Las parejas se alinearon para aplaudir y zapatear siguiendo los pasos tradicionales. Vi a Heather y a Nico, a Chloé y a su esposo, al tío Philippe y a la tía Jeanne. Una joven delgada de cabello largo color miel jaló a Jean-Luc hacia el círculo y se reunieron con los otros, girando con los brazos entrelazados. Ella alzó la cara hacia él —rasgos finos y gatunos, ojos oscuros que brillaban a la luz del fuego— sonriéndole con tanta calidez que no hizo falta que alguien me dijera que era la novia de Jean-Luc. ¿Era quizá una vecina? ¿O una antigua compañera de clase, una chica que probablemente lo conocía desde que ambos estaban en pañales? Se mezclaron con el resto con la seguridad de quienes han bailado esos pasos desde la infancia.

No era la primera vez que yo pensaba que esa vida podría haber sido mía. Habría podido ser la esposa de un *vigneron*, regodearme en el brillo de la sonrisa de mi esposo, reír mientras me tambaleaba sobre mis pies. Podría haber saboreado este descanso posterior a la vendimia, satisfecha de nuestro arduo trabajo, excitada con la esperanza de una cosecha espectacular. En cambio, estaba al margen; era una observadora y no una participante.

El acordeonista terminó la danza con una floritura alegre, las parejas se separaron y todos aplaudieron. Jean-Luc y su novia se quedaron riendo por alguna broma, y la luz de la hoguera iluminó sus rostros enrojecidos. Él se veía muy robusto, jadeante; un poco sudoroso a causa del baile, sin ser la imagen perfecta de mi recuerdo, pero sí una persona real que reía, coqueteaba, gritaba, decía palabrotas, que era brillante y gracioso, fuerte y ambicioso, aunque quizá demasiado perfeccionista. Durante todos esos años, Jean-Luc había sido un fantasma, un espectro de mi pensamiento, que me acechaba. Ahora que estaba frente a mí, finalmente comprendí que las decisiones que había tomado desde hacía mucho tiempo llevaron nuestras vidas por caminos separados; nos habíamos alejado demasiado para volver a encontrarnos.

Fui al patio para servirme otra bebida. No había vino abierto, así que busqué una botella nueva, le quité el papel y le saqué el corcho. Abrí varias botellas de una vez, dejándome llevar por la eficacia familiar y reconfortante de aquella labor.

—Tú debes de ser Kate. —Era la voz de un hombre, estadounidense. Me di la vuelta, sorprendida. Tenía cabello castaño oscuro y revuelto, cejas gruesas que se arqueaban sobre gafas de montura negro, una sonrisa que alternaba entre audaz y tímida—. Heather me contó que había otro paisano aquí —añadió—. Hola, yo soy Walker.

—Hola —nos dimos la mano, la suya era seca y firme—. ¿Eres amigo de Heather y de Nico? —pregunté.

—No, nos acabamos de conocer. En realidad, estoy haciendo una *temporada* con Jean-Luc. Me quedo en su casa de huéspedes, que está bastante bien.

Asentí sin hacer otro comentario y tomé otra botella de vino.

—Ay, por favor, permíteme —tomó la botella de mi mano y sirvió un poco en mi copa—. Ya sabes, en Francia, una *dama* no debe servir su propio vino —hizo hincapié en la palabra *dama* como si fuera un concepto anticuado—. ¿Te estás quedando aquí con Charpin?

—Pues algo así. Nico es mi primo. Me estoy preparando para el título de Maestro del Vino, para el examen práctico.

—¡Vaya! —abrió mucho los ojos—. Esa prueba es muy dura. Me quito el sombrero.

—¿Y tú? ¿Qué te trae a la Côte d'Or?

Bebió un sorbo de su copa antes de responder.

—En realidad, me preparo para el examen de maestro *sommelier*.

—¡Ah! —dije fingiendo horror—. Eres uno *de ellos*.

—Me imagino que te refieres a alguien que es experto en vinos y además sabe servirlos —dijo en tono de broma.

—En realidad —dije siguiéndole el juego—, me refiero a alguien que no puede soportar el rigor intelectual del Maestro del Vino.

—¿Al menos sabes servir el vino sin tirarlo?

—Seis vinos —dije en tono de broma—. Es lo único que tienen que identificar, ¿verdad?

—Mira, voy a aceptar que el MV es más difícil si abres una botella de champaña con un sable.

—Bueno —miré a mi alrededor—. ¿Dónde está el sable?

Alzó las manos y rio.

—¡Tregua!

—Sabía que estabas bromeando.

Por alguna razón empecé a acomodarme el cabello.

—No, es sólo que no quiero que decapites a alguno de los niños que anda corriendo por ahí.

—Sí, cómo no —levanté la botella y llené su copa. Mientras regresaba la botella a la mesa, una diminuta gota de vino cayó en el impecable mantel—. Ah…, en fin —dije mientras él reía—, ¿viniste a trabajar en las *vendanges*?

—Estaba de *sommelier* en Nueva York, pero, vamos, esas horas... me extenuaron. Tenía un poco de dinero ahorrado y me imaginé que, ya sabes, quizá podría irme a Francia un tiempo. Tengo pasaporte irlandés y hablo francés. Parecía el mejor momento para hacer una pausa, viajar un poco y visitar por fin las mejores regiones de vino, de las que todo el mundo habla. Entonces, ya sabes, básicamente me lancé a la aventura.

Él volvió a mostrar aquella sonrisa irónica. Yo reí sin querer, justo cuando el acordeón empezó a sonar de nuevo.

—¡Oye! —Walker hizo un gesto hacia el patio donde otra vez las parejas se formaban en dos filas—. ¿Quieres bailar? —tomó la copa de mis manos, la puso en la mesa y me insistió en que lo siguiera.

—¡No me sé los pasos! —dije, sintiéndome cohibida al ver a Jean-Luc incorporándose al otro extremo de la fila.

—No importa —miró sobre su hombro, sonriendo—. ¡Vamos a fingir! —Y me lanzó hacia una masa giratoria de bailarines, haciéndome dar vueltas hasta que sus rostros se convirtieron en un borrón de colores.

Cher journal,

Los días se suceden con una monotonía insoportable. Nuestras comidas son un ciclo interminable de raíces. Zanahoria. Nabo. Puerros. Patatas. Hace unos días, durante el almuerzo, dije que me gustaría comer un tallo de ruibarbo, una hoja de acelga, guisantes, judías verdes, cualquier cosa que me hiciera recordar la primavera. Madame resopló.

—Da gracias por lo que tenemos —dijo con voz tajante—. Estamos en tiempos de guerra.

—*La drôle de guerre* —dije, pues es como la llaman en los periódicos, la guerra falsa. No ha pasado nada desde septiembre.

—Deberías sentirte afortunada por que tienes comida —dijo, dejando caer sobre la mesa un plato de puré de nabo.

—Francia va a aplastar a esos alemanes —gritó Benny.

—¡Arrr! —gruñó Albert.

—¡Basta! —Madame levantó la voz—. Hélène, estás alterando a tus hermanos. No voy a permitir este tipo de conversación en la mesa.

—Pero... —tomé aire para responderle, pero papá me lanzó una mirada.

—Ven a verme después de la escuela, *ma choupinette* —dijo en voz baja—. Quiero hablar contigo.

El resto de la tarde estuve preocupada por la posibilidad de que papá estuviera enfadado conmigo. Después de la escuela, me di prisa en hacer los ejercicios del *baccalauréat* para que *madame* Grenoble me dejara salir unos minutos antes que a los otros alumnos, y regresé en bicicleta al viñedo tan rápido como mis piernas podían pedalear. En casa, encontré a papá sólo en su oficina.

—*Coucou, choupette* —me saludó distraídamente, levantando la mirada de su libro.

—Papá, no estaba tratando de molestar a nadie en la comida. No es culpa mía que los niños se hayan alterado.

—Ah, ¿se alteraron? No me di cuenta. Aunque tenemos que guardar la calma ante Benoît, desde luego —añadió rápidamente, como si Madame pudiera escucharlo—. Pero te quería hablar de otra cosa. De esto —empujó su libro hacia mí, haciendo que las páginas se agitaran.

Lo levanté y miré la portada.

—*Le Comte de Monte-Cristo*? —*El conde de Montecristo* es el libro favorito de mi padre, pero no lo he leído desde que era pequeña.

—¿Qué ves?

Leí unas cuantas frases y sonreí.

—Los guardias de la prisión acaban de echar a Dantés al mar...

—No, mira con más atención.

Mis ojos se saltaron varios párrafos.

—¿Encuentra una isla y llega a la playa?

—Aquí —señaló una palabra—. Y aquí y aquí. —Su dedo índice se movió por la página.

Y entonces, las vi: unas tenues marcas de lápiz entre las líneas de texto.

—Son... puntos —dije.

—*Oui* —sonrió—. Es un código.

Papá me mostró cómo poner los puntos sobre algunas letras y números para codificar mensajes.

—Mi padre me enseñó el mismo código durante la Gran Guerra, justo después de que se fuera al frente. Mis hermanos... bueno, ya habían muerto. Yo me quedé a cuidar a *maman*. Papá necesitaba que yo pudiera enviar mensajes si fuera necesario.

—Pero no va a pasar nada —protesté.

—Ya sé, *la drôle de guerre* —dijo papá—. De cualquier manera, tenemos que estar preparados. *Dieu merci*, la tensión va a disiparse. Sin embargo, si la guerra comienza pronto y tengo que partir de repente... Bueno, siempre está bien tener una manera privada de comunicarse, *n'est-ce pas?* —su voz era alegre, pero no despegó la mirada de mi rostro hasta que asentí.

Me aclaré la garganta.

—¿Ya se lo enseñaste a Virginie?

Titubeó.

—Todavía no. Tiene muchas preocupaciones; no me gusta darle más. Tu *belle-mère* es menos fuerte de lo que parece. *Oui, c'est vrai* —dijo, en respuesta a mi silencioso escepticismo—. Si yo no estoy aquí, tú vas a tener que ser fuerte por ella y por los niños.

—Pero, papá...

—¡Escúchame, Hélène! —su voz era más tajante de lo que nunca la había oído—. Si algo ocurre y tengo que irme, voy a dejarte a ti a cargo. Necesito que te quedes aquí en el viñedo. Las casas abandonadas serán las más vulnerables al saqueo. Sin importar lo que ocurra, tú tienes que quedarte. ¿Puedes prometérmelo?

Asentí.

—Necesito que me lo digas. Prométemelo.

—Te lo prometo, papá —la voz se me quebró un poco y me aclaré la garganta—. Yo me voy a quedar aquí para mantener el viñedo a salvo.

—Buena chica —se relajó ligeramente—. Ahora esto es lo que necesito que hagas en *les caves*...

Íbamos a construir una pared en nuestra bodega privada, me dijo, para esconder detrás las botellas más valiosas. Como *négociants*, nuestra familia había reunido una maravillosa colección de vinos, no sólo de nuestro viñedo, sino una selección de buenas cosechas que valían una fortuna considerable.

—Incluso si podemos esconder sólo algunas cajas de Les Gouttes d'Or, sería suficiente para tu futuro.

—Pero, ¿y si las encuentran?

Se encogió de hombros.

—Las bodegas son oscuras y miden kilómetros. Me imagino que es posible; yo mismo me pierdo allí abajo a veces.

Los dos nos reímos porque era verdad. Hace unos meses, papá bajó para buscar un *grand cru* raro, se le olvidó la lámpara, dio una vuelta equivocada, luego otra y pasó varios momentos de pánico buscando las escaleras. Nuestras *caves* son como un laberinto, construido por monjes en el siglo XIII los techos son bajos y los arcos llevan a giros extraños y callejones sin salida.

—Nadie más debe saber de este proyecto. ¿Comprendes? *Personne* —dijo papá.

—¿Y mi *belle-mère*? ¿Y los niños?

—Virginie... —parpadeó.— Sí, le contaré. En su momento. Pero no a los niños; son muy pequeños y es peligroso —cuando asentí añadió—: Vamos a trabajar por las tardes, después de la escuela, mientras aún entre un poco de luz por las ventanas.

Me mordí un labio.

—Tengo laboratorio de Química después de clase, con *madame* Grenoble. Para el *bac*.

—Lo siento mucho, *ma choupinette* —bajó la mirada hacia su escritorio, en silencio y completamente inmóvil, de manera que mi corazón se estremeció—. Teniendo en cuenta la situación, he decidido que deberás esperar para solicitar tu ingreso en Sèvres.

Sentí como si me hubieran sacado todo el aire del pecho.

—¡Pero ni siquiera ha pasado nada! —protesté—. La semana pasada vi las noticias en el cine: en París todos estaban en las calles como si nada —las lágrimas se me acumulaban en los ojos—. Por favor, papá, por favor, déjame mandar la solicitud —le rogué. Cuando vi que empezaba a negar con la cabeza, añadí rápidamente—: Por lo menos espera hasta después del examen para tomar una decisión.

Contuve la respiración mientras mi padre pensaba.

—*D'accord* —dijo por fin—. Puedes seguir preparándote para el *bac*, si *madame* Grenoble te permite hacer el laboratorio temprano, antes de la escuela.

La siguiente tarde empezamos el trabajo en las bodegas. Papá me mostró el área de la *cave* que quiere emparedar. En realidad, es bastante grande, tanto como la cocina, y empezamos a buscar entre las cajas de vino, apartando los *grands crus* y las cosechas raras. Creo que pusimos alrededor de veinte mil botellas ahí. A papá le llevó años encontrar ladrillos con la pátina adecuada, así como todas las otras piezas que dice que necesita. Empezaremos mañana por la tarde.

Odio perderme las clases extra de Química después de la escuela, en especial después de que Rose me dijera que el otro día lograran encender diferentes compuestos en una llama de metanol. Por lo menos, *madame* Grenoble ha sido comprensiva con mis ausencias y me permite utilizar el laboratorio antes de las clases, y me anima después, comentando mis tareas. Ruego que sea suficiente para que califique para Sèvres.

Ya ves, *cher journal*, tengo que inscribirme en Sèvres en el otoño. No puedo imaginar mi futuro de ninguna otra manera. Ya sé que le declaramos la guerra a Alemania y que todos los jóvenes han sido movilizados al campo de batalla, y que hay toque de queda cuando oscurece y que tenemos que llevar nuestras máscaras de gas a todas partes, pero, francamente, no se percibe ningún cambio. En Beaune, la gente toma café en las *terrasses*, mis compañeras de clase están buscando patrones para nuevos vestidos de primavera y la semana pasada *madame* Laroche me dijo que había plantado diecisiete nuevos rosales en su jardín. ¿Ese es el comportamiento de alguien que está preparándose para una guerra?

No, simplemente tengo que seguir creyendo que no va a ocurrir nada. Porque si hay una verdadera guerra, voy a tener que cumplir mi promesa y quedarme en el viñedo con Madame y mis hermanos. No creo que sea lo suficientemente fuerte para eso, de verdad, no lo creo.

CAPÍTULO 5

—Shhh —Heather bajó cojeando los últimos tres escalones y escudriñó la penumbra del sótano.

—Yo no dije nada —protesté.

—No, tú no —se puso las manos con delicadeza en cada lado de la cabeza—. Cuando las escaleras crujen... es... una tortura. ¿Es posible tener una resaca de dos días?

—¿Después de esa fiesta? No sólo es posible, sino muy probable.

La Paulée terminó justo cuando la suave luz dorada del amanecer empezó a iluminar el cielo. Yo me acosté al alba, y desperté con un dolor de cabeza terrible cuando Heather empezó a gritar buscando a Thibault, que no estaba en su habitación. Finalmente, lo encontró dormido en una fortaleza de almohadas que había armado en la sala. Más tarde, desayunamos sobras de lechón asado, arrancando la carne con las manos, antes de emprender la tarea hercúlea de limpiar la casa y el jardín. Después de dos días seguíamos encontrando copas de vino a medio beber en rincones donde no habíamos buscado, platos de cartón cubiertos de migajas, y Thibault descubrió una tarta de manzana entera metida en la parte baja de un armario.

—No tenemos que empezar ahora —dije—. Podemos declarar el día de hoy un día de salud mental e ir a comer huevos tibios con pan tostado y beber *bloody mary*.

—Suena muy parecido a ayer.

—¿Ayer parte dos?

Negó con la cabeza muy suavemente, como tratando de no revolver su contenido.

—Es una idea tentadora... pero no, finalmente estamos progresando, ¿no crees? —alzó una ceja esperanzada.

71

Miré alrededor de la *cave*. Montones de basura acechaban entre las sombras, tan enormes y abultadas como siempre.

—Vamos por buen camino —concedí.

Sin embargo, mientras me dirigía a mi lado, noté que la bodega parecía ligeramente más espaciosa que cuando habíamos comenzado. Había caminos que corrían entre los montones y habíamos limpiado un área alrededor de una de las ventanas, lo que permitía el paso de luz natural. Casi había conseguido abrir un paso hasta una de las paredes y podía ver los costados de un enorme ropero maltratado que estaba apoyado contra el muro, con las puertas bloqueadas con más cajas.

—Muy bien. Muy bien —murmuró Heather para sí—. Empecemos.

Esa mañana parecía distraída, y no hacía más que cambiar cajas de un lugar a otro en vez de examinar su contenido.

Rompí una caja de cartón para abrirla y encontré un montón de anuarios del *lycée* de Nico.

—Ay —Heather tomó uno del montón, y lo hojeó—. Mira a *les garçons* —me mostró una fotografía de dos adolescentes delgaduchos, Nico y Jean-Luc, con sombreros de copa idénticos, corbatas de moño y sonrisas tontas—. ¿Estarían en el club de tap? —empezó a reírse, alzando el libro para inspeccionar las otras fotos de la página—. ¡Ay! —contuvo el aliento—. Ahí está Louise. —Reconocí los rasgos gatunos de la muchacha de La Paulée. Sin querer, sentí una puñalada de curiosidad y celos, tan afilada como un palo puntiagudo.

—¿Ella y Jean-Luc están saliendo? —traté de mantener un tono de voz natural.

Heather bajó el libro.

—Sí. Creo que podría ser serio —dijo finalmente—. Ella tiene un negocio de libros antiguos en Beaune —alzó una ceja—. No estoy segura de cómo lo mantiene, pero sospecho que le ayudan sus padres. ¿Has oído de Maison Dupin Père et Fils? Su familia es dueña de uno de los viñedos más exclusivos de la Côte d'Or. Yo creo que desde hace años había puesto los ojos en Jean-Luc, pero apenas empezaron a salir hace como seis meses.

Al parecer, Louise era hermosa y rica.

—¿Te cae bien?

—Creo que sí. Es muy refinada y elegante, con su barbilla puntiaguda. Me recuerda a una almendra —se mordió el labio—. Pero... hace unos comentarios... Como el otro día, durante un almuerzo, Thibault no quería compartir el último trozo de un pastel y ella le dijo: «*Ne mange-pas comme un juif*, no comas como judío». Me sorprendí tanto que casi me atraganto. Nico no dijo nada, ya sabes cómo es; siempre pacifista, pero finalmente le dije, ya sabes, que yo soy judía. Y ella simplemente se encogió de hombros y dijo que yo era demasiado sensible. Me dijo: «¡Es sólo una expresión!».

Me quedé con la boca abierta. Ya sabía que el antisemitismo se mantenía latente en Francia, como en todo el mundo, pero escuchar que alguien lo expresaba así, tan abiertamente, me dejó pasmada.

—Lo sé, es horrible la primera vez que lo escuchas, ¿verdad? Estas frasecitas aparecen de vez en cuando, pero ya me había acostumbrado, supongo —cerró el anuario bruscamente y lo devolvió a la caja—. Obviamente la relación de Jean-Luc no es de mi incumbencia. Pero de verdad espero que no esté cometiendo un error.

Pasé el peso de mi cuerpo a mis tobillos.

—Seguro que sabe lo que está haciendo —dije, bajando las tapas de la caja para que quedaran perfectamente planas. Cuando volví a alzar la mirada, la encontré mirándome con ojos inquisitivos.

—Escucha —comenzó—. No quiero ser entrometida, pero ¿podrías decirme qué pasó entre ustedes? Su separación fue tan repentina... Él no dejaba de decir que ibas a venir, pero nunca llegaste. Y después Nico y yo tuvimos a Anna, que tenía *muchísimos* cólicos, y cuando salimos de ese torbellino, ya era tarde para empezar a hacer preguntas.

—Él... —me aclaré la garganta—. ¿Jean-Luc nunca les dijo lo que pasó? Ella negó con la cabeza.

—Yo siempre estaba con que te iba a mandar un correo electrónico, pero en aquella época no teníamos internet en casa y... bueno, nunca me faltan excusas, ¿verdad?

Un silencio incómodo pendió sobre nosotras.

—En realidad no fue algo en particular —dije por fin—. Sólo éramos demasiado jóvenes —a mi memoria llegó el recuerdo de la última noche que habíamos pasado juntos en París. Mi *chambre de bonne* estaba barrida y limpia, mis maletas junto a la puerta. Jean-Luc estaba sentado en el suelo, bebiendo champán, hablando de nuestros planes para el futuro. Hizo una declaración repentina:

»No quiero que mi esposa trabaje fuera de casa. *Maman* nunca lo hizo.

»Tu madre también hace su propio jamón y embotella sus propios pepinillos. Ella y yo no podríamos ser más diferentes.

»¿Y si tenemos hijos?

»Me voy a tomar un tiempo. O tú. O nos turnamos. Ya lo iremos resolviendo.

»*Moi?* ¿Cocinar y cuidar a los niños? *Mais non*, ese es el trabajo de las mujeres.

»También está la guardería.

»¿Y que se enfermen todo el tiempo?

»Sólo sería un par de años.

»¡Probablemente más tiempo!

»Bueno —me reí—. Supongo que depende de cuántos hijos tengamos.

»¿Cuatro?

»*¿Cuatro?* Uno.

»¿Sólo uno? ¿No se va a sentir sólo?

»No. *Ella* jugaría con los demás niños de la guardería —dije pinchándole un costado.

»Mmm. Creo que tenemos mucho que negociar —dijo guiñándome y estirándose para alcanzar otro pedazo de pan—. Aunque yo siempre he soñado con tener una familia grande.

»Tú sólo quieres el trabajo gratis —dije con exasperación fingida.

»Ay, Kat, me conoces demasiado bien.

Una sonrisa se formó en su rostro; luego me abrazó y me besó en la boca, un beso que se hizo más profundo, mientras sus dedos acariciaban delicadamente mi cuello y se metían bajo mi blusa, así que rápidamente se me olvidó dónde estaba y lo que estábamos diciendo.

Entonces parpadeé y el recuerdo se disolvió.

—Éramos demasiado jóvenes —repetí, pero lo dije más para convencerme a mí misma.

Heather estiró una mano y la puso sobre mi hombro, con los ojos oscuros llenos de comprensión. Sin embargo, no quería seguir hablando de eso. Había ocurrido hacía mucho tiempo y había pasado mucho tiempo examinando esos recuerdos, mucho tiempo preguntándome si debí hacer las cosas de manera diferente.

—Está bien —conseguí recuperar una sonrisa—. Ya no importa. Todo fue para bien —encogí los hombros de manera que su mano resbalara por mi brazo. Y después fui hacia otra caja porque no quería ver la mirada herida de su rostro.

Trabajamos en silencio. Me obligué a concentrarme en los objetos que tenía frente a mí. Un montón de trapos de cocina que se estaban desintegrando. Una caja antigua de jabón para lavar. Un juego de moldes de gelatina de cobre, opacos y manchados de óxido. Un libro viejo: una biografía de Marie Curie. Lo abrí y busqué el título. Mi corazón dio un vuelco cuando vi la inscripción escrita con una caligrafía anticuada y redonda:

Hélène
Le Club d'Alchimistes

Leí las palabras, tratando de comprender el significado. El libro era de Hélène, eso estaba claro. Pero, ¿El club de los alquimistas? ¿Qué era eso?

Alcé la cabeza y grité hacia el otro lado de la bodega:

—¿Heather?

—Dime —¿Estaba imaginándome cosas o su voz sí sonaba fría?

—Mira esto —me levanté y fui hacia ella para mostrarle el libro—. ¿Qué crees que significa?

Ella observó la caligrafía y después negó con la cabeza.

—Honestamente, no tengo idea. Tiene que haber sido de ella, quienquiera que sea. Fuera. Hélène —tocó el nombre con la yema de un dedo.

—De cualquier manera, ¿qué es la alquimia? ¿La transformación mágica del metal en oro?

Ella se encogió de hombros.

—La magia no existe, no seas tonta. Eso era sólo una superstición medieval.

—¡Vaya! —exclamó Heather—. ¡Qué elegante estás!

Tres pares de ojos se dirigieron hacia mí cuando entré en la cocina.

—No es nada —protesté—. Sólo me lavé el cabello.

—Y te pusiste zapatos de tacón. Y lápiz labial —Heather siguió picando una cebolla—. Walker no va a saber qué lo golpeó.

—¿Qué piensan ustedes? —pregunté a Anna y Thibault—. ¿Estoy bien?

Anna inclinó la cabeza.

—*Les jeans* están bien. Y me gusta la blusa. Pero necesitas ponerte la bufanda así —la tomó de mis hombros, la dobló por la mitad y la enrolló alrededor de mi cuello—. *Voilà*. Ahora resalta el color verde de tus ojos.

Heather alzó la mirada desde la tabla de picar.

—Oh. Tiene razón.

—Mañana te voy a enseñar a usar el *eye liner* —me prometió Anna, y salió de la habitación.

—Kat, ¿me ayudarás a construir de nuevo la *cave à vins* de Lego? —dijo Thibault mirándome.

—Ay, la cava de Lego... Qué divertido, ¿no? Mejor mañana, ¿de acuerdo?

—¿Podemos hacer otro terremoto?

—Claro que sí —dije mientras él seguía garabateando en su libro de colorear de los minions.

—¿A qué hora te va a recoger Walker? —Heather aplastó un diente de ajo con el costado del cuchillo.

—Alrededor de las siete —las dos miramos el reloj, que marcaba diez minutos después de las siete.

—¿Estás preparada para esta noche?

—Pues, supongo. ¿Por qué, va a haber un examen?

—*Ya sabe* —alzó las cejas—. Preparada.

—Si te refieres a lo que creo que te refieres, ¡no! Apenas lo conozco.

—Oye, los vi hablando en La Paulée. ¡Salían chispas!

—Sí, la chispa que dos estadounidenses sienten cuando se encuentran en un país extranjero.

—Bueno, ¿cuándo fue la última vez que saliste?

—No hace tanto tiempo. Fue en junio —dije, restando unos cuantos meses—. Salía con un analista de San Francisco, aunque en realidad nunca supe si se interesaba en mí o sólo quería mis consejos para una aplicación de vinos que estaba desarrollando.

—Yo sólo digo que mantengas la mente abierta.

Antes de que pudiera responder, un coche paró en la entrada.

—¡Ya llegó! —exclamé tomando mi bolso, pero tiré algunas monedas en el suelo. Heather se inclinó para recogerlas y me las entregó.

—¡Diviértete! Y si quieres traerlo aquí más tarde, usa la escalera de atrás. Por los niños —las tres últimas palabras las articuló con la boca sin hacer sonido. Después sonrió.

Afuera encontré a Walker trotando hacia la entrada, con zapatos negros que crujían sobre la grava. Llevaba una camisa blanca, arrugada y desfajada, una corbata delgada de nudo flojo, pantalones de mezclilla ajustados que alguna vez habían sido negros y ahora estaban más cerca del gris oscuro.

—Hola —dijo, inclinando la cabeza. Me acerqué para darle un abrazo al estilo americano justo cuando él se echó hacia adelante para darme dos besos en la mejilla al estilo francés. Nuestras cabezas chocaron y le torcí las gafas.

—Ay, perdón —dijo. Y ahí estaba otra vez aquella sonrisita entre irónica y presuntuosa.

—Entonces, ¿con quién hemos quedado? —le pregunté una vez que entramos en el coche y nos encaminamos a Beaune.

—Ah, sí. Sólo un montón de expatriados. Como dije, todos están en el negocio del vino, así que nadie va a ponerse a alabar un *chardonnay* a granel ni nada por el estilo —me miró y yo asentí—. Nos hemos reunido para catas informales. Todos llevan una botella y los cafés no nos cobran el descorche, siempre y cuando pidamos comida. La semana pasada Richard llevó un Sauternes de 2001. Estaba de-li-cio-so.

—¿Cómo te encontraste con estas personas?

Se quedó en silencio durante tanto tiempo que pensé que no me había escuchado. Finalmente dijo:

—¿Honestamente? Fue a través de Twitter. Ya sé, ya sé... nada *cool*. Pero acababa de llegar y no conocía a nadie y... —Empezó a ruborizarse desde el cuello.

—No, no, en absoluto. Yo hago lo mismo. O sea, nerds del vino, ¿no? —le sonreí, y él soltó una especie de bufido de vergüenza.

En Beaune, nos detuvimos en el centro histórico y fuimos andando hasta el café. Admiré de nuevo el encanto de los adoquines, las calles bordeadas de casas con techos de tejado, y los *hôteles particulieres* de piedra pálida. El pueblo había crecido durante siglos, lo sabía, era el centro del negocio del vino de Borgoña, el hogar de los comerciantes más prósperos.

Walker hizo una pausa en la banqueta.

—Llegamos. Café de Marie.

Levanté la mirada hacia un toldo sucio color vino cuyo dobladillo colgaba hecho jirones.

—¿Café de la Mairie? ¿Estás seguro de que es aquí? —a través de la ventana vi a un hombre sentado a solas en un extremo de la barra con unos centímetros de cerveza en el vaso que tenía enfrente. Era el tipo de café con una delgada película de grasa sobre las mesas, las sillas y los menús plastificados, y baños que no habían visto una botella de cloro desde la administración de Mitterrand.

Sacó un pedazo de papel del bolsillo:

—Sí, es lo que Richard dijo por teléfono. Vamos —empujó la puerta y lo seguí, respirando los olores agrios de cerveza derramada y sudor. Con excepción de un camarero y el bebedor solitario de la barra, el lugar estaba vacío.

El camarero levantó la mirada del periódico.

—*Bonsoir, installez-vous* —hizo un gesto hacia las mesas vacías y nos acomodamos en un gabinete—. *Qu'est-ce que vous voulez boire?* —gritó, acercándose a nuestra mesa.

Hice una pausa, en espera de que Walker pidiera primero. El camarero alzó las cejas.

—¿Qué te gustaría tomar? —dije por fin. Walker miró la botella de vino que salía de su mochila y después vio al camarero.

—*Un verre d'aligoté?* —dijo, pidiendo una copa del vino blanco local.

—Yo también. *Deux* —intervine, sonriendo amablemente.

Continuó un silencio incómodo. ¿Dónde estaban los amigos de Walker? ¿Existían siquiera? ¿O todo había sido una elaborada treta para hacerme salir con él? A mi lado, Walker empezó a menear un pie, claramente tan incómodo como yo. Sentí una oleada de alivio cuando el camarero trajo el vino.

—Pues, eh... *Sant.* —Walker alzó su copa y brindamos—. ¿Qué has estado haciendo desde las *vendanges*?

—No mucho. Sólo he estado ayudando a Heather a limpiar la *cave*.

Una chispa brilló en sus ojos.

—¿Las cavas de tu familia? Me imagino que tienen algunas gemas guardadas en Domaine Charpin.

—Ah, no, no *les caves aux vins*, el sótano de la casa. Y las gemas son más bien artículos rotos y calcetines comidos por la polilla. Hemos estado haciendo viajes diarios al dispensario de caridad para deshacernos de todo. Por otra parte, encontramos un diploma misterioso de instituto... —rápidamente, le conté sobre Hélène, su ropa y la maleta, el libro y las fotografías—. Nadie tiene idea de quién es. Lo único que sabemos es que se graduó del *lycée* en 1940. ¿Habrá vivido la guerra en Borgoña? Me avergüenza aceptar que ni siquiera sé lo que ocurrió aquí.

—¿En la Côte d'Or durante la Segunda Guerra Mundial? —negó lentamente con la cabeza—. Fue tremendo, como en toda Francia. Ocupación, deportaciones, ejecuciones, hambre... Todo fue infernalmente opresivo.

—¿Y la Resistencia?

—Bueno, la línea de demarcación estaba cerca de Shalon-sur-Saône. Creo que sólo son treinta kilómetros de distancia. Estoy seguro de que hubo muchos cruces ilegales de aquí para allá entre la zona ocupada y la Francia de Vichy. Probablemente, también un buen movimiento de resistencia organizada.

—Me pregunto si fue así como desapareció. Hélène.

—A lo mejor —jugueteó con una servilleta—. Desde luego, en este punto, todos aseguran que eran parte de la Resistencia. Nadie era colaboracionista.

La puerta principal se abrió y ambos volteamos hacia ella, con la esperanza de que fueran los amigos de Walker. Sin embargo, sólo era un hombre canoso que entró para comprar cigarros.

Cuando Walker regresó la cara hacia mí, su expresión era más de desesperación que de decepción.

—¡Demonios! —vació su copa—. ¿Dónde diablos están?

—Está bien —le aseguré—. Probablemente quedaron atrapados en el tráfico o algo.

Sin embargo, después de dos copas de vino y un plato de queso compartido, todavía no había aparecido nadie. Finalmente, alrededor de las nueve de la noche, el camarero nos llevó la cuenta y nos dijo que iba a cerrar en cinco minutos.

—No, no. Deja que yo pague —dijo Walker, sacando unos billetes de su cartera—. Por favor, siento que te lo debo. Esta noche ha sido un desastre, has de pensar que me inventé a esas personas. Te lo juro, no soy un lunático.

—Acabo de buscar en Google «síntomas de un sociópata» en el baño —bromeé. En realidad, esta versión de Walker me gustaba más, estaba más tranquilo, era más auténtico y sentí que me relajaba un poco.

Caminamos lentamente de regreso al coche, deteniéndonos tanto tiempo entre las sombras de los edificios medievales de Beaune que pensé que podríamos besarnos. Sin embargo, después cambié el paso y se nos escapó el momento. En cambio, me descubrí tomándolo de la mano, sintiendo su palma seca y tibia contra la mía. Todavía era temprano, pero la mayor parte de las tiendas estaban cerradas. El café al que Heather y yo íbamos algunas veces después del mercado estaba lleno de luz y de gente. Observé la marquesina: Café aux Deux Maries. A mi lado, Walker hizo una leve expresión de desconcierto y alzó la cara para mirar a través de la ventana.

—¿Todo bien? —le pregunté.

Buscó en su mochila y sacó unas llaves.

—Sí —dijo, apretando un botón para abrir las puertas—. Pensé que había visto a alguien conocido, pero me equivoqué.

Durante el breve camino de regreso a Meursault hablamos de nuestros críticos de vino favoritos, y cuando nos detuvimos frente a la casa de Heather y Nico, hicimos planes para visitar juntos unos viñedos antes de intercambiar besos en la mejilla. No lo invité a subir por las escaleras traseras, ni por ninguna otra.

Después, sin embargo, mientras me lavaba los dientes, se me ocurrió algo. Café de la Mairie. Café aux Deux Maries. ¿Se habría confundido? Sonaban casi idéntico, en especial si uno no hablaba francés. Pero Walker hablaba francés, ¿no?

Recordé nuestra conversación en La Paulée. ¿No lo había mencionado entonces? Quizá hubiera exagerado su fluidez, quizás se sentía inseguro con respecto a su acento o a los verbos irregulares. Quizá, a pesar de sus gafas de hípster y su pedigrí de Brooklyn, no era tan sofisticado como deseaba parecer. En eso podía identificarme con él; después de todo, yo tenía mis problemas lingüísticos. Me reí un poco, recordando todas las veces que había confundido las palabras *salé* (salado) y *sale* (sucio).

Seguía pensando en Walker cuando apagué la luz del baño y caminé por el largo pasillo hacia mi habitación. Al meterme en la cama, mi mente regresó a La Paulée, y cuando cerré los ojos para dormir volví a sentir las manos de Walker sobre las mías mientras tiraba de mí hacia la pista de baile y me guiaba entre aquellos pasos pocos familiares.

Cher journal,

Alors, llegó y se fue; el día con el que había soñado durante tantos años: mi graduación del Lycée de jeunes filles à Beaune. Al final no fue la ocasión triunfante que me imaginaba, sino más bien un recuerdo que desearía borrar. En realidad, desearía poder olvidar toda la pesadilla de las últimas semanas. Desde luego, papá, Madame y yo hemos estado escuchando los boletines de la radio, y por las tardes nuestros silencios son cada vez más largos en cuanto papá la apaga. Así que sé que Bélgica ha caído —ay, terrible presagio— y sé que los alemanes han estado atacando. Y sin embargo, la información es tan desalentadora, tan contradictoria e incierta, que es difícil comprender la situación actual. Les creía a los comentaristas de radio cuando nos aseguraban que nuestras tropas eran valientes. Les creía cuando decían que nuestro ejército era valiente, más fuerte, con más valor y mejor preparado que el de los alemanes. Creía que saldríamos victoriosos y que Francia —*la belle France*, nuestra hermosa patria— prevalecería, porque nosotros, *le peuple français*, teníamos un papel especial en el mundo. Lo creía sin cuestionármelo, porque es lo que nos enseñaron en la escuela. Y ahora me doy cuenta de lo tonta que fui. Yo, que soñaba con convertirme en científica, ¿cómo pude aceptarlo tan ciegamente, sin hacer ningún análisis?

En retrospectiva, creo que mi fe comenzó a flaquear cuando aparecieron las primeras cerezas en el árbol de nuestro jardín. Lo recuerdo porque Albert había estado insistiendo en que me subiera al árbol y agarrara unas cerezas, sin importar que todavía estuvieran duras y verdes. Finalmente, decidí subirme, aunque fuera sólo para demostrarle que las cerezas seguirían siendo tan poco comestibles de cerca como parecía desde el suelo, y fue entonces cuando las vi por primera vez: personas. Desde mi posición en el árbol podía ver el camino principal que se extendía en la distancia y en él, una delgada línea de figuras. Se movían lentamente en grupos pequeños, con cargas grandes, maletas y sacos pesados, muebles pequeños, colchones, más una increíble cantidad de jaulas para aves, y madres que cargaban con niños pequeños, arrastrándose bajo el sol impío de la tarde. Al principio fue un flujo constante, pero después de uno o dos días se convirtió en una muchedumbre, una columna impenetrable de humanidad que congestionaba el camino, extendiéndose kilómetros y kilómetros, caminando fatigosamente. Caminando, caminando, y después, cuando un avión alemán comenzó a disparar, corriendo, pisoteando, tropezando. La gente se movió con un pánico total, aunque nadie corrió más rápido que los soldados franceses, que huyeron y dejaron a un lado las armas para poder correr a través de los viñedos cuando los caminos se congestionaron demasiado.

La distancia del viñedo al camino principal nos protegía del saqueo, pero de cualquier manera, los niños estaban aterrados. La verdad, todos lo estábamos. Sólo papá permanecía en calma. A los que se desviaban hacia nuestra casa les ofrecíamos agua y vino, un plato de sopa, vendas limpias para los pies ensangrentados, refugio en el granero. Por el bien de Madame y de los niños tratábamos de amortiguar los murmullos de pánico de la derrota, de la humillación: «La línea Maginot, derrumbada»; «El ejército francés, en retirada»; «París ha caído»; «Vienen para acá». *Vienen para acá.*

—¿No pueden huir? ¿Se van a quedar aquí? —me preguntó una madre joven cuando le llené por segunda vez un vaso con agua. Cuando asentí movió los labios secos en un murmullo ominoso:

—*Dieu vous bénisse.*

—Dios la bendiga también —respondí de manera automática. Me miró como si yo no estuviera bien de la cabeza. Después ella y sus tres hijos volvieron cojeando al camino para seguir su viaje hacia el sur.

Difícilmente logro escribir lo que ocurrió después. Los alemanes lo barrieron todo como ángeles de la muerte, avanzando sobre la Côte d'Or en tanques y motocicletas, con la luz del sol reflejada en sus gafas. Una pequeña unidad se adentró en Meursault durante el almuerzo y en el lapso de una tarde establecieron un punto de revisión en el pueblo y nos reunieron en la *école* para verificar nuestros documentos y anunciar que todo estaba *verboten*. Tenemos prohibido salir después de las nueve de la noche. Tenemos prohibido poseer armas de fuego, escuchar estaciones de radio extranjeras, permitir que incluso un rayo de luz escape de nuestras cortinas cerradas después de la oscuridad, ayudar o dar refugio a cualquier enemigo de Alemania, pero en especial a los soldados ingleses. Desde luego, tenemos prohibido negarnos a cualquier exigencia de los alemanes. Debemos colaborar con las autoridades alemanas.

El teniente que está a cargo es un hombre de labios delgados que habla un francés entrecortado y horrible. Mientras gritaba sus órdenes, sentí que Madame se ponía rígida, incluso aunque papá le pusiera una mano sobre el brazo. Había temido lo peor, pero parece que no tendremos que enfrentar la indignidad de albergar un soldado alemán en nuestro hogar; por lo menos todavía no. Yo había estado preparándome para esa noticia, nuestra casa es una de las más grandes del pueblo y una de las más hermosas, y cuando el teniente anunció que él y sus hombres iban a permanecer con base en Beaune, *por ahora*, las piernas me temblaron como gelatina.

Madame se alterna entre una aceptación pasiva del presente y una preparación frenética para el futuro. En la mesa dice con alivio:

—Por lo menos esta vez nos ahorraremos el horror... Todavía recuerdo la Gran Guerra como si hubiera sido ayer... perdí un primo, ¿sabes?... —después de estas palabras, el rostro de papá endureció como piedra. Durante el día ella recorre la casa, presa del pánico, escondiendo todos sus tesoros, la plata y el lino, los libros, la joyería, los floreros de porcelana antigua que adornan la chimenea, los jamones ahumados y las piernas de cerdo, incluso los moldes de cobre de gelatina de la cocina, todo lo guarda bajo llave.

Entre la conmoción de estos acontecimientos, rematados por las sombrías noticias del «armisticio», el examen del *baccalauréat* en marzo ha empezado a parecer algo de otros tiempos. Cuando llegaron los resultados me demoré en abrir el sobre, no por miedo de haber suspendido —no quiero parecer arrogante, pero había estudiado con diligencia durante los últimos meses— sino porque el mundo se había vuelto al revés. Todo lo que había sido importante para mí —el *bac*, escapar de la mirada crítica de Madame, el sueño de estudiar y vivir lejos de casa—, ahora parece completamente ridículo. Frívolo. Siento repulsión por la idea de vivir tan cerca de París, con los *boches* caminando por la ciudad y sus suburbios como sucias cucarachas. Me aterraría estar tan lejos de la protección de papá.

Coloqué los resultados del examen sobre mis piernas y antes de abrirlos me obligué a aceptar que el sueño de asistir a Sèvres el próximo año era imposible. Como el año siguiente, y quizá nunca. Después abrí el sobre y leí los resultados. Me hicieron llorar más que si hubiera suspendido o fracasado en todo.

Finalmente llegó el día de hoy: *la cérémonie de remise de diplômes.* Nuestros *Commencement Exercises,* como se dice en inglés (¿se me permite siquiera escribir en la lengua del enemigo del Estado?). Esta mañana papá enganchó a Pepita a la carreta para llevarnos a Baune. Al final, sólo fuimos él y yo porque Madame tuvo un ataque de nervios y se quedó en cama e insistió en que los niños se quedaran con ella. Al llegar al *lycée* sólo vi a unas pocas compañeras; las otras se habían quedado en casa o huyeron al sur con sus familias, no lo sé. Sin embargo, ahí estaba Rose, con un sombrero rosado sobre sus rizos oscuros y un ramo de peonías magenta en las manos. Me alegré de haber llevado mi nuevo vestido de seda verde. Después de que *madame* Grenoble me otorgó la Copa de la Ciencia, Rose me apretó el brazo, puso las flores en mis manos y murmuró que estaría muerta de envidia de no ser por la selección absolutamente patética de premios (unos cuantos clásicos y un enorme conjunto de volúmenes de autores amados en la Francia de Vichy).

—¿Cómo podríamos escoger algo de esto? —murmuré, observando el conjunto. Y después las dos nos reímos. Acepto que a veces la competencia entre nosotros ha sido tremenda; sin embargo, ahora eso no importa en lo absoluto. Rose va a inscribirse en septiembre y yo me quedaré aquí en Meursault.

Nuestro director, *monsieur* Leconte, dio un discurso extraño del que al parecer había extraído cualquier referencia al futuro. Después seleccionó los diplomas de las pocas que estábamos presentes y nos los entregó. Después de eso, en lugar de una recepción, simplemente nos quedamos por ahí hasta que nos sentimos demasiado incómodos para quedarnos.

Quizá con la intención de levantarme el ánimo papá me sugirió que almorzáramos en Beaune, pero había empezado a dolerme la cabeza así que regresamos a casa. A pesar del calor del verano, el día había empezado a parecer infausto, en especial por el discurso de *monsieur* Leconte, lleno de referencias literarias deliberadamente inocuas, y porque el coro de la escuela evitó «La Marseillaise» en favor del menos bélico «Maréchal, nous voilà!» (cantado en honor a nuestro querido nuevo líder, el mariscal Pétain, desde luego). Empezaba a desear que Leconte simplemente nos hubiera enviado los diplomas por correo en lugar de esta celebración a medias que, más que festiva, resultó ominosa.

Y sin embargo...

Al escribir esta noche, me acordé de los refugiados que pasaron por nuestra puerta. Pienso en esas pobres almas con los pies ensangrentados y el rostro desconcertado, que dejaron sus hogares detrás, toda su vida, y la lástima que siento por mí parece absurda. Ellos ahora no tienen casa, sus posesiones se limitan a lo que pueden llevar consigo, muchos de ellos se han separado de la gente que más aman en el mundo. Cuando pienso en separarme de papá y de mis hermanos... Estoy llorando mientras escribo esto. Y sin embargo, esta es la verdad, que no le he revelado a nadie desde que me subí al cerezo: tengo miedo.

CAPÍTULO 6

El almuerzo del domingo en casa del tío Philippe era una tradición semanal. Sin embargo, ese domingo por la mañana Heather estaba tan tensa que parecía que nunca antes había comido en la mesa de sus suegros. Iba de un lado a otro de la cocina como un torbellino: echaba frascos de *tapenade* y botellas de vino en una voluminosa cesta de mimbre, envolvía una tarta de pera en papel encerado para transportarla, se ponía rímel en las pestañas, y ataba y desataba el cinturón de su vestido hasta dejarlo impecable, todo mientras gritaba órdenes escaleras arriba.

—Anna, espero que te hayas puesto el vestido que te dejé ahí. No, los *leggings* no. *Mémé* ya piensa que somos unas flojas. No voy a demostrarle que tiene razón presentándote con ropa de ejercicio —esa última frase la dijo en voz baja—. ¡Thibault! ¿Qué le ha pasado a tu camisa? Bueno, ¿qué estabas haciendo con la cátsup? No, es *comida*. No lo puedes usar como sangre falsa… Sí, te tienes que cambiar. *Sólo ve a cambiarte.* Nico, ¿ya estás vestido? ¿Nico? ¡Nico! ¡Vamos a llegar tarde! —me miró mientras esperaba junto a la puerta de la cocina con el abrigo puesto—. Bueno, por lo menos, *alguien* me hace caso. Gracias, Kate. Pero mejor tómate otra taza de café o algo —suspiró y miró su reloj—. A este paso no llegaremos sino hasta el próximo martes.

—En realidad bajé un poco más temprano porque —murmuré— quería preguntarte algo.

—¿Qué? —preguntó mientras se ajustaba uno de sus pendientes—. ¿Dime, qué?

—Estaba pensando —dije lentamente— que hoy podría ser un buen momento para preguntarle al tío Philippe sobre Hélène. ¿Te acuerdas de que Nico dijo que él tiene los registros de la familia?

—¡No! —Heather abrió los ojos de par en par—. No podemos decirle a su padre lo que encontramos porque no queremos que sepa que estamos limpiando la *cave* y… —no terminó la frase.

Observé que su rostro se ponía de varios tonos de rojo.

—¿Pero no quieres saber quién es? —pregunté.

Heather jugueteó con un botón del abrigo.

—Pues, me imagino que tengo curiosidad, sí. Pero no podemos preguntarle a tu tío.

—¿Y si le decimos que los niños están haciendo un proyecto genealógico para la escuela?

Heather negó con la cabeza.

—Thibault hizo uno el año pasado. Fue todo un acontecimiento e invitaron a los abuelos de todo el mundo para *goûter*. Desafortunadamente el árbol familiar sólo era de una generación —miró por la ventana durante varios segundos—. Si pudiéramos simplemente revisar el *livret de famille*, podríamos descubrir cómo está relacionada Hélène y cuándo murió.

—Si es que murió.

—Se graduó en el *lycée* en 1941. Si sigue viva tendría alrededor de noventa años. O sea, es posible, pero poco probable.

—Eso es cierto —me mordí la parte inferior del labio—. ¿Tú sabes dónde lo guardan?

Dejó caer los hombros.

—No. Y obviamente no podríamos simplemente pedírselo, papá sospecharía.

Antes de que pudiera responder, Nico y los niños aparecieron peinados y con los rostros relucientes, con apariencia de que no romperían ni un plato.

—¿Qué tanto cuchichean? —preguntó Nico.

—Ay, sólo recordábamos los viejos tiempos —dijo Heather sin faltar a la verdad—. ¡Están estupendos! ¡Vámonos!

Tan pronto subimos al coche y nos abrochamos los cinturones de seguridad, Heather continuó dando instrucciones:

—Recuerden: no hablen en la mesa en voz alta —dijo, dándose la vuelta desde el asiento de delante para observar a sus hijos con mirada de acero—. No tomen más de dos pedazos del plato de queso, o *Mémé* va a pensar que no les gustó su comida. Sean pacientes; recuerden que el almuerzo en casa de *Mémé* y Papi lleva mucho, mucho tiempo. Usen el cuchillo y el tenedor a la francesa: no corten un pedazo y cambien el tenedor de una mano a otra como abuelita les enseñó. *Mémé odia* los modales estadounidenses.

Sentada entre Anna y Thibault, me sentía como una más de los niños, a la que se le exigía un buen comportamiento.

—Por favor, coman todo lo que *Mémé* les sirva —continuó Heather—. Aunque sea algo que odien no digan nada; sólo coman bocados pequeños, mastiquen y traguen muy rápido.

—¿Incluso si es *blanquette de veau*? —preguntó Thibault—. Los champiñones… —se estremeció.

—*Oui, même la blanquette de veau* —añadió Nico—. Es parte de su herencia.

—No va a ser *blanquette de veau*. — Heather lo reconfortó. *Mémé* hizo ternera la semana pasada.

A mi lado, el pecho de Thibault se alzó y cayó cuando tragó saliva.

—Si es algo realmente horrible dámelo a mí —le susurré—. A mí me encanta la *blanquette de veau* —Volteó para mirarme con unos ojos enormes y oscuros, y asintió como agradecimiento.

Mi tía había puesto una mesa larga en el jardín bajo un viejo roble, de manera que las manchas de sombra cayeran en patrones artísticos sobre un fino mantel de lino azul. La luz del sol brillaba sobre la platería y la porcelana antigua, y una ligera brisa agitaba las hojas de lavanda que estaban atadas a cada servilleta. El tío Philippe vertió *crémant* en unas copas delicadas de champán, y las repartió.

—*Santé!* —dijo levantando su copa, y todos lo imitamos. Mientras bebíamos a sorbos aquel vino espumoso, Nico daba la vuelta a unas costillitas de cordero en la parrilla de gas.

—*Bonjour, tout le monde!* —gritó una voz aflautada, y mi prima Chloé, la hermana de Nico, entró en el jardín, pequeña y delgada, en pantalones grises y un suéter de color pálido a juego. Abrazó a sus padres, después buscó a cada persona para intercambiar besos en la mejilla, dejando a su paso un rastro de perfume dulce—. *Venez, les enfants! Donnez des bises!* —ordenó, y aparecieron tres niños diminutos de cabello oscuro, dos niñas y un niño vestidos con trajecitos idénticos, con cuellos perfectamente limpios a lo Peter Pan. Ordenadamente apretaron sus mejillas contra las de todos los presentes, incluso con Thibault y Anna, incluso conmigo, casi una extraña. Estaba empezando a comprender por qué Heather le tenía aversión a los domingos.

—¿Dónde está Paul? —preguntó Nico, mientras alimentaba el fuego de la parrilla con ramas de romero seco.

—*Au boulot*. La próxima semana es *fashion week* —dijo Chloé, y recordé que ella y su esposo tenían una agencia de publicidad que representaba a diseñadores jóvenes. Se pasó una mano por el cabello, grueso y oscuro—. Justo después del almuerzo, los niños y yo tomamos el tren de regreso a París.

—¿Me ayudas a servir, Bruyère? —mi tía Jeanne apareció con un pastel de verduras cortado en trozos de manera que las capas de berenjena, tomate, queso de cabra y albahaca brillaban como joyas. Heather empezó a distribuir un pedazo para cada comensal mientras Nico la seguía con la botella de vino.

—*Juste quelques gouttes pour moi* —dijo Chloé, y Nico le sirvió exactamente sólo unas gotas. Observé a mi prima. ¿Estaría embarazada otra vez, por cuarta ocasión?

—¿Esperamos a alguien más? —preguntó Nico contando los asientos—. Cinco niños y siete adultos, *n'est-ce pas?*

—*Huit adultes* —lo corrigió su madre—. Como Kate está aquí, invité a Jean-Luc —volteó hacia mí—. Se conocieron en París, ¿no? Pensé que sería una buena idea.

Examiné su rostro pero no encontré ni una pizca de malicia.

—¡Qué amable de su parte! —respondí lo más alegremente que pude.

Mi tío Philippe apareció tras las puertas que llevaban de la casa al jardín, con Jean-Luc detrás de él.

—Encontré a este *jeune homme* curioseando en mis estanterías —dijo dando un golpecito con la mano sobre el hombro de Jean-Luc e impulsándolo hacia adelante.

—Estaba buscando la *Guide Hachette des Vins* del año pasado —explicó Jean-Luc—. Quería fotocopiar nuestra lista para el *kit* de prensa.

—*Bien sûr, bien sûr*. La busco después del almuerzo —dijo tío Philippe.

—Hola, Jeel, *ça va?* —Nico saludó a Jean-Luc con un beso en cada mejilla y pensé, no por primera vez, en las diferencias entre las culturas francesa y la estadounidense, y en sus distintas percepciones de la masculinidad.

—¿Y Louise?, ¿va a acompañarnos? —preguntó Heather, tratando de hablar con naturalidad.

—No, está en casa de sus padres. *Bonjour.*

Jean-Luc me saludó, acercándose para rozar su rostro con el mío.

—Hola. —Nuestras miradas se encontraron y yo desvié la mía, incómoda por la fría cortesía que vi en sus ojos. Sus mejillas ásperas rozaron las mías y después siguió adelante para saludar a Chloé.

—*Allez!* —gritó mi tía Jeanne—. *Tout le monde, à table!*

Al oír la voz de su abuela los niños corrieron a sus sillas. Heather tiró de mí para que me sentara a su lado, justo frente al tío Philippe. Mi tía Jeanne se paseaba de la cocina al jardín llevando cestas de pan, garrafas de agua, y una bandeja de costillas de cordero asadas con flores de romero que había cortado de su jardín unos segundos antes.

—La tarta está deliciosa, *Mémé* —dijo Heather. ¿No se sentía tonta llamando a sus suegros con los mismos apelativos cariñosos que usaban sus hijos? «*Mémé*» era el diminutivo de *grandmère*, y «papi» de *grandpère*, los equivalentes franceses de «abuelita» y «abuelito». Sin embargo, supongo que era mejor que dirigirse a ellos con el vago *vous*, como hacía antes de que naciera Anna.

—*C'est très simple*, Bruyère —contestó mi tía Jeanne—. Primero cocinas los tomates a fuego lento en el horno durante doce horas —continuó detallando la receta, que parecía tener más pasos que el *pas de deux* de *El lago de los cisnes*.

Miré hacia el extremo de la mesa, donde Anna y Thibault estaban sentados con sus tres primos.

—*J'ADORE l'aubergine* —dijo la hija más pequeña de Chloé, Isabelle, comiendo berenjena. ¿Cuántos años tenía? ¿Tres? Junto a ella, Thibault había dejado limpia una costilla de cordero, pero sólo se había comido el queso y los tomates de su rebanada de tarta. Al notar que su madre lo miraba se metió un pedazo de berenjena en la boca y se lo pasó con un trago de agua. Tiró las hojas de albahaca al suelo, donde se mezclaron con la hierba.

Mi tía se levantó de la mesa y fue hacia la casa. Unos pocos segundos después Chloé se levantó y empezó a recoger los platos.

—*C'est bon, c'est bon* —dijo, haciendo un gesto para que los demás permaneciéramos sentados.

Los hombres empezaron a comentar la próxima visita de un exportador estadounidense.

—¿Pero saben con quién más piensa reunirse? —preguntó Jean-Luc y los tres se enfrascaron en una intensa especulación.

Mi tía Jeanne volvió a aparecer con una bandeja grande en las manos. Chloé la seguía con un plato de patatas hervidas.

—Oh… *ça sent…* —la voz de Heather se apagó cuando mi tía Jeanne apartó la tapa de la fuente.

—*Voilà! Tripes à la mode de Caen!* —proclamó.

Un aroma salado flotó hacia mí, nabos y zanahorias reforzados con el olor ácido de sidra seca… y por debajo, la inconfundible esencia oscura de las tripas.

—*C'est la recette de ma grandmère* —dijo mi tía Jeanne con orgullo.

—La receta de su abuela —repitió Heather en voz baja.

—¡Ella era de Normandía! —exclamó el tío Philippe.

—¡Ah, qué… bien! —dije—. ¿Qué es?

—Tripas de res marinadas en sidra durante horas y horas, hasta que quedan tan tiernas que se derriten bajo el tenedor —respondió Nico.

—Ay, *madame* C. nos está malcriando —dijo Jean-Luc en francés.

La tía Jeanne me sirvió una cucharada en el plato; la salsa ligera hizo un charco alrededor de las rebanadas de zanahoria y los trozos pálidos de tripa. Añadió unas cuantas patatas.

—Seguramente tardó días en preparar esto —le decía Jean-Luc a mi tía—. ¡Qué festín!

Ella dejó escapar una risita infantil.

—Ya sé que echas de menos la cocina de tu *maman* —dijo sirviéndole una cucharada extra.

El tío Philippe levantó su copa.

—*Merci, chérie* —agradeció a su esposa—. Tiene una pinta estupenda —ella intentó restarle importancia al halago, pero parecía complacida—. *Bon appétit!* —todos chocaron sus copas.

Levanté mis cubiertos e intenté cortar un pedazo de tripa, que estaba tan gomosa que repelía el borde romo de mi cuchillo. Cuando conseguí cortar un trocito me lo metí en la boca. El primer bocado me supo agridulce; la dulzura de la sidra lograba enmascarar el fuerte sabor de la víscera. Pero todas aquellas horas de cocción lenta no lograron suavizar la elasticidad de la tripa, que rebotaba entre mis dientes como tiras de goma. La imagen de un estómago de vaca apareció de forma espontánea en mi mente, un pedazo blanco de carne esponjosa y parecida a un panal, con ella llegó una oleada de repulsión. Traté de controlarla apartando la mirada del plato, obligándome a tomar otro bocado y luego otro. Finalmente, valiéndome de varios sorbos estratégicos de vino conseguí tragarme la mayor parte de la comida. La tripa, sin importar cuánto empeño se ponga en cocinarla, no es para los débiles de corazón.

—Katreen, *encore un tout petit peu?* —mi tía Jeanne hizo un gesto hacia la bandeja.

—Ah, *non, merci.* Estaba delicioso, pero *je reserve* —busqué la frase que había aprendido en la universidad: «Estoy dejando espacio».

Ella asintió y se inclinó hacia Heather, hablándole en un tono ligeramente bajo.

—¿Tenías planeado poner la tarta en el horno unos minutos más o tu intención era servirla un poco pálida, así como está?

Los músculos de la garganta de Heather se movieron como si se hubiera tragado algo entero.

—Sí, unos minutos más en el horno —empujó su silla hacia atrás—. Voy ahora mismo.

—Kate —Chloé encontró mi mirada desde el otro lado de la mesa—, ¿me dice Nico que te estás preparando para un examen de vinos importante?

Asentí.

—El Maestro del Vino.

—En estos tiempos hay *tantas* categorías en el mundo del vino —dijo Jean-Luc en un tono entrecortado—. Maestro del Vino, Maestro Sommelier, la Corte de los Maestros Sommelier, el Mejor Sommelier del Mundo… Es difícil seguirles la pista.

A mi lado, el tío Philippe resopló.

—*Les américains!* Tienen que competir en todo. El vino debería estudiarse por el conocimiento y por el placer del vino mismo.

—Bueno, en realidad, el programa Maestro del Vino es británico —dije.

—*Le anglais* —resopló—. Aún peores.

Chloé ignoró a su padre.

—¿La temporada en Borgoña te ha ayudado en tus estudios?

—¡Ay, sí! La próxima semana empezaré a reunirme con productores de la zona. Todos han sido increíblemente generosos.

—He estado poniendo a prueba a Kate —interrumpió Nico—. Le vendría bien un poco más de práctica… pero puede arreglárselas —*Elle peut se débrouiller.* Viniendo de un francés, aquel era un halago enorme.

—Me pregunto si Bruyère necesita que le ayude a encender el horno —murmuró la tía Jeanne, girándose para escudriñar con inquietud por las ventanas de la cocina.

—Estoy seguro de que está bien, *maman* —le aseguró Nico, limpiando la salsa del plato con un pedazo de pan—. ¿Hay más tripa?

Ella le sonrió con gusto y quitó la tapa de la fuente.

—Usé la sidra que compramos en Normandía el verano pasado. Tu padre dice que no se nota la diferencia, pero yo creo que le da un aroma delicado, casi floral, ¿tú no?

Nico se inclinó obedientemente sobre su plato.

—Sabes, sí huelo… —se detuvo—. ¿Eso es humo? ¿Humo? ¡Fuego!

Una nube acre y penetrante salía por las ventanas de la cocina. Eché mi silla hacia atrás pero los otros fueron más rápidos que yo. Corrieron hacia la casa. Nico, Jean-Luc y Chloé primero, mi tía y mi tío detrás de ellos, jadeando. Antes de que pudiera seguirlos, sentí que me tiraban de la manga.

—Kate, Kate —dijo una voz. Bajé la mirada y ahí estaba Thibault sosteniendo un plato con un montón de comida—. Dijiste que me ibas a ayudar. ¿Me puedes ayudar? —me miró con unos ojos enormes.

Tragué saliva.

—Esa es muchísima tripa, corazón.

—*Ouais, Anna, mes cousins, et moi* —hizo un gesto hacia todos los niños—. Juntamos todo, les dije lo que me habías dicho —murmuró—. A ellos tampoco les gusta este plato —miré hacia el extremo de la mesa. Cuatro niños me miraban con expresión de esperanza.

Recorrí el patio con la mirada. ¿Podría esconderlo? ¿Enterrarlo? El jardín de la tía Jeanne parecía impenetrable: setos podados perfectamente y macizos de flores inmaculados; incluso las calabazas y los tomates del huerto estaban perfectamente alineados, como en un supermercado japonés.

—Está bien —acepté al final—. Dámelo —tomé el plato de sus manos y me sorprendió el peso.

—¡*Merci*, Kate! —se dio la vuelta para reunirse con sus primos.

Dejé el plato y me serví más vino en la copa, lo necesitaba. Después observé a mi alrededor para asegurarme de que nadie hubiera visto que cometiera el pecado de servirme vino.

—¿Hambrienta? —Jean-Luc estaba caminando hacia la mesa con los demás detrás. Alzó una ceja al ver toda la comida que tenía delante de mí.

—Creí que no, pero de alguna manera apareció esto —hice un gesto hacia mi plato—. ¿Está todo bien?

—Todo bien —respondió Heather sentándose en su silla—. No fue tan grave como parecía por el olor. Pensé que había encendido el horno, pero accidentalmente encendí el grill. Cuando puse la tarta, el papel encerado se encendió. Empezó a salir humo por todos lados.

—Yo siempre estoy pendiente del horno, por lo menos los primeros minutos —aseveró la tía Jeanne.

—¿Mamá, ya podemos comer queso? —dijo Thibault con voz aguda.

—No, amor. No hasta que hayan terminado el *plat* —respondió casi automáticamente.

—¡Ya terminamos! ¡Queso, por favor! —cantó, y los otros niños se sumaron al coro—: *On a terminé! Fro-mage, s'il vous plaît! On a terminé! Fro-mage, s'il vous plaît!*

—*Attendez les adultes* —los regañó Chloé con mirada severa.

—¿Alguien quiere un poco más de tripa? —la tía Jeanne puso una mano sobre la tapa de la bandeja.

—No sabía que te gustaba tanto este guiso —Heather hizo un gesto hacia mi plato mientras su suegra servía de nuevo a Chloé y al tío Philippe.

—Yo tampoco. Me acabo de enterar —respondí, observando los cuadros gomosos de color pálido y peculiar textura áspera. Cuando volví a levantar la mirada vi que Jean-Luc escrutaba los platos vacíos de los niños con expresión reflexiva.

—En realidad, Katreen tiene *mi* plato —se levantó a medias de su silla y se inclinó hacia mí para llevarse el plato a su lugar y comerse la tripa.

El tío Philippe me observaba desde el otro lado de la mesa. Sentí que me estaba examinando, pero cuando lo miré a los ojos, apartó la mirada.

—Si a ustedes, monitos, les gusta tanto el queso —dijo Jean-Luc a los niños en tono de broma—, díganme, ¿cuál es su tipo favorito? *Jeune homme?* —le preguntó a Thibault.

—¡Comté!

Se giró hacia las niñas.

—*Et vous, les filles?*

—¡Comté! —gritó Isabel. Pronto, los niños estaban hablando de diferentes tipos de queso (cabra, oveja, vaca; *chèvre, brebis, vache*) y hacían los ruidos de sus animales favoritos. Sus gritos eran tan alegres que no tuve la oportunidad de darle las gracias a Jean-Luc. De cualquier manera estaba tan concentrado en los niños que sospeché que mi gratitud era la última cosa que quería escuchar.

Volví a hundirme en mi silla. Aquel almuerzo —el vino, la tensión, el comportamiento gélido de Jean-Luc seguido de su inesperada generosidad— me estresó tanto que sentí una enorme presión en el pecho. Mascullé una excusa, eché la silla hacia atrás y me dirigí al interior de la casa.

Dentro, la sala se oscureció frente a mis ojos deslumbrados por el sol. Esperé a que se acostumbraran a la iluminación mientras escuchaba el sonido de un reloj y respiraba los olores de humo y jabón de limón. Después de un rato los detalles empezaron a recobrar su forma, recuerdos familiares de mis visitas de infancia. Un reloj de latón brillaba ligeramente en la luz difusa. La chimenea de piedra pálida, grabada con racimos de uvas y hojas. Dos sofás de piel flanqueaban la chimenea. Un par de alfombras turcas suavizaban el suelo. Arriba, unas vigas de madera oscura y brillante corrían a través del techo ensombreciendo la habitación. Mis tacones resonaron contra el suelo mientras avanzaba hacia el baño de la sala principal. Ahí la luz tenía un matiz verde pálido debido a que la hiedra que crecía en ese lado de la casa cubría las paredes y proyectaba su sombra sobre las ventanas. Cerré la puerta del baño y me incliné sobre ella cerrando los ojos.

Mis primos habían crecido en esta casa —pensé— y su madre antes que ellos, y uno de sus padres antes que ella, y así hacia atrás y atrás y atrás hasta el primer ancestro que había clavado una estaca en este lugar. ¿Cómo sería pasar toda tu vida en el mismo pueblito, en el mismo viñedo, rodeado de la misma gente y las mismas cosas? Yo no había vivido con mis padres desde que tenía doce años, cuando el banco donde trabajaba mi madre le ofreció una subgerencia, siempre y cuando se mudara a Singapur. Ella tomó el primer vuelo a Asia y me dejó con mi padre a su cuidado. Mis padres vendieron su casa a las afueras de Marin County y se repartieron el dinero en el divorcio. Ahora los dos tenían nuevas familias: mi padre, una esposa joven y un bebé; y mi madre, un abogado de cabello plateado con puesto muy importante en la banca, como ella, así como un aluvión de hijastros adultos que vivían en Nueva York, al otro lado del mundo, convenientemente para ella.

Yo había pasado suficiente tiempo en Francia para saber que las palabras *chez moi* significaban algo mil veces más profundo que la propia casa. *Chez moi* era el lugar de donde tus padres provenían o quizá incluso la región de los padres de tus padres. La comida que comías en Navidad, tu tipo de queso favorito, tus mejores recuerdos de infancia de unas vacaciones de verano, todo esto se englobaba en *chez moi*. Incluso aunque nunca hubieras vivido ahí, *chez moi* estaba relacionado con tu identidad; coloreaba tu manera de ver el mundo y la manera en que el mundo te vería.

¿Dónde estaba mi *chez moi*? Supuse que en el norte de California. Había pasado ahí mi vida entera; aunque, además de mis amigos y colegas, no sentía una afinidad particular con el lugar. Me gustaba comer comida china para llevar en Navidad, mi tipo de queso favorito era un gouda viejo de Holanda, donde nunca había puesto un pie, y las mejores vacaciones que había tenido de niña habían sido en un campamento de verano de tres días en Yosemite con mis compañeros de segundo de secundaria. Habíamos cortado madera, bailado y dormido bajo las estrellas en sacos de lona llenos de agujas de pino; no se permitían padres quejumbrosos. En este punto, mi *chez moi* era más bien un espacio dentro de mí, los sueños y las ambiciones que llevaba dentro de mí más que un lugar tangible. Durante años, me había sentido orgullosa de esta autosuficiencia, de este minimalismo, de mi habilidad para adaptarme a nuevos trabajos y a nuevos restaurantes, o de recoger todo mi apartamento y mudarme en dos días.

Sin embargo, desde que había llegado a Borgoña me sentía inquieta. El hecho de estar aquí, en la tierra de mis ancestros, abrigada entre las capas de recuerdos de varias generaciones, me hacía sentir pequeña y vulnerable. Sola. Quizá la sensación provenía de haber limpiado la bodega abandonada, del polvo de la melancolía que caía sobre las cosas que ya nadie amaba. Quizá era el esfuerzo de comunicarme en mi francés olvidado. Quizá era el esfuerzo de forjar una nueva normalidad con Jean-Luc. O quizá fuera el recordatorio constante de lo que había dejado tantos años atrás: no sólo el amor, sino también un hogar.

Una brisa fuerte golpeó la ventana y me trajo de vuelta al presente. Tiré de la cadena por si había alguien detrás de la puerta y me lavé las manos con agua fresca y jabón de lavanda. Sin embargo, cuando salí, descubrí que el pasillo estaba vacío y a través de las altas ventanas del salón pude ver que todos seguían sentados en la mesa del jardín. Me demoré un momento más, de pie ante la librería, y respiré hondo para tranquilizarme. Sólo necesitaba un minuto más para despejar mi mente.

Pasé la mirada por las filas de libros, guías de vino y atlas, un conjunto de enciclopedias, clásicos franceses que incluía todos los sospechosos comunes: *Madame Bovary, Les Misérables, Le Comte de Monte-Cristo*... con este último título sonreí. *El conde de Montecristo*. ¿Cuántos ejemplares necesitaba una familia? Saqué el libro del estante y lo abrí por la página del título para observar la dedicatoria, que estaba escrita en una caligrafía anticuada: «Benoît Charpin»: el libro era de mi abuelo. Me resultaba difícil conciliar mis recuerdos del hombre autoritario de rostro severo y cabello blanco con un relato de aventuras tan extravagante. Hojeé las páginas y respiré el olor mohoso del papel. Un panfleto delgado cayó de entre las hojas y, cuando me agaché para recogerlo, la portada atrajo mi mirada.

Empecé a respirar agitadamente. Y entonces, antes de que pudiera pensar en lo que estaba haciendo, abrí el librito y hojeé sus páginas amarillentas, entornando los ojos para leer la anticuada caligrafía. Era un documento familiar, un librillo emitido por el gobierno francés. Observé la primera sección, escrita a mano y marcada con sellos oficiales.

MARIAGE

Entre: Monsieur Charpin Edouard Auguste Clément... Né le 18 juin 1902... Profession: Vigneron... Veuf de: Dufour Marie-Hélène...

Et: Mademoiselle Bonnard Virginie Louise.... Née le 18 février 1908... Profession: Néant... Veuve de: Néant...

Délivré le 3 mars 1933

Le Maire,

Pensé otra vez en la fotografía que Heather y yo habíamos encontrado en el sótano, la del *vigneron* orgulloso y la hermosa mujer con cara de muñeca a su lado. «Nuestros tatarabuelos —había dicho Nico—. Edouard y Virginie.» Pero, ¿qué es esto? Examiné el librillo una vez más, observando la información sobre Edouard. ¿*Veuf*? quería decir «viudo». ¿Edouard había estado casado antes?

Pasé a la siguiente página, que tenía el título *Enfants*. Sí, ahí estaban los registros de Benoît, que nació en 1934, y de Albert, 1936.

La última página tenía el título *Décès des Époux*, muertes de cónyuges, y ahí estaba Edouard, simplemente con la fecha *Printemps*, 1943, primavera de 1943. El resto del libro estaba en blanco, como si nadie se hubiera ocupado de llenarlo después.

¿Me había saltado a Hélène? Volví las páginas hasta el principio y leí las hojas con atención. No, su nombre no estaba en ninguna parte. Sin embargo, la palabra *Veuf* me saltó a la vista. ¿Alguien sabría que Edouard había estado casado dos veces? Volví a leer el nombre de su primera esposa: Marie-Hélène Dufour. Hélène-Marie era la inversión de Marie-Hélène, ¿era una coincidencia?

Estaba tan absorta en el documento que no me di cuenta de que alguien había entrado en la habitación hasta que escuché una voz detrás de mí.

—Ah, aquí estás. Estábamos preocupados —el tío Philippe salió de las sombras. Sin pensarlo, oculté el librillo a mi espalda.

—Tienes muchos libros interesantes —dije, levantando *El conde de Montecristo* con la otra mano.

Se acercó y agarró el libro.

—Ah. Era la novela favorita de mi padre —hojeó algunas páginas—. ¿Lo has leído?

—Eh, sí, hace mucho tiempo —tartamudeé, preguntándome cómo podría devolver el *livret de famille* a su lugar sin que se diera cuenta—. Una traducción, desde luego.

—Desde luego —sonrió ligeramente—. ¿Recuerdas la historia?

—¿Más o menos? —traté de evitar el tono de pregunta pero fracasé.

—Edmond Dantès es acusado falsamente de traición y encarcelado durante muchos años —me señaló.

—Se escapa y se hace enormemente rico.

—E inicia una terrible venganza contra quienes le hicieron daño.

—Sí, es verdad.

—Pero, ¿te acuerdas por qué? —golpeó el libro con un dedo—. ¿Por qué encarcelaron a Dantès? —antes de que pudiera responder me dio la respuesta—. Sus amigos le tendieron una trampa. Tenían celos de su buena fortuna. Y Dantès… bueno… Confió en la gente equivocada —cerró el libro con fuerza—. Espero, Katreen, que no hayamos puesto nuestra confianza en la persona equivocada.

—¿Su confianza en *mí*? —empecé a alzar las manos pero recordé que debía dejarlas donde estaban. Con un movimiento rápido y desesperado conseguí meter el papel en la cintura de mi falda—. *Moi?* No, ¡desde luego que no!

Me desafió con una mirada, pero mantuve la vista firme.

—*D'accord* —dijo al fin—. Bueno, ¿regresamos con los demás? Hizo un gesto amplio para invitarme a pasar primero. Ignoré su mirada penetrante e hice una maniobra para colocarme detrás de él, de manera que tuviera que caminar frente a mí. Cuando salimos al jardín me puse el suéter asegurándome de que el *livret de famille* estuviera completamente oculto.

—Te guardamos un poco de queso —dijo Heather, mientras avanzábamos por el sendero, uno tras otro.

Había una tabla de quesos en el centro de la mesa ya prácticamente vacía. Me serví haciendo un esfuerzo por mantener la forma original de cada queso.

—*Qui veut du café?* —preguntó Heather—. ¿Café? ¿Té? Voy a poner la tetera en el fuego.

—Yo lo hago —dijo la tía Jeanne rápidamente, levantándose de la mesa. Unos minutos después regresó con una jarra de café y una caja dorada de chocolates—. Casi se me olvida que Chloé nos trajo estos.

—¡Chloé! Son pequeñas obras de arte —dije admirando los envoltorios coloridos de cada uno.

—¿Qué? —mi prima alzó la vista de su teléfono—. Ah, *le chocolats?* Son de una tienda que está en la misma calle que nuestro apartamento. *C'est pas grande chose!* —dijo alegremente, aunque yo estaba segura de que esa caja probablemente había costado la mitad del PIB de Montenegro.

—¿Qué hay en la bandeja de abajo? —preguntó Heather metiendo un dedo en la caja.

—No hurgues de más —dijo mi tío, apartando los chocolates—. Quizá no te guste lo que descubras.

Cher journal,

Ocurrió hoy en Beaune. Estaba en la plaza Carnot cuando dos soldados alemanes me detuvieron y exigieron ver mis papeles. Nunca antes me habían detenido estando yo sola; me empezaron a temblar las manos en cuanto abrí mi bolsa para sacar los documentos. Se pasaron horas examinando las fechas y los sellos, revisando una y otra vez todo hasta el más mínimo detalle. Todo el tiempo el corazón me latió tan fuerte que temí que pudieran oír su estruendo. Es terrible tener que someterse a inspección por parte de estas personas, tener encima el peso de su mirada gélida, ser tratada con sospecha incluso cuando no tienes nada que esconder. Desprecio vivir así, con la cobardía de los perros apaleados y, sin embargo, ahí estaba, apenas capaz de decir *Merci* cuando me devolvieron mi identificación.

Madame me había enviado a Beaune a comprar azúcar. Antes me encantaba ir al pueblo, pero ahora mis visitas son tan raras que cada vez que voy me vuelve a sorprender que haya alemanes fanfarroneando por todas partes; los cafés están abarrotados, los puestos de revistas llenos de sus periódicos, su bandera ondea sobre el Hôtel de Ville, sus rostros rosados atiborrados de carne de cerdo llenan la estación de tren. ¡Ay! Sólo verlos me llena de tal repulsión que temo que se esté filtrando en mi alma.

Por fortuna, suelo estar demasiado ocupada como para obsesionarme por este cáncer de vergüenza que nos está devorando vivos. Nuestra *femme de ménage, vieille* Marie, se retiró en agosto y nadie ha venido a reemplazarla. En su lugar, Madame y yo, aunque básicamente *moi*, debo decir, hacemos todo en la cocina, la limpieza, el lavado, el planchado y las compras; ¡uf!, tan sólo las compras serían suficientes para llenar los días: calcular el reparto que dictan esas horribles tarjetas de racionamiento, estar de pie en filas interminables; recoger y cortar madera para la estufa, por no mencionar el alimentar a las gallinas y a los conejos, y limpiar sus jaulas. Benoît y Albert a veces nos ayudan con esta última tarea, cuando Madame juzga que su salud lo permite, lo que no es a menudo.

En las semanas posteriores al «armisticio» temí que Madame sufriera un colapso nervioso. Prácticamente dejó de comer y se pasaba la mayor parte del día en cama con la frente cubierta con una tela húmeda (siempre que no estuviera escondiendo sus «tesoros», moviéndolos de un lugar a otro hasta que ni siquiera ella podía recordar qué había escondido y en dónde). Sin embargo, hace unas semanas, *madame* Fresnes la invitó a una reunión del Cercle du patrimoine français —una especie de sociedad del patrimonio francés— en el museo de Bellas Artes de Beaune. *Madame* Fresnes nos da un poco de miedo. ¡Incluso a papá!, porque su marido preside una de las casas de *négociants* más antiguas de Borgoña y hay rumores de que tiene un familiar cercano a nuestro «querido líder», el mariscal Pétain. Así que Madame se obligó a asearse, a vestirse y se fue al pueblo, bañada en perfume y en un vestido de seda violeta que se le abultaba en la cintura porque había perdido mucho peso.

Pues bien, regresó varias horas después con brillo en los ojos, hablando de las tradiciones *auténticas* de Francia, de la creación de un pueblo francés *ideal*, de la fuerza de esta nueva Francia de Vichy, de una Francia *revitalizada* por la adversidad. Papá la dejó hablar un momento y después, con bastante calma, le dijo que no toleraría bajo su techo más adulaciones a la Francia de Vichy. Madame se sonrojó y le contestó que teníamos que trabajar juntos con los alemanes, que colaborar era la única manera de sobrevivir, y que si tan sólo pudiera aceptar la situación vería que la Ocupación no era tan terrible para nosotros aquí en la Côte d'Or.

—¡Quienes hacemos vino tenemos suerte! —insistió.

¿Y cómo respondió papá a su desafío? (Porque, por insignificante que fuera, seguía siendo un desafío.) Se desplomó sobre su silla como si se hubiera quedado sin fuerza. Después, se levantó y salió apresuradamente, murmurando algo sobre unas cartas que debía escribir. En pocas palabras, no hizo nada.

En cuanto a mí, estas reuniones del Cercle du patrimoine han resultado una bendición. Desde que Madame empezó a ir hace unas semanas, su ánimo ha mejorado: canturrea por la casa, hace bromas a los niños. De hecho, ha sido bastante agradable; no, tacha eso. Madame jamás podría ser agradable; sin embargo, se ha suavizado ligeramente conmigo, como si quisiera poner en práctica en su propio hogar el espíritu de la cooperación. Ayer, incluso, me dio las gracias por haber limpiado el baño. Y hoy me mandó a Beaune, diciendo que *ella* iba a preparar la cena.

—Te hará bien un cambio de aires después de tantas semanas enjaulada aquí, *ça fait du bien!* —dijo trinando.

Papá, por su parte, está cada vez más distraído; se le olvidan las cosas y casi no dice palabra, parece angustiado con preocupaciones que sólo puedo suponer que están relacionadas con el viñedo. Tuvimos otro verano deprimente y frío, y la cosecha fue desastrosa, aun peor que la del año pasado. Las uvas fueron tan pocas y estaban tan verdes que sólo tardamos tres días en recogerlas. Incluso si papá hubiera querido chaptalizar el mosto para alentar la fermentación, no habríamos tenido suficiente azúcar, y Dios sabe cómo podríamos clarificar el vino con nuestra limitada ración de huevos. Si las cosas continúan de esta manera, difícilmente tendremos vino para vendérselo a ese corpulento *Weinführer* alemán que parece tan interesado en comprarlo.

El estrés de todo esto ha envejecido rápidamente a papá. En las últimas seis semanas su cabello ha encanecido y se le ve más demacrado. Por las tardes, desaparece horas enteras. Cuando le pregunté al respecto me dijo que estaba podando las cepas. Expresé sorpresa porque la poda no comienza por lo general sino hasta el invierno, y él me respondió bruscamente que no me metiera donde no me llamaban. Salió de casa y, más o menos un cuarto de hora después, lo vi entre los viñedos caminando de un lado a otro. Caminando, caminando. No tengo ni idea de lo que hace.

Ayer estaba cortando madera detrás de la casa cuando papá apareció. Caminaba encorvado de una manera peculiar que se había vuelto común en él y todo su rostro estaba pálido, incluso sus labios. Cuando hice una pausa para ir a buscar más troncos, él agarró el hacha y empezó a partir la madera seca con mucha más fuerza de la necesaria. Me acerqué sigilosamente por detrás y escuché que murmuraba golpe y golpe: «Son ellos quienes perdieron la razón… No yo. Ellos. No yo. Ellos. No yo. Ellos». Después de haber cortado leña durante varios minutos lanzó el hacha al suelo y se fue caminando hacia los establos. No volví a verlo sino hasta la mañana siguiente, cuando apareció después del desayuno con el rostro avejentado, apestando a bebida rancia, con una expresión ceñuda que impedía hacerle cualquier pregunta o manifestar preocupación.

Francamente estoy preocupada por papá. A veces parece vacío, angustiado de vergüenza, completamente derrotado; otras veces estalla en una furia reprimida. Mientras tanto, Madame mide sus palabras hasta que él desaparece, a lo que no tiene que esperar mucho, y después se pone a parlotear sin cesar acerca de las damas encantadoras que ve en el Cercle du patrimoine, mujeres de tal belleza, elegancia y riqueza (según sus descripciones) que podrían ser rivales de Helena de Troya. La verdad, en los últimos tiempos, la actitud de Madame me resulta más tolerable que la de papá. Por lo menos ella se traga su miedo por el bien de los niños. Sí, nos arrastra hacia la sumisión, pero el resultado final es que mantiene una apariencia de rutina. Y eso nos ayuda a sobrellevar este purgatorio de incertidumbre.

¡Ay! Ahí está papá, escuchando la radio en su oficina. Suenan las cuatro notas oscuras de la *Quinta Sinfonía* de Beethoven, el murmullo apagado de palabras —*ici Londres. Les français parlent aux français*—. Así sé qué es Radio Londres, el servicio de la BBC francesa, que está prohibido. Tengo que decirle que baje el volumen, puedo oírlo desde mi habitación.

CAPÍTULO 7

—Hemos progresado, ¿no crees? —Heather encendió la luz y empezó a bajar los escalones con pasos pesados.

—¿Estamos en *El día de la marmota* o qué? —bromeé, siguiéndola dentro de la bodega.

—Ay, por favor, no lo digo *tanto* —se giró con una mano sobre la barandilla—. ¿O sí?

—Por lo menos, cada mañana. Y, por lo general, también después del almuerzo.

—Bueno. Si es así, es sólo porque es verdad. Mira, ¡ya puedo hacer esto! —bajó de un salto el último escalón y se giró para verme, extendiendo los brazos a cada lado—. ¿Ves qué estoy tocando? ¡Nada!

Me reí.

—Bueno, ¿cuál es el plan de esta tarde? ¿Nos enfrentaremos por fin al ropero?

Dirigimos la mirada al monstruo que se erguía contra la pared opuesta: un guardarropa tallado descomunal, de alrededor de un metro ochenta de alto y casi el doble de ancho. Cómo lo habían bajado por las estrechas escaleras del sótano era un misterio que desafiaba la lógica espacial. Sin embargo, ahí estaba, cubriendo gran parte del muro que corría en ángulo perpendicular a las ventanas, con la madera oscura cubierta por una gruesa capa de polvo y telarañas. Habíamos evitado tocarlo porque las cinco puertas, cubiertas de espejo, estaban hechas trizas, con grietas que se extendían como telarañas. Nuestros rostros reflejados en los trozos de espejo rotos parecían un espectro cubista.

—Sí, supongo. —Heather reprimió un estremecimiento.— Esa cosa me da miedo.

—¿Por el millón de esquirlas de cristal puntiagudo? ¿O es algo más?

—Probablemente no sea nada —recuperó la compostura y miró su teléfono—. ¡Ay, guau!, se está haciendo tarde. Mira, te voy a ayudar a empezar… y después, ¿te parecería bien seguir trabajando sola por la tarde? Nico va a llevar a los niños a Dijon a comprar zapatos nuevos, y pensé que podría utilizar el tiempo para pasar por la *Mairie* de Meursault. Ahí es donde guardan los *registres d'état-civil* de nuestro pueblo.

—¿Los… qué? ¿El registro civil? —fruncí el ceño y pensé en las palabras con desconcierto. De repente, entendí a qué se refería—. ¿Vas a buscar a Hélène?

Se sonrojó.

—Ya sé que es un tema delicado, papi lo dejó muy claro en la comida del domingo. Pero…

Apreté los labios.

—Lo único que hizo fue provocarme *más* curiosidad sobre Hélène.

Le brillaron los ojos.

—¿Te digo la verdad? Que me muera si papi cree que puede decirme qué hacer. Y ahora que tenemos el *livret de famille* del bisabuelo Edouard va a ser más fácil investigar. Bueno, hay que quitar estas cajas que están frente al ropero.

Rápidamente desalojamos el espacio que había alrededor del guardarropa para poder abrir las puertas. Después de treinta minutos Heather se quitó los guantes y se los metió en el bolsillo de la chaqueta.

—¿Estás segura de que vas a estar bien aquí a solas? —preguntó.

—¡Claro! ¡Estoy bien! Tú eres la que no deja de ver fantasmas, no yo.

—Muy bien, entonces… —a pesar de su entusiasmo anterior, ahora parecía reticente a marcharse—. Regreso para la cena. Nico y los niños van a comer en una *crêperie* de Dijon un plato especial, así que…

—¿Pan tostado con aguacate?

—Me leíste la mente —sonrió—. Mándame un mensaje si necesitas algo, ¿de acuerdo? —y con una sacudida de sus rizos oscuros, subió brincando las escaleras.

Toqué una de las puertas del guardarropa con la punta del guante, con miedo a los fragmentos de espejo rotos. Sin embargo, permanecieron inmóviles así que abrí el armario y pasé la luz de la linterna por dentro. Había más ropa vieja colgando de una barra y un olor rancio que se desprendía de la tela vieja. Pantalones de piernas anchas. Trajes de hombre de *tweed* y pana. Zuecos toscos con gruesas suelas de madera. Empecé a descolgar la ropa de los ganchos, pero antes me quité los guantes, que me estorbaban para desabotonar la ropa. Metí todo en una bolsa negra de plástico.

En el compartimento central había unos estantes con pilas de ropa blanca raída: sábanas descoloridas, manteles finos con quemaduras de cigarrillo, toallas de baño deshilachadas que se habían secado al sol después de lavarlas con rudeza. En los cajones de abajo, un montón de guantes de mujer, de cuero gastado y sin par, con hilos sueltos en las muñecas donde alguna vez había habido botones de perla. Abrí otra bolsa de basura y lo metí todo.

Fui hacia la tercera y última sección del ropero, otro compartimento de puertas dobles igual al primero. Cuando busqué el cerrojo de filigrana algo se movió cerca de mí, escuché que unas patas rasgaban el suelo frenéticamente y una ráfaga de pelo gris se escabulló a mis pies. Grité, perdí el equilibrio y me golpeé la mano contra las puertas. La criatura salió corriendo detrás de un montón de cajas y desapareció en el otro extremo. Un ratón, sólo un ratón. Los oídos me zumbaban y tuve que respirar profundamente varias veces antes de volver a buscar el cerrojo. Me sobresalté cuando vi que tenía la mano cubierta de sangre.

El corte era en la punta del pulgar, un tajo limpio con el cristal roto, no lo suficientemente profundo para que necesitara puntos, pero sí para que la sangre fluyera constantemente. Apreté la herida con un fajo grueso de toallitas de papel, con fuerza suficiente para sofocar cualquier sensación, y vi que de inmediato absorbía una mancha escarlata. «No te preocupes —me dije—. Va a detenerse.» Sin embargo, un minuto después, la hemorragia no había parado. ¿Tenía que llamar al 911? ¿Sabía cómo hacer eso en Francia? Luché por controlar mi creciente pánico. Desde algún lugar llegaron a mi mente las palabras de un entrenamiento de emergencia: «Aplique presión. Eleve».

Alcé las dos manos sobre mi cabeza y cerré los ojos, recordando el día de esa sesión de primeros auxilios. En el restaurante se les había olvidado decirnos que lo habían programado y tuve que cancelar de último momento un café con mi amiga Anjali. Todo el personal se había molestado y habíamos hecho como que el muñeco de reanimación cardiopulmonar era el gerente del restaurante mientras practicábamos la maniobra Heimlich. Me reí un poco, recordando nuestros vigorosos golpes abdominales. Apenas había sido hace dos meses, pero ya parecía de otra vida.

Me miré las manos, levantando la toallita de papel para poder inspeccionar el corte. Sí, la hemorragia se había reducido, aunque seguía formándose un hilo rojo que inundaba el borde de la herida. Con la mano todavía elevada me acerqué a la ventana. Fue entonces cuando la vi: sobre el ropero, cerca del techo, corría una grieta retorcida sobre el muro de ladrillos. Heather no me había mencionado que hubiera un daño estructural en la bodega. Entorné los ojos en la penumbra. La pared parecía dispareja, construida con ladrillos que eran casi del mismo color y tamaño, pero no del todo. ¿O estaba imaginándome cosas?

El dolor punzante del pulgar me recordó que debía cubrir la herida. Subí al baño de los niños, me lavé el corte con agua fresca, me puse algo que esperaba que fuera antiséptico y me cubrí la herida con una tirita. Un muñeco de nieve tonto y dientón me sonreía desde la yema de mi dedo. Antes de regresar al sótano me detuve en el armario de artículos de limpieza para buscar una escalera.

Tal vez Heather tenía razón, a lo mejor habíamos progresado con la limpieza, porque mover la escalera en el espacio del sótano fue más fácil de lo que había pensado. La abrí cerca de la pared, lo suficientemente cerca de la mugrienta ventana para aprovechar un rayito de luz. Sí, desde ese punto podía ver que los ladrillos eran ligeramente diferentes, las filas de arriba eran más largas y estrechas que el resto. Alguien trató de llenar el hueco, pero el cemento se había cuarteado y había dejado una extraña línea que corría en horizontal por la pared.

Me acerqué para tocar los ladrillos, pero al alzar el brazo hice que la escalera se tambaleara en el suelo desnivelado. Me apoyé en la pared para mantener el equilibrio, y de repente los ladrillos se movieron bajo mis manos y cayeron al suelo. «¡Dios!», exclamé. Lo último que necesitaba era una visita a urgencias. Me obligué a respirar profundamente hasta que el ritmo de mi corazón se normalizó. Después, me revisé el pulgar, que parecía estar bien; no había vuelto a sangrar. Finalmente, me di vuelta para examinar la pared. Unos ladrillos habían caído hacia adentro, dejando un pequeño agujero. ¿Qué había del otro lado? Saqué la linterna de mi bolsillo trasero y lo dirigí al agujero, pero el haz de luz no alumbró nada, ningún objeto ni algún brillo de vidrio. Metí la mano por aquel agujero y sentí una ráfaga fresca de aire, pero no más fría que el resto del sótano.

Bajé lentamente, apartándome de la pared para observarla a distancia. Eso que se veía cerca del techo, bajo aquella luz tenue, ¿era la línea de un arco? ¿Como una entrada que alguien hubiera tapiado? No me había dado cuenta antes porque el guardarropa cubría casi toda la pared. ¿El guardarropa estaba ahí por alguna razón?

Busqué el cerrojo del tercer compartimento del guardarropa; contuve la respiración mientras abría las puertas dobles. Sin embargo, el interior era idéntico al primero, con más ropa vieja colgada de una barra de metal. Reprimí un suspiro y saqué la ropa, dejando a la vista otro conjunto de ganchos de cuello de cisne y las mismas tablas horizontales en el fondo.

El pulgar me punzó. Empezaba a sentirme tonta. Heather iba a llegar pronto a casa y no había avanzado ni la mitad de lo que esperaba. Además, de cualquier manera, ¿qué estaba buscando? ¿Un sótano secreto? ¿El tesoro escondido del conde de Montecristo? ¿Una puerta en el guardarropa que llevara a Narnia? Eso era material de cuentos de hadas. Di un golpe fuerte al fondo del armario, sólo para demostrármelo, y para mi sorpresa, escuché un chasquido ligero pero audible.

Agarré la linterna con una mano y con la otra empujé el fondo del ropero con todas mis fuerzas. Las cuatro tablas del centro empezaron a moverse mientras una bisagra chasqueaba para revelar una pequeña apertura en el fondo del armario, que atravesaba el muro. La entrada era lo suficientemente grande para que pasara una persona.

Después de comprobar la resistencia de la estructura me subí a la repisa y pasé al otro lado. El espacio era más grande de lo que me había parecido en un principio, lleno de muebles grandes y oscuros. Tras una inspección más detenida vi que había estanterías de madera llenas de botellas acostadas cubiertas con gruesas capas de moho suave. No quería alterar nada, así que observé una de las botellas sin tocarla. Mi linterna alumbró el número «1929», una vendimia célebre en Francia, y que yo recordaba por la caída de la bolsa del mismo año en Estados Unidos. Observé otras botellas y conseguí ver otras cosechas distinguidas de las décadas de 1920 y 1930.

¿Qué era este lugar? ¿Una cava secreta? Había leído historias de ellas, desde luego, eran legendarias en Borgoña, *les caves* selladas durante la Segunda Guerra Mundial, en las que se construyeron muros para esconder de los alemanes el vino más precioso. Sin embargo, la guerra había terminado hacía más de setenta años; con toda seguridad, esas cavas se habían descubierto y el vino se había reclamado. ¿Por qué esta había permanecido oculta durante tanto tiempo? Recorrí lentamente el espacio con la linterna; iluminé un letrero de pizarra caído, una masa de telarañas. En un rincón, una estantería tapaba un pequeño campamento: una cama plegable cubierta con una manta gruesa, un pequeño escritorio con una lámpara de aceite, una palangana y una jarra. Abrí el cajón superior del escritorio, escuché un cascabeleo y mis dedos tocaron algo duro y frío: una vieja llave. Mis ojos se detuvieron en el cerrojo del último cajón del escritorio. Para mi sorpresa, el cerrojo se abrió fácilmente.

El cajón estaba vacío, con excepción de un montón de panfletos con títulos como «*33 Conseils à l'occupé*» (33 consejos para la Ocupación), «*Vichy fait la guerre*» (Vichy provoca la guerra), «*Nous sommes pour le général de Gaulle*» (Apoyamos al general De Gaulle) y un montón de estampas que decían en tipografía grande: «*Vive le général de Gaulle!*».

Me quedé quieta un momento en el aire fresco y húmedo del sótano. No necesitaba examinar la ingeniosa ebanistería del guardarropa, perturbar la cama estrecha ni leer las palabras desafiantes de los panfletos políticos para deducir que aquella era una guarida secreta. El mensaje era obvio: «*Vive le général de Gaulle!*». Este había sido un refugio de la Resistencia.

La emoción recorrió todo mi cuerpo. ¡Lo sabía! Mi familia había sido parte del movimiento de Resistencia durante la Segunda Guerra Mundial. Aquello explicaba la reserva de mi madre y mi tío, su comportamiento siempre cauteloso. Si su padre, mi *grandpère* Benoît, había sido un *résistant*, habrían aprendido desde una edad muy temprana a guardarse sus opiniones, a desconfiar de la gente. Como un hijo de la Ocupación, Benoît tendría siempre presentes las consecuencias de la indiscreción: Deportación. Campos de concentración. Ejecución.

Miré alrededor de la bodega cada vez con más emoción. ¿Habría sido esta una casa segura para refugiados judíos? ¿O quizá los agentes de los Aliados se habían escondido aquí mientras esperaban escapar? ¿O ambas cosas? Nunca había oído que alguien hablara de eso, pero había muchas cosas de las que mi familia nunca hablaba. Hojeé rápidamente los panfletos políticos en busca de un nombre, una fecha, una dirección, cualquier pista, sin importar cuán pequeña fuera. Sin embargo, los papeles no daban detalles y la razón era obvia: habría sido demasiado peligroso.

Hace mucho tiempo alguien había tenido la precaución de colocar un banco bajo la apertura del armario. Subí en él y pasé al otro lado. El panel del fondo del ropero giró sobre sus bisagras; lo cerré tirando de uno de los ganchos ropa hasta que escuché el chasquido del cerrojo.

Con las puertas cerradas el guardarropa resultaba tan feo como siempre. ¿Quién podría imaginar que dentro había un trabajo de ebanistería tan sofisticado? Seguramente, construirlo había llevado semanas, tal vez meses. Pensé en los vinos escondidos detrás del muro; bastaba echar un vistazo para darse cuenta de que esas botellas valían una fortuna. Sintiendo una oleada de orgullo pensé en la desafiante resistencia que había tenido lugar a sólo unos metros, y en las vidas que mi familia debió de haber salvado, a pesar del enorme riesgo para la suya propia. Recordé lo que Walker me había contado la semana pasada: estábamos a sólo unos kilómetros de la línea que separaba la zona ocupada de la Francia libre. El viñedo debió de haber desempeñado un papel crucial para ayudar a las personas a escapar a través de la frontera. De repente, todo tenía sentido: la completa ausencia de información sobre Hélène. Sus escasas pertenencias. Una maleta preparada para que pudiera huir en cualquier momento.

Arriba se cerró una puerta.

—¿Kate? ¡Hola! ¡*Kate*! —gritó Heather. Luego empezó a bajar las escaleras corriendo.

—¡Ay, Dios, Heather! —grité—. ¿Adivina qué?

—¿Qué? —dio la vuelta a la esquina y apareció ante mí; , poniéndose las manos sobre las rodillas, se inclinó para recuperar el aliento.

—No vas a creer lo que hay ahí detrás… Me corté la mano y lo encontré… Una cava secreta… Miles de botellas de vino… Valen una fortuna. ¡*Mira*! —Tomé su brazo y la llevé hacia el guardarropa, abrí las puertas centrales y me metí para mostrarle el panel del fondo.

Ella ahogó un grito.

—¿Qué es esto?

Le hablé de la cava escondida detrás de la pared. De los vinos antiguos. Del escondite del rincón. De los panfletos de la Resistencia.

—Creo que fue una casa segura durante la guerra.

—¿Te refieres a… la Segunda Guerra Mundial? —me miró con incredulidad.

—Sí, desde luego, la Segunda Guerra Mundial. Hélène debió haber sido una *résistant*, o quizá una espía, y por eso no podemos encontrar información sobre ella. Todo concuerda.

Sus palabras interrumpieron las mías.

—Estás equivocada.

Me reí.

—Ya sé que suena completamente fantástico, pero te lo juro, no lo estoy inventando. De verdad hay una bodega secreta al otro lado de este ropero y tiene un escondite en un rincón.

Heather se apartó con impaciencia un mechón.

—No, eso no. Es Hélène. Ella no podría haber sido una *résistant* porque encontré una foto de ella en los archivos de la biblioteca. De septiembre de 1944. La estaban rapando.

Negué con la cabeza.

—No entiendo. ¿Me estás diciendo que estaba enferma?

—No —dijo tajantemente—. Septiembre de 1944. Después de la Liberación. *La estaban rapando.*

—¿Pero eso qué significa? —Me crucé de brazos, desconcertada. A mi lado, el rostro de Heather se había vuelto de piedra. Finalmente dijo con voz gélida:

—Significa que Hélène había colaborado con los nazis.

PARTE II

CAPÍTULO 8

Me quedé completamente inmóvil, con los ojos fijos en el suelo irregular de la bodega hasta que la visión se me hizo borrosa. En algún lugar en la oscuridad escuché una serie de chasquidos agudos, seguidos del rugido de una caldera que cobraba vida. Heather se enderezó, sacó un pañuelo de su bolsillo y lo presionó suavemente sobre sus ojos. La luz del foco desnudo que colgaba del techo proyectaba una luz lánguida sobre su rostro.

—¿Colaboradora de los nazis? Pero... —negué con la cabeza, inquieta—, ¿cómo? ¿Qué encontraste exactamente en la *Mairie*?

Heather respiró profundamente y empezó a explicármelo. Había comenzado en la oficina de registros del pueblo, y solicitó las *actes d'état civil* de Hélène-Marie Charpin. Sin embargo, la encargada había echado un vistazo al año de nacimiento de Hélène —1921— y le negó la documentación diciendo que a menos que tuvieran más de cien años de antigüedad, sólo podía prestar los documentos a un descendiente directo. Sin desanimarse, Heather solicitó ver los registros de Edouard, mi tatarabuelo, que había nacido en 1902, y la mujer le facilitó su *acte de naissance* o acta de nacimiento.

—Ya conocemos la mayor parte de la información —me dijo Heather—. Pero cuando lo revisé con mayor atención, vi notas escritas en los márgenes, el funcionario las llamó *mentions marginales*, al parecer son bastante comunes, una manera de hacer referencia a otros documentos.

En el caso de Edouard, estas líneas registraban sus matrimonios, incluyendo el primero, en 1920, con Marie-Hélène Dufour, así como el producto de su unión, una hija, Hélène-Marie Charpin.

—¿Entonces, Hélène era nuestra tía abuela? —pregunté.

—Técnicamente, tu media tía abuela. Benoît y Albert eran sus medios hermanos… es confuso, ya lo sé. Mira, hice este pequeño árbol familiar para ayudarte a entenderlo.

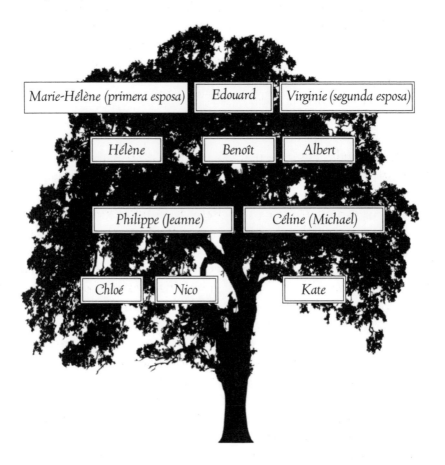

Marie-Hélène (primera esposa) Edouard Virginie (segunda esposa)

Hélène Benoît Albert

Philippe (Jeanne) Céline (Michael)

Chloé Nico Kate

—Pero ¿esto qué tiene que ver con… —apenas podía pronunciar la palabra otra vez— el colaboracionismo?

—Cuando devolví el *acte de naissance*, manifesté a la encargada mi decepción por que no se me permitiera ver los otros documentos. Ella fue firme pero amable, y creo que sintió un poco de lástima por mí, pues me sugirió que tratara de buscar los archivos en la biblioteca de Beaune.

En la Bibliothèque municipale de Beaune, Heather examinó las microfichas del periódico local, pero la información era escasa y, casi con toda seguridad, la habían censurado durante la guerra.

—En este momento, me sentía muy frustrada —dijo—. Así que empecé a buscar cualquier cosa: Edouard Charpin. Marie-Hélène Dufour

Charpin. Edouard y Marie-Hélène. Edouard y Virginie. Finalmente, puse el nombre de Hélène en una base de datos de artículos académicos. Y apareció este. Mira, imprimí una copia —sacó un montón de papeles doblados de su bolso y me los entregó. El artículo se titulaba «El castigo a las colaboracionistas femeninas culpables después de la Liberación», era de una revista académica escrita en un francés denso y erudito.

—Mira —señaló un párrafo—. Los autores se refieren a Hélène y a su juicio por colaboracionismo.

Me llevé la mano a la boca.

—¿Le hicieron un *juicio*? ¿Por *colaboracionismo*?

Heather cruzó los brazos.

—Sólo me dio tiempo a hojearlo, el lenguaje es muy denso: Pero sí, hubo un juicio justo después de la Liberación. Mira estas fotografías… Ella está aquí.

Pese a que eran imágenes borrosas y en blanco y negro, la plaza del pueblo se veía igual. Había dos mujeres sentadas entre una multitud furiosa. Tenían unas esvásticas negras y gruesas pintarrajeadas en la frente, la mirada baja y expresión adusta; detrás de ellas, dos hombres con batas blancas de barbero blandían navajas de afeitar y las miraban con desdén mientras les rasuraban la cabeza.

Me inundó una ola de horror. Me había formado una impresión de Hélène a partir de los artículos de su maleta: una muchacha seria que ocultaba una vena sentimental, pero la fotografía que tenía frente a mí la mostraba como una joven salvaje con un gesto duro.

La voz de Heather se estremeció de furia apenas controlada.

—Simplemente no puedo creerlo, Kate. Me siento completamente asqueada. Era una nazi. ¿Te das cuenta de lo que eso significa? En esta familia *son antisemitas*. Su sangre corre por las venas de mi esposo… y por las de mis hijos…

«Y por las mías», pensé.

—Pero la gente no tiene una predisposición genética a ser intolerante o xenófoba. No sabemos nada de Hélène ni de las circunstancias que rodearon sus elecciones. No la estoy defendiendo —añadí rápidamente—. Lo que hizo fue imperdonable; lo único que digo es que no estamos condenados a repetir sus errores.

—Supongo —dijo Heather, pero no parecía muy convencida.

—¿Y no están para eso Nico y tú? ¿Para enseñarles a Thibault y a Anna un código moral, para transmitirles una conciencia ética de manera que nunca vuelva a ocurrir algo así? —Heather cruzó los brazos y suspiró, me di cuenta de que mi argumento había logrado algo—. Desde luego —dije lentamente, conforme iba formulando mis pensamientos—, ahora es obvio por qué esta familia nunca había hablado de Hélène. Por qué la habían mantenido en completo secreto.

Mientras hablaba recordaba una extraña visita a la oficina de mi madre cuando yo tenía alrededor de diez años. Su compañera, Midori, me preguntó por nuestras vacaciones de verano y le conté que íbamos a visitar a mi abuelo en Francia.

—Vive en Borgoña, es un viticultor —respondí a sus preguntas.

Más tarde, en casa, mi mamá me llamó aparte.

—Nunca digas que *grandpère* Benoît es un viticultor —dijo en voz baja, como si no quisiera que mi padre la escuchara—. Los estadounidenses no comprenden lo que significa y suena pretencioso.

—¿Qué tengo que decir? —con trabajos sabía lo que significaba *viticultor*, ya no digamos una palabra como *pretencioso*. Sin embargo, sabía que no debía mentir.

—Di que es campesino —se encogió de hombros—. Después de todo, es verdad.

Durante años me había preguntado por esa conversación, preguntándome por qué mi madre siempre evitaba las preguntas personales. ¿Su frialdad era parte de sus características genéticas? ¿Yo también tenía este instinto de evasión? Sin embargo, ahora que sabía sobre Hélène, empezaba a sospechar que la negativa de mi madre de hablar sobre la historia de su familia era una habilidad adquirida, algo que ella y mi tío Philippe habían perfeccionado desde niños. Ahora que sabía sobre Hélène, la verdad era evidente.

Sentían vergüenza.

A la mañana siguiente, encontré a los niños solos en la cocina con un montón de cereales multicolores esparcidos sobre la barra de madera.

—*Maman* está haciendo *le jogging* —me informó Anna, apartando la mano de su hermano de la caja de cereales—. Y mi papá está en la *cuverie*.

—¿Quién los va a llevar a la escuela? —llené la tetera eléctrica y busqué una bolsa de té en la despensa.

—¡Kate! —rio ella— ¡Es sábado!

—¡Ah, sí! —alcé una mano para frotarme la frente—. Creo que me desvelé anoche.

Thibault me miró con unos ojos enormes.

—Cola de camarón —dijo.

—Sopa de camarón —lo corregí automáticamente—. Espera, ¿*cómo dices?*

—Sopa de camarón. Es lo que uno come cuando le duele la cabeza, *n'est-ce pas?*

—Más o menos —contuve la risa—. De cualquier manera, no me duele la cabeza, sólo me desvelé leyendo.

—*Ouais*. Eso es lo que mi *maman* nos dice antes de tomarse un *bloody mary* —se chupó el dedo índice y pasó una página de su *Tintin*.

Mientras esperaba que el agua hirviera apoyé los codos sobre la barra y miré por la ventana de la cocina. Por primera vez me di cuenta de que el otoño había llegado al viñedo, el color verde brillante de las hojas se había convertido en un castaño suave. La noche anterior había dormido con una manta extra, y esa mañana había tenido que encender el calentador del baño antes de desvestirme y meterme en la ducha. No había duda. Las estaciones habían cambiado y pronto sería tiempo de regresar a California, recuperar mi apartamento —ocupado por unos profesores japonenses que estaban de año sabático en la Universidad de San Francisco—, encontrar un nuevo trabajo, reintegrarme en el grupo de estudio de Maestros del Vino, registrarme para el Examen... En pocas palabras, liberarme de la red cada vez más compleja de secretos familiares y volver a mi vida real.

La tetera se agitó con furia y serví agua hirviendo sobre mi bolsa de té, con la esperanza de que la bebida caliente ahuyentara mi fatiga. La noche anterior, Heather y yo habíamos cenado rápidamente una tostada antes de que ella se retirara argumentando que tenía migraña. Yo me quedé hasta tarde tratando de desenmarañar un texto de prosa académica con la única ayuda de un diccionario francés-inglés anticuado. Hasta donde podía decir, el artículo que Heather había encontrado hablaba sobre el castigo de las colaboracionistas después de la Liberación en 1944. Durante ese periodo se produjo la *épuration sauvage*, o purga salvaje, un movimiento espontáneo y violento motivado principalmente por la venganza, que buscaba castigar a los colaboracionistas. Algunos de los castigos públicos más humillantes se habían reservado a las «colaboracionistas horizontales», mujeres que habían dormido con el enemigo: las rapaban, las desnudaban, les pintaban esvásticas en el cuerpo y las hacían recorrer el pueblo, donde las multitudes furiosas las abucheaban y escupían.

«El castigo de rapar la cabeza —escribían los autores—, que se remonta a la Biblia, en donde se le consideraba un proceso de purificación, se utilizó en Francia a lo largo del siglo XX. En 1918, a las mujeres francesas que tuvieron relación con soldados alemanes se les rapó la cabeza; el partido nazi también rasuró las cabezas de las mujeres alemanas que tenían relaciones con hombres no arios o con prisioneros extranjeros. En pocas palabras, hay una larga historia de estas *femmes tondues* —mujeres rapadas—, y de la práctica como castigo a las mujeres en caso de infidelidad sexual.»

Los autores citaban a Hélène a mitad del artículo: «Las mujeres acusadas de colaboracionismo horizontal recibían castigo por parte de los justicieros de la *épuration sauvage*. Las colaboracionistas horizontales a menudo eran prostitutas, aunque también hubo muchas adolescentes que actuaron por bravuconería o aburrimiento, madres jóvenes desesperadas por alimentar a sus hijos hambrientos o mujeres que simplemente trabajaban para los soldados alemanes, como en el caso de una mujer de limpieza de las oficinas militares alemanas. Las informantes femeninas de la Gestapo, como Hélène Charpin, Marie-France Gaucher o Jeanne Petit, fueron chivos expiatorios más vulnerables que sus iguales masculinos, que fueron juzgados durante la *épuration légale* —purga legal— llevada a cabo de 1944 a 1949 […]». Hojeé el resto del artículo en busca de más información sobre Hélène, pero no encontré otra mención de su nombre.

Ahora, mientras removía la bolsa de té de mi taza, sentí otra vez una oleada de repulsión. Aunque los autores del artículo habían sido compasivos en general hacia estas mujeres —señalando que la humillación que habían sufrido después de la Liberación se debía en gran medida al sexismo y a la furia reprimida resultantes de la derrota castrante de Francia—, el crimen de Hélène era mucho peor que haber dormido con un soldado alemán. Era una informante. Una traidora. Traté de conectar las feas palabras de la página con los artículos que habíamos encontrado, la ropa infantil, la biografía de Marie Curie, el diploma del *lycée*. Se me resbaló el asa de la taza y me cayó líquido caliente en la muñeca.

—¡Ay! —busqué una servilleta y me incliné para limpiar el líquido.

—¿Estás bien, Kate? —Thibault se bajó de su silla y llevó su plato de cereales al fregadero, mientras una ola de leche amenazaba con desbordarse por el costado.

—Sí, corazón; ¡ay, ten cuidado con eso!

—No hay problema —dijo, mientras el plato repiqueteaba en el fregadero—. ¡Voy a jugar, adiós, bye, bye! —y con suaves pasos de los pies descalzos se fue.

—¿Debería preocuparme de que esté tramando algo malo? —pregunté sin dirigirme a alguien en particular. El gato de la familia, Chaussettes, salió de la nada y empezó a lamer gotas de leche del suelo.

—Probablemente —Anna levantó la vista de las páginas brillantes de la revista *Elle*—. Pero *maman* se deshizo de todas las cerillas la semana pasada —me guiñó y volvió a la lectura de un artículo titulado «Cómo las estrellas usan la mezclilla», junto con una foto de las piernas largas de Gisele Bündchen *en jeans*.

Me descubrí caminando dubitativamente hacia la puerta del sótano. Esa mañana no había querido molestar a Heather curioseando. Pero si había salido quizá sería un buen momento para buscar más información sobre Hélène.

—Si necesitas algo —le dije a Anna— estaré en la *cave*, ¿de acuerdo?

—*D'accord* —dejó la revista y sacó otra de un montón que tenía enfrente. No percibí sonidos desde el lugar de juego favorito de Thibault, el pasillo (aunque tal vez fuera algo malo), así que bajé las escaleras.

Ahora que conocía la existencia de la habitación secreta detrás del ropero, me preguntaba si alguien —hacía mucho tiempo— había organizado el desorden a propósito. Rocé con un pie un montón de ropa vieja. Por la emoción del día anterior, la había dejado apilada en el suelo y me arrodillé para meterla en una bolsa de plástico, anudando la parte superior para llevarla más tarde al basurero.

Una furia repentina se encendió en mi interior y pateé la bolsa; la mitad de la ropa se derramó en el suelo. Habían sido tan cautelosos, mi madre, mi tío, al proteger estos desagradables secretos. «Informadoras de la Gestapo como Hélène Charpin...». Me estremecí y los espejos rotos del guardarropa quebraron mi rostro horrorizado en cientos de fragmentos. «¡Ay, Hélène! —pensé—. ¿Cómo pudiste? ¿Por qué lo hiciste?».

Un golpe en la puerta hizo que me sobresaltara.

—¿Heather? —grité hacia los pies ligeros que bajaban corriendo las escaleras.

—¿Kate? —Era Nico, su figura baja y fornida sorteaba las cajas—. ¿Qué estás haciendo? Bruyère me lo contó todo anoche antes de dormirse. Despertó más enfadada de lo que nunca la había visto, incluso fue a correr. Eso no sucedía desde que mi padre le dijo que las mujeres no

121

debían aspirar a grados académicos avanzados… antes de que naciera Thibault —sonrió brevemente.

Al ver a mi primo se me llenaron los ojos de lágrimas.

—Me está costando trabajo aceptar todo esto —admití—. ¿Tú cómo estás?

—Puff… —infló las mejillas—. Bien —sin embargo, su rostro estaba ensombrecido—. Parece imposible —dijo al fin—. En nuestra familia somos buenas personas. No puedo creer que sea verdad. Sin embargo, no dejo de recordar cositas, como que nuestro *granpère* Benoît nunca, jamás, quería hablar de la guerra. ¿Te acuerdas?

Negué con la cabeza.

—Chloé y yo le rogábamos que nos contara historias de su infancia, pero se quedaba callado y luego nos decía que prefería no pensar en eso. *Ce n'était pas heureux*, no fue feliz —Nico frunció el ceño y su rostro se llenó de arrugas profundas, de manera que pude ver cómo iba a ser dentro de veinte años—. Y, desde luego, es mucho más doloroso porque Bruyère es judía —bajó la barbilla al pecho.

Entre nosotros cayó un silencio que colgaba pesadamente en el aire fresco y húmedo. Arriba, algo pequeño y duro cayó ruidosamente y rodó por el piso. A mi lado, Nico llevó la mirada hacia el ropero.

—Entonces, ¿es este? —extendió una mano tentativamente—. ¿De verdad hay una *cave* escondida atrás?

—¡Ah, claro, el sótano secreto! —tras los descubrimientos del día anterior había olvidado todo, con excepción de las horribles revelaciones sobre Hélène. Ahora, mientras volvíamos hacia el guardarropa, noté la curiosidad de mi primo y mi propio humor mejoró un poco—. Te debes de estar muriendo por verlo. Mira, en este último compartimento. No, el panel del fondo. Empujas justo aquí, ¿ves? —se inclinó sobre la apertura y después, de un salto, subió y cayó al otro lado—. ¿Necesitas una lámpara? —pregunté—. Toma —le pasé la mía por el agujero.

Varios minutos después salió rápidamente, sin aliento.

—*C'est incroyable* —dijo con voz entrecortada—. Increíble. ¿Quién habrá construido esto? La guarida del rincón… ¿De verdad crees que la usó la *Résistance*?

—Fue lo primero que pensé, porque encontré unos panfletos. Pero ahora no sé.

—¡Y el vino! Obviamente no tuve tiempo de examinar cada botella, pero por lo poco que vi, juro que nunca había visto una colección de vinos antiguos como esta… Hay algunos de los *millésimes* más excepcionales del siglo XX… —se le apagó la voz—. Es, al mismo tiempo, horrible y maravilloso. Esto podría ser… —cambió de posición mirando hacia el suelo—. Kate —dijo por fin—, no sé cuánto te ha contado Bruyère acerca de nuestros problemas.

—No me ha contado nada —le aseguré. ¿Por fin iba a revelarme por qué habían estado actuando con tanta reserva?

—Hicimos algunas malas inversiones. Tomamos malas decisiones. Refinanciamos en un momento equivocado —dio un respingo—. Seguramente te has estado preguntando por qué estamos limpiando el sótano. La verdad es que queremos abrir un hostal, nada demasiado elaborado, sólo un negocio pequeño para tener mayores ingresos. Después de todo, tenemos esta casa enorme para nosotros solos… y a Bruyère le gusta cocinar y recibir visitas… Y los dos queremos que los niños conozcan gente de diferentes lugares.

—Es un plan perfecto —dije con verdadero entusiasmo.

—Salvo por mi padre —suspiró Nico—. Se opone tajantemente a la idea. Sin embargo, Bruyère y yo pensamos que si preparábamos todo para empezar las renovaciones… Bueno, le sería muy difícil decir que no.

Todo empezaba a tener sentido: la reticencia de Heather y Nico, su prisa por limpiar el sótano y, en especial, su silencio de terror cuando le sugerí esa misma idea al tío Philippe.

—¡Habérmelo dicho! —exclamé, dándome una palmada en la frente— habría sido más discreta.

—Sí —dijo Nico, arañando el suelo con un pie—. Pero… es que nos daba vergüenza. Honestamente, llevamos un tiempo luchando, buscando la manera de mantener el viñedo —tragó saliva—. Este vino podría ser el milagro que necesitamos.

—Podría valer mucho dinero —afirmé—. Sin embargo, es difícil juzgarlo sin saber el contenido exacto de la bodega y examinar el estado de cada botella.

—Tú sabes de vinos raros, *n'est-ce pas?*

—No soy experta, pero sí. He estudiado para el examen. Y, como sabes, me gustaría trabajar en una casa de subastas algún día, tratando con ventas de vinos antiguos.

—Entonces ¿nos puedes ayudar? Podrías hacer una lista, un inventario de esta *cave* para que sepamos exactamente lo que tenemos adentro.

Instintivamente, di un paso atrás.

—¡Pero eso podría llevar siglos! Yo tengo que regresar a casa, a San Francisco. Para prepararme para el examen y presentarme.

—¡Pero esto sería una preparación maravillosa para el examen!

—¿Y qué dirá Heather? Anoche estaba tan enfadada que pensé que podría quemar la casa hasta los cimientos.

—A Ehzaire no le interesa el vino. Sólo quiere deshacerse de él. Odia la idea de que podamos sacar algún beneficio del colaboracionismo —me miró suplicante—. Pero, la verdad es, Kate, que el viñedo está en peligro de embargo. De verdad nos vendría bien este dinero. Pensé que si te quedabas y hablabas con Ehzaire y calculabas el valor del vino, bueno... —Desvió la mirada—. Podría cambiar de opinión.

Respiró profundamente, pero antes de que pudiera decir que no la imagen de la cava oculta se presentó ante mí, no las pilas de antiguas botellas de vino cubiertas de moho, sino el escondite en el rincón, el escritorio y su contenido. Los folletos de la Resistencia. ¿Quién los había dejado ahí? Había pasado la mitad de la noche pensando, pero nada tenía sentido ¿Cómo era posible que esas cosas aparecieran en la misma casa de una conocida simpatizante nazi?

—Está bien —dije por fin—, intentaré cambiar mi billete. Pero sólo si Heather está de acuerdo, y sólo por unas semanas.

—*Mais bien sûr*, comprendo —su cara había empezado a relajarse—. *Merci*, Kate, *merci infiniment*. No puedo expresarte lo que eso nos ayuda. Por encima de todo, sé que vas a ser discreta porque eres parte de la familia. Eres una de las pocas personas que comprende lo delicada que es realmente esta situación.

El resplandor del sol de finales del otoño transformó los viñedos en un banco de llamas danzantes. Me entretuve detrás de los otros de modo que el sonido de sus voces venía hacia mí con la brisa; me deleitaba con el baño de sol que pasaba a través de la tela oscura de mi abrigo, con la fuerza de mi paso conforme el terreno se iba haciendo más empinado. Y después, cerca de la cima de la colina, contemplé los viñedos dorados que caían hacia un pueblo de juguete; una torrecilla blanca en medio de un conjunto de edificios, incluso ahí llegaba el ligero repiqueteo de las campanas de la iglesia que marcaban la hora. El domingo en Francia —pensé— era un idilio eterno.

Frente a mí, Heather amainó el paso y se separó del grupo. Luego alzó una mano para hacerse sombra en los ojos.

—¿Estás bien? —le pregunté cuando la alcancé.

Estaba observando el paisaje con una expresión difícil de escrutar.

—Es tan hermoso —dijo—. No vengo aquí arriba casi nunca, así que se me olvida. Pero la manera en que los viñedos ondean en el paisaje... Es maravilloso. Casi hace que se me olvide todo lo demás —apretó los labios—. Casi.

Una ráfaga agitó las hojas produciendo un suave murmullo que me provocó un escalofrío.

—Por lo menos hoy nos libramos de la comida familiar —dije.

—Ya sé. Nico estaba muy aliviado cuando recordó que Papi y *Mémé* iban a llevar a los niños al circo de Dijon. Respecto a eso, creo que tiene miedo de lo que va a ocurrir si papi y yo nos quedamos a solas en una habitación.

A lo lejos, los otros hicieron una pausa para voltear hacia nosotros y hacernos señas.

—*Allez, les filles!* —gritó Jean-Luc.

—¿Quieres regresar a la casa? —le pregunté.

Negó con la cabeza.

—Vamos a reunirnos con ellos. Nico dijo que querían ir a la *cabotte*. Después de todos estos años, ¿puedes creer que nunca he entrado?

Iniciamos una marcha a paso ligero y veloz, acortando constantemente la distancia entre nosotros y las cuatro figuras lejanas.

Poco después del almuerzo, la camioneta de Jean-Luc había aparecido frente a la entrada de la casa, levantando la grava con las llantas. Jean-Luc bajó del vehículo y nos invitó a dar un paseo dominical. Louise estaba con él y nos saludó, aunque con menos entusiasmo; Walker completaba el trío con su usual forma de ser, estrafalaria e inescrutable.

Heather y yo subimos la colina; el ascenso constante impedía la conversación. Los colores del otoño eran fastuosos incluso cuando hacían que las hojas se volvieran frágiles por los bordes; el último espectáculo de la naturaleza antes de que el invierno le robara la vida del viñedo. Alcanzamos a los otros, que se habían detenido admirando la vista. Una pequeña choza de forma oval parecía flotar en un mar de hojas ondulantes, era un estallido de piedra blanca coronada por un techo ligeramente abovedado.

—¿No es adorable? —saqué mi teléfono y tomé una foto—. Hay *cabottes* como esta por toda Borgoña, pero siempre pensé que la nuestra era la más bonita. —La choza me había encantado desde que acampábamos ahí cuando éramos niños. Aún recordaba las historias que el tío Philippe nos había contado, cuentos de los viejos y rudos *vignerons* de antaño que dependían de estas *cabottes* en los días anteriores a los automóviles; después de trabajar en los viñedos hasta que oscurecía, dormían adentro y se despertaban al amanecer para continuar su labor.

—¿Cómo se mantenían calientes? —preguntó Heather.

—Prendes un fuego dentro, en el centro —dijo Nico—. Sólo hay que mover las tejas del techo para hacer una abertura y que se escape el humo, como una especie de chimenea —hizo un gesto hacia donde estábamos Jean-Luc y yo—. ¿Se acuerdan? Mi padre nos dejaba hacer un fuego cuando nos traía aquí. Vamos —caminó hacia adelante a grandes pasos—. Les muestro.

Rápidamente caminamos colina abajo y nos encontramos frente a la *cabotte*, que extrañamente parecía más pequeña de cerca que a distancia. La entrada era simplemente una abertura en la pared de piedra, sin puerta que mantuviera a raya los elementos de la naturaleza, con un marco tan bajo que tuvimos que agacharnos para entrar. Dentro, el recinto estaba cerrado y fresco, con ráfagas y sol que atravesaban la entrada, y agujas de aire frío que se colaban por las paredes de piedra seca. En el centro del pequeño espacio había un montón de carbón de lo que había sido una fogata.

—Mira, Bruyère —Nico le pidió a su esposa que se acercara—. Dejé mis iniciales aquí —señaló unas letras escritas en la piedra—. Y aquí están las de mi padre.

Heather se arrodilló junto a la pared.

—¿Quién es este? —señaló—. B. Q. C.

Nico se agachó a su lado.

—Es mi abuelo: Benoît Quilicus Charpin. Y A. U. es su hermano, Albert Ulysse. Y aquí… H. M. P. H. —señaló otro grupo de letras que decían. A. U. C.—. Qué extraño. Me imagino que debe ser Albert otra vez, *le petit insolent!*

—Menos mal que Nico no insistió en poner a nuestros hijos los nombres de la familia —me dijo Heather con voz inexpresiva.

Louise miraba de un lado a otro, examinando el estrecho interior.

—Pero ¿dónde dormían? —preguntó, frunciendo el ceño con un gesto encantador.

Jean-Luc se encogió de hombros. En cualquier lugar. *Là, ou là, ou là…* —Señaló varios puntos en el suelo.

—¡Es muy… rústico! —Al parecer, el entusiasmo de Louise empezaba a apagarse.

—No veníamos por el lujo —sonrió Jean-Luc.

—¡Me muero de hambre! —anunció Heather—. ¿Hacemos el *goûter* aquí? ¿Qué les parece? —miró dubitativamente el interior de la *cabotte*—. ¿O mejor fuera?

—Hubiera traído la tetera de campamento, habríamos podido hacer té —dijo Nico con tono anhelante.

Salimos y encontramos un refugio del sol a un lado de la *cabotte*. Heather hurgó en las mochilas y sacó varias cosas: una manta de picnic que Nico y Walker desenrollaron, botellas de agua y limonada, barras de chocolate, cajas de galletas de mantequilla, un pesado ladrillo envuelto en papel aluminio que resultó ser un *quatre-quarts*, y un pastel casero de mantequilla.

—¿A qué hora tuviste tiempo para hacer todo esto? —le pregunté, estirándome para agarrar un trozo de pastel.

—¿Yo? —se sacudió las migajas de la falda—. Yo no fui. Fue él —señaló con un movimiento de cabeza a Jean-Luc, que estaba sirviendo limonada.

—¿Él horneó un pastel? No, él no sabe cocinar.

—Antes de que se fuera a España su madre le enseñó a preparar algunas cosas. Le insistió; le dijo que de otro modo iba a vivir a base de McDonald's y pasta. De hecho, hace un *boeuf bourguignon* bastante bueno.

Mordí el pastel, que estaba fresco y esponjoso, con sabor a vainilla, y observé a Jean-Luc mientras masticaba.

—Personalmente, prefiero la vainilla de Tahití —le decía Louise, que estaba sentada con las piernas cruzadas a su lado, sus rodillas pálidas y delgadas se veían a través de los agujeros de sus pantalones de mezclilla—. Tiene un sabor más floral.

¿Esta era la misma persona que alguna vez me había dicho que la cocina y el cuidado de los niños era *le travail des femmes*, trabajo de mujeres?

—*Du fruit*, Jeel. —Louise sostuvo en alto un plátano; su rostro rebosaba de alegría.— Para comértela después del pastel. Lo prometiste.

Sonrió y lo tomó de su mano; se lo acabó de tres mordiscos.

—Ahora vamos a buscar zarzamoras. Me pareció que había algunas por ahí en un lugar soleado —se levantaron y se marcharon.

—Vamos —Heather se dio cuenta de que los estaba observando y se puso de pie, proyectando su sombra sobre mis piernas—. Vamos a ver la *cabotte*.

Dentro de la choza de piedra Heather encontró un palo y pinchó en una pila de troncos amontonados.

—Tengo que aceptar que me resulta difícil encontrarle el atractivo a este lugar. Como que me recuerda a… No sé, ¿una prisión medieval?

Sólo hay que agregar barras de acero a la puerta —hizo un arco con la mano y me indicó las paredes desiguales de piedra, el suelo de tierra rústico, la entrada tamaño *hobbit* que se abría como el hueco que deja la falta de un diente—. ¿De verdad *acampaban* aquí?

—De noche no está tan mal, con una fogata...

—¿Aquí, completamente a solas? ¿En la oscuridad? —se estremeció—. *Non, merci.* Voy a cortar unos sarmientos. ¿No crees que quedarían bonitas en la mesa del comedor? —se agachó teatralmente y salió.

Levanté el palo que ella había tirado y lo alcé hacia el techo, tratando de mover las tejas, como un *vigneron* de otro siglo. Insistiendo un poco, las piedras planas se separaron. Mientras archivaba mentalmente este conocimiento arcano, en caso de que se presentara en el examen, esché unas voces que llegaban a través de la estructura de piedras superpuestas. Reconocí el francés aflautado de Louise:

—Quiere que me mude a Nueva York con ella.

La respuesta de Jean-Luc fue un murmullo indescifrable.

—*Mais non. . . J'adore* Nueva York, pero obviamente mi trabajo está aquí; no puedo abandonar mi librería. Y... —suspiró—, *franchement*, no sólo es mi trabajo, es mi familia. Siento la responsabilidad de permanecer cerca de ella.

—¿Tu hermana no siente lo mismo?

—Dice que sólo va a ser por un año, quizá dos, *au maximum.* Pero sé que una vez que ponga un pie en Brooklyn nunca va a regresar a casa.

—Quizá porque sabe que cuenta contigo. Es fácil mudarse al otro lado del mundo cuando hay otra persona lidiando con las consecuencias. Yo he estado en esa situación y... Bueno... Créeme, es mil veces más difícil ser el que se queda atrás. No me malinterpretes, me cae bien tu hermana, es sumamente graciosa y es divertido estar con ella. Sin embargo, las cualidades que admiro más son la formalidad y la lealtad —la voz de Jean-Luc se hizo más profunda en la última palabra—. Como estas viejas vides. Cualquier otra planta moriría en este suelo duro y rocoso, pero a ellas les encanta estar aquí, no les molesta el trabajo. De hecho, *prosperan* en él. No, estas vides nunca te van a decepcionar.

Louise se quedó en silencio. Francamente, ¿quién no lo haría después de ese discurso? Escuché el crujido de sus pasos acercándose a la puerta de la *cabotte* y me quedé inmóvil. ¿Y si me encontraban aquí? Sin embargo, para mi alivio, el sonido de sus pasos tomó otra dirección, hacia el camino de tierra.

Solté lentamente la respiración, alcé la vista directamente hacia la mancha de cielo azul que brillaba a través del agujero del techo. Sí, me lo merecía por estar escuchando conversaciones ajenas. Y aunque no se había dicho nada directamente en mi contra, fue suficiente para causarme dolor. Claramente, la opinión de Jean-Luc sobre mí era abismalmente baja. Y, claro, me lo merecía. Sin embargo, me dolía.

—Hola —dijo Walker desde la entrada, haciendo que me sobresaltara. Se agachó y entró en la *cabotte*, alzando el rostro hacia el agujero que había hecho en el techo—. ¡Guau! Sabía que era primitivo, pero más bien parece de la Edad de Piedra.

Me reí.

—Estaba pensando que podría aparecer como pregunta del examen —imposté un tono pomposo—: «Describa los aspectos físicos de la *cabotte* de Borgoña, su historia y papel en la viticultura del siglo XIX».

Se rio y pasó una mano por el muro de piedra.

—Hablando del examen, ¿recibiste mi correo con los exámenes de práctica para el MV?

—¡Ay, por Dios!, sí. Perdón, se me olvidó responderte. Los últimos días han sido una locura.

—¿Sí? ¿Por qué? ¿Encontraste más esqueletos en el sótano?

Se me resbaló el palo de los dedos y cayó al suelo. Me arrodillé rápidamente para recogerlo.

—¿Por qué lo dices?

—De hecho, estaba bromeando, pero... —se acercó más y bajó la voz—. ¿Por qué? ¿Encontraste algo?

—No —dije rápidamente, con la esperanza de que no pudiera escuchar el tono de nerviosismo en mi voz.

—Bueno, si encuentras algo, definitivamente tienes que decírmelo. Conozco gente que trabaja con vinos antiguos. Incluso aunque sea sólo un par de botellas, estoy seguro de que les encantaría hacer negocios con el Domaine Charpin. Hay rumores, ya sabes.

—¿De verdad? —luché por mantener una expresión neutra—. ¿Qué tipo de rumores?

—En la década de 1930 tu familia solía tener una de las casas de *négociants* más ricas de la región. Al parecer tu bisabuelo era una especie de genio de los negocios. ¿Lo sabías?

Negué ligeramente con la cabeza. Mi madre nunca había mencionado que mi bisabuelo Edouard fuera un hábil hombre de negocios, desde luego que no, pero ese hecho sí explicaba la exitosa carrera de ella en la banca.

—Las cosas empezaron a caer en picada después de su muerte —continuó Walker—. Según la leyenda local, la familia habría podido sobrevivir durante décadas tan sólo con la venta de su colección de vinos raros. La cosa fue que, al final de la guerra, toda la colección había desaparecido.

—¿Desaparecido, cómo es posible?

—Es un misterio. O lo escondió y se murió antes de que pudiera decirle a alguien dónde estaba —Walker bajó la voz— o se la vendió a los alemanes.

—¿De verdad? —mi voz fue casi un chillido.

—¡Ay, sí! Pasaba todo el tiempo. Hitler estaba loco por el vino francés, pero no para bebérselo, desde luego. Era totalmente abstemio. Sin embargo, el Tercer Reich lo vendía con una enorme ganancia en el mercado internacional para ayudarse a financiar la guerra.

—Sí. Pero si mi bisabuelo les hubiera vendido el vino a los alemanes, tendríamos el dinero para demostrarlo —señalé.

Él se encogió de hombros.

—¿Quizá lo malvendió? Honestamente, respecto a eso, ¿quién sabe? No fue una época de gloria para Borgoña. Un grupo de productores incluso le regaló una parcela al mariscal Pétain. Parte de los *Hospices* de Beaune, de las mejores tierras de la región. Como te dije, no hubo muchos héroes en la Côte d'Or —se metió las manos en los bolsillos de los pantalones—. Más de setenta años después de la Segunda Guerra Mundial y con la Resistencia tan laureada difícilmente alguien recuerda que la mayoría de los franceses fueron unos monos derrotistas y comedores de queso.

Parpadeé. Sólo unos cuantos días antes habría discutido con él. Sin embargo, en ese momento no pude reunir el entusiasmo suficiente para defender a Francia. Más bien alcé la barbilla para que el viento me mordiera las mejillas.

—De cualquier manera, si encuentras algo en la bodega deberías decírmelo —continuó Walker—. Como te dije, sería un placer para mí ponerte en contacto con la gente adecuada y estoy seguro de que habría una dinero extra para ti también. Tenlo en mente.

—¿Oigan? —dijo Heather asomándose por la entrada—. Hay que ponernos en marcha, el sol ya se está poniendo.

Afuera vi que los demás estaban recogiendo. Nico, la basura, y Jean-Luc y Louise estaban metiendo la manta de picnic en la estrecha boca de la mochila, lo cual implicaba muchos chillidos y risas de parte de ella. Empezamos el camino a casa; el estrecho sendero nos obligó a caminar en fila india. Aparte del sonido de nuestros zapatos contra el camino de tierra y el canto infinito de los pájaros, que nos llegaba desde algún lugar alto entre el follaje, los viñedos resplandecían con un silencio majestuoso que había crecido a lo largo de siglos de cariñoso cuidado. Pronto —pensé— las hojas menguantes de los viñedos se tornarían marrones y un ejército de viticultores atacaría las ramas desnudas, recortándolas para el invierno, y quemaría montones de resto de la poda a los lados del camino. Me quedé rezagada detrás de los otros, pateando entre las sombras. La belleza de esta tierra aún me quitaba el aliento, pero ahora era plenamente consciente de que era sólo un caparazón que escondía dentro algo podrido.

Cher journal,

Algo de lo que no me había dado cuenta antes de este invierno es de lo molesto que es el frío, un goteo constante, *drip, drip, drip*, hasta que, de repente, el vaso se desborda. Tomemos, por ejemplo, esta mañana. Tenía toda la intención de salir de la cama y encender el fuego de la cocina antes de que los demás bajaran a desayunar. Sin embargo, cuando desperté vi que estaba nevando, otra vez, y el patio y el jardín estaban cubiertos de montículos blancos y helados. Mi delantal estaba congelado, como siempre, porque siempre termina húmedo cuando lavo y me lo quito por la noche, y la escarcha cubría las puntas de mis zuecos. Mi vestido de casa está lleno de mugre. Han pasado por lo menos tres semanas desde la última vez que lavamos la ropa. El esfuerzo de calentar el agua y después escurrir y secar la ropa húmeda, que es inmenso incluso en los más ligeros días de verano, se ha vuelto una tarea enorme con este clima amargo, con las manos permanentemente hinchadas por el frío. En cambio, simplemente hemos reajustado nuestros límites de tolerancia.

Durante un instante pensé en volver a la cama, que aún seguía ligeramente cálida, y quedarme ahí algunos minutos. Después, la imagen de Albert pasó frente a mis ojos, esos enormes ojos del color del azúcar quemada, la carita enferma, y me obligué a vestirme con la ropa sucia, para que él no tuviera que enfrentarse a otro día de escuela sin, por lo menos, una bebida caliente en el estómago.

Desde luego, cuando bajé las escaleras y traté de encender la estufa recordé por qué tenía los zapatos congelados. La noche anterior había salido al patio para coger un poco de leña y para que se secaran a lo largo de la noche. Desafortunadamente, la tormenta reciente, junto con las temperaturas que suben y bajan sólo por debajo del punto de congelación, hicieron que el montón de madera siguiera empapado; incluso después de horas dentro de casa, esta mañana la leña seguían húmeda. Madame se iba a molestar, pero no tuve otra opción. Arrojé un leño sobre los carbones agonizantes; la madera siseó y llenó la cocina de humo, así que cuando Madame bajó ya tenía un gesto adusto en la cara.

Este invierno ha sido el peor que haya conocido. Añadamos el recorte de carbón, el exasperante problema del racionamiento de comida, de combustible, de ropa, todo inasequible, y a veces me pregunto si primero voy a congelarme de fuera hacia dentro o a morir de hambre de dentro hacia fuera. La comida de ayer fueron dos nabos para cada uno, adornados con una *delgadísima* rebanada de jamón. Ni siquiera puedo recordar la última vez que pudimos ofrecerle a Benoît gelatina de pata de ternera o lenguado, que en otros tiempos era lo único que comía el pobre niño. Madame cuenta cada bocado que pasa por sus labios, angustiada por adelgazar y volver a enfermar. Comemos pan en las ocasiones más especiales. ¿Mantequilla? ¿Mermelada? Son sólo recuerdos afectuosos de antaño. ¡Ay!, si tan sólo tuviera calor podría soportar el hambre. Si tan sólo estuviera llena podría soportar el frío.

Madame mantiene las apariencias por los niños, pero se desquita lanzándome miradas y palabras groseras cuando cree que nadie nos ve. El Cercle du patrimoine está en pausa por las temperaturas glaciales y, sin esa válvula de escape, la resolución de Madame se ha debilitado. Esta mañana, en la mesa del desayuno, vi que picaba una patata hervida húmeda; si pudiera adivinar sus pensamientos diría que eran los mismos que los míos: ¿Hasta cuándo durará esto?

Mientras yo retiraba el último fragmento traslúcido de la piel de la patata de Albert —hemos empezado a pelarlas cuando ya están cocidas porque se desperdicia menos patata— apareció papá. Se le veía tan mal, con los ojos vidriosos de fatiga, que le serví de inmediato una taza del café de cebada al que estamos tratando de acostumbrarnos. Se sentó y le dio un sorbo, mirando a lo lejos.

—¿Quieres algo de comer? —le preguntó Madame.

—*Non*.

—¿Dónde has estado? —su voz era controlada, pero se asomaba un tono de sospecha.

—Podando.

Cher journal, era obvio que ocultaba algo, pues ha habido un metro de nieve sobre los viñedos por lo menos durante una semana.

Creo que Madame pensó lo mismo, pues replicó:

—Está nevando otra vez.

—Por Dios, ¿no piensas en otra cosa más que en el clima? —gritó papá. Empujó la silla hacia atrás, así que nuestro «café» se derramó, y salió a grandes pasos de la habitación. Albert empezó a llorar y Madame dejó que se le subiera en la mesa, lo que usualmente está prohibido.

Después de abrigar a los niños y llevarlos caminando a la escuela, me demoré en el pueblo con la esperanza de comprar comida, un pedazo de carne o pan, unos cuantos gramos de azúcar, cualquier cosa que ayudara a alegrar este día miserable. Tenemos un montón de cartillas de racionamiento, pero las tiendas siempre están vacías. ¿Cómo vive la gente de las ciudades? Sin las verduras que tenemos en la bodega, las gallinas y los conejos, estoy segura de que nos moriríamos de hambre.

Cuando regresé la casa estaba en silencio. Sabía que Madame estaba en el gallinero porque podía oír el cloqueo de las aves que se peleaban por las migajas. La puerta de la oficina de papá estaba cerrada. Subí a mi habitación para escribirle por fin unas cuantas líneas a Rose, que me escribió desde Sèvres hace unos días; una carta, breve pero fascinante, sobre los cursos, y quería responderle rápidamente. Abrí el cajón superior de mi escritorio para sacar mi pluma estilográfica y enseguida vi un papel desconocido, un panfleto mimeografiado titulado «33 consejos para la Ocupación». No me atrevo a copiar nada aquí, *cher journal*, pero basta decir que leí el texto «de un sólo trago», como si hubiera estado muriendo de sed, y después lo leí muchas veces más hasta que unas lágrimas de alivio me cosquillearon en los ojos.

¿Quién lo habría puesto en mi escritorio? Obviamente, no habían sido Benoît ni Albert, son demasiado pequeños. Vieille Marie renunció hace casi seis meses. No ha habido otros visitantes en la casa durante semanas. Eso sólo deja a mi madrastra y a mi padre. Pensé en ambos.

Mi instinto me dice que no pudo ser Madame. Después de todo, es miembro entusiasta del Cercle du patrimoine y elogia constantemente los valores de la Francia de Vichy —*travail, famille, patrie!* (trabajo, familia, patria)—, al parecer, con sinceridad. Sin embrago, recientemente, las nuevas privaciones la han amargado. El otro día bromeó diciendo que la única información fiable que se imprimía en el periódico eran los anuncios sobre el racionamiento, que detallan cuántos cupones necesitamos para cada artículo; cualquier otra cosa está censurada o es falsa, incluso las noticias de los muertos. Aunque en realidad no era una broma, pues su risa glacial hizo que me recorriera un escalofrío. Sí, el hambre persistente y el frío están haciendo cambiar a Madame en contra de nuestros carceleros. De cualquier manera, ¿distribuir panfletos de la Resistencia? Honestamente no creo que tuviera el valor.

Eso sólo deja a papá. Papá, que ha permanecido en una niebla distante desde la rendición en junio. Papá, que echa humo de ira y de vergüenza. Papá, que desaparece durante horas sin dar una explicación plausible de su paradero. Papá, que escucha la BBC todas las noches.

Sí, estoy segura de que papá dejó el panfleto en mi cajón. Pero ¿por qué lo hizo? Quizá fuera sólo un *petit bonjour*, un pequeño gesto para levantarme el ánimo. Todos lo hacemos de vez en cuando —nos referimos a los alemanes con pequeños insultos: *Les Fritz, Les Boches, Les doryphores* (porque saquean la cosecha de patatas como los escarabajos glotones a los que se parecen)—, o nos vestimos con los colores *bleu-blanc-rouge* de nuestra amada bandera. Sí, por supuesto que fue mi querido papá.

Sin embargo, eso hace que me pregunte sobre otra posibilidad, tan aterradora que difícilmente me atrevo a especular al respecto. ¿Papá es uno de ellos? ¿Podría estar trabajando con el movimiento... la *Résistance*? ¡Ay!, mira cómo me tiembla la mano cuando escribo estas palabras. Cálmate, Hélène. Calma. Hay una enorme diferencia entre hacer circular una pequeña sátira y unirse realmente a la Resistencia. Y papá nunca ha dicho una palabra sobre esas actividades, ni como apoyo ni como crítica. Hasta donde yo sé, sigue esperando pasivamente el final de la guerra, como todos en esta familia, aguantando en silencio.

Más tarde

La idea sigue corroyéndome. No puedo dormir. Mejor dicho, me pasé estas últimas horas analizando mis recientes momentos con papá, explorándolas en busca de pistas. Hay tantas discrepancias, tantas ocasiones en que pensé que estaba mintiendo, pero no podía comprender por qué. Honestamente, pensé que se estaba escondiendo para beber en secreto. Ahora no estoy tan segura. ¡Ay!, por favor, por favor, que papá esté a salvo. Admiro lo que hace ese grupo. Pero si algo le pasara a papá, el corazón se me partiría en dos.

Todavía despierta. Se me ocurre que acabo de ponernos a todos en peligro con sólo registrar tan abiertamente estos pensamientos. Tengo que encontrar un lugar mejor para ocultar este diario.

CAPÍTULO 9

Después de que encontráramos la cava secreta, Heather ya no bajó a ayudarme. Dijo que el proyecto ya no la entusiasmaba, y no se lo reproché. Más bien, me sentía sola sin ella allá abajo y, aunque Nico había pasado unas cables eléctricos a través del ropero, e instalado un par de focos de alta potencia para que trabajara, también me daba miedo. Ahí, en ese lugar oculto, que había permanecido sin que nadie lo tocara durante tantos años, el aire tenía un persistente olor a moho. Las sombras se agazapaban en los rincones, sobre los muros y debajo de los estantes, ampliando las figuras e intensificando los sonidos, los débiles chasquidos y ruidos que sugerían la presencia de ratones, arañas o cucarachas. Dejé cajas de veneno en las esquinas y traté de no pensar en ello. De cualquier manera, una vez que empecé a trabajar con el vino me olvidé de todo lo demás.

Porque el vino... ¡Ah, el vino! Me hechizaba incluso encerrado en las botellas: una poción que esperaba en un sueño de cuento de hadas, esperando un encantamiento, el giro de un corcho, una bocanada de aire que hiciera que volviera a la vida otra vez. Las pesadas botellas estaban colocadas de costado, cubiertas por gruesas nubes grises de moho, producto de los microbios y de la condensación, que prosperan en ambientes frescos y húmedos. En un principio, me preocupó que las casi ocho décadas de negligencia hubieran arruinado las botellas, pero después de inspeccionar varias descubrí que seguían en perfecto estado, con los corchos intactos y ligeramente bañados en líquido, lo que evitaba que el oxígeno entrara y arruinara la preciosa cosecha. Después de todo —pensé— las viejas paredes de estas cavas se habían construido con ese propósito: preservar el vino.

Aunque aún no sabíamos quién había escondido las botellas, tenía la certeza de que las había seleccionado un experto. La colección me dejaba sin aliento: La Tache, Clos de Vougeot, Chambertin… Los años, espectaculares: 1929, 1934, 1935, 1937, las «cosechas estratosféricas», como las habría llamado Jennifer. Y aquel vino estaba vivo. Incluso atrapado dentro del cristal, continuaba cambiando y evolucionando hasta el momento en que se bebiera. Cualquiera de estas botellas valdría una fortuna, sería valiosa al principio de su vida, pero décadas de envejecimiento las habían transformado en algo casi sagrado.

Traté de no tocar demasiado las botellas mientras las contaba y catalogaba; registraba las cantidades a mano en un cuaderno y las transcribía después en una hoja de cálculo en mi portátil. Temía perturbar el líquido —al vino no le gusta el movimiento—, y más que nada temía que una botella se me resbalara de entre los dedos y se rompiera. Al final del tercer día, había catalogado sólo una pequeña parte —quizá mil botellas— y calculaba que quedaban al menos diez mil más almacenadas en la *cave* secreta. Diez mil preciosas botellas que descansaban como bellas durmientes.

—Grande. Con *minions* y una taza amarilla. Pero, sobre todo, grande. Dice que uno de sus compañeros de la escuela sacó un trozo de pizza caliente durante el almuerzo.

—¿De un termo? —empecé a reírme.

—Thibault jura que es verdad —Heather dio la vuelta en una esquina maniobrando con el carrito de compras.

Miramos los estantes saqueados.

—No hay mucho que escoger —observé, recogiendo una tartera con arcoíris y unicornios.

Heather suspiró.

—¡Qué mala mamá! Tardé demasiado. Todas las mamás buenas vinieron al Carrefour hace tres semanas. Ahora hay una *rupture* en las existencias, y aunque dijeron que ya pidieron más, no habrá termos nuevos sino hasta agosto.

—Ay, pobre Thibault —reí—. No va a poder sacar pizza caliente de un termo. Pero recuerda, los traumas infantiles se convierten en historias de vida cautivadoras. Será un excelente material para sus memorias.

—Ja, ja, ja. Muy graciosa —de repente, se puso rígida. Después se puso de puntillas y bajó algo del estante superior—. ¡Sí! —blandió un termo adornado con esas criaturas pequeñas con ojos de insecto—. Sin embargo, la cuestión es… —desenroscó la tapa amarilla y miró en su interior—. ¿Se puede meter una rebanada de pizza aquí?

—Tienes competencia —murmuré, haciendo un gesto con la cabeza hacia una mujer que estaba a nuestro lado: pantalones de mezclilla ajustados, botas grandes, maquillaje negro, todo un personaje que estaba observando el termo como un gato frente a una pecera.

—Te lo juro, comprar en este país es un deporte sangriento —murmuró Heather, echando el termo en el carrito y dando una vuelta en U hacia la sección de refrigerados.

—¿*Todo* este pasillo es de yogur? —se me abrió la boca al ver los pequeños contenedores, apilados de cinco en cinco y que se extendían en un área de varios metros de largo.

—Por favor, ya habías estado en un supermercado en Francia un millón de veces —Heather puso en el carrito dos paquetes de doce yogures naturales.

—Sí, pero nunca había comprado lácteos. Esto es duro —tomé una foto con mi teléfono y la publiqué en Instagram. Walker le dio *like* de inmediato.

Heather hizo una pausa para hacer un cálculo mental y lentamente tomó un paquete de mousse de yogur.

—Me imagino que después de un tiempo se te olvida que las cosas son raras. Como ¿por qué no hay caldo de pollo en lata? ¿Por qué el azúcar para hornear tiene sabor vainilla? ¿Por qué los cacahuetes y las patatas siempre están en el pasillo de las bebidas alcohólicas?

Avanzamos hacia el siguiente pasillo y, claro, acurrucados entre las botellas de vino estaban los frascos de nueces saladas y los paquetes de patatas fritas, de sabores como hamburguesa con queso y pollo asado. Inspeccioné algunos de los vinos, marcas de supermercado, producidos en su mayoría en grandes cantidades, un mundo aparte de las exclusivas denominaciones de la Côte d'Or de Borgoña.

Heather tomó una botella de Sancerre de un estante.

—¡Ah! ¡Qué asco!, no mires —dijo, poniéndola en el carrito—. A veces sólo me gusta tomar algo fresco y ligero, ¿sabes?

»No seas tonta. El vino no tiene que ser CARO para ser delicioso. Todo depende del momento apropiado. Como un cálido día de verano, definitivamente prefiero un vaso de rosado con hielo al más fino champán.

Añadió un par de brillantes botellas rosas al carrito y las dos nos reímos.

—Bueno, por lo menos tenemos opciones. Estaba viendo los viejos libros de contabilidad del viñedo y, antes, la familia guardaba un par de barriles de *vin de table* una vez al año, era lo único que bebía... —titubeé, recordando demasiado tarde los sentimientos de Heather hacia la cava secreta y todo lo relacionado con ella.

Seguimos avanzando, ahora más lentamente, por una sección denominada États-Unis, con estantes llenos de productos americanos como salsa tabasco, crema de cacahuete y nubes de azúcar, con precios tremendamente inflados.

—Está bien, ¿sabes? —dijo—. Puedes hablar de la *cave*. Estaba muy enfadada, pero ya estoy haciendo las paces con ella. Como dijo Nico, no sabemos lo que sabe su padre, y nunca lo voy a saber a menos que se lo pregunte. Definitivamente, no estoy lista para tener esa conversación —apretó los labios.

—Sí, yo tampoco —me estremecí cuando pensé en el temible comportamiento del tío Philippe.

—Pero, si separo mis propios sentimientos de la *cave*... Bueno, obviamente es lo más emocionante que ha pasado en el viñedo. Y el viñedo es la vida de Nico. Así que claro que quiero ser parte de ella.

Consiguió sonreír y le apreté un brazo, admirando, no por primera vez, la lealtad de mi amiga.

—Nico es un tipo con suerte —le dije.

—Créeme —dijo—, me llevó un tiempo llegar a esta conclusión. He estado pensando mucho sobre la responsabilidad y sobre lo que una generación le debe a la próxima.

—¿A qué te refieres?

—¿Qué pasaría si Anna y Thibault nos culparan a Nico y a mí por lo que hizo Hélène hace tantas décadas?

—¡Sería completamente injusto!

—¿Ves? No puedo culpar a mi suegro por lo que hizo Hélène, sólo puedo reprocharle que nos lo haya ocultado.

Aparté la mirada.

—Tienes razón —dije por fin. Y, para mi sorpresa, lo dije sinceramente.

Fuimos hacia la zona de las cajas y nos formamos en una fila que serpenteaba hasta el pasillo de comida para mascotas. Suspiré y crucé los brazos, cambiando mi peso de un pie a otro.

—No crees... —fruncí el ceño—. No pasamos por alto algo importante entre las cosas de Hélène, ¿o sí?

—No. No había nada en la maleta, con excepción de su ropa y las fotos.

—¿Y en la otra caja?

—¿Qué otra caja?

—La que tenía el diploma. Lo encontraste en una caja diferente, ¿no?

—Sí, sólo había un montón de viejos libros de texto, cuadernos, cosas así . Nada interesante.

—Pero ahora que sabemos de la existencia de la *cave* secreta... —me mordí el labio—. Y, ¿qué hicimos con esas cosas? ¿Nos deshicimos de ellas?

—No me acuerdo.

—¿Las llevamos al dispensario de caridad? ¿O al basurero?

—No estoy segura.

La fila avanzó un poco.

—Creo que probablemente al dispensario de caridad —dijo por fin.

Traté de recordar el contenido de la caja. Libros de texto de Biología. Química. Física. ¿Había un ejemplar de *El conde de Montecristo*?

Un montón de cuadernos de tapas gruesas marrones, con páginas llenas de caligrafía. Recordé haber hojeado el primero, con renglones y renglones de ejercicios de Gramática, y que dejé los otros a un lado.

—Los cuadernos —me inundó una sensación extraña.

—¿Sí?

—Había un montón de cuadernos en la caja, pero sólo vi el primero —crucé los brazos y los volví a descruzar. Me había empezado a picar la piel—. ¿A qué hora cierra el dispensario de caridad?

—A las cinco, creo.

Miré la hora en mi teléfono: cuatro veintiséis.

—Podemos ver si sigue abierto de camino a casa —me sonrió para reconfortarme y sacó su lista de compras para repasar los artículos.

—Heather —la voz apenas me salió, estaba sofocada—. Creo, tenemos... Te va a parecer una locura pero, ¿podemos ir *ahora*? —Por alguna razón que no podía explicar había empezado a tener una sensación extraña que me corría por la espalda.

—¿*Justo ahora*? ¿En este preciso instante? ¿Y las compras?

—Podemos regresar a recogerlas después. Por favor, es que tengo un... *presentimiento*.

Debe de haber visto el pánico en mi rostro, porque su sonrisa desapareció.

—Me iría, si no fuera por el termo. De ninguna manera va a estar aquí cuando regresemos y Thibault se va a deprimir si regreso con las manos vacías.

—¿Lo podemos esconder en alguna parte? —mire rápidamente a mi alrededor—. ¿Detrás de la arena para gatos, en algún lugar? No, espera. Lo podemos esconder en el pasillo de productos de Estados Unidos. Te apuesto a que nadie compra ahí.

Heather se salió de la fila, sacó el termo del carrito y fuimos rápidamente a la sección que decía États-Unis, que seguía tan vacía como lo había estado diez minutos antes.

—Yo lo hago. Soy más alta —dije. Agarré el termo y me estiré para ponerlo en el estante superior, detrás de una fila de paquetes para hacer tacos con una etiqueta que decía: «Old El Paso». Parecía que ningún ser humano los había tocado desde que lo habían puesto ahí.

—¿Estás segura de que está a salvo ahí? —preguntó Heather con ansiedad.

—Por favor... —puse una sonrisa pícara—. ¿Cuándo fue la última que viste a un francés comer tacos?

Salimos corriendo hacia el coche. Heather arrancó con un chirriar de las llantas y se encaminó a Beaune, rozando el límite de velocidad. Allí encontramos un lugar de estacionamiento justo fuera del dispensario de caridad. Corrimos hacia la puerta justo a tiempo para ver que una mujer con cabello plateado ponía un letrero que decía *Fermé*. Nos espío a través del cristal, se encogió de hombros y señaló su reloj.

Heather observó a través de la ventana.

—¡Hay personas dentro! ¡Todavía tiene clientes! ¿Qué hora es?

Miré la hora.

Cuatro cuarenta y seis.

Heather llamó a la puerta.

—*Bonjour, bonjour*? —Giró el picaporte y la puerta se abrió. Entré detrás de ella a la tienda.

—*Mes dames. Mes dames, on ferme!* —La mujer de cabello plateado apareció delante de nosotras.

—Todavía faltan catorce minutos para el cierre —dijo Heather en francés, sonriendo lo más dulcemente posible—. Y tiene otros clientes.

—Sí, pero ya sólo están pagando —protestó, echando un vistazo al fondo de la tienda donde dos personas estaban agachadas sobre unas cajas abiertas.

—¡Ay, Dios! —murmuré a Heather—. Son Walker... y Louise.

Heather esquivó a la mujer y se dirigió hacia la pareja.

—¡Hola, amigos! —gritó.

Louise levantó la cabeza.

—¡Ah, ah, Bruyère! Katreen. *Quelle surprise!* —parecía ligeramente inquieta.

—¡Hola! —Walker nos saludó con una sonrisa cálida y sosa.

—¿Encontraron algo bueno aquí? —Heather se inclinó sobre ellos.

—Sólo un montón de libros viejos —Louise cerró las tapas de una de las cajas y se puso de pie—. ¿Cuánto quiere por todas estas? —le preguntó en francés a la mujer de cabello plateado.

—*Attendez*, ¿te molesta si echo un vistazo? —Heather se arrodilló en el suelo y hurgó dentro de una de las cajas. Sacó un diccionario francés-inglés y me miró a los ojos. Negué con la cabeza lo más sutilmente posible.

—*J'sais pas* —la mujer de cabello plateado infló los cachetes—. *Trente?*

Louise buscó en su cartera y sacó dos billetes de veinte euros.

La mujer hizo un gesto.

—¿No tiene cambio?

—¿Tienes uno de diez? —le preguntó Louise a Walker.

Él se palpó los bolsillos.

—Lo siento.

—*Putain* —maldijo Louise en voz baja—. Voy a tener que ir al café.

Tomó su bolsa y salió por la puerta.

Heather buscó en otra caja y levantó una vela con rayas rojas y blancas. Otra vez, negué con la cabeza, pero me di cuenta muy tarde de que Walker me había visto.

—¿Qué planean hacer con estas cosas? —le pregunté.

—No sé. Louise las quiere para algo.

Heather encontró una tercera caja y sacó un cuaderno con una tapa de color marrón. El corazón se me aceleró y asentí.

—*Madame* —Heather se acercó a la mujer de cabello plateado, que estaba sacudiendo cuidadosamente un reloj de cobre que daba la hora—. Nos gustaría comprar esta caja.

La mujer frunció el ceño.

—No sé... su amiga estaba interesada en ella.

—Le doy treinta euros —dijo Heather con firmeza.

—Yo sólo soy voluntaria.

—Cuarenta.

—No estoy segura de que tengamos permitido aceptar regateos.

Observé a Walker, que contemplaba la escena frunciendo el ceño.

—¿No donan todas sus ganancias a la caridad? Piense en cuántos niños hambrientos podrían alimentar —Heather le ofreció su sonrisa más persuasiva, justo cuando Louise entró por la puerta.

—*Mon dieu!* ¡Todo estaba cerrado! —dijo con la respiración entrecortada—. Tuve que ir hasta la place Carnot —vio el dinero en la mano de Heather—. ¿Qué está pasando aquí? *Mais non, madame*, esta caja es mía. Teníamos un acuerdo. *N'est-ce pas?*

Madame encogió los hombros exageradamente.

—De hecho —la interrumpió Heather—, si vamos a buscarle tres pies al gato, la caja es mía. Hemos estado limpiando nuestra *cave* y accidentalmente deseché unos recuerdos familiares. Mi esposo estaba muy molesto. Usted comprende lo personales que son estas cosas, *madame*, *n'est-ce pas?* —hizo una pausa llena de significado—. Y desde luego, me encantará ofrecer una donación a su organización, para agradecerles todo el gran trabajo que hacen.

—Yo le doy cincuenta euros. —Louise cruzó los brazos—. Cincuenta por todo.

—Sesenta —ofreció Heather.

Louise reprimió un suspiro.

—Setenta.

Heather entornó los ojos y alcancé a ver un destello de la muchacha que había conocido en la universidad, esa que odiaba tanto perder que los otros estudiantes extranjeros acordaron no jugar a las cartas con ella.

—Cien euros —dijo, mirándose las uñas con una expresión de profundo fastidio.

Louise nos miró a las dos con desdén. Alzó las manos:

—*C'est bon. C'est bon.* —Se obligó a sonreír, se dio vuelta y salió de la tienda arrastrando a Walker tras ella.

«Te llamo» me dio a entender él gesticulando con la boca y haciendo como que se ponía un teléfono junto la oreja.

Mientras Heather contaba un montón de billetes en la caja registradora, levanté la caja y revisé el contenido. Sí, ahí estaban los cuadernos de Hélène, así como sus libros de texto. El nudo que sentía en el pecho empezó a relajarse.

En el coche llevé la caja abrazada sobre mis piernas, sin querer soltarla.

—Santo cielo, ¿viste a Louise? ¡Por Dios! —los ojos de Heather destellaron—. ¿Por qué demonios estaba tan desesperada por comprar esto? No es posible que sospeche algo sobre la *cave* secreta. Tú no le has dicho nada a Walker, ¿verdad?

—Desde luego que no —volví a pensar en el día de la caminata, en la conversación que había tenido con Walker. Había sido discreta, ¿no? A menos que Walker fuera un adivino, no había posibilidad de que supiera del sótano secreto.

Heather se abrochó el cinturón y arrancó a tal velocidad que mi cabeza se movió hacia atrás.

—¿Por qué tanta prisa? —le pregunté—. Ya tenemos la caja, ¿te acuerdas? Podemos respirar tranquilamente.

Aceleró el motor para pasarse una luz amarilla.

—¿Estás bromeando? —tenía un brillo extraño en los ojos—. Tenemos que regresar al Carrefour para comprar el termo. ¡Mamá está con todo!

La ligera luz del atardecer caía sobre la mesa de la cocina y la casa parecía suspirar. Nico y Heather habían llevado a los niños a la *fête foraine*, una feria de temporada en Mâcon que tenía juegos, ruedas de la fortuna y *barbes à papa*, que era como Anna y Thibault insistían en llamar al algodón de azúcar.

—¿Estás segura de que no quieres venir? —me preguntó Heather, metiendo unas bolsas de plástico hechas un nudo en su bolsa. La miré inquisitivamente y me explicó:— Para emergencias. Si los atracciones que giran no hacen que vomiten, va a ser las de fuerza centrífuga. En fin. ¡Con razón no quieres venir!

—Esperaba pasar una tarde tranquila.

—Eso me suena total y absolutamente maravilloso —dijo con un suspiro anhelante.

—Quizá revise las cosas de Hélène —añadí.

—Ah —dijo—. Eso suena menos maravilloso. —De repente, Thibault se deslizó en calcetines por el suelo y se golpeó con fuerza contra el muslo de Heather.— ¡Ay! ¡Thi-bault! —dijo su nombre, dos notas de advertencia.

—¡PERDÓN! —gritó sin una pizca de remordimiento. Después se aferró a sus piernas y le dio un enorme abrazo.

—¡Mi niño! —Heather bajó la cara hacia su cabeza y lo cubrió con cientos de besos.

Ahora, a solas en la casa, el silencio retumbaba en mis oídos, quebrado tan sólo por los pájaros que trinaban en el jardín. Me acerqué a la caja y saqué uno de los *cahiers d'exercises* de Hélène. La tapa decía *La Chimie*, Química, y las páginas estaban cubiertas de notas que parecían garabatos para mis ojos no especializados: fórmulas químicas que se derramaban como telarañas, compuestas de letras y números, de los que sólo reconocí el más básico: H_2O. La caligrafía de Hélène era suelta, casi ilegible. ¿Quizá Nico podría descifrarla? Aunque no creí que el cuaderno guardara algún secreto, lo dejé abierto sobre la mesa y lo empujé a un lado.

Después *L'histoire*, Historia, lleno de notas detalladas sobre la guerra de los Cien Años, *le roi* Enrique IV y varios decretos reales. Después de eso, *La Littérature* y una serie de ensayos sobre temas recurrentes acerca de la obra de Voltaire. Un bostezo enorme escapó de mis labios pero miré obstinadamente cada página antes de volver a buscar en la caja.

Mis dedos tocaron algo de satén y saqué un delgado fajo de sobres dirigidos a Hélène Charpin, Domaine Charpin, Meursault. Ah, ¿cartas? ¿Por fin había encontrado una reliquia de la vida personal de Hélène? Bueno, podía ser interesante. Desaté la cinta del paquete y saqué la primera carta entornando los ojos para descifrar la caligrafía redonda y francesa. El papel era frágil y amarillento, y la tinta había empezado a desvanecerse.

27 octubre 1940
Sèvers

Chère Hélène,

Me preguntaste por libros sobre expansión térmica y finalmente tuve la oportunidad de preguntarle al profesor de la Haye. Me recomienda el estudio de Maxwell, Teoría dinámica del campo electromagnético, aunque no estoy segura de que esté disponible en la biblioteca. Me parece interesante que su artículo acerca de la teoría del control aún se considere un texto fundamental sobre el tema, teniendo en cuenta que murió en 1879...

El resto de la carta continuaba en un estilo académico similar, desprovisto de cualquier cuestión personal y de otro tipo de información. Estaba firmada: «*Amicalement*, Rose».

¿Rose? ¿Era una compañera de clase? Pasé a la siguiente carta, y a la siguiente, pero todas eran de naturaleza similar, escritas en un tono amistoso, afectuoso, rigurosas en lo académico pero sin ninguna noticia o chisme que indicara una amistad femenina. Quienquiera que fuera Rose —y a juzgar por su caligrafía, parecía inteligente, enérgica y extremadamente culta— no revelaba nada sobre la intimidad de Hélène. Suspirando, reuní de nuevo los sobres, volví a atarlos con la cinta y los puse aparte.

Saqué el último cuaderno de la caja y lo abrí; estaba lleno de ejercicios de gramática francesa. Había empezado a formarme una imagen de la vida escolar de la década de 1930 y era incluso más aburrida y más rígida de lo que había sospechado. La escritura se nublaba ante mis párpados somnolientos: *L'étude m'a toujours semblé une sorte d'égérie désintéressé...* La última palabra estaba tachada con lápiz rojo. Me chupé el dedo índice, pasé a la siguiente página y a la siguiente, hasta que llegué a la mitad del cuaderno, donde la escritura se detenía abruptamente. Una página en blanco. Otra. Una tercera. Y después, unas líneas cuidadosamente trazadas, columnas y filas, una especie de lista. Me enderecé en la silla.

Los títulos decían *Appellation, Année* (año), *Quantite* (cantidad). Mientras observaba la página, me llamó la atención una línea: «*Les Grands Epenots*, 1928, 35, "palomita"».

Aparté bruscamente mi silla de la mesa sobresaltando al gato, que dio un brinco con un maullido. Atravesé corriendo la cocina y subí las escaleras, recorrí el largo pasillo que llevaba a mi habitación y tomé el cuaderno que estaba sobre mi escritorio.

—Vamos, vamos —murmuré, pasando las páginas hasta que encontré la línea escrita a mano que estaba buscando: «*Les Grands Epenots*, 1928, 35 "botellas"».

—¡Ay, Dios! —exclamé. ¿Acababa de descubrir un inventario del contenido de la cava secreta, un registro de todas las botellas que estaban almacenadas ahí? Volví a la cocina, me temblaban las piernas. Cuando comparé las notas de Hélène con las mías descubrí que las denominaciones de origen, las cosechas y las cantidades se correspondían de manera casi exacta. Abracé el cuaderno de Hélène contra mi pecho, y resistí la tentación de apretar la cara contra sus páginas. Por alguna razón que no comprendía plenamente sentí que estaba a punto de llorar.

Media hora más tarde seguía examinando la lista de Hélène, comparándola con lo que había elaborado yo misma, cuando escuché que alguien llamaba a la puerta de atrás.

—*Cou cou!* —dijo Jean-Luc entrando en la casa—. Ah. Hola, Katreen —dijo, apartando la mirada.

—Hola —resistí el impulso de cruzar los brazos.

Se movía nervioso, y parecía tan desconcertado como yo.

—Pasé a ver a Nico. ¿Está por aquí?

—Están en la *fête foraine* en Mâcon —le dije—. No van a regresar sino hasta la noche.

—Ah. Me imagino que debí mandarle un mensaje antes de venir.

—Le diré que has venido.

El silencio inundó la cocina; incluso los pájaros habían dejado de cantar y, mirando por la ventana, vi que la tarde se había desvanecido hasta convertirse en ocaso. Busqué detrás de mí y encendí las luces.

147

¿Debía invitar a Jean-Luc a sentarse? ¿Ofrecerle algo de beber? De repente tomé conciencia de la situación: estaba a solas con él, después de todos esos años. Jugueteé con mi pluma.

—¿Estás estudiando? —me preguntó, impecablemente amable. Sus ojos cayeron sobre el cuaderno de Hélène, que había dejado abierto sobre la mesa—. ¡Guau! —exclamó con sorpresa, mirando más de cerca la página—. ¿Tienes que hacer *bouillie bourguignonne* para tu examen? Esas son palabras mayores.

Parpadeé.

—¿Qué?

—*Bouillie bourguignonne*, mezcla de Borgoña —acercó más el cuaderno—. ¿Ves? —señaló una línea escrita a mano que decía «$CuSO_4$ + Na_2CO_3»—. Sulfato de cobre y carbonato de sodio. Lo aprendimos en la *école de viticulture*. Se esparce sobre la vid para combatir un hongo —sus largos dedos bajaron por la página—. Pero, mira, estas cantidades son para hacer muchísimo, si sólo estás experimentando quizá deberías empezar con cien gramos de cobre, no con diez kilos. Y tienes que tener cuidado con el ácido sulfúrico. Asegúrate de tener mucho bicarbonato de sodio a mano para neutralizarlo porque te puede hacer un agujero en el cuerpo.

Sentí que me hervía el cerebro mientras trataba de dar sentido a la nueva información. ¿Cómo encajaba con todo lo demás que sabía de Hélène?

—¿Es un fungicida? —dije, haciendo tiempo.

—Sí, antes era muy común, en especial antes de la guerra —volvió la página—. Entonces, ¿no son tus notas?

Dudé. ¿Debía hablarle de Hélène? Él y Nico eran tan cercanos que sentí que sólo era cuestión de tiempo antes de que supiera la verdad.

—Es... —para mi sorpresa, una ola de vergüenza contuvo las palabras dentro de mí—. De una amiga —dije por fin—. Son de una amiga.

Después de eso, el ambiente cambió. Jean-Luc cerró suavemente la tapa del cuaderno y se despidió. Escuché cómo su camioneta se alejaba por el camino y me quedé sentada durante mucho tiempo bajo la luz amarilla de la cocina, preguntándome si había hecho lo correcto.

Cuando Nico, Heather y los niños llegaron a casa, yo ya había bajado mi portátil y había empezado a buscar en internet información sobre la mezcla de Borgoña. Los niños irrumpieron por la puerta trasera con la cara pintada —mariposas para Anna, tortugas para Thibault—. Heather y Nico entraron cansados detrás de ellos.

—¡Kate! ¡Kate! Me subí a la montaña rusa gigante cuatro veces y Anna se ganó un pez —me dijo Thibault mientras corría hacia mí.

Anna levantó una bolsa de plástico transparente llena de agua, y un destello naranja pasó de un lado a otro.

—Creo que le voy a poner Taylor —dijo —. O a lo mejor Swift.

Heather observó los cuadernos extendidos sobre la mesa y las hojas de papel caligrafiadas. Junto a mi codo había un plato con mermelada derretida y migajas de pan tostado.

—¿Te has movido siquiera de este lugar? —preguntó, con una mirada traviesa—. Thibault, Anna, es hora de ir a la cama. Suban, lávense los dientes y pónganse la pijama, por favor. Es tarde —dijo dando palmadas.

—¿Y Swift? ¡Tengo que buscarle una pecera! —gritó Anna.

—¡No es justo! —protestó Thibault—. ¿Por qué *ella* siempre se puede dormir hasta tarde?

—Yo le voy a buscar una pecera —declaró Heather—. Ahora, márchense. *Arriba.*

—¡Ay, ma-má! —dijeron a coro, pero salieron al unísono de la habitación y subieron las escaleras.

—¡En diez minutos subo a acostarlos! —gritó Heather tras ellos.

—*Quoi de neuf?* —dijo Nico, abrió la nevera y sacó una botella de agua mineral.

—Sí, ¿qué ha pasado? ¿Encontraste algo importante entre las cosas de Hélène? —Heather me dio un par de vasos de cristal, después se agachó para abrir un armario bajo y empezó a sacar floreros y otros recipientes—. Este servirá por ahora, ¿no? —sacó un florero con forma de cubo y miró al pez dorado.

—Ay, nada importante. ¡Sólo un inventario de la bodega secreta! —dije, y empujé el cuaderno hacia ellos.

Nico se atragantó con el agua.

—*Putain* —exclamó cuando finalmente dejó de escupir—. ¿Una lista de la bodega, en serio? —tomó el cuaderno—. ¿Cómo diablos lo encontraste?

Rápidamente, les conté el descubrimiento de la lista en el *cahier d'excerises* de Hélène y cómo había comparado la información con la mía.

—Obviamente no he terminado de inventariar la *cave*, pero las cantidades que tengo se corresponden casi de manera exacta.

—*C'est incroyable!* —Nico negó con la cabeza, incrédulo.

Heather se estremeció.

—Y pensar que Louise casi le pone las manos encima.

—Sí, bueno —les mostré el otro cuaderno—. Hay algo más.

—¿Mezcla de Borgoña? —leyó Heather—. ¿Sabes qué es? —le preguntó a Nico.

—Sulfato de cobre con carbonato de sodio —respondió—. Lo recuerdo de la *école de viticulture*. Desde luego, ya casi no se usa, con todos los compuestos sintéticos que hay en el mercado.

—Al parecer es bastante fácil de elaborar —añadí—. Forma estos hermosos cristales azules —empujé el portátil hacia ellos, abierto por una página con el título «Cómo hacer sulfato de cobre».

Heather se acomodó detrás de mí para ver la pantalla.

—Carbonato de sodio —dijo—. Es sosa.

—Sí, dice que el ácido sulfúrico es muy corrosivo, pero el bicarbonato de sodio lo neutraliza.

—No, no bicarbonato de sodio. Carbonato de sodio —Heather puso su mano sobre mi hombro—. ¿No te acuerdas? Encontramos una caja abajo, una caja de sosa —Ahogó un grito—. ¡Los agujeros! En los vestidos de Hélène. Pensé que eran de polilla, pero, obviamente, las polillas no comen algodón. Oigan, creo que esos hoyos eran de ácido sulfúrico. ¿Y si Hélène era quien estaba elaborando la mezcla de Borgoña?

—¿Una muchacha joven? ¿En esos tiempos? —Nico se rio—. ¿Sabría siquiera cómo hacerlo?

—Pero estos son sus cuadernos —señalé—. Así que obviamente conocía la fórmula —pensé por un momento—. Quizá le gustaba la Química. Hay un paquete de cartas de una amiga de la escuela, todas sobre expansión térmica. Y tenía una biografía de Marie Curie en su maleta.

—Bueno, supongo que es posible —asintió Nico.

—No —dijo Heather pensativamente—. La pregunta no es si ella hizo la mezcla de Borgoña. Definitivamente la hizo, estoy segura. La pregunta es cómo y dónde.

—Y por qué —agregué.

Los tres nos miramos, igualmente fascinados, hasta que una vocecita flotó escaleras abajo.

—*Mamaaann! Tu es oùuuuu?* ¡Ven a acostarmeeee! —gritó Thibault.

—Sigan pensando en ello —dijo Heather, mientras se dirigía hacia las escaleras—. Apuesto que la respuesta está frente a nuestras narices.

13 FEBRERO 1941

Estos son los lugares donde he escondido el diario: en una caja de sombrero en el estante superior de mi ropero. En el cajón inferior del escritorio. Debajo de una pila de calcetines en la cómoda. Sin embargo, todavía no estoy satisfecha. Todos esos lugares son demasiado obvios. Si los *boches* registran nuestra casa alguna vez, seguramente mi guardarropa, mi escritorio o mi cómoda serían los primeros lugares donde buscarían. Ay, ¿a quién engaño?, ¿los *boches*? Sería más probable que Madame registrara mi habitación; estoy segura de que husmea entre mis cosas cuando no estoy en casa. Tengo que seguir buscando un escondite más seguro.

15 FEBRERO 1941

Hay una tabla suelta en el suelo de mi habitación, cerca de la ventana, y he decidido guardar este cuaderno en el hueco que hay debajo. Mi única preocupación es que cruje mucho cuando alguien la pisa y temo que me delate porque camino de puntillas cuando paso por ahí. Pero moví la alfombra un metro hacia la izquierda y por lo menos, visualmente, el lugar no llama la atención; sólo se ve un poco diferente, lo que difícilmente se puede descubrir a menos que sepas lo que estás buscando.

3 ABRIL 1941

Cher journal,

Disculpa mis manos temblorosas. No debería escribir esto. Prometí que iba a guardar silencio, prometí que no se lo diría a nadie. Si alguien encontrara este diario, las consecuencias serían terribles para él, y probablemente también para mí, por guardar el secreto. Sin embargo, si no hablo con *alguien* voy a estallar, así que voy a garabatear aquí las palabras: *Papá es un résistant*.

Creo que, de ser por él, no me lo habría contado, pero esta mañana los encontré. Iba a medio camino de Beaune en la bicicleta cuando me di cuenta de que se me habían olvidado las cartillas de racionamiento de los niños. Inmediatamente di la vuelta para recogerlos. Benoît y Albert tienen derecho a cantidades adicionales de leche y carne, y Madame, que estaba en una reunión del Cercle du patrimoine, me habría dado un coscorrón si no hubiera llevado a casa la comida extra. Pedaleé con todas mis fuerzas, abrí la puerta de golpe y, para mi sorpresa, encontré a papá sentado en la mesa de la cocina con dos desconocidos.

—*Ma choupinette* —exclamó papá. Se puso pálido y sonrió de manera forzada—. ¡No te esperaba! ¡Acabo de encontrarme con unos viejos amigos y estamos compartiendo el almuerzo!

Cher journal, eran las diez de la mañana y papá no tenía ningún plato delante. Los otros hombres levantaron la mirada de las patatas hervidas —que acompañaban con dos trozos de carne enlatada, un huevo cocido cada uno, y una generosa porción de rábanos y de espinacas del jardín— y me saludaron con un gesto de la cabeza.

—*Bonjour, mademoiselle* —dijo el más joven, de ojos azules, cabello castaño y una sorprendente barba color de fuego. Por su acento, deduje de inmediato que no era francés; que, muy probablemente, podría ser inglés. Los hombres volvieron a su comida, devorándola en segundos, y papá buscó en una olla que hervía en la estufa, para darles a cada uno una patata.

—Se me olvidaron las cartillas de racionamiento —comenté, y las saqué de una lata de la repisa de la chimenea—. *Au revoir* —dije amablemente y me fui de la casa antes de que alguien pudiera responderme. Cuando estaba subiéndome a la bicicleta, papá fue a la puerta.

—Léna —dijo en voz baja—. Me sorprendiste, pensé que ibas a llegar más tarde a casa.

—¿Qué están haciendo aquí? —murmuré con todo el valor que me fue posible reunir—. ¿Por qué los estás ayudando? Papá, ya sabes lo peligroso que es. Nosotros… Podrían arrestarte o algo peor —dije con voz temblorosa.

—Hablaremos de esto más tarde —dijo con voz firme—. Por ahora, tengo que pedirte que no se lo menciones a nadie. ¿Entiendes?

—Sí, pero...

—Bien —me interrumpió—. Ahora tienes que irte a Beaune. Es mejor que no estés aquí. Hablaremos más tarde.

Me fui a Beaune y esperé en las interminables filas —noventa minutos fuera de la *boucherie* para comprar un trozo de carne, cuarenta minutos en el zapatero sólo para enterarme de que las suelas de los zapatos de Benoît van a tener que reemplazarse con madera porque el cuero simplemente ya no se puede conseguir. Todo el tiempo me sentí angustiada por lo que había visto en la cocina. ¿Cómo había conocido mi padre a esos hombres? ¿Ellos eran las únicas personas a las que había ayudado, o había otras? Estaba tan preocupada que me salí de la fila de la *boulangerie* y pedaleé de regreso a casa para hablar con papá antes de que Madame regresara.

Estaba en el *potager*, cortando espárragos, que habían brotado enloquecidamente.

—¡Ah!, regresaste —dijo—. ¿Tuviste suerte hoy?

—Un poco de carne para *les garçons*.

—Bien, bien. Tu *belle-mère* se va a poner contenta —cortó suavemente un tallo.

—Papá, lo que vi esta mañana, esos hombres, ¿quiénes eran? Tengo miedo —traté de mantener la voz firme.

—*Moi aussi* —dijo en voz baja—. Sí, no pongas esa cara de sorpresa. Yo también tengo miedo, *ma fille*. —Sólo el movimiento de sus tijeras quebraba el silencio—. Pero, ¿sabes qué decidí? —apartó la mirada de los espárragos y nuestros ojos se encontraron—. Decidí que tengo más miedo de pudrirme por dentro que del encarcelamiento e incluso de la muerte. Pensé que me iba a volver loco, literalmente loco, por no hacer nada, por no reaccionar de alguna manera. Ahora, por lo menos siento algo de respeto propio.

—Entonces, ¿es verdad? —tragué saliva—. ¿Eres un *résistant*? —sólo articulé la última palabra, aunque no había nadie que pudiera escucharnos.

Él dejó las tijeras suavemente sobre el suelo.

—Soy un *passeur*. ¿Sabes qué significa?

—*Non*.

—Como sabes, a menudo hay... *gente*... que necesita ayuda en su viaje... *al sur*.

Al sur. Eso sólo significa una cosa. La línea de demarcación. La Francia libre. Y más allá: Inglaterra, Estados Unidos. La libertad.

—Les damos un poco de comida, un lugar seguro donde descansar, hasta que encuentren a alguien que pueda guiarlos a la siguiente parada de viaje. Somos una red pequeña, pero no puedo expresarte el alivio que siento al trabajar con estos camaradas que piensan igual que yo y que... —se calló el resto de la frase—. Bueno. No puedo darte muchos detalles.

—Un lugar seguro para descansar —repetí. Finalmente comprendí sus palabras—. ¿Te refieres a *aquí*? ¿En el viñedo? Pero ¿dónde?

—Detrás del muro que construimos en la cava. Hice algunas modificaciones.

Esperé a que continuara, pero después de varios segundos me atreví a hacerle otra pregunta.

—Entonces, ¿ha habido otros... huéspedes?

—*Oui*. —Su rostro era adusto—. Y mientras yo esté aquí, habrá más.

Me quedé en silencio, asimilando esa información. La expresión de su rostro me dijo que tenía que andarme con cuidado.

—¿Mi *belle-mère* lo sabe?

—No, por supuesto que no. Ella no vería con buenos ojos esta actividad —sus labios dibujaron una línea recta, pero luego habló con suavidad—. Léna, no te estoy pidiendo que te unas a mí, pero sí te pido discreción. Nadie puede enterarse de esto.

Me fijé en su rostro demacrado y cansado, y me pregunté si habría dejado de comer algunas veces para alimentar a sus invitados.

—¿Me lo prometes? —me preguntó.

Cher journal, por supuesto que se lo prometí. Sin embargo, ya empiezo a arrepentirme. Me aterra que desaparezcan a mi padre. Eso es lo que le pasó al hermano mayor de mi compañero de clase, Laurence. Ya todos sospechábamos que era *résistant*, pero un día simplemente desapareció, dejando a su familia en una agonía de silenciosa incertidumbre. ¿Y si nos pasa lo mismo a nosotros?

18 ABRIL 1941

Ahora que sé la verdad, el secreto de papá parece muy obvio. Cuando se esfuma sin explicación durante horas sé que está en la *cave* oculta, o en una reunión con sus compañeros *résistants*. Cuando desaparece comida de la despensa sé que él la agarró para sus huéspedes. Cuando aparece por las mañanas con el rostro pálido y exhausto, sé que pasó la noche anterior guiando a las personas que tiene a su cargo y, en este punto, después de varias semanas de observación, incluso sé que si una noche el cielo está lleno de nubes, va a aparecer fatigado a la mañana siguiente.

Estas idas y venidas encubiertas me aterran. Deseo que papá se detenga. Si hablo con él, ¿me escuchará? ¿Vale la pena arriesgarse a despertar su ira?

21 MAYO 1941

Jacques, el aprendiz de papá, huyó. Sin aviso, sin explicación. Ayer simplemente no se presentó a trabajar y nadie tiene idea de qué le ha ocurrido (cuando expresé mi preocupación en la mesa, papá me dirigió una mirada incisiva, de modo que en realidad tengo *alguna* idea de lo que le ocurrió). En consecuencia, tengo que ayudar a papá en los viñedos.

Desde luego, con la desaparición de Jacques me preocupa más que nunca que papá pueda desaparecer. Sin embargo, cuando trato de abordar el tema, él cambia la conversación. Empiezo a creer que su trabajo secreto es lo único que le da paz. No sé si habrá algo que yo pueda decir para detenerlo.

22 JUNIO 1941

Hoy es el primer aniversario de nuestro «armisticio» con Alemania. El mariscal Pétain lo conmemoró con un discurso: «Ustedes no fueron vendidos, traicionados ni abandonados —declaró—. Quienes digan eso les están mintiendo para arrojarlos a las redes del comunismo. Están sufriendo y seguirán sufriendo durante mucho tiempo, pues aún no hemos terminado de pagar por nuestras faltas». Papá apagó la radio; yo sentí una náusea súbita y asfixiante, amarga como la bilis. Las acusaciones de Pétain son atrozmente injustas. ¿Cómo podríamos *merecer* este sufrimiento?

Por primera vez me he cuestionado mi prudencia. ¿Tendrá razón papá? ¿He permitido que el miedo influya en mis acciones? Sin embargo, cuando pienso en la alternativa, la resistencia activa, bueno, también me parece incorrecta. A veces veo muchachos en Beaune, pavoneándose con un aire de bravuconería, vestidos de *bleu, blanc, rouge,* o dando otras muestras de desafío, y me parece tan innecesariamente peligroso, tan absolutamente inútil... y me pregunto si hay algún modo de hacer frente a esta guerra de manera moderada y a la vez honorable.

El gélido invierno ha dado paso a un verano caliente y húmedo y, como resultado, nuestras vides están cubiertas de podredumbre negra y *oidium*, un moho polvoso.

—Tenemos que rociarlas con algo —insiste papá—. *Mais, il n'y a plus.*

Los *boches* confiscaron hasta la última pieza de metal y sin sulfato de cobre es imposible conseguir fungicidas.

—Ni con todas las tarjetas de racionamiento del mundo —como le gusta decir a papá (y cada vez que lo dice, se ríe un poco con esta exhibición de «humor bélico»). Nos preparamos para otra cosecha terrible.

Cher journal,

Hoy ocurrió algo digno de mención y que rompió esta miserable monotonía: me encontré con Rose en Beaune. Al principio no la reconocí porque ha adelgazado mucho (imagino que todos lo hemos hecho), pero sonrió en cuanto me vio. Reconocí su voz de inmediato cuando me llamó «Charpin», en una imitación cantarina de *madame* Grenoble, nuestra maestra de Química.

—¡Rose! —me fui al final de la fila de la *boulangerie* para poder charlar mientras esperábamos—. ¿Qué estás haciendo aquí?

—Esperando para comprar el pan, *comme tout le monde* —respondió, encogiéndose de hombros.

—Pero ¿por qué no estás en Sèvres? ¿O ya terminó el semestre?

—*Non* —su tono no invitaba a hacer más preguntas, así que cambié de tema. Le pregunté acerca de la expansión térmica, que había mencionado en su última carta. Gracias a nuestra conversación parecía que la fila avanzaba más rápidamente de lo habitual. Después de recoger nuestras hogazas duras, secas y marrones, sugirió que fuéramos al parque, a unas pocas cuadras de allí.

—Había olvidado lo bonito que es este lugar —dijo, observando las aguas lodosas del río Bouzaise, que pasaba a nuestros pies.

—Creo que no he venido desde nuestro último día de campo en la escuela. ¿Ya ha pasado un año? Han ocurrido tantas cosas desde entonces.

—*C'est vrai* —dijo en voz baja —. Todo lo que pasó antes de que me fuera a Sèvres me parece como un sueño.

—¿Me puedes decir por qué lo dejaste? ¿Tus padres querían que regresaras a casa? No quiero entrometerme, pero... Sévres —suspiré con melancolía.

Apretó la boca.

—No fue mi decisión —inclinó la cabeza y me sorprendió ver en su expresión algo que parecía miedo—. Hélène —respiró profundamente—. Me exigieron que abandonara la universidad... porque soy judía.

—¿Judía? ¿A qué te refieres? Todos los domingos nos sentamos detrás de tu familia en misa. Hicimos juntas nuestra primera comunión.

—Sí, mi familia va a la iglesia, pero la familia de mi madre es judía, son banqueros de Fráncfort; se mudaron a París a principios de siglo. Mi abuela paterna también era judía, de Alsacia, aunque fue a la iglesia desde niña. *Maman* se convirtió al catolicismo cuando se casó con mi padre.

—Pero entonces, eres cristiana.

—Según ellos... No —sus labios se redujeron a una línea—. Con tres abuelos judíos es... suficiente.

—¡Pero son brutos! ¡Torpes, estúpidos patanes! ¿A quién le importa lo que piensen? —desde que las palabras salieron de mi boca me di cuenta de lo tontas que sonaban. A *nosotros* nos debe importar lo que piensan los *boches*; ese es el precio de la Ocupación—. De cualquier manera —continué—, ¿qué tiene que ver que seas judía con tu lugar en Sèvres? ¿Cómo pueden obligarte a abandonar la universidad? ¿Después de todo tu esfuerzo? ¡No es justo!

—¿Vives debajo de una piedra, Hélène? —dijo interrumpiéndome—. El «Estatuto de los judíos» nos excluye de las universidades y de la mayor parte de las profesiones. De hecho, soy de los afortunados. Mi tío es doctor en París y le ordenaron que cerrara su consultorio. Hay muchos otros, abogados, arquitectos, *fonctionnaires*... a todos les obligaron a renunciar.

La injusticia de este hecho hizo que una oleada de ira atravesara mi cuerpo, tan violenta que empecé a temblar.

—¡Pero no podemos permitir que esto ocurra! No está bien. *C'est pas correct!*

Me miró sorprendida.

—¿Qué podemos hacer, Hélène? Nos derrotaron. No tenemos poder. No tenemos derechos como individuos... Ni como nación.

De repente, comprendí lo que papá había estado soportando durante el último año, la impotencia, la furia, la vergüenza. Quería arrancarme el cabello, gritar de rabia, golpear a un soldado alemán en la cara hasta ensangrentarlo. Pero no podía hacer nada de eso. No podía hacer nada.

—¿Qué dicen tus padres? —conseguí preguntar por fin.

Rose suspiró.

—Están discutiendo todo el tiempo. Papá piensa que deberíamos buscar la manera de marcharnos de Francia, cree que la situación se va a poner peor. Sin embargo, *maman* no quiere que sacrifique el trabajo de *négociant* de nuestra familia, y además, nuestro hogar está aquí. Somos franceses. Por lo menos pensaba que éramos franceses —miró fijamente al río, las aguas lodosas bajo el cielo gris, y de repente cayeron lágrimas por sus mejillas—. Me siento tan egoísta de decir esto —lloró—. Pero siento tanta amargura por la pérdida de mis estudios. Creo que nunca lograré graduarme.

—No digas eso... los Aliados vendrán.

—Claro, cuando les salgan dientes a las gallinas.

Contemplamos el río. Unas nubes de algas flotaban justo por debajo de la superficie del agua y me pareció tremendamente cruel que algo pudiera florecer en el actual estado de miseria. «El mundo es despiadado», pensé.

—Yo también lo echo de menos —confesé—. El laboratorio. Las clases de *madame* Grenoble, la tabla periódica, su parecido a un código secreto. Sobre todo echo de menos el sentimiento de certeza, cuando uno comprendía finalmente qué ocurría en una reacción química. Sin misterio, sin intriga; sólo ciencia.

—No dejo de pensar en el experimento que abandoné en Sèvres —dije—. Mi sulfato de cobre empezaba a desarrollar cristales, hermosas esquirlas azules, parecían joyas.

—Si tan sólo hubieras podido traerlos a casa como un *petit souvenir*. El otro día papá decía desesperadamente que necesitábamos sulfato de cobre para tratar nuestros viñedos.

—Si pudiéramos conseguir cobre podríamos elaborarlo nosotras mismas. No es tan difícil.

Había mil razones por las que debía fingir que no la había entendido. Sin embargo, seguía furiosa, y la idea de implementar una acción subversiva en contra los alemanes resultaba reconfortante. Me quedé en silencio, analizando la idea, examinándola desde diferentes ángulos.

—Yo sé dónde podemos encontrar piezas de cobre —dije, pensando en el almacén donde Madame guardaba sus tesoros—. ¿Qué más necesitaríamos?

—Carbonato de sodio.

—*Pas de problème* —en estos días es lo único que tenemos para lavar la ropa.

—Y ácido sulfúrico. Quizá de una vieja batería de coche.

—Es más difícil, pero no imposible. ¿Qué más?

Rose empezó a apuntar otros artículos: recipientes de cerámica, platos planos de cerámica para hornear, ropa de protección, como monos y gafas de seguridad.

—Y, desde luego, necesitamos construir una especie de laboratorio, nada demasiado sofisticado, sólo un lugar bien ventilado y bastante aislado. La solución inicial produce gases tóxicos y que deben evaporarse durante varios días, incluso semanas.

—¡Ah! —dejé caer los hombros—. Eso es un problema.

—*Ouais* —confirmó.

—Bueno, en todo caso, me levantó el ánimo considerar algo así —le sonreí con desconsuelo—. Aunque me imagino que sería terriblemente muy arriesgado, teniendo en cuenta lo que les hacen a los *résistants* —todos hemos escuchado rumores acerca de torturas, corren por el pueblo en oscuros murmullos de advertencia—. Y en especial, teniendo en cuenta tu situación...

Rose suspiró, pero asintió.

—Seguro que tienes razón. No hacer nada es mucho más seguro.

16 JULIO 1941

Rose y yo hicimos planes para encontrarnos en el parque otra vez, pero llegó tarde, tan tarde que sólo tuve unos minutos antes de recoger a los niños en casa de la vecina.

—*Désolée* —dijo mecánicamente cuando llegó por fin. Su cara estaba pálida, inexpresiva a causa de la impresión.

—¿Qué ha pasado? —la tomé del brazo y la obligué a sentarse.

Ella tenía la mirada clavada en su regazo.

—Vinieron —dijo en voz baja.

Un miedo repentino hizo que me quedara sin aire. Desde luego, sabía quiénes habían venido: los *boches*.

—¿Estás bien? ¿Te lastimaron?

Negó con la cabeza.

—Saquearon la casa. La plata de *maman*, las joyas que había olvidado esconder, el retrato de nuestro tatarabuelo Reinach, nuestras *caves*... —su boca se convirtió en una línea delgada—. Estaban tan furiosos cuando descubrieron la cava casi vacía, que empezaron a aporrear las paredes; finalmente las golpearon hasta tirarlas y descubrieron las botellas que papá había estado escondiendo —su voz se convirtió en un murmullo—. Se lo llevaron todo.

—Pero ¿cómo? ¿Qué dijeron?

Se encogió de hombros.

—El oficial a cargo dijo que era su deber «eliminar toda influencia judía de la economía nacional» —dijo, imitando su tono de afectación con un aire burlón.

Me atravesó una ola de furia.

—Esos malditos *boches* sucios.

Rose se sobresaltó.

—Oh, *non. Non, non*, Hélène. No eran alemanes —dijo—. Eran de Vichy.

—¿Eran *franceses*? —pregunté con voz entrecortada.

—*Oui.*

—Pero tu familia... ¡También es francesa! ¿Cómo pueden hacer esto? ¿Cómo nos podemos hacer esto unos a otros? —grité—. Tenemos que hacer algo. No podemos permitir que esto continúe.

Rose se encogió de hombros; su pasividad y pálida resignación me llenaron los ojos de lágrimas.

—Ya hablamos de esto antes, Hélène. No hay nada que podamos hacer.

Cerré los ojos de cara al sol; la luz se tornó roja a través de mis párpados. La verdad era que desde el día en que me subí al cerezo el miedo había controlado casi todas mis acciones; y había tratado de usarlo también para controlar a otros, en especial a papá. Sin embargo, después de mis recientes conversaciones con Rose, el miedo se había transformado en una furia ardiente.

—Un acto de subversión sería tan, tan satisfactorio —dije imprudentemente.

Antes de que pudiera responder, las campanas de la iglesia empezaron a tañer el cuarto para la hora. Salté del banco y tomé mi bicicleta, consciente de que debía pedalear con fuerza para llegar a tiempo para recoger a los niños. No obstante, mientras intercambiábamos besos en la mejilla le sugerí que volviéramos a encontrarnos a finales de la semana.

—*Bon courage* —le dije—. Y, ¿quién sabe? —añadí, tratando de animarla con una broma—. Quizá para entonces encontremos un lugar donde hacer un laboratorio secreto.

—Si es así —dijo, sorprendiéndome— te ayudo a hacer el sulfato de cobre. Es en serio. Tengo que hacer algo, Hélène... o me temo que... me voy a volver completamente loca —su voz se apagó, pero su mirada era desafiante.

Pedaleé de regreso al pueblo con la mente tan inmersa en nuestra conversación que apenas reparé en el paisaje familiar de tierra roja y seca, y de viñedos ralos, en la *cabotte* que flotaba a distancia sobre un mar de hojas... *La cabotte*. Nuestra pequeña choza de piedra entre los viñedos. Está a unos diez kilómetros de la casa, es muy primitiva y nadie va allí jamás.

Cuando la idea me asaltó, caí en un bache tan profundo que casi salgo volando por encima del manillar. *La cabotte*. ¿Podía haber un lugar más perfecto para un secreto laboratorio improvisado?

18 JULIO 1941

Al principio, papá descartó nuestra idea.

—*Absolument non* —dijo—. Bajo ninguna circunstancia. Es demasiado peligroso. Además, ¿qué saben dos niñas acerca de la preparación del sulfato de cobre?

—Pero, papá —le respondí—, esa es la virtud de nuestro plan. Incluso si nos descubrieran nadie sospecharía la verdad.

Soltó una fuerte risotada. Después empezó a tamborilear con los dedos sobre la mesa de la cocina.

—Podría funcionar, *ma choupinette*, ¿sabes? Podría funcionar.

Con un poco de persuasión papá convenció a Madame de desprenderse de una caja sorprendentemente grande de moldes de cobre para gelatina.

—*C'est pour le vignoble, chérie, et nos fils* —dijo con tonos dulces. «Es para el viñedo, querida, y para nuestros hijos.» Al parecer ella había «olvidado» entregar la caja a los alemanes, lo que, francamente, hace que me pregunte qué más tiene oculto en esos misteriosos estantes suyos. Papá también nos dio una vieja batería de coche, una última reliquia de su difunto Citroën, que estaba guardada en los establos. Rose y yo empezamos nuestro proyecto hoy con un percance menor: me cayó ácido encima al pasarlo a un recipiente de cerámica, pero Rose fue bastante rápida con el carbonato de sodio y logré escapar con un único agujero en la falda, un agujero bastante grande, pero mejor que sea en la ropa que en la piel. Acordamos visitar la *cabotte* por turnos para revisar la evaporación.

El líquido es hermoso, de un azul sobrenatural, y el color se oscurece cada vez más. En uno o dos días lo mezclaremos con agua y carbonato de sodio para esparcirlo sobre el viñedo. ¡Me siento muy orgullosa! Rose, pragmática como siempre, señaló que aunque nuestro primer intento ha sido exitoso, es muy modesto. Calcula que hemos hecho suficiente fungicida para una hectárea de viñedo, lo que significa que necesitamos encontrar más cobre para continuar. Más cobre. Sería más fácil obtener una pierna de cordero. Un cono de azúcar blanca pura. Un par de guantes finos para niño. Sin embargo, Rose dice que tiene un amigo que trafica con metal en el mercado negro y tenemos planeado contactar con él la próxima semana. Le voy a preguntar a papá si está dispuesto a intercambiar un poco de vino por pedazos de cobre.

Y pensar que hace apenas unos meses el simple hecho de leer un boletín de la Resistencia me daba miedo (ni siquiera distribuirlo, tan sólo *leerlo*). Ahora estoy lista para encontrarme con un negociante profesional del mercado negro. Por otro lado, incluso Madame, o quizá, especialmente Madame, ha traído a casa una barras de mantequilla, barras de lápiz labial, y algún paquete extra de cigarros que había obtenido de alguna fuente misteriosa. Y tengo que admitir que burlar a los *boches* es tremendamente satisfactorio.

De hecho, mi miedo ha dejado paso a la ira. Y la ira me ha hecho audaz.

CAPÍTULO 10

—¡Ay, Kate! Es absolutamente extraordinario —dijo Jennifer por tri-
gésima vez. Se dio la vuelta y me golpeó en un brazo—. ¡Ups!, perdón,
querida. No me di cuenta de que estabas detrás de mí. Estoy un poco
alterada. Simplemente no lo puedo superar. ¡El ropero! ¡La puerta! ¡Estas botellas! —agitó los brazos y el haz de su linterna atravesó la penumbra—. ¿Está muy diferente ahora de como la encontraste?

Me froté el brazo en el lugar donde me había pegado.

—He tratado de alterarlo lo menos posible.

—Bien hecho —asintió y caminó entre dos estanterías, inclinándose
para mirar más de cerca.

Había olvidado por completo el viaje que Jennifer hacía cada seis
meses a Francia. Dos días antes había recibido un correo en que me avi-
saba de su llegada y me invitaba a acompañarla a sus reuniones con productores de vino. Habíamos pasado todo el día juntas y, entre reunión y
reunión, le hablé de nuestro descubrimiento de la cava secreta, aunque
había omitido cautelosamente los detalles sobre Hélène y su sórdida
historia. También le extendí la invitación de Nico y Heather para cenar
en el viñedo.

—¿Qué tal si llegas más temprano y revisas la *cave*? —le pregunté, y
ella aceptó muy emocionada.

—¿Sabes? —me preguntó Jennifer, dirigiendo la luz de la linterna a
una botella de Pommard Rugiens—. No soy experta en vinos raros ni
me gusta generalizar, pero creo que alguien puso gran cuidado al hacer
esta selección. Estas son algunas de las mejores cosechas anteriores a la
guerra; no las escogieron aleatoriamente —cerró los ojos para respirar
el aire fresco y húmedo—. Y, obviamente, las condiciones aquí abajo son
perfectas para almacenar vino; incluso con décadas de descuido —Si-

guió avanzando por el pasillo—. ¿Has encontrado alguna botella de Les Gouttes d'Or?

—No, todavía no. Aunque, según la lista de la bodega, hay una pequeña reserva.

De hecho, Les Gouttes d'Or ocupaba una sola línea del cuaderno de Hélène, sólo una cosecha, la de 1929, que se consideraba una de las mejores *millésimes* del siglo XX.

—Deberías empezar a buscarlo. Esta colección por sí misma vale una fortuna, sin duda. Sin embargo, con Les Gouttes d'Or sería una fortuna enorme. Como para mandar al diablo a tus amigos-enemigos.

Nos demoramos en la cava, buscando aquí y allá las botellas perdidas de Les Gouttes d'Or. De vez en cuando, Jennifer emitía pequeñas expresiones de sorpresa cuando veía algunas etiquetas.

—Perdón, perdón —se disculpaba siempre—. Es como ver una celebridad —sin embargo, no encontramos señal del escurridizo vino blanco.

—Jennifer, ¿qué piensas de la *cave*? —preguntó Nico unos minutos más tarde cuando salimos por la puerta del sótano, parpadeando como topos ante la luz brillante de la cocina. Nos dio una fina copa de *crémant* a cada una; las burbujas del vino flotaban hacia la superficie.

Ella puso la copa sobre la barra y se llevó las manos a las mejillas.

—Impresionante —dijo—. En todos mis años en la industria del vino nunca había visto algo similar. Ni siquiera había *oído* de algo tan absoluta y totalmente extraordinario.

—¿Qué crees que debemos hacer a continuación? —preguntó Nico.

—Bueno, después de que tengan el inventario completo, y hayan hablado con el resto de la familia, podrían pensar en contactar con las más importantes casas de subastas.

Empezaron a discutir los pros y los contras de Nueva York y Londres, y fui hacia el horno para revisar una bandeja de *vols-au-vent* de pollo que inundaba la cocina con un irresistible aroma de mantequilla.

—Gracias por hacer esto —le dije a Heather, que estaba acomodando hojas de lechuga en una fuente de cerámica.

—¿Qué? Ay, no seas tonta; me encanta que venga gente. Además, tú cocinaste todo.

—¡Ah!, querrás decir que *Picard* cocinó todo.

Esa tarde, más temprano, Nico y yo habíamos ido a una tienda cercana de la cadena francesa de supermercados, y llenamos un carrito con la comida congelada más elegante que yo hubiera visto jamás: cuadritos diminutos de bollos cubiertos con mousse de hígado de oca con trufas, filetes de ternera picados con *duxelles* de champiñones y envueltos en hojaldre, chocolate fino y tartas de zarzamora; todo listo para hornear, para microondas o simplemente para descongelarse en la barra.

—¡Ah, sí, *Picard*! ¡Me encanta! —Heather removió distraídamente la ensalada.

—¿Estás bien?

—Estoy bien. ¿Por qué?

—Por nada, es que por lo general cualquier mención de *Picard* te pone en éxtasis —la examiné más de cerca. Sus ojos se veían cansados, enrojecidos y con arrugas en los ángulos.

—Estoy *bien* —insistió.

Antes de que pudiera seguir interrogándola, Jean-Luc entró por la puerta trasera, seguido por Louise y Walker.

—¡Todavía no puedo creer que los invitaras! —susurré a Heather mientras todos se presentaban.

—¡No tuve alternativa! —me respondió entre dientes—. Nico dijo que Jean-Luc tenía muchas ganas de conocer a Jennifer y, como sabes, Louise se le pega como champú con acondicionador. Además —dijo, arrugando la nariz—, fuiste tú la que invitó a Walker.

—¡Ya sé, ya sé! Pero, como te dije, nos lo encontramos en *Picard* y parecía muy afligido. —De hecho, había expresado una perplejidad total por el comportamiento de Louise en el dispensario de caridad. Yo no sabía aún si podía confiar en él, pero parecía tan interesado viendo el contenido del carrito («¿Van a hacer una fiesta?», me había preguntado), que me conmovió y lo invité a la reunión.

—Hola —dijo Walker unos minutos después, acercándose a la barra donde yo estaba abriendo el vino para la cena—. ¿Necesitas ayuda? —habló sin rastro de su ironía habitual.

Incliné una botella para mostrarle la etiqueta.

—¿Crees que debería decantar este vino?

Silbó.

—¿Aloxe-Corton, 2008? ¡Qué bien! Y, sí. En definitiva necesita aire.

Observé el líquido oscuro a través del grueso cristal.

—¿Estás seguro? No creo que vaya tirar demasiado sedimento.

—Ante la duda, decanta; por lo menos, siempre ha sido esa mi filosofía.

—Es una excelente filosofía —Jennifer apareció a nuestro lado—. Hola —asintió hacia Walker.

—Señorita Russell —dijo—. Es un honor conocerla. Soy un gran admirador de su trabajo.

—¿Y a cuál trabajo se refiere? —Jennifer, siempre recelosa de los aduladores, lo dejó en su sitio con una mirada de taladro.

—Su blog en el sitio de Cost Club —respondió al punto—. Siempre le digo a la gente que ahí es donde están los mejores consejos de vinos. ¡Olviden a Robert Parker!

—¡Ay Dios! pensé que nadie leía ese vejestorio —dijo Jennifer con una vocecita infantil.

—¡No es así! Yo me suscribí para no perderme jamás una publicación. En particular me gustó su análisis del mercado portugués. —Entonces empezó a enumerar los puntos principales mientras Jennifer asentía con mirada intensa. Ninguno de los dos se dio cuenta cuando me fui a la sala para buscar un decantador.

Al final, el hojaldre de los filetes Wellington tardó más tiempo en dorarse del que indicaba la caja, así que todos estábamos bastante alegres para cuando finalmente nos sentamos a comer.

—Nico, este vino está delicioso —dijo Jennifer, aspirando el aroma de su copa—. Y Kate, el maridaje es perfecto.

—Gracias —mi cuchillo penetró en la carne—. En realidad, uno no puede equivocarse con carne de ternera y vino tinto de Borgoña, ¿o sí?

De reojo, vi que Louise tomaba un sorbo y hacía una mueca.

—*C'est le 2008?* —Jean-Luc inclinó la cabeza hacia la mesa lateral donde yo había dejado la botella.

Asentí, con la boca llena.

—Lo decantaste —observó.

Terminé de masticar y tragué el bocado.

—Sí, no estaba segura de que tuviera que hacerlo, pero…

—Yo siempre decanto —dijo Walker, que estaba a mi lado—. Obviamente los viejos tintos lo necesitan por el sedimento. Sin embargo, creo que el aire beneficia a cualquier vino, joven o viejo.

—*Ah bon?* —Jean-Luc frunció el ceño mientras colocaba su cuchillo y su tenedor en el borde del plato—. A mí me parece que la decantación puede hacer que un vino se disipe demasiado rápido. Tiene suficiente exposición al oxígeno simplemente con agitar la copa.

—Entonces, ¿tú *nunca* decantas? —la voz de Walker reflejaba tal incredulidad que parecía que Jean-Luc acabara de revelar que había preservado con criogenia a su hámster.

—Bueno, no. No *nunca* —Jean-Luc hablaba con nerviosismo—. Obviamente, como dijiste, el sedimento puede ser un problema para los tintos viejos y es necesario decantarlos. Pero creo que muchos *sommeliers* decantan con demasiada agresividad, sin consideración a la delicadeza del vino.

—Sí, los *sommeliers* somos unos brutos —dijo Walker en tono de burla.

—Yo no lo habría dicho de manera tan directa, pero… —Jean-Luc alzó sus cubiertos y cortó un corazón de alcachofa.

Louise, que estaba sentada junto a Jean-Luc, se aclaró la garganta y le puso posesivamente una mano sobre el muslo. Al mismo tiempo, Heather bebió el líquido que le quedaba en la copa, se puso de pie y anunció:

—Parece que todos necesitamos más vino. No, no. *Yo* lo hago. —Nos hizo un gesto para que nos volviéramos a sentar mientras ella rodeaba la mesa. Tomó una botella del mueble lateral.

—Ay, *chérie*. Ese es sólo simple *vin de pays* —protestó Nico—. ¿Por qué no abrimos algo especial?

—No —Heather arrancó el papel y usó el sacacorchos—. Declaro oficialmente clausurado el club de vino —sacó el corcho de la botella y vertió vino en la copa vacía más cercana, que era la de Jennifer.

Mi mentora dio un largo trago.

—¡Perfecto! —declaró con brillo en los ojos.

Heather rodeó la mesa y les sirvió vino a todos. Sólo Louise puso una mano sobre su copa.

—*Non, merci* —dijo torciendo los labios de manera apenas perceptible.

—Louise sólo toma *primer cru* —explicó Walker en tono seco.

Pensé que estaba bromeando hasta que Louise se encogió de hombros con indiferencia y dijo sin un toque de vergüenza:

—Cualquier otro vino hace que me duela terriblemente la cabeza.

Heather había logrado su cometido: cambiar el tono de la conversación. Para cuando pasamos a las chocolatinas y las tartas de moras, nuestros invitados estaban hablando con renovada alegría. Heather y Louise finalmente encontraron un tema de interés mutuo: el pescadero del mercado.

—¿Has visto cómo corta una *daurade*?

—Gua-pí-si-mo.

Jennifer y Jean-Luc inclinaban la cabeza sobre un calendario lunar para los viñedos, que él había sacado de su bolsillo, y ella le preguntaba en qué difería del hemisferio sur. Nico y Walker debatían animadamente sobre la mejor ruta para recorrer Estados Unidos en automóvil. Aproveché la oportunidad para ir a la cocina y poner el agua para café.

Unos tacones resonaron en el suelo de madera; a mi espalda, Jennifer me dijo:

—¡Qué velada tan encantadora, querida!

Yo estaba buscando la cafetera en la alacena; me di la vuelta al escuchar su voz.

—Gracias. —Vi que tenía su chaqueta colgada de un brazo.— ¿Te vas tan pronto?

—Me temo que sí. Tengo que empezar mañana temprano en Burdeos. Ya sabes cómo son estos viajes, viajes de muerte. Sin embargo, este ha sido un maravilloso respiro. Me siento fortalecida para aguantar otros seis días más de conversaciones insulsas.

—De verdad me alegro mucho de que hayas tenido la oportunidad de conocer a Heather y a Nico.

—A mí también —Jennifer me miró—. ¿Y tú, Kate?, ¿cómo estás?

—Estoy bien —me sonrojé bajo su mirada—. Tenías razón. He mejorado aquí —había tantas cosas que quería contarle, sobre Hélène y los terribles secretos familiares que deseaba nunca haber descubierto. Sin embargo, cuando abrí la boca descubrí que no podía hacerlo... o que no quería. En cambio, di un paso adelante y la abracé—. Gracias por venir —le di un rápido beso en la mejilla.

—Querida, fue un placer.

—Te pido disculpas por esa extraña conversación entre Jean-Luc y Walker —añadí.

Ella me dio unos golpecitos en el hombro.

—Los dos son muy leales a sus principios. Admiro eso.

—No pensé que la decantación fuera un tema tan controvertido.

—Ay, Kate —dijo sonriendo—. Mi querida niña, esa conversación no tuvo nada que ver con la decantación.

—*Désolée, mesdames* —la mujer que estaba detrás del mostrador meneó la cabeza, sacudiendo su cabello rubio cenizo—. No puedo ayudarlas —su aflicción era evidente, pero también lo era la determinación de no transgredir las regulaciones oficiales ni siquiera por un milímetro.

—Por favor —supliqué en francés—, ya sé que no tengo mi certificado de nacimiento aquí, pero le juro que soy descendiente directo de la familia Charpin. ¿Está segura de que no puede darme el expediente de mi tía abuela?

—Su madre nació aquí, en Beaune —añadió Heather con su tono más persuasivo.

—*Mesdames* —la voz de la encargada se hizo más aguda—. Como dije, me encantaría poder ayudarlas. Sin embargo, sin los papeles adecuados no puedo hacer absolutamente nada. *Désolée. Merci. Bonne journée!* —su mensaje fue claro: teníamos que irnos.

—Vieja *fonctionnaire* estirada. Estúpida burocracia francesa —resopló Heather cuando salíamos por los escalones de la *Mairie*.

Como respuesta, un rayo iluminó el cielo, seguido por un trueno y un fuerte chubasco.

—¡Mierda! —gritó Heather por encima del diluvio—. Se nos olvidó el paraguas.

—¿Esperamos? —le respondí en un grito.

Ella se ciñó la chaqueta.

—Parece que no nos queda otra.

Nos hacinamos debajo del pórtico, viendo cómo la lluvia se acumulaba en charcos como mares.

—Ya sabíamos que teníamos pocas posibilidades —señalé.

—Sí. Todo es increíblemente rígido en este maldito país. Es un milagro que logre hacerse algo —dijo con ira. Una ráfaga nos sopló directamente en la cara y la lluvia se convirtió en granizo.

A mi lado, Heather empezó a juguetear con la correa de su bolso.

—He estado leyendo sobre la Francia de después de la Liberación —dijo—. Pedí un par de libros *on line*. El castigo para las colaboracionistas horizontales fue absolutamente brutal. Y no sólo porque las raparan; eso era sólo el comienzo. Las desnudaban, las untaban de brea y los hacían caminar por la ciudad mientras las pateaban, las insultaban y las escupían. Fue completamente misógino. Sí, muchas eran prostitutas, pero algunas habían sido violadas por los nazis. Algunas de ellas se vieron obligadas a tener relaciones con ellos para obtener comida o medicinas para sus hijos. Y a otras las denunciaron falsamente sólo por celos. Al menos veinte mil mujeres fueron rapadas, y ocurrió casi en todas las ciudades y pueblos de Francia. Mujeres usadas como chivos expiatorios —la voz de Heather se había alzado igual que la tormenta así que prácticamente estaba gritando—. ¿Y sabes qué les pasó a los hombres que colaboraron? ¡Nada! De hecho, ¿sabes quiénes las rapaban por lo general? ¡Los hombres! ¡Muchos de ellos sólo trataban de desviar la atención de su propia actitud durante la guerra! —una ráfaga arrancó las palabras de sus labios.

Antes de que pudiera responderle, una voz profunda resonó sobre nuestra cabeza.

—¿Quién colaboraba con los nazis durante la guerra?

Giré la cabeza y el corazón empezó a latirme muy rápido en el pecho. Pues ahí, observándonos desde los escalones de arriba, estaba el tío Philippe. Llevaba un impermeable negro, con la capucha bien puesta sobre la cabeza, de modo que le creaba una sombra sobre su rostro.

—*Bon… bonjour* —tartamudeé, mirando a Heather. Ella había cerrado la boca, como si no tuviera confianza para hablar ante su presencia.

—*Bonjour* —dijo secamente—. ¿Puedo preguntar qué están haciendo ustedes aquí?

Rápidamente traté de pensar en algo.

—Podríamos preguntarle lo mismo —contesté, mientras pensaba. ¿Nos había seguido hasta aquí? ¿Cuánto tiempo llevaba en ese lugar? ¿Cuánto de nuestra conversación habría escuchado?

—Vine a dejar la renovación de mi licencia de conducir —dijo él. ¿Estaba imaginándome cosas o le brillaron los ojos con ira?

—Vine por el fútbol —dijo Heather con voz ronca. Se aclaró la garganta—. Estaba inscribiendo a los niños a fútbol.

El tío Philippe bajó un escalón, de manera que quedó exactamente por encima de nosotras.

—Pensé, Katreen —dijo—, que me había expresado con claridad el otro día. Sin embargo, se me olvidó que tu madre había pasado demasiado tiempo en Estados Unidos. Claramente no te enseñó a respetar a tus mayores. ¡O a respetar el pasado!

—Sí respeto el pasado —insistí—. Pero también tengo derecho a conocerlo.

—Creo que no alcanzas a comprender —dijo con voz gélida— que, para mi generación, la Segunda Guerra Mundial siempre está presente; abarca todos los aspectos de nuestra vida. Nunca comprenderás cómo es crecer bajo su sombra. ¿Tienes idea de lo fácil que es para ti? ¿De lo ridículos que son tus problemas en comparación con los nuestros? ¿De lo triviales que son? Sea lo que sea que mi nuera y tú estén haciendo aquí, les pido ahora que se detengan. ¡Déjenlo estar! Hay cosas que no necesitan saber. Cosas que es mejor olvidar —sus ojos se clavaron en mí, charcos oscuros de furia—. ¿Me han oído?

Crucé los brazos para que no viera que estaba temblando.

—*Oui… oui* —tartamudeé.

—Bien —bajó el resto de los escalones y, con una última mirada iracunda, desapareció al dar la vuelta en una esquina.

—¿Cuánto de nuestra conversación crees que habrá oído? —le pregunté a Heather varios minutos después. Estábamos en su coche con la calefacción al máximo, después de haber corrido bajo la tormenta, que parecía amainar.

—Parece que sólo el final.

—Eso espero —me mordí el labio—. Entonces, ¿ahora qué hacemos? Parece imposible continuar.

Ella volteó hacia mí con cara de sorpresa.

—¿Estás bromeando? Tenemos que seguir adelante.

—Pero, todo lo que dijo con respecto al pasado y…

—¿No lo comprendes, Kate? —dijo interrumpiéndome—. Tengo que saber la verdad. Si fue colaboracionista, ¿hasta dónde llegó? ¿Y si envió gente a la cámara de gas? —respiró profundamente y vi que estaba haciéndose la fuerte para no llorar—. Tengo que saberlo —dijo con más calma—. Lo comprendes, ¿verdad? Porque pudo haber sido mi familia. Pude haber sido yo.

Mientras ella hablaba sentí que un gran peso caía sobre mis hombros. Durante semanas había estado flotando sobre mí esa capa de responsabilidad familiar, cargada de preguntas sin responder. Había tratado de evitarla, pero ahora la mirada angustiada de Heather hizo que me diera cuenta de que las consecuencias de esta verdad iban mucho más allá de mi propia conciencia. Yo le había dicho que el pasado de nuestra familia jamás iba a repetirse, pero ahora sabía que sólo había una manera de asegurarnos de que eso no volviera a ocurrir: sacando la verdad a la luz. Toda la verdad.

Me moví nerviosa en el asiento del coche y puse una mano sobre mi corazón, que latía a un ritmo extraño. Respiré profundamente y hablé lo más tranquila que pude:

—Vamos a descubrir la verdad —le prometí.

Cher journal,

El traficante de metales se llama Bernard, pero no sé si es su nombre verdadero o un *nom de guerre*. Nuestra primera reunión fue en un café en Beaune, un establecimiento con ventanas sucias donde parece que nadie hace contacto visual. Si tuviera que adivinar diría que Bernard es un par de años menor que yo, tiene las mejillas cubiertas de acné y habla con una actitud jactanciosa que me recuerda a los muchachos del *lycée*. Aunque Bernard parece petulante, el hermano de Rose jura que es de confianza. Así que, haciendo caso omiso al sentido común, le propuse un intercambio de vino y cobre. Ha hecho dos entregas en la *cabotte*. Las dos veces el motor gasógeno de combustión de madera fue insuficiente para que su coche subiera la colina, así que tuvimos que bajarnos a empujar. Casi me dio un ataque de nervios al pensar que los *boches* podían detenernos y registrarnos, aunque hasta ahora hemos pasado inadvertidos. No le pregunté de dónde saca los pedazos de cobre, ni qué hace con el vino que le doy. Me cuido de que nuestras botellas no tengan etiqueta.

21 AGOSTO *1941*

Durante cinco semanas hemos estado esparciendo sobre los viñedos nuestra mezcla de Borgoña casera. Juraría que las plantas están respondiendo. Incluso papá está de acuerdo con que las hojas parecen más fuertes, más saludables, ya no están cubiertas con la red blanca y pegajosa del hongo.

—No lo puedo creer —dijo Rose, y después suspiró—. Es un milagro.

Nos encontramos en la *cabotte* para revisar la solución y almorzar. Levanté mi taza de lata y brindamos por nuestro éxito con un último chorro de sidra de manzana.

—No es un milagro —la voz se me hizo más aguda—. Es ciencia.

—Eso no le quita mérito —dijo maravillada—. ¿Quién habría pensado que unos cables viejos de cobre podrían salvar la cosecha? Tú misma dijiste que tu padre había perdido las esperanzas.

—Y ahora piensa que incluso va a valer la pena embotellar Les Gouttes d'Or.

—Les Gouttes d'Or —dijo reflexivamente—. ¿Por qué se llama así?

—Nadie lo sabe —me sacudí las migajas de la falda—. A mí me gusta pensar que es por el color del vino, que parece hecho de gotas de oro.

—Así que, de alguna manera —dijo inclinando la cabeza—, transformamos metal en oro.

Me reí.

—Supongo que sí.

—Eso es más que química. Es alquimia.

—Alquimia —la palabra sonaba como un secreto—. *Alquimia* —repetí, fascinada.

—Esas somos nosotras —su sonrisa se hizo más amplia—. El Club de Alquimistas.

22 SEPTIEMBRE 1941

Otro cumpleaños vino y se fue: hace una semana cumplí veinte años. No lo celebramos, estábamos justo en medio de las *vendanges*, todos nos caíamos de cansancio, aunque Albert me regaló un pequeño *panier* de zarzamoras maduras, que comimos con un poco de azúcar.

Así que otra cosecha terminó. Este año nuestras uvas no fueron las más espectaculares, pero hubo más que otros años y estamos agradecidos por ello. Doy gracias porque todos nosotros —papá, los muchachos, nuestros vecinos y yo— lo logramos juntos.

21 OCTUBRE 1941

Hoy fui al pueblo. Benny tiene tos y Madame me mandó a coseguir una medicina. Fuera de la farmacia vi a Bernard. Hacía algunos meses que no lo veía, desde la última vez que entregó metal a la *cabotte*, que fue por lo menos a mediados de agosto. Pasamos uno junto al otro en la calle como extraños, sin siquiera hacer contacto visual. Sin embargo, me di cuenta de que iba cojeando.

Esta guerra ha forjado extrañas amistades. Hace unos cuantos meses jamás me habría imaginado que me preocuparía por un muchacho de mirada esquiva y lengua demasiado rápida. Y sin embargo aquí estoy, incapaz de dormir, preocupándome del porqué estaría cojeando.

5 NOVIEMBRE 1941

Esta noche encendimos la radio por lo menos treinta veces, desesperados por encontrar las voces de Londres. A los alemanes les ha dado por bloquear la señal, pero persistimos y finalmente la encontramos. Qué alivio fue escuchar esas cuatro notas de Beethoven. ¡Y pensar que antes me parecían lúgubres! Hace unas cuantas semanas empezaron a transmitir pequeños mensajes cifrados, frases extrañas e inquietantes que parecen colgar como extremidades cercenadas: «Lisette está bien. Me gustan los gatos siameses. Siempre llueve en Inglaterra». Suenan tan tontas que es difícil creer que los Aliados anunciarían una invasión de esta manera. Mientras escuchamos observo discretamente el rostro de papá, tratando de discernir si significan algo para él.

9 DICIEMBRE 1941

Los escuché hablando anoche, a papá y a Madame. Sus voces furiosas vibraban a través de las paredes de la casa.

—*Non, c'est pas possible!* No en mi casa —dijo Madame entre dientes. Es sorprendente cuán lejos pueden llegar sus murmullos.

El problema, comprendí al fin, era la actividad clandestina de papá; no su trabajo como *passeur*, que Madame sospecha pero que no puede probar, sino que aloje a gente en nuestro sótano. Al parecer encontró un bulto de trapos sucios bajo las escaleras del sótano y se sorprendió al descubrir que era el uniforme maltrecho de un aviador inglés.

—¡El uniforme de un *anglais*! ¡Cubierto de sangre! ¿Cómo diablos llegó aquí? —para entonces ya había abandonado el susurrar.

Al principio papá vaciló.

—*C'était rien, chérie.* Sólo unos trapos viejos —pero después, Madame lo confrontó con la comida que faltaba en la despensa: dos kilos de patatas, tres latas de sardinas y un frasco de cerezas en conserva—. Creo que Hélène nos está robando para vender en el mercado negro —fue entonces cuando papá aceptó que él había tomado parte de las reservas «para unos amigos».

—¿Qué amigos?

—Amigos que necesitan ayuda.

—¿Quién necesita más ayuda que tu propia familia, que tus hijos, que están creciendo? Si sigues regalando comida a esos inútiles no nos va a quedar nada.

—No son inútiles —objetó papá—. ¿Debo recordarte, Virginie, que estamos en guerra?

—Y yo te recuerdo —replicó con voz estridente— que tenemos dos hijos pequeños. Benoît podría volver a enfermar en cualquier momento. Esa comida es su fuerza.

—Difícilmente le va a hacer daño a Benoît prescindir de un par de cucharadas de mermelada de cereza. Lo creas o no, *chérie*, hay gente que lo necesita más que nuestro hijo.

—¿Quién? —insistió ella—. ¿*Quién*? ¿Uno de esos ingleses sudorosos? ¿Tú crees que no sé lo que ha estado pasando en la bodega? ¿Crees que no me he dado cuenta de que faltan mantas en el armario? ¿Que no he visto las asquerosas manchas que dejan junto al baño? ¿Los platos que lavan como puercos, mojados y apilados en la alacena? No soy tonta, Edouard. Ya sé que has estado escondiendo gente abajo. ¡Pero tienes que parar! ¿Entiendes? Vas a parar.

—*Chérie*, por favor, estás exagerando. Soy muy cuidadoso.

—Entonces, ¿es *verdad*? —se puso a llorar desconsoladamente durante varios segundos mientras papá permanecía en silencio. Por fin, Madame pareció recuperarse—. Edouard —dijo en un tono más firme—. Te lo ruego, para, por favor. Joséphine Fresnes dice que la Gestapo mata a los *résistants* de inmediato, así como así. ¿Y para qué? Esta lucha no vale la pena. Deberíamos permanecer tranquilos, ocuparnos de nuestros asuntos, ser pacientes, esperar el final de la guerra. Joséphine dice…

—¿Joséphine Fresnes? —dijo papá escupiendo—. ¿Crees que me importa lo que digan los de ese estúpido y cobarde Cercle du patrimoine? Más bien debería llamarse «círculo de nazis».

—Estamos protegiendo nuestro patrimonio —insistió Madame.

—¡Son unos cobardes!

Silencio. Me los imaginé en rincones opuestos de la habitación: Madame enfurruñada, papá con los brazos cruzados, desafiante. A pesar de mi estado de ansiedad, me sentía orgullosa de él.

175

Finalmente Madame habló.

—Lo siento, Edouard —dijo en voz baja—. Estuvo mal que me enfadara. Desde luego que no es asunto mío decirte cómo has de comportarte. Y te admiro por hacer lo que crees que es correcto. Sin embargo, yo también tengo una obligación con mis hijos. *Nuestros* hijos. Quiero que sepas que voy a estar escuchando. Voy a estar vigilando. Y si no dejas de albergar extraños en nuestra casa, la próxima vez que escuche que alguien baja al sótano, los voy a delatar.

—¿Me vas a delatar? ¿A tu esposo? No te atreverías.

—No, quizá no. ¿Pero a un piloto inglés? Podría decir que irrumpió en la casa. Lo eliminarían en un tris —chasqueó los dedos—. Lo llevarían a un campo de concentración. —Yo prácticamente podía escuchar cómo se movían los engranajes de su cerebro.

—¿Por qué, Virginie? —gritó papá—. ¿Por qué estás haciendo esto? ¿No te importa nuestra libertad?

—*Non* —contestó—. Me importa nuestra seguridad.

Un aullido agudo surgió de la habitación de los niños, y luego otro más: mis hermanos se habían despertado por la discusión, y ahora estaban asustados en la cama. Oí que Madame abría la puerta de su habitación y corría hacia ellos. Escuché el murmullo de su voz mientras consolaba a los niños, y el llanto de estos, que cubrían los sollozos silenciosos de nuestro padre.

3 FEBERERO 1942

Cher journal,

El frío nos azota como una manada de lobos. Juré que no me iba a quejar delante de mis hermanos, pero pasamos frío y hambre constantemente. Pensé que el invierno pasado sería el más amargo de mi vida pero el de este año es peor: tenemos menos comida y menos combustible. Tengo las uñas frágiles y amarillentas, las piernas cubiertas de moretones que no se quitan y el cabello más fino. Ayer cada uno comió una única patata y después Albert y Benny se pelearon por quién se iba a comer la piel transparente.

Esta mañana fui en bicicleta a Beaune, a visitar una vez más las tiendas, pero, honestamente, no tenía esperanza de encontrar comida, simplemente quería escapar de la casa. Papá en raras ocasiones sale de su despacho, creo que está empezando a dormir ahí. Madame se ha vuelto insoportable, con un permanente dolor de muelas que le hincha la cara de manera que sus insultos resultan difusos y casi incomprensibles. Casualmente, me encontré con Rose en la *boulangerie*, pero hacía demasiado frío para hacer la fila en la calle y después de unos minutos se lo dije.

—¿Te vas a tu casa? —preguntó Rose.

—¿A dónde más? No hay ningún lugar adonde ir en estos días.

—Yo tengo clase de italiano —dijo—. ¿Te interesa aprender italiano?

—¿Estás estudiando italiano? ¿Por qué?

—Pensé que tal vez querrías aprender unas cuantas palabras. Es una lengua hermosa.

—No, gracias.

Cuando me di la vuelta para irme, una patrulla se dirigió hacia la panadería; ni siquiera eran alemanes, era la policía francesa, esos bastardos *collabo*. Le pedían los papeles a todo el mundo. Reconocí a uno de los *gendarmes*, un muchacho pálido y rubio, alto y delgado. Era el sobrino de Madame, Michel. Él y yo solíamos jugar al escondite en los viñedos. Le entregué mis documentos, sin saber qué decir. ¿Debía saludarlo como un amigo? ¿Fingir que no nos conocíamos? Decidí hacer esto último. Esperaría a que él me reconociera primero.

—*Merci, mademoiselle* —dijo, devolviéndome los papeles sin dar muestras de haberme reconocido. La pareja de policías se giró hacia Rose, y observaron durante mucho tiempo su credencial. Los ojos de Michel saltaban de una a otra—. ¿Vienen juntas? —me preguntó.

—Sí —le dije—, somos amigas de la escuela.

—Ten cuidado con las compañías que eliges —me dijo en voz baja.

—¿Cómo se atreve? —respondí entre dientes cuando avanzamos por la calle.

—Es porque soy judía —murmuró Rose con voz trémula. Las manos le temblaban tanto que apenas podía guardar sus documentos en su bolso. Me tragué la ira y le estreché la mano.

—¿Estás bien? —le pregunté.

Asintió, pero su mano indicaba otra cosa.

—Vamos —le dije—, te acompaño a tus clases.

Seguí a Rose hasta un edificio en la Plaza Marey. Subimos dos tramos de escalera y llamamos a una puerta. Después de varios minutos, un hombre abrió ligeramente; tenía la cara medio cubierta por una barba.

—*Bonjour, mon cousin* —dijo Rose; el hombre abrió más la puerta y entramos a una pequeña recepción amueblada con un escritorio y dos sillas para visitas. También había una puerta entreabierta con un letrero que decía *privé*; por la abertura vi unalarga sala con una maquinaria enorme.

—¿Tu primo? —le pregunté entre dientes a Rose, mientras esperábamos en el vestíbulo—. Pensé que tenías clase de italiano.

— *Sí, so parlare l'italiano* —dijo el hombre. Hizo un gesto con la cabeza hacia mí—. ¿Ella quién es?

—Una amiga. Es una de nosotros —dijo Rose.

Cruzó los brazos y me examinó con sus ojos hostiles, de un azul oscuro. Era más joven de lo que había pensado inicialmente, aunque su barba, junto con las ojeras que tenía, le hacían parecer mayor. Negó con la cabeza.

—*Non*.

—Podemos confiar en ella —insistió Rose—. Ella preparó el sulfato de cobre conmigo. Bernard puede darte referencias. Por favor.

—*Non*.

— *S'il te plaît* —volvió a decir Rose—. Es hija de… Avricourt.

Sus palabras atravesaron mi cuerpo. El nombre de pila de mi padre es Edouard, y Rose lo sabe, tanto como yo sé que el nombre de su padre es Marcel.

—¿Su hija?

Ojos de Piedra me miró con un poco menos de desconfianza.

Rose asintió.

—Es una química brillante y necesito su ayuda.

¿Mi ayuda? ¿Para qué? El pánico me atenazó.

—Espera —murmuré—. ¿Qué está pasando? Yo nunca dije…

—¿Ella estaba contigo en Sèvres? —preguntó Ojos de Piedra.

—Estábamos juntas en el *lycée*. Ella conoce el laboratorio mejor que yo, y *madame* G. siempre le ha tenido mucho cariño.

—¿*Una lycéen*? —resopló—. Ni siquiera tiene la formación adecuada —caminó hacia la puerta para abrirla.

A pesar de que sentía cada vez más miedo, empezaba a sentirme indignada.

—Gané la copa de ciencias —le informé con arrogancia—. Habría ido a Sèvres de no ser por esta estúpida guerra.

—Seguro —se burló.

Me erguí todo lo que daba de sí mi estatura, que es prácticamente la de la mayoría de los franceses; sin embargo, Ojos de Piedra aún me sacaba una cabeza.

—Desconfíe de mí si quiere —dije con la voz fría—. Pero, en este momento, dudo que vaya a encontrar a alguien más cualificado que yo o más leal a Francia, y esa es la realidad. Yo nunca miento.

Después de una pausa, Ojos de Piedra simplemente se rio.

—¿Tiene bicicleta? —preguntó. Cuando Rose asintió, él cedió—: *D'accord*. Puede venir a la reunión del jueves. Y tú, si vas a unirte, será mejor que aprendas a decir mentiras.

Que Dios me ayude, *cher journal*. Parece que, de alguna manera, acabo de unirme a un circuito de la Resistencia.

25 FEBRERO 1942

Nos reunimos en varios lugares de Beaune: el taller de un fabricante de barriles en la Rue des Tonneliers, en el modesto hogar de un simpático mercader de vinos en la Rue de L'Arquebuse, en el apartamento de la Plaza Marey, que es el taller de un impresor italiano que regresó hace dos años a Bolonia. Ojos de Piedra —Stéphane (aunque ese, desde luego, no es su verdadero nombre)— tiene algún parentesco con el impresor. O quizá eso es lo que aparentan. No hago muchas preguntas. Usa la imprenta para publicar panfletos y crear documentos falsos. A mí me llaman Marie; elegí el nombre en honor a mi amada *madame* Curie. Hasta ahora he ido a tres reuniones, en las que me he sentado junto a Rose a la orilla del grupo. A cada reunión han asistido cinco o seis personas, y no me sorprendió mucho descubrir a Bernard entre ellas. Discutieron sobre la distribución de boletines informativos y sobre el traslado de armas ocultas. Stéphane dirige las reuniones. Ahora que él y yo nos hemos visto unas cuantas veces, me siento menos molesta por sus sospechas iniciales. Como todos los circuitos de la Resistencia, el nuestro es extremadamente vulnerable a la infiltración y a la traición; un simple irse de la lengua, ya sea accidental o provocado por un golpe de la Gestapo, y todo podría perderse.

Hoy escuché cómo lanzaban propuestas extravagantes de hurto y sabotaje: ¿Cómo podríamos tener acceso al depósito de municiones del Château du Clos de Vougeot? ¿Era posible robar un cargamento de una de las estaciones de tren más pequeñas de la región? ¿Cuánto tiempo puede esconderse un hombre dentro de un barril de vino? Stéphane valoraba cada una de las ideas con más paciencia de la que lo creí capaz. ¿Tan difícil es crear explosivos? Con esta última pregunta, todos voltearon hacia Rose, o más bien, debería llamarla Simone, y de repente comprendí cuál era nuestro papel en el círculo.

—Estamos considerando varias posibilidades —dijo Rose. Stéphane asintió y pasó al siguiente tema.

Me pasé los siguientes diez minutos angustiada, tan aterrada que veía manchas negras flotando ante mis ojos. ¿Fabricar explosivos? Desde luego, había leído al respecto. Pero ¿dónde íbamos a encontrar los materiales, el equipo? ¿Y si nos descubrían? La amenaza de encarcelamiento en una celda sórdida o peor, el horror de una ejecución inmediata, hicieron que sintiera náuseas de miedo. Decidí que cuando la reunión terminara, iba a decirles a Rose y a Stéphane que no podía continuar con el grupo. A diferencia de la semana anterior, cuando el grupo se disolvió sin siquiera despedirse, hoy Stéphane nos pidió a todos que nos acercáramos.

—*Venez nous rejoindre* —dijo, «únanse a nosotros». Y al darse cuenta de que yo permanecía atrás, tomó mi mano y la estrechó de manera más suave y reconfortante de lo que yo habría esperado. Inclinó la cabeza y empezó a cantar «La Marseillaise» y el resto de nosotros nos unimos, no en un coro atronador, sino en un murmullo desafiante: «*Allons enfants de la Patrie, le jour de gloire est arrivé!*». Habían pasado más de dos años y medio desde la última vez que había cantado el himno de nuestro país. Al mirar las otras caras del grupo, vi que sólo yo me había conmovido hasta romper en llanto. Y de repente lo comprendí —con la certeza de las leyes de la química—: permanecer pasivo no es ser prudente; es una cobardía.

2 MARZO 1942

Rose me envió al *lycée* para hablar con *madame* Grenoble.

—Siempre le caíste bien —dijo, aunque yo no estaba segura de que fuera cierto.

Así que esta tarde fui en bicicleta a nuestro antiguo instituto. Encontré a *madame* G. en el salón de clases, corrigiendo exámenes. Pareció sorprendida al verme y me saludó con una sonrisa distraída mientras se levantaba del escritorio, mientras yo repasaba torpemente todos los saludos comunes de rigor antes de hacer mi solicitud. Quería ponerme al corriente en mis estudios, le dije. Tenía la esperanza de poder usar el laboratorio de la escuela para unas sesiones especiales, como lo había hecho dos años antes, cuando me estaba preparando para el *baccalauréat*.

—Siempre fuiste mi estudiante más diligente —dijo con una sonrisa—. Es una lástima que tus estudios tuvieran que interrumpirse por esta… situación —se limpió una mota de polvo invisible de la manga con una mano suave y blanca, las uñas pintadas de rosa pálido—. Sí, creo que podría arreglarse algo.

—¡Ay, *madame*, gracias! —una sonrisa se extendió por mi cara, aunque me esforcé por mantener el nivel apropiado de emoción en mi voz—. No sabe lo que esto significa para mí. He estado muy desanimada durante los últimos meses.

Ella hizo un gesto con el que restaba importancia a mi gratitud.

—¿Qué programa de estudios planeas seguir?

—Bueno, Rose todavía tiene sus libros de texto de Sèvres y pensamos que podíamos usar el mismo programa.

—¿«Pensamos»? ¿Rose?

—¿Se acuerda de Rose Reinach, *n'est-ce pas*? ¿Mi rival? —dije, sólo bromeando a medias.

—*Bien sûr*. Me acuerdo de ella muy bien —de repente, los ojos de *madame* se velaron y su sonrisa se hizo más débil. ¿O me imaginaba cosas?

—Nos reunimos a veces para estudiar con nuestros libros. Ella está tan entusiasmada como yo por continuar el trabajo.

—¿No expulsaron de Sèvres a *mademoiselle* Reinach por faltas contra la moral?

Me estremecí, y deseé que no se hubiera dado cuenta.

—Es un rumor injusto —dije.

Ella dudó; los músculos de su garganta se movieron delicadamente.

—Técnicamente, sólo puedo permitir el acceso a los laboratorios a los estudiantes, ni siquiera otros miembros del profesorado lo tienen permitido.

Percibí que la ventana de oportunidad estaba cerrándose y actué rápidamente para detenerla.

—*S'il vous plaît, madame* —rogué—. Sólo pedimos una hora de vez en cuando. No le haremos perder su tiempo ni desperdiciaremos sus materiales. Lo único que queremos es profundizar nuestro conocimiento de la ciencia —hablé con mi más serio tono estudiantil.

—Bueno… —su rostro se suavizó—. Déjame pensarlo.

Rose me estaba esperando en el atrio de la iglesia, a tres calles.

—Estamos dentro —le dije.

CAPÍTULO 11

Tres huevos tibios temblaban en el plato que tenía delante de mí, sobre una salsa meurette, abundante en vino y con un toque de tocino. Rompí una yema con los dientes del tenedor y usé la cuchara para llevarme a la boca un trozo suntuoso.

—¿Qué tal está? —Walker me observaba desde el otro lado de la mesa.

—¡Ay, Dios! —cerré los ojos para terminar de masticar—. ¿Qué tal los *escargots*?

—Los caracoles están un poco gomosos, pero la mantequilla de ajo y albahaca es extraordinaria —hundió un pedazo de *baguette* en un espacio despejado de su plato.

Walker me había llamado tres días antes para invitarme a cenar; no me había mandado un correo electrónico ni un mensaje, sino que me había hecho una auténtica llamada; estuve a punto de caerme de la silla.

—¿Ah, se reúne tu grupo de vino? —pregunté un poco recelosa. Aún no había podido asistir a ninguna de sus catas y empezaba a sospechar que no existían

—No, no. He oído cosas buenas de un restaurante, ¿Chez Pépé? Me gustaría probarlo. Contigo —añadió, sin una nota de ironía en la voz. Quedamos en vernos el jueves por la noche—. ¡Es una cita! —exclamó.

Me quedé inmóvil, sin saber qué decir. ¿Era una cita? ¿Yo quería que lo fuera? No tenía idea, así que me decanté por un alegre «¡Nos vemos!».

Las paredes del Chez Pépé estaban cubiertas de botelleros; la sala estaba iluminada con lámparas que proyectaban un brillo suave. Los comensales eran mitad locales y mitad turistas, estos últimos inconfundibles en Beaune en cualquier época del año. Nuestro camarero, de bigote ralo y brazos tatuados, no habría estado fuera de lugar en una cervecería de Brooklyn. Después de un simple vistazo se dirigió a nosotros en inglés, una actitud que me molestó, aunque injustificadamente, pero Walker la aceptó con alegría. Los dos pasaron una cantidad de tiempo absurda examinando la lista de vinos, incluso teniendo en cuenta nuestra profesión y nuestra ubicación: el corazón de Borgoña, compitiendo con esa arrogancia enófila que hacía que se me humedecieran los ojos.

—Entonces, ¿qué has hecho últimamente? —le pregunté, mientras ensartaba un crouton con mantequilla en el tenedor y lo pasaba por la salsa enriquecida con yema.

De hecho, llevaba varias semanas preguntándome qué hacía exactamente Walker con su tiempo.

Parpadeó.

—¿No te dije que estaba trabajando con Louise?

Supuse que era una pregunta retórica; no me lo había dicho y los dos lo sabíamos, pero negué igualmente con la cabeza.

—Le he estado ayudando en la librería. Limpiando y archivando, ese tipo de cosas.

—Ah, qué bien —dije cortésmente.

—Necesitaba dinero extra —se encogió de hombros—. Ella tiene una colección extraordinaria de libros antiguos sobre vino. Pasa mucho tiempo buscándolos en ventas de patrimonio y en tiendas de segunda mano. Por eso estaba tan deseosa de comprar las cajas del dispensario de caridad. ¿Te acuerdas de esa tarde en que los vimos a ti y a Heather?

Tenía la boca llena de huevo tibio, así que asentí.

—De hecho, es algo de lo que quería hablarte desde hace tiempo —partió una rebanada de *baguette* por la mitad—. Sé que Louise todavía se siente rara por eso pero, honestamente, sus intenciones eran buenas. sólo pensó que en esas cajas podía haber algo para su tienda, eso es todo.

Había algo hipócrita en su explicación, pero habló con tanta naturalidad —torciendo ligeramente los labios, aparentemente avergonzado— que decidí no insistir.

—Yo creo que Heather y yo estábamos un poco sorprendidas, nada más —dije. Nuestro camarero se llevó los platos vacíos y regresó un minuto después con los platos principales, *steak-frites* para Walker y *salade aux gésiers* para mí: mollejas de pollo salteadas sobre una cama de lechuga—. Pero no tiene importancia.

—De acuerdo, genial —respiró profundamente y soltó el aire. Los dos tomamos nuestros cubiertos—. Ya que estamos siendo honestos —hizo una pausa para cortar la carne—. ¿Qué pasa entre Jean-Luc y tú?

Mi tenedor se deslizó por el fondo del plato.

—¿A qué te refieres?

—Siempre que los veo juntos él tiene un gesto enfurruñado en la cara. ¿Hay algo entre ustedes?

—En realidad, no.

Me lanzó una mirada de incredulidad.

—Bueno, algo así —acepté—. Nos conocimos en la universidad y hubo… Ah… Pero fue hace mucho tiempo.

—Louise está convencida de que está enamorado de ti. Eso le está rompiendo el corazón —se rio de mi escepticismo y se encogió de hombros—. No sé qué piensas de ella, pero lo quiere de verdad.

—Estoy segura de que el corazón de Louise estará bien —dije. Mis palabras sonaron más duras de lo que era mi intención, así que añadí—: Lo que quiero decir es que estoy segura de que ella también es muy importante para Jean-Luc —de un tajo partí una molleja perfectamente asada—. ¿Es extraño hablar de corazones al mismo tiempo que uno se los come?

Quizá comprendió la intención de mi broma, un intento no muy brillante de cambiar el tema, pues sonrió y picó con el tenedor una patata frita. Durante varios minutos comimos sin hablar, escuchando el subir y bajar del murmullo de voces que venían de las otras mesas.

—¿Y tú? —dijo Walker de pronto, mirando fijamente a un lugar de la mesa—. ¿Qué me dices de tus… mollejas?

—¡Ay!, están deliciosas… —empezaba a decir, cuando cubrió mi mano con la suya.

—Kate —me interrumpió—. Me gustas. Tienes una extraña afición por las vísceras, pero me gustas igual. —Estiró el brazo sobre la mesa y me quitó algo de la barbilla—. Una migaja.

—*Fromage? Dessert?* —Nuestro camarero dejó un pesado menú tipo pizarrón en un extremo de la mesa.

Walker observó la tabla.

—¿Quieres queso y después postre? Hagamos eso —propuso, sin esperar que le respondiera—. *Époisses et crème brûlée?* —El camarero garabateó nuestra orden en una libreta y se fue rápidamente.

Tragué un poco de vino sin saborearlo. ¿Yo le «gustaba» a Walker? ¿Qué significaba eso? Observé discretamente sus manos, dedos fuertes, el dorso con pelo oscuro, y traté de imaginarlas tocándome. El pensamiento no fue desagradable. Sin embargo, había pasado mucho tiempo desde la última vez que alguien me había tocado. Espontáneamente, la imagen de una mano con dedos largos pasó por mi mente, los dedos de Jean-Luc entrelazados con los míos, sus ojos se hacían más profundos conforme él se inclinaba hacia mí... «No, no, no». Me obligué a volver al presente.

—Espero que compartas conmigo la crème brûlée —dije, mirándolo de reojo.

Al final de la cena, Walker rechazó mi tarjeta de crédito. En la calle, nuestras manos se rozaron y finalmente entrelazamos los dedos; sentí su palma caliente y seca contra la mía, y mi muñeca torcida en un ángulo incómodo. ¿Pensaría que soy una persona fría si lo soltaba? Antes de que pudiera decidir qué hacer, nuestros pasos se fueron deteniendo bajo las sombras de los Hospices de Beaune, y empezamos a besarnos. Un beso suave, dulce. Sin embargo, incluso cuando sus manos acariciaron mi nuca, yo estaba demasiado consciente de la situación, y mi mente saltaba de un pensamiento a otro: «¿Le estoy dejando crema de labios en la cara? ¿Podrá sentir el lunar de mi espalda a través de mi suéter? ¿Es poco atractivo? Me duele el cuello».

—Kate —suspiró cuando nos separamos—, no me canso de ti.

Sólo puede decir un evasivo «Mmm».

—¿Quieres ir a alguna parte? —murmuró cerca de mi oído.

Me incliné contra su pecho, respiré su esencia, oscura, especiada y poco familiar. Llegó a mi mente una imagen espontánea de Jean-Luc y Louise, ambos riéndose por un chiste privado. La aparté.

—Claro —estaba lo suficientemente achispada, y me sentía lo suficientemente desinhibida para estar de acuerdo.

Él titubeó.

—Todavía sigo en la casa de huéspedes de Jean-Luc. Pero probablemente ya estará dormido.

Aunque sospeché que tenía razón, negué con la cabeza.

—No —dije con más fuerza de la que habría querido.

Si notó alguna vehemencia de mi parte, no hizo ningún comentario.

—Bueno, ¿y dónde estás tú?

Hablé sin pensar.

—Sólo si usamos las escaleras traseras.

—Usaremos las escaleras de atrás —sus labios rozaron mi cuello y un escalofrío me recorrió la espalda—. Vamos a caminar de puntillas y en calcetines, como sirvientes del siglo XIX. Va a ser como una obra de teatro —entonces se le torció la sonrisa y, cuando me reí, se inclinó y me volvió a besar.

De regreso al viñedo, vi que las ventanas de abajo estaban iluminadas y vi que Heather se movía por la cocina. Walker se estacionó en un extremo de la entrada; caminamos por la grava, moviéndonos lentamente para amortiguar el sonido de nuestros pasos, y nos acercamos a la puerta lateral que estaba a unos metros. De repente, unas luces nos alumbraron. Se me habían olvidado las lámparas de seguridad de Heather, que activamos con el detector de movimiento. Antes de que pudiera correr hacia las sombras se abrió la puerta trasera.

—*C'est qui?* —preguntó—. ¿Quién está ahí? —nos vio a Walker y a mí iluminados—. ¡Oooh! —exclamó en tono juguetón—. ¡Hola, chicos! ¿Qué tal la cena?

—Bien, bien —masculló.

—¡Eso parece! ¡Hola, Walker!

—Hola —dijo, inclinando la cabeza—. ¿Qué tal? —la cara se le había puesto roja.

—¡Qué tarde tan fría! ¡Tan acogedora! —Se frotó el cuerpo con los brazos y sonrió.

—*Chérie*, ¿todo bien? —Nico apareció detrás de ella y también nos vio—. *Bonsoir, vous deux.* —Nos saludó con un movimiento de cabeza y lanzó a Heather una mirada traviesa de desaprobación—. Vamos, *chérie.* Deja de avergonzarlos.

—¡No hagan nada que no haría yo! —gritó Heather.

—*Bonne nuit!* —dijo Nico con firmeza y, despidiéndose con la mano, cerró la puerta.

Alcé las manos y me cubrí las mejillas, que estaban ardiendo. Walker se empezó a reír.

—Es como estar en la prepa, pero con los padres más ruidosos y permisivos del mundo.

Logramos llegar al tercer piso sin mayores contratiempos. Walker me esperó en la habitación mientras yo iba al baño, y cuando regresé lo encontré de pie junto al escritorio, con una expresión reflexiva. A través de sus ojos volví a ver mi escueta habitación, la cama estrecha, la manta y las delgadas sábanas, el perchero, el escritorio abarrotado con el portátil, libros de vino y notas esparcidas sobre la mesa. Cerré la puerta detrás de mí y eché el cerrojo.

—Es un poco austero —admití.

—¿*Un poco*? Parece un convento.

—Te acostumbras después de un tiempo.

—Venga aquí, hermana Kate —me acercó a él con una sonrisa pícara—. Cometamos algunos pecados.

No estaba segura de lo que esperaba, pero al final fue un poco más incómodo de lo que había imaginado. La cama vieja rechinaba sin piedad, ya lo sabía pero se me había olvidado, así que terminamos en el piso, que era más duro y más frío de lo que habría sospechado y necesitaba un buen barrido. Walker fue atento, pero había una bola de pelusa cerca del costado izquierdo de mi cabeza y no dejé de preocuparme por que flotara hacia nosotros y se enredara en mi cabello. Sin embargo, nuestro encuentro fue placentero, aunque no particularmente apasionado y, mientras nos poníamos la ropa otra vez —el duro suelo de madera impedía que permaneciéramos ahí acurrucados—, me sentí bien, atractiva y segura. Era agradable, pensé. Agradable, pero anodino.

Sin estar al tanto de mis pensamientos, Walker se puso el suéter. Su cabeza se asomó por el cuello de la prenda, con el cabello alborotado. Me miró y al ver su sonrisa tímida sentí una inesperada punzada de compasión. Walker era un buen tipo. Qué pena que no hubiera química entre nosotros.

Permanecimos unos minutos sentados al borde de la cama, uno al lado de otro, muy quietos. Yo estaba pensando en cómo salir dignamente de aquella situación. Quería ponerme la pijama más que nada en el mundo, beber tres vasos de agua fría e irme a dormir sin preocuparme por despertarlo a mitad de la noche cuando tuviera que ir al baño. Al final él habló primero.

—Oye, ¿pudiste revisar los exámenes de prácticas que te mandé?

—¡Sí! —dije con excesivo entusiasmo—. He estado trabajando en los ensayos, pero algunos son bastante difíciles. Hace mucho que tengo la intención de pedirle a Jennifer que les eche un vistazo.

—Yo podría leerlos —dijo—. Si quieres.

—¿De verdad? —había pasado mucho tiempo desde que un compañero revisaba mis ensayos, así que acepté la oferta.

—Desde luego —dijo.

Me moví y los resortes de la cama emitieron un chirrido escalofriante.

—Eh, te invitaría a pasar la noche, pero me temo que esta cama nos masacraría en la oscuridad.

—¡Ah! —¿Una ráfaga de decepción atravesó su rostro? Levantó una mano para acariciar mi cabello. Los muelles de la cama protestaron con un chillido agudo—. Dios, tal vez tienes razón.

Desde las profundidades de la casa una vocecita gritó:

—¡Mamá! ¡*Mamá*! ¿*Qué fue ese ruido*?

—Esa podría ser la señal de que me vaya —Walker se levantó y la cama lanzó un chirrido de furia.

—¡Mamáááá! —gritó Thibault.

Walker hizo una mueca, se puso la cazadora sobre el suéter y recogió su mochila. Se detuvo a un lado del escritorio.

—Me podría llevar los ensayos ahora si quieres que los lea. La librería cierra mañana, así que tengo tiempo libre.

¿Estaba buscando una excusa para volver a verme? Volví a sentir esa leve sensación de compasión.

—Bueno, si estás seguro de que no te causa demasiados problemas. Están en el cuaderno verde, sobre mi escritorio —dije, y él lo guardó en su mochila.

Me quedé inmóvil en la cama mientras él se acercaba y me besaba por última vez, un suave roce en los labios.

—Te escribo mañana, ¿de acuerdo? —dijo, y después se fue cerrando la puerta suavemente detrás de él. Con tanta cautela como pude, caí sobre las almohadas y respiré hondo.

—¡Bueno, bueno, bueno! ¡Mira quién está aquí! —Heather me vio en la mesa de la cocina y sonrió.

—Buenos días —mascullé dentro de mi taza de café.

—¿Sí? ¿Es un buen día? —empezó a llenar la tetera en el fregadero—. Espera —miró a su alrededor—. No está *aquí* todavía, ¿o sí?

—¡No! ¿Estás loca? Se fue anoche.

—¡Uf! —exclamó—. O sea, no hay problema si se queda… Le podríamos decir a los niños que vino a desayunar o cualquier otra cosa.

—En realidad —tragué un poco de café— no creo que tengamos que preocuparnos por eso.

Alzó una ceja mientras colocaba una cuchara y un tenedor sobre la barra; finalmente caí presa de su silencio.

—No hubo química —le expliqué.

—¡Uy! —se estremeció—. ¿Estuvo mal?

—No. Estuvo, eh, bien. Pero fue como… sexo de casados. No te ofendas.

—Oye, no subestimes el sexo marital —dijo torciendo los labios—. Pero —dijo alzando la voz sobre el silbido de la tetera—, si me preguntas, Walker parecía muy entregado anoche.

Observé el fondo de mi taza.

—Creo que también él se sintió extraño; podemos fingir que nada de esto ha ocurrido.

Sin embargo, varios minutos después, cuando subí a mi habitación para buscar una liga para el cabello y mi teléfono, que había dejado cargando, encontré tres mensajes de texto de Walker.

El primero decía: «Hola».

El segundo era un emoticono de una mano, ¿un saludo o un *high five*?

El tercero decía: «¡Espero que no sea completamente estúpido escribirte tan temprano! Gracias por lo de anoche. Voy a estar en París unos días, pero tenemos que vernos cuando regrese».

Leí el texto ligeramente consternada. ¿Había juzgado mal sus sentimientos? Deslicé un dedo sobre la pantalla y pensé en la respuesta. Sin embargo, una contestación demasiado rápida podría dar la impresión de que yo estaba igualmente dispuesta. Guardé el teléfono en el bolsillo trasero del pantalón y empecé a prepararme para comenzar la jornada; reuní una linterna, un par de plumas y mi cuaderno.

Sin embargo, mi cuaderno no estaba donde siempre, sobre la esquina del escritorio. Busqué entre mis cosas y después debajo de la silla y de la cama, por todo el suelo, mientras una sensación de náusea se me instalaba en la boca del estómago. ¿Lo habría agarrado Walker? Pensé otra vez en su partida apresurada de la noche anterior. Le había dicho que tomara el cuaderno verde, pero ahí, en medio del escritorio, estaba el cuaderno verde. Seguramente se había llevado el rojo, el que tenía el inventario de la cava. Lo cual sólo dejaba una pregunta posible: ¿Lo habría hecho a propósito?

Saqué el teléfono del bolsillo y escribí un mensaje con manos tan temblorosas que me llevó mucho más tiempo del que debería: «¡Hola! ¡También lo pasé bien! Gracias otra vez por una hermosa tarde. ¿De casualidad te llevaste el cuaderno rojo en lugar del verde?».

Mi mano flotó sobre el teclado, pero al final decidí omitir los emoticonos y puse en cambio una puntuación anticuada: «???».

Envié el mensaje e instantáneamente apareció el signo de «Entregado». Unos segundos después aparecieron tres puntitos dentro de un globo de diálogo. Walker estaba escribiendo. Al final desaparecieron.

Silencio.

Durante el resto del día sentí una tensión en el cuello y en la cabeza que finalmente se convirtió en un dolor insoportable. Esperaba con ansia que Walker me respondiera, pero mi teléfono permanecía en silencio y, cuando por fin traté de llamarlo, la llamada se fue directamente al buzón de voz. ¿Cómo había podido ser tan estúpida? Me daba tanta vergüenza decirles a Heather y a Nico lo que había hecho que estuve evitándolos; trabajé durante la hora del almuerzo y esperé a que salieran a recoger a los niños a la escuela para salir a dar una caminata.

«Voy a estar en París unos días», había escrito Walker en su mensaje. Sin embargo, no lo había mencionado la noche anterior. ¿Tenía planeado el viaje desde antes, o era una escapada no improvisada relacionada con el contenido de mi cuaderno? ¿Me había seducido para poder robármelo? ¿Sabía algo sobre la *cave*? Mientras caminaba rápidamente hacia el pueblo, examiné con detalle cada aspecto de la situación hasta que me sentí vacía de desesperación.

En Meursault, di vueltas por la Plaza Mayor y seguí por la Rue de Cîteaux, una bonita calle bordeada por casas de viticultores. Iba tan absorta en mis pensamientos que no sé cómo fui a dar al cementerio; las lápidas amontonadas detrás de un bajo muro de piedra me sacaron de mi ensimismamiento. ¿Por qué no se me había ocurrido antes? Si Hélène estaba enterrada en alguna parte, seguramente debía ser ahí.

En cuanto empecé a caminar entre las tumbas me inundaron los recuerdos. Ya había estado ahí antes. Hacía mucho tiempo, el día del entierro del padre de Jean-Luc. Volteé involuntariamente en dirección al sepulcro de su padre, y me sobresalté al ver una figura alta que se levantaba de un banco y me saludaba. Era Jean-Luc.

—*Ça va*, Kat? —dijo, acercándose para saludarme. Los dos hicimos una especie de movimiento incómodo para no tener que saludarnos con un abrazo.

—Lo siento —me disculpé—. No era mi intención molestarte aquí.

—No hay problema. Iba a marcharme ya.

—¿Vienes mucho?

Se sonrojó.

—Hoy es el cumpleaños de mi padre. Desperté esta mañana pensando en él. Hoy habría cumplido sesenta y siete. —Habló con naturalidad, pero su pena era evidente.

—Lo siento, Jean-Luc.

—Sí, bueno. *C'est comme ça, alors* —se encogió de hombros—. ¿Y tú? ¿Qué te trae por aquí hoy?

Dudé.

—Estoy, eh…, tratando de saber más sobre la genealogía de mi familia —observé las filas de lápidas—. Aunque no sé bien dónde buscar. Este lugar es más grande de lo que recordaba.

—Creo que tu familia está por ahí —señaló hacia un extremo alejado, sombreado por un castaño—. Te puedo mostrar dónde, si quieres.

Lo seguí a través del cementerio, esforzándome por no mirar sus largas piernas dando zancadas por el camino.

—Aquí está —Jean-Luc señaló un modesto mausoleo de piedra gris. La placa del frente decía «CHARPIN» y el techo puntiagudo estaba coronado con una prominente cruz.

—¿Tenemos un mausoleo?

Se encogió de hombros.

—Tu familia ha estado aquí desde hace mucho.

Los costados de la estructura estaban cubiertos de hileras de placas que conmemoraban a los Charpin de los dos siglos pasados, empezando por Jean-Pierre Auguste, que murió en 1865.

—¿Estás buscando a alguien en particular? —preguntó Jean-Luc.

—Mis bisabuelos. Bueno, no a mi bisabuelo Edouard. Él murió en un campo de concentración durante la guerra y mi familia nunca recuperó sus restos. Pero pensé que quizá mi bisabuela…

Jean-Luc tocó una placa.

—¿Esta? ¿Marie-Hélène? Amada esposa de Edouard. Nació en 1903, murió en 1926.

Contuve la respiración.

—¿Ves a alguien… alguien que se llame Virginie? ¿O Hélène? ¿O mi abuelo? ¿Benoît?

—Mmm… *Non* —se alejó de la cripta y empezó a examinar las tumbas de alrededor.

Mis pensamientos se agitaban con tal fuerza que me sentí mareada. ¿Dónde estaba Virginie? ¿Dónde estaba *grandpère* Benoît? Sabía que mi bisabuela había muerto después de la guerra y recordaba que mi abuelo había muerto cuando yo tenía doce años. Pero, ¿por qué algunos miembros de la familia estaban aquí y otros no? Nada tenía sentido.

—¡Oye! —Jean-Luc me gritó desde el castaño, indicándome con la mano que fuera hacia allá.

Cuando me acerqué señaló un banco con un dibujo simple, de pintura azul oscura craquelada y descascarillada. En la parte de atrás, una placa conmemorativa tenía esta inscripción:

Hélène Marie Charpin
12 Septiembre 1921-4 Noviembre 1944

—¿Era esto lo que estabas buscando? —me preguntó Jean-Luc.

Respiré trémulamente, parpadeando para contener las lágrimas que acudían a mis ojos con fuerza sorprendente.

—Supongo que sí —parecía imposible que hubiera sobrevivido, pero ahora, la certeza era como un golpe en el vientre.

—Pobre muchacha. Murió sólo algunos meses después de la Liberación —tocó las fechas con el dedo índice—. ¿Era un pariente?

Asentí.

—Mi tía abuela. Fue… —pensé en la mejor explicación posible. «Fue una colaboracionista. Fue una mujer rapada. Fue una vergüenza.» Pero las palabras se me quedaron atascadas en la garganta y no podía hablar. En cambio, permití que la oración quedara colgando en el aire, tan incómoda como una rama rota en un árbol de Navidad.

La expresión de Jean-Luc se ensombreció. —¿Qué? —preguntó. Me sorprendió la frialdad de su voz. Sin embargo, antes de que pudiera responderle continuó—: ¿Sabes?, sólo intentaba ser amable. Mostrar interés. Eso es lo que hacen los amigos, *n'est-ce pas?*

Sentí que mis mejillas se encendían.

—No estaba insinuando que fueras entrometido. Es algo complicado —dije con voz más tajante de la que hubiera querido.

—¿Por qué volviste aquí, Kat? —me preguntó. Por su tono de voz supe que no se refería al cementerio, se refería a *Meursault*. A Borgoña. A Francia—. ¿Alguna vez te detuviste a pensar qué ocurrió después de que te fuiste? Simplemente desapareciste —chasqueó los dedos—. Sin preocuparte nunca por las personas que dejaste atrás, y menos por mí.

—Eso no es verdad —protesté—. De cualquier modo, estoy segura de que ahora te das cuenta de que fue la decisión correcta. Mira qué bien le está yendo al viñedo.

—No —un músculo se contrajo en su mejilla—. Ahora me doy cuenta de que fui un idiota por pensar que el amor era suficiente para que una relación durara. Ahora me doy cuenta de que requiere compromiso. Sacrificio. Entrega. Todas las cosas que tú fuiste incapaz de darme.

—¿*Yo*? —alcé la voz—. ¿Y tú qué? Tú estás más ligado a este lugar que a cualquier otra cosa o a cualquier otra persona, y menos a mí. Al *terroir* —escupí la última palabra.

El negó con la cabeza, asqueado.

—Si aún no puedes comprender eso, entonces nada de lo que diga hará que lo comprendas jamás.

Miré furiosamente al horizonte. Los días eran cada vez más breves y el sol ya empezaba a ponerse.

—¿Sabes qué? Olvídalo. Tengo que regresar a casa antes de que oscurezca y esto no sirve de nada.

Él abrió la boca para seguir discutiendo, pero al ver que me estaba abrochando la chaqueta su expresión se suavizó.

—Por lo menos déjame llevarte a casa —dijo.

—Prefiero caminar.

—Vamos, Kate. Está muy lejos. No vas a llegar antes de que oscurezca.

—No me subestimes —dije tajante, di media vuelta y me alejé rápidamente.

Jean-Luc tenía razón, por lo menos, en una cosa. Para cuando llegué a casa de Heather y Nico, el cielo era de un color profundo azul cobalto y brillaban las primeras estrellas. En la entrada vi estacionados los coches de mis amigos y me preparé para otra conversación difícil. Mi discusión con Jean-Luc me había distraído temporalmente de la situación con Walker. Sin embargo, sabía que ahora tenía que confesar mi error. Al abrir la puerta de la cocina oí que los niños discutían sobre el mejor tipo de pasta:

—¡Espagueti!

—¡No, el espagueti es totalmente estúpido!

—¡Mamáááá! ¡Me dijo estúpido!

—¡Ay!

Sus voces se desvanecieron mientras corrían hacia la sala.

La cara de Heather se iluminó cuando me vio y sentí una nueva puñalada de culpabilidad.

—¡Kate, hola! ¡No te hemos visto en todo el día!

—¡Hola! —dije, mientras colgaba el abrigo y el bolso en un perchero.

—¡Kate! —Nico entró a la cocina en calcetines—. Te echamos de menos en el almuerzo.

Me sonrojé.

—Sí, me quedé en la *cave* y decidí omitir el almuerzo.

—¡Ahh! —se le ocurrió—. ¿Encontraste algo bueno? Les Gouttes d'Or, *peut-être?*

—Todavía no —me mordí un labio—. Tengo algo que decirles —murmuré—. Me equivoqué por completo.

Heather dejó sobre la barra la naranja que tenía en la mano. Nico atravesó la cocina y puso una mano sobre mi brazo. Respiré hondo y les conté rápida y minuciosamente todo acerca de Walker y del cuaderno perdido.

—Todo es culpa mía —dije por fin—. Lamento mucho que haya pasado. —Me obligué a encontrarme con sus miradas.

—¿Te lastimó? —preguntó Nico—. Porque si te hizo daño te juro que… —apretó los puños.

—No, no. No fue así —dije—. Honestamente, todavía no estoy segura de que lo haya agarrado a propósito.

Heather pasó junto a su esposo y me abrazó.

—Como dijiste, no sabes toda la historia. Quizá fue un accidente —me dio unas palmaditas en la espalda con suavidad.

—Bruyère tiene razón —resolvió Nico—. No saques conclusiones hasta que hayas hablado con Walker. ¿Necesitas el cuaderno para seguir trabajando abajo?

—En realidad no —me alejé de Heather y me pasé un dedo bajo los ojos—. He estado transcribiendo la información en una hoja de cálculo. Como les dije.

Nico suspiró visiblemente aliviado.

—Entonces nos preocuparemos por Walker cuando llegue el momento —abrió la nevera y sacó una botella de vino—. Toma —buscó una copa y me sirvió un trago—. Te ayudará a sentirte mejor.

Y lo gracioso fue que después de unos sorbos de Chardonnay frío sí me sentí un poco mejor.

—Debería empezar a preparar la cena —dijo Heather, abriendo un armario—. ¿Pasta? —preguntó, mirando dentro con desilusión.

—Te ayudo. —Fui hacia el fregadero y empecé a llenar una olla con agua.

—Tenemos que contarle a Kate lo que descubrimos —dijo Nico, alzando una bolsa de basura del bote—. Esta tarde fuimos al *Mairie* y sacamos los documentos de Hélène. Por desgracia, la encargada no pudo encontrar su *acte de décès*. Al parecer, hubo un incendio en los años setenta y se perdieron muchos registros.

Heather intervino:

—¡Entonces, es posible que siga viva!

Negué con la cabeza.

—No. Estuve en el cementerio del pueblo esta tarde y vi la placa de Hélène. Murió en 1944, poco después de la Liberación.

—¡Ay, qué pena! —Heather se encogió de hombros.

—La madre de Hélène también está —añadí—. Pero lo raro es que ninguno de nuestros otros familiares está enterrado ahí. Ni Virginie ni Benoît.

—*C'est vrai* —dijo Nico—. *Grandpère* Benoît murió cuando yo tenía doce años y lo enterraron en Mâcon, junto a su madre, Virginie. Todavía recuerdo la procesión del funeral. Estuvimos horas en un coche ardiente y *maman* no nos dejaba bajar las ventanillas.

—*Grandpère* Benoît... —me froté los ojos, recordando. Yo no había ido a su funeral. Mi madre había regresado sola para asistir.

—El otro día —dijo Heather cambiando de tema— dijiste que Benoît nunca hablaba de la guerra porque su infancia había sido muy infeliz. ¿Pero alguna vez mencionó a Hélène?

Nico negó con la cabeza.

—Nunca. ¿Y tu madre? —me preguntó.

—No.

Los tres nos quedamos en silencio. En el fondo resonaban las voces acarameladas de los programas infantiles.

—Me imagino que podríamos preguntarle a mi padre —Nico estiró una mano para tomar la botella de vino y se sirvió una pequeña copa.

—Sí, claro —dijo Heather riendo—, porque nuestra última conversación con él salió muy bien.

Nico se pasó una mano por el cabello y frunció el ceño observando la puerta del sótano.

—De hecho, creo que ha llegado el momento de hablarle de la *cave* secreta al resto de la familia.

Esa noche me costó mucho tiempo dormirme, y cuando lo logré soñé con el Examen, la vieja pesadilla recurrente en la que probaba copas que se multiplicaban cada vez que empezaba a responder una pregunta. «Burdeos, margen derecha», garabateaba, y cuando alzaba la cabeza para girar y oler la prueba, cinco vinos más habían aparecido sobre mi escritorio, después había diez, quince, treinta, sesenta. Las manecillas del reloj giraban rápidamente mientras yo, agitando de manera frenética las copas, derramaba el vino sobre los papeles de la prueba. En el escritorio mi teléfono vibraba con un mensaje de Jennifer: «¡Es Burdeos, margen izquierda!».

El sudor me hacía cosquillas en las palmas de las manos. ¿Por qué estaba mi teléfono a la vista? ¿El supervisor lo había visto? ¿Iba a acusarme de copiar? El teléfono vibró con otro mensaje; otra vez Jennifer: «Pista: *C'est pas Graves*! ;)». Lo quitaba del escritorio y lo guardaba en mi bolsillo trasero, pero seguía sonando, de manera que apenas podía concentrarme: *Buzz, buzz, buzz*. ¿Por qué no dejaba de enviar mensajes? Apreté los ojos. «Jennifer —pensé—. Basta. ¡Basta!».

Buzz, buzz, buzz.

Me desperté empapada en sudor. El latido de mi corazón resonaba en mis oídos con tanta fuerza que tardé varios segundos en darme cuenta de que parte del ruido realmente provenía de mi teléfono, que vibraba en la mesita de noche. Lo agarré y apreté el botón para iluminar la pantalla.

Llamada perdida de Walker.
Llamada perdida de Walker.
Mensaje de Walker:

«Oye, perdona, no vi tus mensajes hasta ahora. Acabo de mirar y creo que sí me traje el cuaderno equivocado. No tiene ensayos de la prueba. ¡¿Qué?! No estoy seguro de si es verde o rojo porque… ¿mencioné que soy daltónico? 🙈 Puedo ir a devolvértelo en cuanto regrese de París. ¡Hablamos!».

¿Daltónico? ¿Hablaba en serio, o simplemente estaba cubriendo sus huellas? Durante un largo rato observé sus palabras y la pantalla que ardía artificialmente en la oscuridad de la habitación; después apreté un botón para que el teléfono quedara en negro y en silencio. Di la vuelta a la almohada y apoyé la mejilla contra el algodón fresco. Traté de volver a dormir, pero mis pensamientos seguían regresando a los acontecimientos del día, primero la duplicidad de Walker y después el encuentro con Jean-Luc. Me moví y revolví, cuando cerré los ojos unas extrañas figuras brillantes flotaban frente a mí. Sin siquiera saber por qué, mi cara estaba cubierta de lágrimas.

Cher journal,

Salitre. Carbón. Azufre. Sólo tres cosas, pero cuando se combinan en las proporciones adecuadas, lo único que se necesita es una chispa de fuego para causar destrucción. Rose y yo decidimos hacer pólvora debido a la pasión romántica que ella siente por esa mezcla. «Es el explosivo químico más antiguo que se conoce —dijo—. Los chinos la usaban desde el siglo IX.» Pero, la verdad es que también era el más simple.

Tuvimos un éxito inicial con una pequeña cantidad y, en retrospectiva, creo que ese fue el problema: nos dio demasiada confianza. *Madame* Grenoble nos había proporcionado pequeñas cantidades de varios elementos y compuestos comunes, entre ellos, sulfuro y salitre (que ella insistía en llamar por su nombre científico: nitrato de potasio). Y aunque nunca nos dejaba completamente a solas en el laboratorio, había momentos esporádicos en que salía a hablar con otro maestro o a recoger papeles de la dirección. En esos instantes Rose y yo trabajábamos frenéticamente: pesábamos cantidades precisas de sulfuro y salitre, y metíamos los polvos en sobres de papel. Más tarde, en la *cabotte*, usábamos el mortero de mi *belle-mère* para machacar un bulto de carbón, y guardábamos el polvo negro en una pequeña caja de latón para pesarlo en nuestra siguiente sesión de laboratorio. Con todo esto, teniendo en cuenta las restricciones de tiempo y equipo, tardamos tres semanas en producir un pedazo de pólvora del tamaño de un terrón de azúcar. Lo probamos una tarde en un claro detrás de la *cabotte:* Rose encendió la mecha con una cerilla y las dos corrimos a una distancia segura. Las chispas alcanzaron tal altura que nos subimos a nuestras bicicletas y pedaleamos furiosamente, por temor a que los *boches* también las hubieran visto y enviaran una patrulla a investigar.

Después de esto, nuestro problema no fue «si» sino «cómo». Específicamente, ¿cómo podemos obtener suficiente azufre para producir una cantidad útil de pólvora? Stéphane había obtenido salitre de un *charcutier* de la zona, un hombre descontento que daba poco uso a sus mercancías ahora que no había carne que curar. Nuestro éxito dependía de encontrar el azufre.

—Podríamos intentar robar la llave del gabinete de sustancias químicas —dije un día cuando caminábamos al *lycée*.

—Imposible —dijo Rose con voz quejumbrosa—. Ella nunca la saca del bolsillo.

Es verdad. *Madame* G. cuida esa llave como un carcelero de Fresnes, la prisión donde envían a pudrirse a los líderes de la *Résistance*.

—Además —continuó Rose—, ¿te has dado cuenta de cómo registra cada cosa que saca del estante? ¿Hasta una décima de gramo? Si robamos algo se va a meter en problemas. No hay manera.

—Sí la hay —insistí apretando los dientes. Sin embargo, no hallábamos el modo de hacerlo.

Aunque al principio Stéphane estaba satisfecho con nuestro progreso, en las últimas semanas se había vuelto más impaciente. Nuestro circuito ha enfrentado varios problemas: una serie de noches nubladas que esperábamos estuvieran despejadas, unos documentos falsos que desaparecieron y, lo más perturbador de todo, el arresto de Bernard. Sí, Bernard, mi contacto en el mercado negro. Se le vio por última vez hace dos semanas, cuando lo sacaron esposado del apartamento de su madre. Desde entonces hemos estado preocupados por que la Gestapo lo torture y le saque información sobre nosotros. Hasta ahora nada ha pasado, *Dieu merci*. Sin embargo, el grupo está nervioso. Irritable. Todos, pero en especial Stéphane, que tramó un elaborado plan para ayudar a Bernard a escapar de la prisión local, un plan que se centra en una bomba de pólvora.

—Simplemente, roben el azufre —nos ordenó Stéphane—. Necesitamos actuar antes de que lo manden a Trancy, o peor, a Polonia —todos nos estremecimos. Polonia significa campos de concentración. Polonia significa la muerte.

Pero ¿qué hacemos con *madame* G.? Cada vez que ella salía del laboratorio yo revisaba la puerta del gabinete de suministros para ver si la había dejado abierta. Y siempre la respuesta era «no»; era meticulosa con la llave.

Ayer por la tarde llegamos a nuestra sesión habitual en el laboratorio, pero en cuanto entré al recinto supe que algo iba mal. *Madame* G. estaba detrás de su escritorio mirando atentamente una hoja de papel, y apenas alzó la mirada cuando entramos. Rose y yo empezamos a acomodar el equipo; habíamos decidido experimentar con hidrólisis de sales.

—*Mince!* —maldijo Rose—. Necesitamos amonio para una de las bases débiles —miró a *madame* G. con incertidumbre.

—Yo le pregunto —bajé de mi silla y me dirigí hacia nuestra profesora, que estaba tan absorta que no percibió mi presencia aunque yo estaba a un metro detrás de ella. Mis ojos se deslizaron hacia la hoja que tenía delante, una especie de carta.

Nosotros, los abajo firmantes, profesores de Historia, Literatura y Ciencia, que creemos que nuestro deber es inculcar en nuestros estudiantes el amor por la libertad y la tolerancia, consideramos indigno de nuestra misión llevar a nuestros estudiantes a la película *Le juif suss...*

Antes de que yo pudiera seguir leyendo, puso un cuaderno sobre la hoja de papel y volteó hacia mí, mirándome con furia.

—Eeh, *excusez-moi, madame.* Esperábamos que pudiera proporcionarnos un poco de amonio.

—*J'arrive* —dijo irritada, y regresé a mi asiento.

Un par de minutos después, *madame* se levantó y me reuní con ella junto al gabinete, esperando a una distancia respetuosa, mientras abría las puertas. Acababa de poner la botella en mi mano cuando *madame* Bernard, nuestra antigua profesora de Literatura, se asomó por la puerta.

—Eugénie, ¿tuviste oportunidad de leer la petición...? —me observó de pie junto al estante—. *Pardon, je m'excuse* —se disculpó—. Pensé que estabas sola. Regreso más tarde.

—*Non, non, c'est bon* —*madame* G. sacó el papel de su escritorio y fue rápidamente hacia su colega—. Vamos a hablar en tu salón —escuché que sus voces resonaban en el pasillo.

—Es una carta de protesta —le dije a Rose en voz baja—. Se niegan a llevar a los estudiantes a ver esa horrible película de propaganda antisemita —sin embargo, Rose señalaba al aire con el dedo índice.

—El gabinete —dijo nerviosa—, *lo dejó sin llave.*

Por un segundo no pude moverme. Después, obligué a mis extremidades a ponerse en acción. Abrí la puerta y busqué frenéticamente en los estantes la botella marcada «azufre». ¿Dónde estaba? Finalmente, cerca de la parte superior, encontré un frasco medio lleno con un polvo del color amarillento como las yemas de huevo. Lo agarré, pero antes de que pudiera regresar a mi escritorio y guardar la botella en mi bolso, escuché a *madame* G. en el pasillo. *Merci!*, gritó. Una puerta se cerró. El taconeo de sus zapatos indicaba que regresaba al laboratorio.

—*Vite!* —dijo Rose entre dientes con ojos enormes. El sonido de los pasos de *madame* G. era más fuerte. Rose alzó los brazos. Sin pensarlo, le lancé el frasco, que trazó un arco sobre los mecheros de Bunsen. El proyectil iba tan mal dirigido que Rose tuvo que lanzarse también para atraparlo. Lo sostuvo triunfalmente sobre la cabeza y lo escondió detrás de su espalda antes de que *madame* G. entrara por la puerta. Las piernas me temblaban tanto que apenas podía mantenerme en pie, pero conseguí cruzar los brazos y apoyarme contra la pared fingiendo despreocupación.

—¿Aquí pasa algo de lo que debería enterarme? —la voz de *madame* G. cortó el aire.

—*Non, madame* —respondimos sumisamente a coro.

Sus ojos se dirigieron hacia mis manos, que estaban vacías. Antes de que pudiera mirar a Rose, derribé un banco dándole una patada.

—¡Ay! —dije con voz entrecortada—. Perdón, de repente sentí un mareo terrible. —Di unos pasos tambaleantes y *madame* G. fue rápidamente hacia mí para sostenerme del brazo.

—Siéntate un momento. ¿Quieres un poco de agua? —me condujo hacia una silla.

Unos segundos después Rose se puso a mi lado.

—¿Almorzaste? —me abanicó con un cuaderno—. Ya sé, el hambre es tan terrible… *c'est affreux*. A mí también me pasa de vez en cuando.

—Estoy bien. *Ça va* —cerré los ojos tratando de apaciguar mi corazón. Cuando los abrí, las dos estaban mirándome—. Estoy bien —repetí mientras me levantaba y caminaba lentamente hacia nuestro lugar en el laboratorio.

El resto del tiempo que trabajamos en el laboratorio, Rose y yo hablamos a murmullos. *Madame* G. corregía exámenes en su escritorio, pasando la pluma por las páginas. Concentrarme en el experimento me tranquilizó, de manera que cuando Rose y yo terminamos y limpiamos nuestro equipo para marcharnos, las fauces del terror que me agarraban de la nuca se habían aflojado.

Antes de irnos nos detuvimos frente al escritorio de *madame* G. para despedirnos, como hacíamos siempre.

— *Merci, madame. Au revoir.*

—*Au revoir* —contestó sin despegar la mirada de sus papeles.

Casi habíamos salido de la habitación cuando una frase nos alcanzó como una flecha.

—¿Saben?, si falta algo, me metería en problemas —dijo.

Nos quedamos inmóviles en la puerta, pero Rose se dio la vuelta y yo me obligué a hacer lo mismo.

Madame G. bajó la pluma y nos observó. Mi conciencia me tomó por la garganta y me apretó tanto que no podía respirar. *Madame* Grenoble siempre había sido generosa con su tiempo, siempre había estado tan dispuesta a ofrecer ayuda extra; ¿cómo podíamos ponerla en peligro? El silencio se prolongó, largo y trémulo. Finalmente, los ojos de *madame* se dirigieron hacia la estrella que Rose ahora lleva cosida al saco. Recordé la petición que había visto en su escritorio y me atravesó una ráfaga de furia.

Puse una expresión seria.

—Desde luego que no nos llevaríamos nada —dije con voz dulce—. Puede confiar en nosotras.

—*D'accord* —asintió lentamente, pero aún tenía el rostro sombrío.

Nos obligamos a caminar lentamente al salir del salón, avanzando por el pasillo como si nada nos preocupara. Sentía que en cualquier momento *madame* G. correría hacia nosotras o nos gritaría, o que una mano me sujetaría del hombro. Sin embargo, salimos, cruzamos el patio, llegamos hasta nuestras bicicletas, nos despedimos y pedaleamos cada una hacia su destino. Rose llevaba la mochila colgada sobre la espalda; la botella de azufre era un bulto indistinguible a través de la lona gruesa.

Sin embargo, no dejo de preocuparme: ¿de verdad nos salimos con la nuestra?

22 julio 1942

Estoy muerta de miedo. ¿Dónde está Rose? Hace una semana que no la veo y que no recibo ni un mensaje suyo. No ha aparecido por el laboratorio —*madame* G. casi no me creyó cuando le dije que estaba enferma—, se perdió la reunión del circuito, cuando nunca había faltado a ninguna. Los otros tampoco tienen noticias de ella y no nos atrevemos a ir a su casa. Aunque él trata de ocultárnoslo, percibo que Stéphane está preocupado, lo suficiente para poner en marcha investigaciones discretas con sus contactos en la prisión. Sin embargo, si la hubieran arrestado, seguramente lo habríamos sabido, ¿o no?

No dejo de preguntarme si la detuvieron por llevarse el azufre. *¿Madame* G. la denunció? Pero entonces, ¿no me habrían interrogado a mí también? Estos pensamientos dan vueltas y vueltas en mi cabeza, atormentándome, de manera que apenas puedo mantenerme en pie. Hoy estaba tan distraída que tiré un tazón de avena al suelo. Cayó un montón de papilla humeante y el plato se hizo añicos, Madame casi me arranca la cabeza mientras los niños sollozaban de hambre.

Siento que los muros de esta guerra se cierran en torno a mí, no sólo el miedo, el hambre, la pobreza, sino una incertidumbre infinita... y culpa. ¿Cuánto tiempo más puede seguir esto antes de que me destruya?

24 JULIO 1942

Recibí un mensaje para encontrarme con Rose en el lugar de costumbre, el parque a las orillas del río Bouzaise. Esperé durante una hora y no llegó. Hoy volví a la misma hora. Esperé y esperé hasta que finalmente alguien apareció: Stéphane.

—¿Qué estás haciendo? —le pregunté mientras me abrazaba.

—Finge que somos amantes —murmuró, e inclinó la cabeza. Su mejilla rozó la mía y me besó, suavemente al principio, y después con mayor intensidad cada vez, esto me tomó por sorpresa. Cuando nos separamos, me aferré a él hasta que me dejaron de temblar las piernas.

—*Viens* —murmuró, y me llevó a un banco con un brazo a mi alrededor.

—¿Dónde está... Simone? —justo a tiempo, recordé usar el nombre en código de Rose—. Estoy consternada. No dejo de preguntarme por qué nos robamos el azufre. Jamás debimos correr ese riesgo. —Allí, aferrada a su hombro, no pude contener más mis emociones, un torrente de ansiedad, combinado con la emoción del beso inesperado, hicieron que me pusiera a llorar.

—*Tiens* —palpó uno de sus bolsillos y me entregó un pañuelo, sorprendentemente inmaculado—. Simone y su familia están a salvo.

—Gracias a Dios —podía haber llorado de alivio, en cambio, me soné la nariz y recuperé la compostura.

—Recibimos una información la semana pasada y conseguimos esconderlos antes de que apareciera la Gestapo —miró fijamente hacia adelante—. Pero tienes razón. Fue el azufre lo que levantó sospechas. Tu *professeur*, ¿sabías que está relacionada con un oficial alemán?

—¿*Madame* Grenoble? —dije sorprendida—. Pero, ¿y su esposo?

—La guerra engendra extrañas indiscreciones —se encogió de hombros, impávido—. *Écoute*, Marie, escucha. Simone y su familia están a salvo por el momento, pero tenemos que sacarlos lo antes posible. ¿Te enteraste de la redada del velódromo de invierno de la semana pasada?

—Pero eso fue en París —la BBC informó de que miles de judíos habían sido sacados de sus casas a mitad de la noche, no sólo hombres, como antes, sino también mujeres y niños, y que habían sido trasladados en autobús al vélodrome d'Hiver, una pista cubierta de carreras en París. Los tuvieron allí en condiciones precarias durante días para luego trasladarlos a campos de concentración. Papá y yo habíamos escuchado aterrados, aunque había muy poca información al respecto.

—Van a hacerlas aquí. Las redadas. Van a venir no sólo por los hombres sino por todos, por familias enteras. —Stéphane estrechó mis hombros—. Tenemos una fuente que dice que van a empezar en unos días. Simone y sus padres, su hermano, todos están en la lista, y la acusación de su profesora complica aún más las cosas. Estamos tratando de conseguirles documentos falsos para que escapen al sur.

Retorcí el pañuelo entre mis dedos hasta que las yemas se me pusieron blancas.

—¿Al sur?

—El padre de Simone tiene familia en Estados Unidos. Si pueden llegar a Portugal, tienen una oportunidad de viajar a Nueva York. Francamente debieron haberse ido hace meses, hace años. Sin embargo, justo ahora necesitan otra casa de seguridad, un lugar donde puedan esperar indefinidamente hasta que sus documentos estén listos.

—Te refieres al viñedo —dije lentamente.

—Tu padre dejó claro que necesitaba suspender por un tiempo sus actividades. Sin embargo, esta es una situación de emergencia.

—Desde luego que deben quedarse con nosotros —dije con tanta confianza como pude reunir, incluso mientras visualizaba la cara adusta de mi madrastra—. No te preocupes, yo lo arreglaré —miré hacia el río, observé las algas que florecían en grandes nubes verdes bajo la superficie del agua, recordando la tarde que Rose y yo nos habíamos sentado allí para hacer planes. ¿Podía haber sido sólo hace un año? Parecía que habían pasado cinco vidas.

—*Merci, ma chère Marie*. Siempre tan considerada con los demás. —Su brazo se relajó alrededor de mis hombros, pero no se apartó.

—¿Sabes?, podrías habérselo preguntado a mi padre —dije—. Habría dicho que sí. No tenías que arriesgarte a encontrarte conmigo aquí.

—Quería verte. Sé que has estado muy preocupada.

—¿Quién te lo dijo? —fruncí el ceño. Sólo había compartido mis preocupaciones aquí, *cher journal*, con nadie más, ni siquiera con papá.

—No necesitaba que nadie me lo dijera. Me ha estado carcomiendo a mí, me imaginé que tú te sentías igual. —Apoyó la mejilla sobre mi cabeza, pero esta vez no sentí que estuviera actuando. Por un instante cerré los ojos y fingí que éramos los jóvenes amantes que parecíamos ser, que aquel era sólo un día de verano común, que yo sólo era una muchacha común a quien los labios le cosquilleaban después de su primer beso. Sin embargo, quedarnos ahí era demasiado peligroso, así que me aparté antes de que tales frivolidades nos pusieran en peligro.

29 JULIO 1942

Están aquí, los cuatro. Al final fue más fácil de lo que había anticipado porque papá y yo acordamos que simplemente no le diríamos a Madame que Rose y su familia estaban escondidos en el sótano. Sí, Dios nos perdone, la vamos a engañar hasta que se nos caiga la nariz, si con ello garantizamos la huida de los Reinach.

El domingo por la mañana le dije a Madame que tenía fiebre y que no iría a la iglesia. Papá, que ya nunca va a misa, salió con la carreta y regresó con los Reinach ocultos en la parte de atrás, cubiertos con sacos de lona. Los hicimos pasar abajo antes de que Madame y los niños regresaran para el almuerzo. Mi *grippe* ha sido una excusa útil para saltarme comidas, así que puedo guardar mis porciones para los cuatro refugiados. Bajo lo más a menudo que puedo para llevar comida, agua fresca, mantas y otros artículos necesarios.

Aunque sus padres y su hermano se comportan estoicamente, me preocupa Rose. Tiene una tos terrible, que seguramente se agrava con el frío y la humedad del sótano, y con frecuencia la encuentro doblada por el esfuerzo de contenerla. Me asegura que se encuentra más fuerte, pero me preocupa el camino que tienen por delante, tantos kilómetros difíciles hasta España, y después seguir hasta Portugal, y de ahí el viaje en barco a través del océano. Incluso en las mejores circunstancias sería una tarea hercúlea, y estamos lejos de estar en las mejores circunstancias.

Esta mañana, cuando recogí los huevos del gallinero, me guardé uno en el bolsillo. Mi plan es hervirlo junto con nuestra cena y llevárselo a Rose más tarde esta noche. Va a decir que es demasiado, pero yo sé la verdad; nunca es suficiente y nunca será suficiente.

Comencé este diario para registrar los hechos, así que ahora los presento, aunque apenas puedo soportar esta documentación. Y, sin embargo, sigo repasando todos los acontecimientos en mi mente, una y otra vez, examinando cada terrible momento, preguntándome qué pude haber hecho de otra manera.

Desde luego, sabíamos que el riesgo se incrementaba a cada día que Rose y su familia permanecían en el viñedo. Sin embargo, no es fácil conseguir documentos falsos para cuatro personas, así que los días se convirtieron en una semana, dos semanas, tres semanas. Los Reinach deambulaban en silencio por la *cave* secreta, y salían a tomar luz y aire sólo cuando Madame y los niños no estaban en casa. Para cuando recibimos los papeles, había luna llena, una luna brillante. Decidimos esperar dos semanas más a que menguara, para que papá pudiera guiarlos hacia su siguiente parada bajo la protección de la oscuridad.

Después de más de un mes, papá decidió que *teníamos* que ofrecerles a los Reinach la oportunidad de bañarse.

—De ninguna manera deben parecer refugiados cuando estén de viaje. Los identificarían de inmediato —dijo con voz firme. Esperamos a que los niños se fueran a la casa de la vecina, y Madame a una de sus infernales reuniones del Cercle du patrimoine (sí, *cher journal*, yo tampoco puedo creer que continúen; a estas alturas, ¿qué patrimonio le queda a Francia?). Bajé al sótano e invité a los Reinach a que subieran a bañarse y se cambiaran de ropa, salieron animadamente por el armario y marcharon a nuestro baño situado en el segundo piso.

Madame Reinach entró primero, después Rose, luego Théo. A medida que iban terminando se reunían con nosotros alrededor de la mesa de la cocina. Papá sirvió vino —«como nutriente», dijo— y yo empecé a preparar un almuerzo sencillo de patatas hervidas, huevos duros y una ensalada de diente de león. Cuando *monsieur* Reinach terminó su baño, estábamos todos bastante alegres. Yo había dejado la puerta trasera abierta, de manera que una brisa ligera soplaba a través de la habitación, moviendo el mantel y levantando el aroma de los melocotones maduros del plato que estaba en el alféizar de la ventana.

Qué estúpida idea fue dejar la puerta abierta.

Ella nos vio antes de que advirtiéramos su presencia. Nuestra alegre conversación sofocó el sonido de sus pasos, de manera que Madame nos observó durante varios minutos sin que la viéramos a través de la puerta abierta. Permaneció inmóvil, quieta, escuchando, y ninguno de nosotros supo que estaba ahí hasta que su delgada figura apareció en la entrada. Su sombra cayó sobre la mesa y la habitación se quedó sin aire.

—¡Ah, *chérie*! Regresaste temprano. ¡Qué bien! —papá se obligó a sonreír—. ¡Por favor, siéntate con nosotros!

Madame entró en la cocina. Tenía una mirada peculiar en el rostro, una que nunca le había visto después de tantos años observándola. Una furia fija, tan dura y fría como el mármol.

—¿Recuerdas a Rose, *n'est-ce pas*? —dijo papá—. Ella y Hélène estaban juntas en el *lycée*. Y ellos son sus padres, *monsieur* y *madame* Reinach, y su hermano Théodore. Estábamos almorzando. Léna —agregó dirigiéndose a mí—, pon un lugar para tu *belle-mère*.

—Edouard —Madame prácticamente escupió el nombre de papá—, quiero hablar contigo en el *salon*. Ahora —salió rápidamente de la habitación, sin hacer una pausa para ver si él iba detrás de ella.

—Desde luego, *chérie*. *Pardone* —papá les ofreció a los Reinach una sonrisa de disculpa y fue detrás de ella a la habitación contigua.

De repente, fue difícil respirar. Observé a los Reinach y vi que sus caras habían adquirido una palidez mortal.

—Vamos, sírvanse más vino —les dije—. Las patatas ya están listas. —rápidamente preparé la ensalada, puse las patatas sobre un plato y empecé a pelar los huevos—. Empecemos antes de que la comida se enfríe, papá no se molestará —la verdad era que me interesaba que comieran bien en caso de que Madame los echara de casa.

Desde la sala podía escuchar sus voces, un murmullo bajo de furia contenida.

—¿Qué está haciendo esta gente aquí? ¿Por qué están en *mi* cocina? ¿Por qué están comiendo *mi* comida?

—Virginie, ¿dónde está tu compasión? Estas personas son los amigos de tu hija. ¿Les vas a dar la espalda? ¿Cómo puedes llamarte cristiana?

—¿Mi hija? Ella *no* es mi hija. Y, sí. Esta gente, ¿cómo puedes permitir que estén en nuestra casa? ¿Cómo te atreves a recibirlos aquí? Edouard, ya una vez fingí no saber nada, pero por lo menos los otros hombres no eran *judíos*. —Con esta última frase, Madame se olvidó de la cortesía y gritó en un frenesí enloquecido. Yo le di la espalda a la mesa para no tener que ver los rostros de los Reinach.

—Tienen que irse de esta casa —declaró Madame a todo volumen.

—*Chérie*, desde luego que no se van a quedar aquí permanentemente. Estamos esperando a que la luna mengüe. En cuanto haya penumbra...

—Tienen que irse de esta casa —repitió Madame, más tranquila—. O iré a ver a Michel a la estación y le diré que venga y se los lleve. Espero que no hayas olvidado que mi sobrino es un oficial de policía.

Me sentí mareada y empecé a ver manchas ante a mis ojos, hasta que me di cuenta de que se me había olvidado respirar. *Madame* Reinach también daba la impresión de estar a punto de desmayarse: el color había desaparecido de sus mejillas y sus oscuros ojos estaban muy abiertos.

—Danos sólo unos cuantos días, de otra manera no es seguro. Por favor, Virginie, sólo uno o dos días hasta que la luna no esté tan brillante —rogó papá.

—No —su voz se alzó histérica—. *¡Se van a ir esta noche!* —se escuchó el sonido de unos tacones que subían por las escaleras, el golpe de una puerta al cerrarse y la conversación se terminó.

Para entonces ninguno de nosotros tenía apetito, pero serví la comida y les pedí a los Reinach que comieran.

—Quién sabe cuándo van a tener otra comida caliente —les dije, y se obligaron a comer algunos bocados para finalmente bajar a preparar sus cosas. En cuanto dejaron la mesa, empecé a hervir más patatas y huevos, y busqué en las alacenas toda la comida que pudiera preparar para que la llevaran con ellos.

La oscuridad plena llegó a las nueve, pero papá esperó hasta medianoche para salir. Le rogué que me dejara ir con él, pero me convenció de que estarían más seguros sin mí.

—Tú no conoces el camino, *ma choupinette* —señaló—. Si necesitamos correr o escondernos, va a ser más fácil si no tengo que preocuparme por ti.

Nos despedimos en el sótano para que sus voces no despertaran a mis hermanos, que dormían arriba. Me despedí primero de *monsieur* Reinach, después de *madame* Reinach, dos besos formales en la mejilla a cada uno, un apretón afectuoso en el brazo de Théo. Finalmente, Rose y yo nos dimos un abrazo.

—Cuando esto termine, vas a venir a Nueva York —dijo Rose—. Voy a graduarme en una universidad de Estados Unidos y espero que te reúnas conmigo.

—*Les États-Unis!* —exclamé—. Nunca aprenderé a hablar bien el inglés.

—*Pff, c'est facile* —dijo Rose. Luego, imitando la entonación estadounidense, añadió—: «Au du yu du» —nos reímos histéricamente.

—Tenemos que irnos —papá se acomodó la capucha sobre la cabeza y se abotonó el abrigo negro hasta la barbilla—. La policía cambia de turno a la medianoche y debemos aprovechar.

Salimos a la cocina en silencio mientras se ajustaban la ropa por última vez y se echaban los paquetes a la espalda.

—No te preocupes, *ma choupette* —murmuró papá—. He hecho este viaje cientos de veces. *C'est rie* —me abrazó y me dio un rápido beso en la cabeza—. Estaré de vuelta para el desayuno. Guárdame una taza de ese horrible café de cebada, *d'accord?*

Me obligué a sonreír y asentí.

Papá me hizo un gesto para que apagara la luz de la cocina. Después, abrió la puerta trasera y uno por uno, los cinco, salieron a la humedad de la noche. El césped ralo del jardín amortiguaba sus pisadas, así que lo único que pude oír fue el ruido de los grillos. La luna iluminaba el paisaje como un faro de plata. Aunque se habían metido en las sombras, pude ver al pequeño grupo caminando entre el viñedo hasta que desapareció sobre una colina.

Estaba demasiado inquieta para dormir. Me entretuve con un tejido, las primeras filas de un calcetín de lana virgen, pero me salté tantas puntadas que deshice todo y volví a empezar. Finalmente, mi energía nerviosa se agotó, apoyé los brazos sobre la mesa, puse la cabeza encima y cerré los ojos. Si papá regresaba temprano, estaría esperándolo.

Los niños me despertaron con sus gritos, su usual pelea matutina acerca de quién iba a lavarse primero. Sentí un ligero dolor en el cuello y las manos me hormiguearon conforme la sangre regresaba a ellas. Detrás de las cortinas opacas, una luz lechosa pasaba a través de los árboles del jardín; el reloj de la sala empezó a tocar las siete de la mañana. El desayuno sería en media hora. Papá regresaría pronto a casa.

Tomé algunos troncos de la pila de leña, removí los carbones de la estufa, llené la tetera y puse una pequeña olla de sémola a hervir para los niños. Era un alivio ocuparme de estas tareas familiares, distraerme de los pensamientos que corrían uno tras otro en mi mente. De arriba venían golpes y más gritos, y subí corriendo para ayudar a mis hermanos a vestirse.

—Léna, *j'ai faim!* —gritó Albert cuando me vio.

—¡Siempre tienes hambre, *cochon!* —Benoît tocó con un dedo el estómago de su hermano.

—Niños, ya basta. Tengo avena en la estufa, va a estar lista en unos minutos. —Miré hacia la puerta de Madame y me sorprendió que estuviera abierta. Ella estaba de pie frente al espejo, arreglándose el cabello, ataviada con un vestido de día de seda violeta, tacones altos y, en lugar de medias de seda, una línea pintada que corría por la parte trasera de cada pierna.

—Ah, bien, Hélène. Ahí estás. ¿Puedes cuidar a los niños esta mañana? Me gustaría desayunar con Edouard —alzó los brazos para arreglarse el cabello y percibí una oleada de su perfume, Chanel nº 5, que flotó a través del aire como la nube de un exterminador.

Seguramente Madame se sentía culpable por lo del día anterior —pensé— mientras lidiaba para ponerle los calcetines a Albert.

—Desde luego —respondí.

—*Merci!* —agradeció alegremente.

Para cuando terminé de vestir a los niños, bajé y saqué la sémola hirviendo justo antes de que se pegara, preparé un poco de café de cebada ligero, y de poner la mesa para el desayuno, ya eran las ocho de la mañana. Mantuve el oído atento mientras servía las exiguas raciones de avena y observaba comer a mis hermanos. Madame se acabó ella sola el café y preparé más sin quejarme; puse los platos a remojar, me calcé los zapatos y llevé a mis hermanos a jugar a la casa de la vecina. Todo el tiempo me decía a mí misma: «Papá va a estar en casa cuando regrese. Papá va a estar en casa cuando regrese». Pero cuando regresé, Madame estaba en el *salon*, recostada elegantemente sobre un *chaise longue* de terciopelo, y papá no estaba por ninguna parte.

Diez de la mañana. Once de la mañana. Nada de papá.

En el almuerzo, me obligué a comer una patata fría y después agarré mi bicicleta para ir a los viñedos. Pedaleé por la misma colina que papá y los Reinach habían caminado varias horas antes, pero si las vides conocían su paradero, lo mantuvieron en secreto. Regresé a casa ya entrada la tarde; irrumpí por la puerta de la cocina, segura de que vería a papá en la mesa, arrugando páginas de periódico para meterlas en la estufa.

Cuando escuchó la puerta, Madame bajó corriendo las escaleras. Su cara mostró decepción cuando me vio.

—Ah, eres tú.

Yo también estaba decepcionada por no encontrar a papá, pero no dejé que eso alterara mi voz.

—Disculpe —bajé la cabeza y salí de la habitación.

—Hélène —me siguió hasta el pasillo y me miró desde el pie de las escaleras—. Dónde está —no era una pregunta.

Negué con la cabeza y seguí subiendo.

—No me digas que no sabes. Yo sé que tú sabes todo, ¡ustedes son inseparables, siempre cuchicheando a mis espaldas!

—Virginie —volteé hacia ella—. Yo también estoy preocupada. Si supiera dónde está te lo diría —no pude evitar que me temblara la voz.

—¡Pero siempre había regresado a casa antes de hoy! Nunca había dejado de volver a casa. Es por esa gente, ¿no es así? Se lo dije, nunca debieron traerlos aquí. Él los estaba ayudando y ahora ha ocurrido lo peor. ¡Me quedé completamente sola! —se cubrió la cara y empezó a llorar.

La miré fijamente, y pese a mi gran preocupación, sentí que me llenaba de desprecio por aquella mujer tan miope, incapaz de sentir compasión por cualquier otra persona.

Madame bajó las manos, descubriendo sus pestañas puntiagudas a causa de las lágrimas, y me miró suplicante.

—¿Qué vamos a hacer?

«¿Nosotras?», pensé.

—Lo único que podemos hacer —dije, volviendo a subir las escaleras—: Esperar.

Transcurrieron dos días, dos días aterradores y agonizantes en los que mi corazón daba un vuelco cada vez que oía pasos en la entrada o el chirrido de la puerta trasera. Pero papá no regresó. Para entonces, Madame ya no salía de su cama; permanecía acostada sobre las mantas con un trapo húmedo en la frente, y me gritaba si los niños hacían cualquier sonido más fuerte que un murmullo. Al final del segundo día, casi sentí alivio cuando Michel llegó al viñedo.

Abrí la puerta cuando llamó; los niños estaban en el jardín y Madame, desde luego, en cama. Si se sorprendió al verme, no lo demostró.

—*Bonsoir* —dijo, con la cara impávida—. ¿Está mi tía en casa?

—¿Edouard? ¿Eres tú? —Madame bajó corriendo las escaleras en pantuflas. Dos días de crisis nerviosa le habían dejado el rostro cetrino, aunque vi que se había tomado el tiempo de cepillarse el pelo y de acomodar un par de rizos sobre su frente—. ¡Ah, Michel! ¡Qué sorpresa!

—*Ma tante, bonsoir* —intercambiaron besos.

—¿Puedo ofrecerte una infusión? —preguntó ella—. ¿Una copa de vino? Hélène —me lanzó una mirada fría, prepara una bandeja para mi sobrino.

—*Non, non, c'est bon* —declinó—. ¿Hay algún lugar donde podamos hablar en privado?

Ella abrió completamente los ojos pero habló con voz firme.

—¡Desde luego! Ven, vamos al *salon* —oí que abría las cortinas y mullía los cojines, además del vaivén de sus voces.

¿Por qué había venido? ¿Sabía algo de papá? Tenía que oírlo de sus labios; no podía depender de que Madame me transmitiera la información. Me quité los zapatos con suela de madera, me acerqué a la puerta del *salon*, que permanecía abierta, y me quedé quieta a un lado, justo fuera de la línea de visión.

—Tía, me temo que tengo malas noticias —dijo Michel—. Tu esposo...

—Tu tío —objetó Madame.

—Edouard fue detenido hace dos noches por nuestras patrullas. Aseguró que estaba dando un paseo nocturno, pero creemos que estaba ayudando a un grupo de judíos a cruzar la línea de demarcación.

—*C'est pas possible* —dijo Madame con voz entrecortada.

—¿Tenías idea de que pudiera estar planeando algo así?

—*Non* —dijo Madame de inmediato.

Hubo un largo silencio. Yo contuve el aliento mientras esperaba la respuesta de Michel.

—¿Dónde está ahora? —preguntó Madame por fin—. ¿En la prisión de Beaune? ¿Puedo ir a verlo?

—Me temo que no —Michel se aclaró la garganta—. Como te dije, lo arrestaron con varios judíos. Los enviaron de inmediato a un campo de internamiento, y a Edouard con ellos.

—¡Pero él no es judío! ¡Es un terrible error! Tienen que soltarlo de inmediato.

Los zapatos de Michel rascaron el piso.

—Las autoridades resolverán eso, tía. Sin embargo, incluso si consideran que está en el lugar equivocado... Bueno, hay otros lugares donde pueden enviarlo. No va a regresar a casa.

Madame estalló en ruidosas lágrimas y mi corazón empezó a golpearme el pecho.

—¿Cómo vamos a sobrevivir sin él? ¡No podremos sobrevivir! —gimió Madame.

No escuché la respuesta de Michel y, de cualquier modo, me sentía desesperada por estar sola. En calcetines, subí las escaleras y fui a mi habitación, me senté frente al escritorio y observé cómo la luz del cielo de la tarde se desvanecía. Papá se había ido. Rose se había ido. Théodore, *madame* y *monsieur* Reinach, todos estaban prácticamente muertos.

Finalmente, escuché pasos en el recibidor y unos minutos después vi que Michel se iba en su bicicleta. Dejé caer la cabeza sobre mis brazos y me pregunté si alguna vez volvería a ver a mi padre. Las lágrimas se derramaron por mi cara, sofocándome con su fuerza, hasta que me dolió cada parte de la cara: los ojos, los dientes, la mandíbula.

Estaba tan absorta en este torrente de emociones que no advertí la presencia de Madame hasta que habló desde el umbral.

—Me imagino que escuchaste mi conversación —dijo. Traía en la mano mis zuecos, que yo había olvidado en el pasillo.

Asentí y traté de contener los sollozos.

—Papá... *papá*. Tengo tanto miedo, Virginie, estoy tan desesperadamente asustada.

Su cara estaba blanca; sus labios, apretados, sus ojos eran unos carbones ardientes de furia.

—Supongo que debiste pensar eso antes de que dejaras entrar a esa gente en mi casa —dijo cruelmente.

La observé sin expresión, incapaz de asimilar sus palabras.

—¿Esas personas? ¿*Yo* las dejé entrar?

—¡*Tú* las metiste a nuestra casa! ¡*Tú* nos pusiste en peligro! Y ahora, mira lo que le ha ocurrido a mi hogar, a mi esposo. ¿Ya estás feliz, Hélène? ¿*Ya estás feliz?* —gritaba con todas sus fuerzas—. Porque todo esto es por tu culpa. ¡*Esto es completamente culpa tuya!* —y antes de que pudiera protegerme, me arrojó los zapatos a la cara, uno tras otro, golpeándome primero en la frente y después en la nariz, un hilo de sangre se mezcló con mis lágrimas.

Han pasado tres días, *cher journal*. Los primeros tres días del resto de mi vida. He conseguido seguir adelante por los niños. Mis hermanitos aún necesitan que los alimenten; manifiestan su miedo peleándose uno con el otro y haciéndome a un lado cuando trato de intervenir, aunque luego van a meterse a mi cama en mitad de la noche. No he visto que Madame salga de su habitación en todo este tiempo, aunque por las noches escucho que llora. No estoy segura de si llora por mi padre o por la protección que él le daba.

23 SEPTIEMBRE 1942

Anoche bajé a la oficina de papá y puse la radio hasta que logré sintonizar la BBC. Escuché cuidadosamente las noticias y después todos los mensajes personales, aun cuando parecían no tener sentido. «Jean tiene un bigote largo. A Ivette le gustan las zanahorias grandes. Paul tiene buen tabaco.» Aunque sé que es imposible, no podía evitar preguntarme si alguno de esos mensajes iba dirigido a papá. ¿Había alguna manera de que estuviera escuchando, planeando su escape?

Al cabo de un rato me inundó la tristeza. Apagué la radio y volví a subir a la cama, con la esperanza de encontrar el sueño que me ha eludido durante tantas semanas. La luna llena brillaba en el cielo, y dejé las cortinas un poco abiertas para consolarme con su presencia constante. Finalmente me dormí, y desperté varias horas después a causa un ruido grave. ¿Un trueno? No, era un motor, el zumbido de un motor. Cuando me asomé a la ventana, la avioneta ya se había alejado, y miles de panfletos flotaban en el cielo.

¿Qué era? Tenía que saberlo. Ignorando el toque de queda que nos retiene en casa desde el crepúsculo hasta el amanecer, caminé por la casa, atravesé la puerta trasera y salí al viñedo. Aunque el suelo rocoso me hacía daño en los pies descalzos, corrí hasta el panfleto más cercano y lo levanté, ignorando el dolor.

Era un poema llamado «Liberté». No, no era sólo un poema, era una oda. A la libertad. A la fortaleza. A la esperanza. Más que leer las palabras, las asimilé, repitiéndolas una y otra vez en voz alta hasta que se grabaron en mi corazón.

¿Es una señal? ¿Un recordatorio, una instrucción, una plegaria? Al leer y releer el poema, escucho la voz de papá recitando los versos, papá, que se ha negado a permitir que su fuerza moral se tambalee.

Papá, ¿estás ahí fuera?

CAPÍTULO 12

En Francia, las tres de la tarde es la hora del té y las galletas. Hoy, el té era *lapsang souchong*, ámbar oscuro con tonos color humo. Las galletas, discos de mantequilla con pálidos centros de oro y bordes crujientes de bronce, que se quebraban en migajas delicadas. Sin embargo, ni siquiera esta deliciosa combinación podía tentar al pequeño grupo reunido en la sala de Heather y Nico. Los Charpin estaban sentados en el borde de las sillas, con la espalda rígida, los pies cruzados a la altura de los tobillos, y nadie había probado un bocado.

Desde mi posición, junto a la chimenea, observaba cómo Heather y Nico llevaban de un lado a otro, vanamente, las bandejas llenas. En el sofá estaba sentada mi tía Jeanne, recién salida de la *coiffeuse*, con el cabello color dorado y cardado, y el tío Philippe, canoso y con el rostro serio, cruzado de brazos. Chloé estaba sentada en el brazo del sofá como un pájaro elegante y oscuro. Su esposo, Paul, permanecía en una silla cercana, pasando el dedo por la pantalla de su teléfono con impaciencia apenas velada.

Mi madre era la única que no había podido asistir, por habérsele informado con tan poca antelación. Su respuesta a mi correo electrónico había sido breve y veloz, como siempre: «Perdón, Katherine, estoy saturada. P. D. Te recomiendo mantenerte al margen de las intrigas familiares». Yo había pasado unos minutos dándole vueltas a su mensaje, preguntándome por qué me advertía sobre intrigas familiares si yo no le había mencionado nada al respecto.

Por fin, Nico caminó hacia la chimenea.

—Gracias a todos por haber venido hoy —dijo en francés—. Sé que probablemente tienen curiosidad por el motivo por el que les pedí que vinieran, así que seré preciso —respiró profundamente—. Hace unas cuantas semanas, Kate y Bruyère empezaron a limpiar la *cave*, el sótano de la casa —observé al tío Philippe, cuyo rostro permanecía serio—. Después de varias semanas de trabajo, descubrieron algo sorprendente. En un rincón de la *cave* hay un viejo ropero y, en el fondo hay un panel oculto —siguió describiendo el sótano secreto—. Una cueva de Aladino y el tesoro de vinos que hay en su interior. Algunos de los más grandes *millésimes* del siglo XX.

Chloé se quedó sin aliento.

—¿Cuánto tiempo lleva el vino allá abajo? —preguntó.

Nico titubeó.

—Varias décadas. No sabemos la fecha exacta, pero quizá desde 1940.

—¿Crees que lo ocultaron durante la Segunda Guerra Mundial?

Una vez más, un breve titubeo.

—*C'est possible* —dijo Nico.

Chloé arrugó la frente haciendo una mueca adorable.

—*Mais c'est incroyable!* Hemos estado sentados sobre este tesoro durante setenta años sin tener idea. ¿Cómo es posible?

—Ha de haber sido durante la guerra —dijo la tía Jeanne—. Hay muchas historias acerca de ese periodo. Justo estaba leyendo un artículo sobre un Renoir que encontraron escondido en un ático de Dordoña.

—Bueno, *obviamente* es de la guerra —resopló Paul—. La pregunta es, ¿*quién* lo escondió?

—¿*Grandpère* Benoît? —sugirió Chloé.

—Pero, en aquel entonces era sólo un niño —dijo Paul—. Debieron ser tus bisabuelos quienes ocultaron el vino.

Chloé consideró esa idea.

—Nuestro bisabuelo murió en un campo de concentración —dijo—. Así que habría sido antes de 1942.

—De hecho —dijo Heather aclarándose la garganta—, nos preguntamos si pudo haber sido...

—¡*Basta!* —estalló el tío Philippe—. Chismorrean como un montón de ancianas. ¿No tienen respeto por la memoria de sus bisabuelos? ¿No les importa la integridad de esta casa? —nos miró con ira, para luego levantarse del sofá y caminar a grandes zancadas frente a la chimenea, de manera que Nico tuvo que moverse a un lado—. Escuchen. Obviamente es un descubrimiento interesante. Estoy seguro de que algunos de ustedes están muy emocionados. Sin embargo, como *patron* de este viñedo, es mi deber salvaguardar su legado, y por ello debo proceder con cautela. Ojalá que me hubiéran informado inmediatamente sobre esta supuesta *cave secrète* —miró con malos ojos a Nico—. Como no fue así, daré por terminada esta discusión hasta que pueda familiarizarme con los detalles. Vamos a organizar una reunión en una fecha futura. *Merci* —pronunció la última palabra bruscamente, y nos pidió que nos fuéramos con un movimiento de cabeza.

Sin decir palabra, Chloé se levantó del brazo del sofá y empezó a ponerse el abrigo. Paul se metió el iPhone en el bolsillo trasero y se puso una bufanda con un sólo movimiento. Heather empezó a poner las tazas de té en una bandeja y Nico le ayudó. La tía Jeanne hurgó en su bolso. Sólo yo permanecí inmóvil, acurrucada en una silla alta junto a la chimenea. Mientras estaba ahí sentada, viendo aquella muestra de muda conformidad, una creciente furia empezó a arder dentro de mí. Sí, tío Philippe era el patriarca de la familia; sin embargo, ¿qué derecho tenía de dar órdenes como un autócrata? Sin pensarlo, me puse de pie.

—*Attendez, tout le monde!* —grité—. Esperen sólo un momento. Todos, por favor.

—¿Qué pasa, Katreen? —tío Philippe no se molestó en ocultar su disgusto.

Respiré profundamente.

—Tío —dije en tonos apaciguadores—. Tú sabes cuánto te admiro —bajé la cabeza—. Sin embargo, en este caso, tengo que estar en desacuerdo, con todo respeto —hice una pausa retorciéndome los dedos—. Creo que todos tienen derecho a saber más sobre esta *cave* secreta y todos tenemos derecho a decidir cómo proceder *juntos*. Todos somos descendientes de Edouard Charpin, lo que significa que esta herencia nos pertenece a todos.

—Desde luego que sí. Estoy de acuerdo contigo, y cualquier Corte francesa también lo estaría —dijo tajantemente tío Philippe—. Pero estarás de acuerdo con que también tengo derecho a inspeccionar mi propiedad.

—*Nuestra* propiedad —dije con voz suave.

La expresión de tío Philippe se endureció.

—¿Alguna vez se te ocurrió que pudiera estar tratando de protegerte? Chloé se giró hacia su padre.

—¿Sabías algo sobre la *cave*, papá?

Mi tío negó con la cabeza.

—No tenía idea de que existiera. No se trata de la *cave*, es... —pero las palabras se le quedaron atascadas en la garganta.

—¿Es por Hélène? —preguntó Nico.

—¿Quién es Hélène? —preguntaron Chloé y Paul casi al unísono.

—Era nuestra tía abuela —explicó Nico, lanzándole a su padre una mirada suplicante. Tío Philippe permaneció inmóvil, con gesto adusto y con los ojos fijos en el borde de la alfombra, donde un fleco se había desgarrado. Se hizo tal silencio que yo podía escuchar que las tablas del suelo chirriaban cuando trasladaba mi peso de un pie a otro.

—Escuchen todos; papi, *je m'excuse* —Heather dio un paso desde el fondo de la habitación—. Lo siento, pero hay una razón por la que nunca hablan de ella. Hélène. Una terrible razón, *n'est-ce pas?* Al final de la guerra la acusaron de ser... —dudó y después siguió—: *una colaboracionista* —hablaba en voz baja, pero sus ojos brillaron con una ira contenida.

Paul levantó la cabeza rápidamente. Chloé se quedó sin aliento por la sorpresa. La tía Jeanne miró fijamente el suelo.

—Papá —preguntó Chloé—, ¿es verdad?

—*Oui* —dejó caer los hombros—. Es verdad. Después de la Liberación, Hélène fue acusada de ser colaboracionista. Murió poco después.

—¿Por qué no nos dijiste? —Chloé se había quedado lívida, con excepción de dos manchas ardientes en el centro de cada mejilla. Nunca la había visto tan perturbada.

—Yo... —tío Philippe tosió y se aclaró la garganta. Cuando volvió a hablar, sus ojos estaban ensombrecidos—. Mi padre nunca hablaba de Hélène.

—Sin embargo, tú sabías de ella —persistió Nico—. ¿Cómo?

Mi tío cruzó los brazos sobre el pecho, pero no antes de que yo percibiera que le temblaban las manos.

—Yo debía tener alrededor de diez u once años. Había un grupo de niños en la escuela, una pandilla iracunda y grosera que solía molestarnos a mí y a Céline —volteó hacia mí—. Tu madre los odiaba. Nos llamaban *collabos*, decían que teníamos una tía que era una puta nazi. Le dije a tu madre que los ignorara, pero insistió en contarle lo sucedido a nuestro padre. Al principio, él nos dijo que lo olvidáramos, que perderían el interés y que nos dejarían en paz, pero no se detuvieron y cuando volvimos a quejarnos, nos ordenó que nunca volviéramos a hablar de Hélène. Dijo que ella había traído la vergüenza a nuestra casa. Durante años siguieron molestándonos y nuestro padre jamás dijo nada, nunca hizo nada. Y así fue como supe que era verdad.

Toda la infancia de mi madre —pensé— había transcurrido bajo la sombra de esta ignominia familiar, de esta mancha indeleble. Finalmente entendí por qué nuestras visitas eran tan estresantes, por qué ella no tenía deseos de volver. Por fin comprendí la aversión del tío Philippe hacia las cosas más triviales, su reticencia a abrir el viñedo a las visitas, su rechazo a crear una página en internet. Y, sin embargo, en su esfuerzo por ocultar la verdad, nuestra familia había impedido que siguiéramos adelante, hacia el futuro.

Lancé una mirada a la habitación. Heather estaba jugueteando con una bolsa de té, con la cara acongojada y exhausta, también —quizá— aliviada. Nico estaba acercándose hacia ella, a punto de abrazarla por la cintura. Chloé respiraba entrecortadamente, con el pecho palpitante. Paul estaba de pie con los brazos cruzados, la cabeza inclinada hacia el suelo. Mi tía y mi tío estaban inmóviles, con la culpa marcada en sus rostros.

Un chasquido proveniente de la chimenea rompió el hechizo. Un tronco que se desintegraba soltó miles de chispas, y Nico se acercó para colocar la pantalla. Cuando volvió a echarse hacia atrás, miró alrededor de la habitación y nuestros rostros sombríos; sus ojos se detuvieron en los rasgos descompuestos de su padre.

—Deberíamos... —su expresión se suavizó—. Deberíamos abrir una botella de vino para todos, ¿les parece?

Mi tío Philippe se relajó visiblemente.

—*Bonne idée* —dijo, yendo hacia el gabinete donde guardaban las copas.

—Voy a buscar una botella de la cava —dijo Nico—. ¿Qué dices, el 2011?

—Un poco más viejo, creo —respondió tío Philippe.

Nico alzó las cejas.

—¿El 2009?

—Más viejo.

—¿1985?

—*Mon fils* —tío Philippe puso una mano sobre el brazo de su hijo—, esta tarde beberemos el 1945.

Casi me quedé sin aliento; 1945 se consideraba una de las *millésimes* más excepcionales del siglo XX.

—¿Estás seguro, tío? —pregunté—. Es muy generoso de tu parte.

Él enderezó los hombros.

—Estoy absolutamente seguro —dijo—. Vamos a beber el 1945 para conmemorar el final de la guerra y a quienes la sufrieron. Y vamos a beber por Hélène, nuestra tía. Durante demasiadas décadas la mantuvimos oculta, dejándonos llevar por la vergüenza —sus ojos buscaron a

Heather al otro lado de la habitación y asintió al verla—. Es hora de que reconozcamos la verdad y nuestros errores, tanto del pasado como del presente, de manera que podamos dejarlos atrás. Y también es hora de que discutamos el futuro y el descubrimiento de esta *cave* secreta. Espero, Katreen —dijo girándose hacia mí y haciendo una reverencia—, que nos hagas un informe de lo que has encontrado.

—Desde luego —respondí de inmediato.

Heather le ofreció a su suegro una pequeña sonrisa.

—*Merci* —dijo.

Nunca lo creí posible, pero después de pasar tantas horas en la *cave*, había terminado por tomarle afecto. Si bien al principio la sombría habitación me había parecido amenazante —con todas esas criaturas de muchas patas, y desprovista de luz y aire—, ahora su oscuridad me daba una sensación de quietud y de paz. Cada mañana bajaba las escaleras y respiraba la atmósfera, apreciando de nuevo la frescura húmeda que influye tanto en el vino como en las uvas, el sol, la tierra.

Esta mañana bajé directamente a trabajar; me perdí entre las botellas, completamente absorta en contar y consignar las cantidades en mi cuaderno verde, que Walker finalmente me había devuelto. Sí, Walker había pasado por el viñedo hacía unos días, y conversamos brevemente; él se mostró dócil y apenado, yo estaba crispada y escéptica, y aunque no estaba segura de sus verdaderos motivos, decidí fingir que creía sus palabras, manteniendo secretamente una saludable desconfianza.

Para cuando me di cuenta de que tenía hambre, eran las cuatro de la tarde y sólo quedaba un estante de botellas que inventariar. Esperen un segundo. ¿Sólo uno más? ¿En todo el sótano? Después de dos meses de trabajo, ¿era finalmente posible? Caminé cuidadosamente a través de la *cave*, inspeccionando las filas y revisando dos, tres, cuatro veces mis notas. Sin embargo, era verdad: sólo faltaba un estante y mi inventario del sótano secreto estaría completo.

Contuve el aliento y me giré hacia las últimas botellas, era mi última oportunidad descubrir la preciosa provisión de Les Gouttes d'Or. Tomé una botella del estante y la limpié con un trapo, inclinándola hacia la luz. Al ver la primera palabra, *Les* con una elaborada tipografía gótica, el corazón se me subió a la garganta. Limpié la etiqueta para leer el resto.

Les Caillerets. No Les Gouttes d'Or. Dondequiera que estuvieran esas botellas —¿ocultas, robadas, vendidas?—, para nosotros estaban perdidas para siempre. Suspiré profundamente con frustración, limpiando la capa de moho de la botella que tenía en la mano. Sin embargo, cuando la miré con detenimiento me relajé. También era uno de los mejores vinos del mundo, una parcela de vides legendarias que se cultivaron desde la Edad Media. En circunstancias normales, un suministro raro de Les Caillerets sería un descubrimiento extraordinario.

En menos de una semana, volaría a casa, a San Francisco. Reclamaría mi apartamento, que estaban ocupando los profesores japoneses, y sacaría mi volvo desvencijado de tercera mano del garaje de Jennifer. Correría la voz entre mis antiguos colegas para encontrar un nuevo trabajo, en un restaurante nuevo, y volvería a trabajar como *sommelier*. Unos meses más adelante me presentaría al Examen y cruzaría los dedos para que los resultados me lanzaran al siguiente nivel de mi carrera. Iba a extrañar a Heather, a Nico y a los niños; iba a extrañar el ambiente acogedor —y lleno de migajas de pan— de su casa. Ahora que los había vuelto a encontrar no quería perder su amistad. Sin embargo, insistiría en que me visitaran en California con promesas de ir a Alcatraz y de comprar chocolates Ghirardelli. Sabía que no podía regresar a Borgoña. Tenía demasiados recuerdos relacionados con este lugar, los espectros de la vergüenza y los fantasmas de la felicidad perdida se desvanecían en una neblina de melancolía.

Hice mis notas finales, cerré el cuaderno y me demoré un momento en la *cave*, respirando la combinación de humedad, moho y secretos. Había venido a Borgoña a sumergirme en este vino, a comprender finalmente lo que durante tanto tiempo se me había escapado. Sin embargo, temía que las últimas semanas sólo hubieran ampliado las lagunas de mis conocimientos. Después de probar y estudiar tantas denominaciones, los vinos seguía pareciéndome remotos: extraños elegantes y ágiles. Había deseado que esta visita me hiciera comprender este lugar, por lo menos lo suficiente para pasar el Examen. Sin embargo, ahora sabía que no había tenido tanto tiempo. Jamás habría tiempo suficiente.

PARTE III

CAPÍTULO 13

—Oye, el chef añadió carpaccio de alcachofa y limoncello al menú de la cata. —Becky ¿o era Betsy? puso un menú en mis manos—. ¿Todavía queda el maridaje de vino?

—Ah, no —respondí, reprimiendo un gruñido—. Voy a tener que hacerlo de nuevo.

—Bueno. El servicio empieza en cinco minutos, así que lo harás ahora, ¿no?

—Claro —dije, y ella se fue contoneándose.

Era mi tercer día en Pongo y Perdita, un nuevo café de cocina «Thaitalian» que acababa de abrir en el edificio Ferry. Era un escenario completamente diferente del Courgette: ruidoso, ostentoso y liderado por el ganador de un *reality show* de cocina que pensaba que la comida quedaba mejor con Johnny Walker Red. Aunque tenía que admitir que me gustaba mucho el cioppino de lima kafir y curry rojo con huachinango.

Había estado en San Francisco alrededor de dos meses, el tiempo suficiente para dejar de traducir mentalmente todo al francés antes de hablar, pero no tanto como para perder el gusto por el queso no pasteurizado; todavía añoraba su perfume suave, salado y persistente después de cada comida. Tiré los frascos abiertos de condimentos que había en la nevera y desenterré las copas de vino que guardaba debajo del fregadero. Saqué una credencial de la biblioteca y llevé a casa un montón de libros sobre la Ocupación en Francia y la Segunda Guerra Mundial, con la esperanza de contextualizar mis recientes experiencias. Y, a sugerencia de Jennifer, me registré para presentarme al Examen en junio, a sólo seis meses.

—Si no estás preparada para entonces, nunca lo vas a estar —me había dicho. Y aunque en realidad no me sentía preparada, ni siquiera un poco, sabía que tenía razón. Era hora de presentarse al Examen, de enfrentarme mi destino: la gloria y el éxito, o el fracaso y la reinvención.

Hoy, el servicio de noche bailó dando tumbos, como si tuvieran dos pies izquierdos. El restaurante lleva abierto apenas tres semanas y el personal de recepción aún estaba muy lejos de poder imitar el delicado vals del Courgette. Hacia el final de la jornada, el esfuerzo por evitar los codazos y pisotones de mis colegas me había dejado más exhausta de lo habitual. Metí mis zuecos y el delantal en la taquilla y me fui a casa, sin detenerme a tomar una copa con mis compañeros después del turno, aunque Becky nos había dicho que empezáramos a «construir el equipo». Pagaría por eso más adelante.

La noche estaba envuelta en una neblina salada que humedecía mis mejillas y me esponjaba el cabello. Iba temblando de camino al coche, y cuando me subí, el interior de las ventanillas se empañó inmediatamente. Encendí el motor y el aire acondicionado. Mientras esperaba que la bruma desapareciera, revisé mi teléfono y sonreí cuando vi un largo correo de Heather.

«Hola, Kate. ¿Cómo estás? —comenzaba. Casi podía oír su voz alegre y aguda a través de la pantalla resplandeciente. Escribió sobre la Navidad—: Por primera vez sólo estuvimos los cuatro. Fuimos a esquiar a los Alpes, ¡fue fabuloso! —la nueva obsesión de Anna—: Le rogó a Père Noël que le trajera una máquina de coser. Yo apenas puedo enhebrar una aguja... ¿De verdad es mi hija? —el logro más reciente de Thibault—: ¡Ya anda en bicicleta! ¡De dos ruedas! ¿Qué sigue? ¿Un estudio en un apartamento? —la más reciente locura *fitness* de Nico—: Está tomando clases de yoga en el *Mairie* y saluda a todos diciendo *namasté* —incluso mencionó a Jean-Luc—: Vino a la cena de Año Nuevo y nos preparó *baked Alaska*. Los niños estaban muy emocionados —me di cuenta de que no había mención de Louise; seguramente, Heather no quería herir mis sentimientos.

»La noticia más importante —continuaba— es que seguimos adelante con el hostal —Nico y ella tenían planes para remodelar la cocina e instalar un par de baños en los pisos de arriba; iban a empezar a hacer los trámites para los permisos—. Papi nos puso en contacto con un par de arquitectos —escribió—. Él nunca lo admitiría, pero creo que en el fondo está feliz de ver que traemos vida a este lugar. Desde luego, nada de esto habría sido posible sin tu hallazgo».

Tío Philippe, Nico y yo habíamos estado en contacto, planeando discretamente la venta de la colección de vino del sótano secreto.

«Como sabes —escribió Heather—, los contactos de Jennifer han sido sumamente útiles. Si la subasta se realiza en Londres, quizá puedas venir. Ah, y te sorprenderá saber que Walker, lo creas o no, todavía se está quedando en casa de Jean-Luc, pero supuestamente se va a mudar a una *chambre de bonne* de Beaune este fin de semana.»

La atmósfera en el coche se había vuelto sofocante. Alcé la vista y vi que el parabrisas estaba limpio, así que apagué el calentador para luego leer los últimos párrafos del correo de Heather.

«Una última noticia —escribió—. No sé si significará algo, pero eres la única persona que lo comprenderá. ¿Recuerdas esas cartas que encontramos en la caja, junto con los cuadernos de la escuela de Hélène?».

Recordé un delgado fajo de sobres atados con una cinta descolorida de satén rosa. Una mujer llamada Rose se las había enviado a Hélène, y no habían revelado nada más que una amistad entre dos muchachas que, adelantándose a su tiempo, compartían un interés por la ciencia.

«Decidí indagar más sobre Rose —escribió Heather—. Pensé que quizá podría contactar con su familia; tal vez aún tenían las cartas que Hélène le escribió. Resultó que no tuve que investigar mucho porque ella y Hélène eran compañeras de clase —su nombre completo, me informó Heather, era Rose Sara Reinach, y se había graduado del Lycée de jeunes filles en 1940; una muchacha delgada y pequeña con rizos oscuros, según la fotografía del *annuaire*. Sin embargo, algo en su nombre parecía significativo para Heather—. Sara no es un nombre común en Francia, a menos que seas judía... Bueno, teniendo en cuenta el marco histórico, empecé a sentirme inquieta. Busqué en internet y no encontré nada. Sin embargo, después encontré la página del Museo del Holocausto, que incluye una base de datos de todos los judíos deportados de Francia. Cuando escribí el nombre, aparecieron dos páginas de Reinach. Rose era la número siete. Toda la información estaba ahí. Fecha de nacimiento: 3 de marzo de 1921. Lugar de nacimiento: Beaune. Número de convoy: 18. Fecha de convoy: 9 de septiembre de 1942. Destino del convoy: Auschwitz».

Recordé las cartas de Rose, un papel frágil cubierto de una caligrafía redonda e infantil y mucha charla científica sobre combustión espontánea o algo así. Las cartas no ayudaban a formarse una imagen muy clara de ella, pero parecía inteligente e intensa. Y joven. Qué terrible que su vida hubiera terminado de manera tan cruel, su potencial destruido y olvidado. ¿Habría sabido Hélène del destino de Rose? O... Un terrible pensamiento surgió de repente: ¿La habría entregado Hélène? Había temido hacer un descubrimiento como ese, y ahora parecía ser cierto. A pesar del calor que se sentía en el interior del coche, un escalofrío me recorrió la espalda. Durante unos pocos segundos miré por el parabrisas el halo borroso de luz que rodeaba los faros de la calle, para regresar después al correo.

Me mordí un labio mientras leía el resto del mensaje:

«Empiezo a comprender por qué papi nos advirtió acerca de los secretos. Ya sé que fui yo la que lo presionó para saber más sobre Hélène, pero la verdad es que las implicaciones son tan terribles que estoy perdiendo el valor. No me malinterpretes; no creo que lo de Hélène deba ser un secreto. Aún siento que tenemos la responsabilidad de hablarles a Anna y a Thibault sobre ella cuando sean mayores, y que ellos se lo tienen que decir a sus hijos. De cualquier manera, ya estoy lista para cerrar este capítulo particular de la historia de la familia. Por lo menos por ahora».

Terminaba su correo con un torrente de preguntas: «¿Cómo estás? ¿Qué tal tus vacaciones? ¿Qué tal tu nuevo trabajo?», y firmaba con una línea de varios besos.

Dejé el teléfono sobre mis piernas; su luz se desvaneció y apoyé la cabeza en el volante. Había temido una revelación como esta, pero nada podría haberme preparado para la manera en que me estrujó las entrañas: mis ancestros habían sido antisemitas. No, peor: habían sido nazis. Sentí un sabor amargo en la boca y abrí la puerta del coche para inclinarme y vomitar, como si así pudiera expulsar el veneno de la historia de mi familia. ¿Cómo podíamos seguir adelante después de algo así? Me obligué a respirar lentamente y dejé que la bruma marina refrescara mis mejillas; se me ocurrió que habíamos tenido el ejemplo de una nación entera ante nosotros: simplemente no se hablaba al respecto.

25 OCTUBRE 1942

Cher journal,

Vichy censura Radio París con tanto empeño que la gente anda tarareando una cancioncita: «*Radio Paris ment, Radio Paris ment / Radio Paris est allemand*» (Radio París miente, Radio París miente / Radio París es alemana). Las únicas noticias fiables acerca de Francia nos llegan por medio de Radio Londres en la BBC, pero la señal se bloquea cada vez más. Anoche pasé horas buscándola hasta que finalmente acepté mi derrota y me metí en la cama, privada de uno de los pocos momentos luminosos del día. Obviamente los periódicos también están llenos de mentiras. Toda acción militar es siempre favorable para los alemanes, siempre dicen cosas como: «Esta retirada nos permitirá ganar nuevos ímpetus», así que tenemos que leer entre líneas y adivinar nuestra situación real.

Papá lleva ocho semanas y tres días desaparecido. No hemos tenido noticias, ni de Stéphane y el circuito ni del círculo de amigos colaboracionistas y cobardes de Madame, así que no nos queda más que esperar. Esperar y movernos junto a los recuerdos de papá, que están por todas partes. Su lugar en la mesa, vacío. Sus botas de invierno en el pasillo, vacías. Su sombrero en el perchero, vacío. Sólo sus vides están repletas, pidiendo a gritos la poda de invierno, pero no puedo hacerla yo sola. En cuanto a las *vendanges* de este año... Bueno, sin papá, no puedo llevar a cabo la cosecha tampoco. Les vendimos las uvas a *monsieur* Parent, que vive más arriba en el camino, y por primera vez en la historia del viñedo, alguien más va a hacer vino con nuestra fruta. Papá estaría horrorizado, pero teniendo en cuenta la escasa luz del verano, la cosecha de este año será, como mucho, mediocre.

Madame continúa con su *crise de nerfs* (si es así como se llama al hecho de no salir de tu habitación). Durante varias semanas pasó la mayor parte del tiempo en cama, con las cortinas corridas, y sólo salía de noche, cuando la casa estaba en silencio. Por las mañanas me daba cuenta de que faltaba comida de la despensa, y encontraba migajas desperdigadas en la mesa.

La atmósfera de esta casa es opresiva al punto de ser insoportable, así que he pensado mil veces en irme. Otra *réseau* ha tratado de reclutarme; necesitan *passeurs* para guiar gente desde y hacia las pistas de aterrizaje ocultas de la región. Podría vivir en una casa de seguridad con otros *résistants*, hablar libremente entre ellos, pelear abiertamente por nuestra causa. Sí, sería peligroso, pero, ah, sería libre. ¡Libre de las responsabilidades de esta casa! ¡Libre de la mirada acusatoria de Madame! Sólo dos cosas me mantienen aquí. Primero, los niños. ¿Quién los cuidaría? Madame pierde el control ante la menor muestra de desobediencia, así que hemos aprendido a cuidarnos de sus humores. Si me voy, me temo que quedarían completamente desatendidos. La segunda es la promesa que le hice a papá. No he olvidado que le juré quedarme y proteger el viñedo sin importar lo que ocurriera, y mientras Madame no pueda (o no quiera) asumir responsabilidades, este juramento parece más importante que nunca. No, estoy atada aquí hasta que papá regrese.

El reloj acaba de marcar cuarto para las cuatro. Tengo que ir a buscar a los niños a la escuela. Después, regresaremos a casa, prepararé algo para que coman, cuidaré que no hagan demasiado ruido ni peleen, y finalmente caeremos sobre nuestras camas, exhaustos a causa del hambre que jamás podemos satisfacer.

7 NOVIEMBRE 1942

Terrible reunión del circuito hoy, en la que nos enteramos de que uno de los cuatro mensajeros, Agnès, desapareció hace dos días. Stéphane dice que la detuvieron en la puerta de la *pharmacie*; en el forro de su morral llevaba panfletos de la Resistencia. Su situación parece muy, muy mala, pero Stéphane nos aseguró que Agnès es impetuosa y valiente, que podemos contar con que no hablará y con que saldrá más o menos ilesa. Rezo por que tenga razón, pero cuando pienso en ella siento una piedra fría y dura en la base del estómago.

Además de la peligrosa situación de Agnès, su ausencia también deja un gran hueco en nuestra organización. En los últimos seis meses, nuestro personal ha disminuido de forma alarmante y sólo tenemos un mensajero para hacer el trabajo de tres. He mantenido un perfil bajo desde el arresto de papá, pero ahora lo lógico sería que cubriera parte de la ruta para entregar órdenes e información por el campo en mi fiel bicicleta. «Si te detienen, di que estás recogiendo comida para tus conejos», me advirtió Stéphane. Abandoné la reunión con un montón de mensajes bajo el forro de mi abrigo e instrucciones de recoger todo el papel y la tinta como fuera posible de los contactos que visitara.

1 ENERO 1943

Hoy es Año Nuevo, aunque no hay nada que celebrar. Otro día sin papá. Otro año de esta guerra eterna. El racionamiento volvió a reducirse, sólo 1.160 calorías por día, una cantidad risible. No hay patatas ni leche, ni siquiera para los niños. No puede encontrarse ni un pedazo de carbón, y ahora nos lavamos con agua fría para no gastar madera. En casa, Madame regaña a los niños por gritar mientras juegan. Benoît tiene tos desde Toussaint; las piernas de Albert se han vuelto un par de astillas. Las noticias del circuito también son desoladoras; no hemos tenido reuniones en tres semanas. Stéphane dejó instrucciones en uno de los buzones secretos del circuito para que yo empezara a recoger mensajes en la *boulangerie*.

Cada vez me pregunto con más frecuencia: ¿Cuánto tiempo más podremos resistir? ¿Dónde están los Aliados?, ¿cuándo van a venir? (o peor aún: ¿qué haremos si nunca vienen?). Estos pensamientos se persiguen unos a otros, me mordisquean y corroen por dentro como una jauría rabiosa hasta que, presa del pánico, intento tranquilizarme. Cierro los ojos y recito la letanía de nuestra fe: Los alemanes se están debilitando. El frente occidental los va a destruir. Los estadounidenses vienen. Sólo necesitamos sobrevivir este invierno.

Sólo un invierno más.

Sólo un invierno más.

Sólo un invierno más.

Querido Dios, por favor, sólo un invierno más.

Hace dos días recibí instrucciones de presentarme en uno de los lugares acostumbrados, el taller del fabricante de barriles, pero cuando toqué el timbre, nadie respondió. Siguiendo nuestro protocolo, regresé hoy a la misma hora y volví a tocar. Al otro lado de la calle, una muchacha delgada caminó rápidamente por la acera, haciendo sonar sus tacones. ¿Era Emilienne? Me pareció reconocer el cabello rizado de mi compañera del circuito, pero no se detuvo para saludarme. Volví a tocar el timbre. Esperé y esperé hasta que al final decidí irme. El miedo no me deja dormir esta noche.

Esta mañana, en la fila de la *boulangerie*, vi una figura alta que caminaba hacia el patio del *hôtel particulier* de la calle de enfrente. El abrigo andrajoso y el sombrero no me eran familiares, pero había algo en los hombros que hizo que se me acelerara el pulso. Después de recoger el pan (¡un cuarto de hogaza hoy!) pasé en mi bicicleta entre las pesadas puertas del edificio, alguna vez pintadas con brillante pintura azul, y ahora apagada y descascarillada. Una voz áspera susurró: «Café des Tonneliers. Quince minutos».

Las piernas me temblaban tanto que apenas pude subirme a la bicicleta. Me dirigí al café y fui directamente al cuarto de atrás bajo la mirada de la propietaria, *madame* Maurieux, que es bien conocida entre nuestra gente. Me llevó una infusión, y me quedé sentada removiendo el líquido hirviente con una cuchara vacía (en estos días no queda nada dulce que añadirle). Finalmente, una figura alta subió por las escaleras del sótano y se sentó en la silla que estaba frente a mí. Su rostro estaba cubierto por una barba negra —teñida, me dijo después—, pero reconocí los profundos y oscuros ojos azules en cuanto los vi, pues ¿no había estado buscándolos por todas partes? Era Stéphane.

—Marie —asintió y cruzó los brazos como para calentarse, aunque, sorprendentemente, los carbones exhaustos de la estufa daban algo de calor.

—¿Cómo estás? —le pregunté, mirando fijamente las sombras bajo sus ojos. Había perdido peso, y bajo la barba asomaban unos pómulos angulosos.

—Quería verte antes de... —una mueca peculiar contrajo su rostro y empezó a toser; un ataque de tos áspera y seca duró por lo menos un minuto.

Le acerqué mi taza y él tomó un largo sorbo.

—¿De qué? ¿Antes de qué? —le pregunté cuando se recuperó.

—Me voy a unir al maquis —dijo—. En secreto

Me inundó un sentimiento de vacío. Desde el mes anterior, cuando se había aprobado la ley, los periódicos habían estado publicando noticias sobre el Service du Travail Obligatoire, por el cual los franceses son deportados a Alemania para trabajar. Muchos se han negado, han preferido desaparecer y unirse a la Resistencia, y no me sorprende que Stéphane planee hacer lo mismo. Sin embargo, hasta que escuché las palabras de sus labios, no me había dado cuenta de cuánto dependía de él; el simple hecho de *imaginarlo* en esa imprenta vieja y fría me reconfortaba. La esperanza de verlo en la calle, de recibir el mensaje de la convocatoria a una reunión, esas eran las pequeñas chispas de alegría en mi gris existencia. Un horrible sollozo de autocompasión subió por mi garganta, pero conseguí detenerlo y tragarlo.

Stéphane me había estado observando desde el otro lado de la mesa; entonces me tocó el brazo.

—Espera mis mensajes —dijo—. Te voy a escribir.

9 ABRIL 1943

Extraños acontecimientos. Esta mañana, *madame* Fresnes vino al viñedo a ver a mi madrastra. Supongo que la trajeron en coche y la dejaron cerca del camino de entrada porque iba impecable conforme caminaba sobre la grava, sin un cabello fuera de lugar, la cara pálida y suave gracias al maquillaje.

—*Bonjour*. Por favor, diga a *madame* Charpin que estoy aquí —anunció en la puerta, dirigiéndose a mí como si fuera una sirvienta.

—¿Ella, eh…, la espera? —tartamudeé, consciente de que Albert estaba detrás de mí.

—Estoy segura de que me recibirá —respondió.

Era verdad; cuando subí las escaleras para informarle a mi *belle-mère* de su visita, dijo que bajaría en breve.

—Llévala al *salon* —me ordenó.

—Una taza de té con limón. *Merci* —dijo *madame* Fresnes, mientras yo abría las ventanas del *salon* y trataba de airear la habitación.

Me atraganté con una mota de polvo. ¿Té? ¿Limón? ¿En qué guerra estaba viviendo *madame* Fresnes?

—*Désolée, madame* —le dije—. Hace muchos años que no tenemos tales lujos.

—Ah, bueno —me miró un poco desconcertada pero se recuperó enseguida—. Tráeme un vaso de agua. Supongo que todavía tienen agua, ¿o no? —agregó levantando una ceja.

Antes de que pudiera responder, mi *belle-mère* apareció con un vestido de casa, el único que no tenía parches, y con el cabello peinado apresuradamente.

—¡Joséphine! ¡Qué sorpresa! —las dos mujeres se saludaron y yo fui a buscar agua, aunque sólo fuera para escuchar lo que decían cuando la entregara.

En la cocina llené una jarra con agua y la puse en una bandeja con dos vasos limpios. Luego llevé todo hacia la puerta del *salon* lo más silenciosamente que pude. Sólo alcancé a escuchar algunas palabras entre los murmullos.

—*Choquée.... Navrée...* Ninguna noticia... Completamente sola... ¡Completamente sola! —y después oí el ruido familiar de los sollozos de Madame. Esperé unos segundos a que parara antes de tocar y entrar.

—Tienes que ser fuerte por tus hijos —murmuraba *madame* Fresnes—. Te hará bien ver gente otra vez —alzó la mirada, me vio y frunció el ceño.

—El agua —anuncié, y dejé la bandeja en la mesa de centro, frente a ellas.

—Gracias, puedes retirarte —ordenó *madame* Fresnes—. Cierra la puerta cuando te vayas.

Con desgana, abandoné la habitación, y ellas continuaron su conversación. Media hora después, *madame* Fresnes salió con aire arrogante de la casa y mi *belle-mère* se pasó el resto del día tarareando y arreglándose el cabello. ¿Qué trae entre manos?

10 ABRIL 1943

Madame estará toda la tarde fuera.

—Voy a estar con los Fresnes —anunció. Unos minutos después vinieron a recogerla en un coche. *En coche.* En estos días sólo los colaboracionistas más cobardes tienen acceso a un coche. Papá se quedaría lívido si supiera de esta traición. Una nube tóxica de Chanel n° 5 aún flota junto a la puerta; todavía puedo oír el taconeo de sus zapatos cuando salía contoneándose por la puerta. ¿Cómo puede hacer esto? Y ni hablar de la vergüenza que esa traición nos hará sufrir en el pueblo. ¿Cómo puede soportar su compañía *incluso por un segundo*? Mi repugnancia hacia esta mujer me consume, me ahoga.

8 junio 1943

Cher Journal,

La vida ha conformado una extraña rutina. Madame sigue pasando los días en cama, pero porque está fuera toda la noche. Regresa después del ocaso, tras el toque de queda, incluso a veces después de las primeras luces del amanecer. Por las mañanas, cuando bajo para encender el fuego, encuentro su abrigo de noche amontonado sobre una silla de la cocina, apestando a olvidados lujos: cigarros, perfume, brandy. Esta mañana encontré dos latas de sardinas sobre la mesa, pero eso no fue todo. Un paquete de jamón, con la envoltura de papel transparente a causa de la grasa. Una hogaza de pan fino y blanco. Un queso époisse que desprendía un perfume que se me hacía agua la boca. Primero esos artículos despertaron una rabia violenta dentro de mí. Quise tirarlos, quemarlos, triturarlos y hundirlos en la tierra con el tacón. Pero después, los niños vieron la comida y sus rostros se iluminaron. Benoît atacó el queso, cortó un pedazo enorme y se llenó la boca. Albert, bendito sea, me miró esperando mi permiso antes de agarrar el jamón, romper el papel y comerse la mitad de las rebanadas de un bocado. Aunque juré que ni una migaja pasaría por mis labios, sabía que no podía negárselas a mis hermanos.

—Ah, qué bien, encontraron lo que les dejé —Madame entró flotando en la cocina con la bata de dormir, sonriendo a sus hijos. Se había despertado temprano, o quizá no se había ido a la cama—. *C'est bon? Mangez bien, mes puces.* Coman bien. —Extendió una mano y acarició los rizos de Benoît.

Los niños estaban tan absortos en la comida que apenas le prestaron atención. Madame los observó con una sonrisa indulgente. Después me miró.

—No estás comiendo, Hélène —dijo con voz tan agria como el vinagre.

—No tengo hambre —mentí, pero entonces mi estómago emitió un gruñido bajo y desleal.

—Ya, ya. Me doy cuenta de que no es verdad. Una comida no te va a matar, ¿o sí? No le voy a decir a nadie que comiste queso del enemigo —torció los labios.

—*Non, merci* —me di la vuelta hacia el fregadero, lejos de la mesa de la comida y empecé a llenar la tetera.

Madame se acercó a mí y me dijo entre dientes:

—Eres tan patética como tu padre —dijo—. Los dos se cortarían la nariz sólo para molestarme.

No le respondí pero, ¿qué habría podido decirle además de que tenía razón?

26 JULIO 1943

La encontré envuelta en un cuarto de hogaza de pan duro que traje a casa de la *boulangerie*: una nota de Stéphane. No tenía firma, pero habría reconocido su caligrafía en cualquier parte.

Ma chère professeur,
Un saludo desde el campo. Mis amigos me dicen la han visto desmejorada. Valor, *chérie*. Y una advertencia: la gallina está poniendo huevos podridos.
Bisous.

Pasé mucho tiempo dándole vueltas a esta nota: *Ma chère professeur*, es decir, yo, una referencia a mi *nom de guerre*, Marie (Curie). «El campo» seguramente se refería al maquis —también un arbusto silvestre y resistente— como al grupo de la *Résistance*. Pero «la gallina está poniendo huevos podridos», ¿quién era? Pensé y descarté miles de posibilidades, pero una de ellas volvía una y otra vez: ¿se trataría de Madame?

¿Qué quería decir? ¿Cuáles eran los huevos podridos? ¿Está haciendo algo peor que socializar con los invasores y llevar sus regalos a casa? ¿Ay, Dios mío, en qué estaría metida?

4 AGOSTO 1943

Sé que es una tontería, pero últimamente me ha dado por llevar la nota de Stéphane en el bolsillo. Siempre que me siento triste la saco y pongo mis dedos sobre la última palabra. *Bisous*. Besos.

Esta mañana encontré lo siguiente en la mesa de la cocina:

> 2 latas de paté
> 1/2 cono de azúcar
> 1 enorme barra de mantequilla
> 1 paquete de arroz
> 4 barras de chocolate

Los niños están fuera de sí.

Hoy me detuve en el Café des Tonneliers y *madame* Maurieux me dijo que no tenía infusiones que servirme.

—Entonces, una taza de café de cebada —dije, sonriendo y suspirando socarronamente.

—También se acabó —dijo tajantemente y me dio la espalda para limpiar unas copas.

Me quedé petrificada frente a la barra, tratando de comprender la situación. *Madame* Maurieux siempre había sido amigable conmigo; habíamos intercambiado buenas quejas sobre las estúpidas regulaciones de racionamiento y algunos chismes sabrosos, ¿qué había ocurrido?

—¿Hice algo para molestarla, *madame*? —pregunté por fin.

Ella se tomó su tiempo, acomodando las copas en una repisa; finalmente volteó hacia mí.

—Espero —dijo en un tono bajo y tenso— que tú y tus hermanos hayan estado disfrutando toda esa comida deliciosa mientras el resto de la nación *se muere de hambre* —la última palabra fue un gruñido.

Traté de tragar saliva pero tenía la boca tan seca que me atraganté.

—¿A qué se refiere? —pregunté hipócritamente.

—¿Crees que no nos hemos dado cuenta de que tu *belle-mère* se sube al carro de ese teniente alemán? ¿Que se escabulle de sus cuarteles del Hôtel de la Poste con pesadas canastas llenas de provisiones —jamón, azúcar, mermelada— cosas que no hemos visto en años? Lo vemos todo, *mademoiselle*. Hasta las paredes tienen ojos.

—¿Teniente? —dije tartamudeando. De repente, todo cobró sentido: comida prohibida, comida lujosa, la comida de un oficial.

Madame Maurieux agregó en tono confidencial:

—Eligió al que se encarga de la oficina de provisiones de la región, ¿no? Tu madrasta no es ninguna tonta.

Un miedo gélido se extendió alrededor de mi cuello, hasta que la cabeza me dio vueltas y vi manchas bailando ante mis ojos.

—Si te vas a desmayar por lo menos ten la cortesía de salir —dijo *madame* Maurieux sin una pizca de compasión.

Me aferré a la barra metálica.

—*Madame*, por favor, tiene que creerme cuando le digo que ni una migaja de esa comida ha pasado por mis labios. *Je vous jure.* Se lo juro. Preferiría morirme de hambre… *S'il vous plaît* —le rogué—. Usted sabe quién soy y en qué creo… Mi padre… —respiré con dificultad—. Por favor.

Cruzó los brazos, pero su rostro se había suavizado.

—Tiene que detenerla, *mademoiselle*. La gente está empezando a hablar. Se está haciendo enemigos. ¿Comprende?

Asentí, pero me quedé callada. ¿Qué podría decirle? Soy la última persona a la que escucharía.

Más tarde

Me pasé toda la tarde angustiada por mi conversación con *madame* Maurieux. ¿Un teniente alemán? ¿Un romance? Era algo ridículamente peligroso. Pero Madame no es tan estúpida. ¿O sí?

19 OCTUBRE 1943

Los días son cada vez más cortos. La luz y el calor del verano hacen que mi trabajo para el circuito sea mucho más fácil y temo los meses helados que están por venir. Si tan sólo pudiera engordar como un oso, acurrucarme en una cueva e hibernar todo el invierno.

En el circuito hay noticias malas y buenas. El número de miembros sigue disminuyendo, pero, al mismo tiempo, aumenta la cantidad de granjeros que esconden armas. Como resultado, mis viajes en bicicleta son cada vez más largos y arriesgados. Los *boches* han estado montando puestos de control improvisados. Esta mañana, *madame* Maurieux me habló de uno en las afueras de Beaune, así que tuve que empujar mi bicicleta a través de los viñedos para evitarlos. No me gusta llevar material de la *Résistance* a casa, por lo que constantemente me desvío a la *cabotte* en lugar de ir directamente a casa. Tengo una sensación constante y agobiante de paranoia, parecida al dolor punzante e implacable de una muela que no dejara de tocar con la lengua.

Estoy terriblemente preocupada. Hace tres días, Benoît empezó a quejarse de dolor de garganta. Desde luego, Madame entró en pánico e insistió en que permaneciera en cama, e incluso sugirió que matáramos una gallina (¡!) para prepararle un caldo. Pensé que estaba exagerando, como usualmente lo hace; consintiendo a Benny durante uno de sus males ilusorios. Sólo porque fue un bebé frágil, lo trata como si fuera de cristal. De hecho, teniendo en cuenta su nueva dieta de queso y carne, mi hermanastro está más robusto que la mitad de los niños del pueblo. Yo no estaba preocupada.

Sin embargo, las cosas dieron un giro esta mañana. Cuando fui a despertar a los niños para la escuela, encontré a Benny acurrucado en un rincón de su cama, con los dientes castañeteando. Le toqué la frente, estaba caliente y seca, tremendamente caliente. Lo peor fue que, cuando acerqué la lámpara, vi que tenía un sarpullido desde el torso hasta el cuello, rojo brillante, áspero como papel de lija. Chilló con asco; Albert me escuchó y empezó a llorar.

—¿Qué? ¿Qué pasa? —Madame entró corriendo en la habitación de los niños con el camisón raído flotando tras ella. Cuando vio a Benny sus ojos se abrieron de par en par.

—*Maman* —dijo Benny con voz rasposa, y ella se sentó sobre su cama y lo abrazó—. *J'ai froid.* —Temblaba sin control alguno.

—No te preocupes, *mon coeur. Maman est là... J'suis là...* —canturreó antes de voltear hacia mí y decirme entre dientes—: Hélène, por el amor de Dios, enciende la tetera.

De alguna manera, conseguí vestir, alimentar y enviar a la escuela a Albert, y poner una infusión de tomillo para Benny, que apenas tocó.

—¡Me duele! —se quejó, y era verdad que su mandíbula y su garganta estaban inflamadas. Madame le puso encima más mantas. Finalmente se quedó dormido en un sueño sin descanso.

Benoît no ha mejorado; si acaso, está peor. Sus ojos están vidriosos y tiene escalofríos que lo hacen estremecerse. El sarpullido se ha extendido por todo el pecho, rojo y lleno de ampollas como una quemadura de sol. Lo obligamos a beber líquidos, de los cuales sólo toma pequeños sorbos. Madame sostiene la taza contra sus labios, tratando de ocultar su histeria cuando ve el esfuerzo que le supone tragar.

—Necesitamos un doctor —me dijo esta tarde cuando a salí a recoger a Albert de la escuela.

Me abotoné el abrigo y me puse un suéter encima, con la esperanza de que el frío no se colara a través de los agujeros de los codos de mi abrigo.

—¿Un doctor? —hacía años que no teníamos un doctor en el pueblo, desde que el doctor Gaunoux murió justo después del comienzo de la guerra. Y ahora que nuestros hombres habían sido enviados a trabajar en Alemania no quedaba ninguno en Beaune—. ¿De dónde vamos a sacar a un doctor?

Madame se quedó callada. Antes de que pudiera insistirle, el reloj del vestíbulo marcó las cuatro y tuve que salir rápidamente.

4 DICIEMBRE 1943

¡Ay, Dios, ay, Dios! Benoît está peor. Su respiración se ha vuelto muy superficial y está delirando a causa de la fiebre. Llama a papá, y a veces a Pepita, nuestra querida yegua de carga que fue confiscada hace meses para llevarla al frente occidental. Madame se arrodilla en el suelo junto a su cama; constantemente reza moviendo sólo los labios. Es muy tarde, más de medianoche. Albert está acurrucado en mi cama; el pobrecito lloró hasta quedarse dormido, y yo estoy sentada frente al escritorio, garabateando esto bajo la pálida luz de la lámpara.

¿Y si ocurre lo peor? Y si Benoît… No. Ni siquiera puedo escribir las palabras. Y sin embargo, sin un doctor, ¿qué esperanza nos queda?

Más tarde

Muy, muy tarde. Esta noche las nubes son tan densas y la oscuridad es tan gruesa que parece que incluso la luna y las estrellas nos han abandonado. Me desperté con un sobresalto hace unos minutos, pues creo que una idea me llegó en el sueño: Stéphane. ¿Él podría ayudarnos? La red del maquis debe de tener un doctor, *n'est-ce pas?* Ya sé que Stéphane desprecia a Madame, pero no sería capaz de negarle la ayuda a un niño.

Voilà, este es mi plan. Después de dejar a Albert en la escuela, voy a ir a la *boulangerie* del pueblo y voy a rogarle a la mujer del mostrador que me ayude a mandarle un mensaje a Stéphane. Voy… Espera, espera. ¿Qué es eso?

Hay un coche en la entrada. Las ruedas hacen crujir la grava. Viendo a través de las cortinas oscuras, percibo las luces gemelas de los faros… ¿Es Madame quien está bajando del asiento trasero? ¿Salió de la casa mientras yo dormía? ¿Quién está cuidando a Benoît?

Están entrando a la casa. Ahora hay voces en el pasillo. Madame y un hombre. No, no. Son dos hombres. Siguen a Madame escaleras arriba. A través del cerrojo de la puerta de mi habitación puedo ver sus botas pulidas, que reflejan las luces del pasillo.

—*Merci d'être venus* —dice Madame, a punto de llorar.

—Vamos, vamos, Virginie, debiste llamarme antes —habla con una voz suave y juvenil de tenor, en francés fluido pero con un acento inconfundible.

—No quería molestarte…

—Querida niña, espero que sepas que siempre estoy para servirte.

Trato de observar sus rostros cuando pasan frente a la puerta, pero pasan demasiado rápido y el ángulo del ojo de la cerradura no es el adecuado. Después escucho los pasos fuertes e irregulares de alguien que se tropieza.

—*MEIN GOTT!* —grita una voz de hombre diferente, más áspera, más vieja.

—*Herr doktor!* —dice el hombre más joven, seguido de una pregunta que no comprendo pero cuyo tono implica preocupación.

—*Ja, danke schön* —dice el viejo. Después, unas palabras rápidas entre las que sólo reconozco *gut*, «bien». El grupo sigue por el pasillo hacia el cuarto de Benoît.

Alemanes. Hay alemanes en esta casa.

Aún más tarde

Estuvieron en la habitación de Benny alrededor de una hora, y salieron cuando las primeras luces de la mañana aparecieron en el cielo. Me quedé arriba hasta que escuché que el coche se alejaba por el camino. Cuando llegué a la cocina encontré a Madame acomodando varias botellas sobre la mesa.

—Necesita dos de las pastillitas cada tres horas y una de las pastillas grandes cada cuatro. ¿Podrás recordarlo? —me preguntó sin saludarme.

—¿De dónde sacaste todo esto? —le pregunté, fingiendo ignorar todo acerca de los visitantes de la madrugada.

—Ya le bajó la fiebre —murmuró, como si no me hubiera oído—. *Dieu merci*, ya le bajó la fiebre.

CAPÍTULO 14

—¿Hay alguno sin gluten? —la clienta me lanzó una mirada, después observó la lista de vinos, y se echó hacia atrás un mechón de cabello magenta. Tenía unos sesenta y tantos años, y vestía unos pantalones de cuero tan apretados que parecían una segunda piel. Aunque estos, junto con el excéntrico tinte del cabello, no lograban neutralizar las arrugas de su cara.

—¡Sí! ¡Todos! —dije con falsa alegría.

—¿Está absolutamente segura? Porque tengo una severa sensibilidad al gluten.

—¡Ma-má! —su hija, de veintitantos años, delgada, con mucho rímel y desesperada, la interrumpió—. *Por favor*. Si no eres celiaca, no deberías decir que no puedes consumir gluten. Sólo empeoras las cosas para la gente que realmente lo es.

—Amor, la semana pasada me comí un sándwich y estuve hinchada tres días. No todos somos palillos como tú.

Esperé a que seleccionara un vino, cuidándome de mantener una expresión tranquila. Sin embargo, por dentro no pude sino contrastar sus preocupaciones con la lamentable situación de Rose Reinach. Aunque había pasado un par de meses desde que recibí el *mail* de Heather, la muerte trágica de Rose aún me atormentaba. Constantemente escrutaba mis pensamientos, temerosa de encontrar alguna tendencia arraigada, algún prejuicio innato, alguna señal de una predisposición genética a la debilidad moral. Y a menudo pensaba en lo que el tío Philippe me había dicho esa tarde en los escalones del *Mairie*. En comparación, nuestros problemas eran frívolos. Mi tío tenía razón, ahora lo comprendía, pero también estaba equivocado, pues esta vida no es menos significativa que la de las generaciones pasadas, y aunque nuestros problemas sean triviales, no son menos reales.

—Entonces —la clienta me miró otra vez—. Dices que *ninguno* de estos vinos tiene gluten —se inclinó ligeramente hacia mí y levantó la cabeza mostrando una amplia sonrisa—. Estamos celebrando mi primer aniversario de haber vencido el cáncer de mama —dijo con complicidad—. Sólo quiero seguir sintiéndome lo mejor posible.

—Desde luego —murmuré—. De hecho... —respiré profundamente, lista para explicarle cortésmente que todo el vino está libre de gluten, igual que el vodka, el tequila, el ron y cualquier otra bebida alcohólica, pero antes de que pudiera terminar la frase, vi de reojo que la *hostess* llevaba a un cliente a la mesa doce. Algo en su complexión, alta, delgada, y en su andar saltarín, hizo que el corazón se me fuera a la garganta—. Eh…, de hecho, el chef es muy cuidadoso con quienes sufren de intolerancia al gluten. ¿Ha decidido ya qué vino quiere? ¿El *chardonnay* Russian River? Se lo traigo de inmediato. Y dos copas de champán para empezar, cortesía de la casa —añadí, sonriendo mientras ellas gritaban de gusto.

Corrí atravesando el comedor y la cocina hasta llegar a la cámara de frío, localizada en la parte posterior del restaurante. Me apoyé en un estante metálico y aspiré aire frío. El motor de la nevera zumbaba y la luz fluorescente que estaba sobre mi cabeza hacía palidecer los guisantes ingleses, dándoles un tono cetrino dentro de sus contenedores transparentes. ¿Por qué Jean-Luc estaba aquí? No había hablado con él desde aquella discusión en el cementerio. Su presencia aquí había disparado en mí una ráfaga de adrenalina tan intensa que tuve que apretar la mandíbula para contener el temblor de mi cuerpo. Mis manos jugueteaban con las correas de mi delantal, atándolo, desatándolo, atándolo, desatándolo.

La puerta de la cámara de frío se abrió.

—Ah, ahí estás —era Becky, claramente furiosa—. Te acabo de cubrir en la mesa tres y ahora la veinticuatro te busca. Lleva tu trasero a la sala. —Cerró la puerta detrás de ella sin esperar siquiera mi respuesta.

Atravesé el comedor ignorando a los clientes de la mesa veinticuatro, que me hacían gestos con la mano y gritaban: «*¡Sommelier! ¡Sommelier!*».

—¡Kat! —exclamó Jean-Luc cuando me acerqué, y se levantó a medias para saludarme.

—Por favor, siéntate —dije, mientras él se quedaba suspenso sobre la mesa. Vi que su copa de vino iba por la mitad, y la pantalla de su móvil desplegaba un diccionario en línea francés-inglés.

—*C'est délicieux!* —sus ojos habían seguido mi mirada hasta la copa—. Redondo, profundo, con hermosas notas *malolactiques*… Un maravilloso ejemplo del *chardonnay* de California.

—¿Qué estás haciendo aquí? —las palabras salieron de mi boca sin querer—. Perdona, no me malinterpretes. Es sólo que… no esperaba verte.

Su sonrisa se desvaneció.

—Tuve una reunión con mis distribuidores estadounidenses. Bruyère me dijo que trabajabas aquí —hizo un gesto hacia el menú—. ¿Qué es la carbonara de papaya verde?

—Es una ensalada caliente de rebanadas de papaya con papada de cerdo y un huevo de codorniz. ¿Sabes qué? No lo pruebes —bajé la voz—. La comida de aquí es rara. Pero no de una buena manera.

—*Non, non* —insistió—. *Je veux bien essayer.* Quiero probar la cocina de California, de la que he oído tanto. Por favor, quiero la carbonara de *papaye verte* y después… —frunció el ceño mientras examinaba el menú.

Levanté la mirada y noté que Becky me observaba con ojos asesinos.

—Voy a pedir que te traigan la papaya —le dije a Jean-Luc rápidamente—. Salgo a las diez, podemos ir a comer entonces. ¿Puedes esperar? —Becky venía hacia mí—. Me tengo que ir. Nos vemos aquí fuera, ¿sí? *Dix heures.*

—*D'accord* —él asintió, sorprendido, y yo me fui rápidamente para atender la mesa veinticuatro.

El restaurante estaba lleno alrededor de las siete de la tarde; los clientes hacían triple fila en la barra y sus ojos se movían como tiburones mientras buscaban con esperanza una señal positiva de la *hostess*. Yo había estado contando los segundos para que dieran las diez, pero en el calor del momento, el tiempo desapareció hasta que, finalmente, cuando subía por cuadragésima vez por las escaleras de la cava, me sorprendí al ver que el restaurante casi se había vaciado, sólo quedaba una última mesa que se demoraba sobre pequeñas copas de una grappa Mekhong, destilado especial del chef.

Amy, la camarera que atiende la barra, me detuvo cuando iba hacia la cocina.

—¿Has visto si alguien está usando la máquina de café cuando no estoy? —me preguntó, pasando un trapo por detrás del pesado equipo.

—Disculpa, no. ¿Por qué?

—Han estado dejando granos de café tirados por todas partes. Puercos —frunció el ceño y bajó la voz—. ¿Crees que será Becky?

—Pues, me parece poco probable —Amy me caía bien, pero le gustaba demasiado el chisme como para que pudiera confiar en ella.

Ella lanzó una mirada recelosa en dirección a la gerente; después, metió el paño en un lavabo lleno de agua jabonosa. Se inclinó sobre la barra, sacó de una cubeta de hielo una botella de Riesling austriaco y la agitó frente a mí.

—¿Lo de siempre?

—No, gracias. Esta noche no puedo.

—¿*Tú* tienes planes? —hizo hincapié en el «tú», (¡como si yo nunca tuviera planes!), alzando una ceja de manera que la luz de arriba se reflejó en su pendiente—. Espera, deja que adivine. ¿Es el guapo de la mesa doce que vino hace rato?

—¿Eh, qué? —me quité él delantal fingiendo indiferencia.

—¡Sí es! Mosquita muerta… —dijo riendo—. ¡No hagas nada que no hiciera yo! —gritó detrás de mí mientras me alejaba de la barra.

Pulir. Barrer. Fregar. Eran las diez y media cuando terminé. Salí por la puerta trasera para que mis colegas, que se relajaban con unos tragos en la barra, no notaran que me escabullía. Jean-Luc se apoyaba en un banco frente al restaurante, con las manos en los bolsillos y una bufanda de algodón para protegerse de la frescura de la noche. Rozamos nuestras mejillas e intercambiamos un breve abrazo.

—¿Tienes hambre? —pregunté conduciendo a Jean-Luc hacia mi coche, que estaba a unas manzanas.

—*Ouais, j'suis crévé!* Es hora del desayuno en Francia —observó su reloj—. ¿A dónde vamos?

Me abroché el cinturón y puse el coche en marcha.

—Querías probar comida real de California, ¿no? Te voy a llevar al mejor lugar.

De milagro encontré un lugar para estacionar el coche justo fuera del restaurante, un espacio estrecho entre un prius y una motocicleta rosa. La luz fluorescente se derramaba por las ventanas, y al entrar fuimos recibidos por una explosión combinada de aire caliente y música fuerte. Jean-Luc se detuvo unos instantes en la entrada, observando en silencio las mesas rojas de plástico, la multitud ebria, los sombreros que colgaban del techo, el olor a comino, cebollas y carne asada que permeaba el aire.

—Tenemos que pedir aquí —grité sobre el estruendo—. El menú está ahí arriba.

Su cara se elevó hacia un letrero en la pared y frunció el ceño al ver la lista de palabras poco familiares.

—Eh… ¿tú qué vas a comer? —me preguntó.

—Pediré por los dos, ¿de acuerdo? ¿Por qué no vas a esa mesa junto a la ventana? —señalé una mesa cubierta con bandejas llenas de platos sucios—. ¿Cerveza está bien?

Asintió y fue hacia la mesa para quitar la basura. Pedí por duplicado lo que siempre pedía, junto con un par de sierra nevadas. En la mesa me senté frente a Jean-Luc y le di una de las botellas heladas de cerveza clara.

—*Cin!* —dijo, y cuando nuestros ojos se encontraron me sonrojé—. Me alegro mucho de verte, Kat. Pero…

—¡*Cincuenta y siete!* —tronó una voz en una bocina y los dos dimos un respingo—. *Cincuenta y siete, su orden está lista.*

—Somos nosotros —empujé mi silla hacia atrás—. Voy.

Cuando regresé con las bandejas, Jean-Luc observó la comida, inclinando la cabeza para inspeccionarla.

—¿Eh, cómo…? —hizo el gesto de usar un cuchillo y un tenedor.

—Sólo usa las manos. Mira —tomé con dos dedos la parte superior de un taco y sostuve la parte inferior con la otra mano, inclinándolo hacia la boca para morderlo. La tortilla frita y crujiente contrastaba con los frijoles refritos cremosos, seguidos del golpe de la salsa picante.

—Ay, qué rico —masculé.

Los ojos de Jean-Luc se abrieron de par en par; parecía desconcertado, pero siguió mi ejemplo. Se llevó un taco a la boca y desparramó una avalancha de lechuga picada sobre sus piernas.

—¡Ay! —dijo con la boca llena—. Está, ¡oh! —siguió masticando, haciendo sonidos de gusto—. Mmm. ¿Cómo dijiste que se llama? *Le ta-có?*

Me reí.

—Es un taco. Bueno —observé el menú de la pared—. En realidad, es un taco supervegetariano.

Tomó otro gran bocado y después un trago de cerveza.

—¡California es sensacional! Puedes comer con las manos… Puedes beber de la botella… ¡A nadie le importa! ¡Me encanta! —me sonrió y después bostezó de repente, cubriéndose la boca con las dos manos—. *Désolé!* —dijo rápidamente—. No era mi intención hacer eso. Es el *jet lag.*

—¿Cuándo dices que llegaste?

—Ayer por la mañana… Creo. Parece que fue hace una semana.

Empecé a rascar la etiqueta de mi botella de cerveza.

—¿Cómo están todos?

Se limpió la boca con una servilleta.

—¿Heather te habló del… cómo le dicen? *Les chambres d'hôtes?*

—El hostal, sí. Estoy muy emocionada por ellos. Creo que va a ser un gran éxito… —fui quedándome callada; quería saber más sobre el estado emocional de Heather, pero no estaba segura de cómo sacar el tema—. ¿La has visto recientemente?

Jean-Luc asintió. —Fui a cenar a su casa hace unas noches.

—¿Y la viste… bien?

Levantó un tenedor de plástico y empezó a colocar la lechuga picada en la tortilla de su taco.

—Me contaron. De la *cave* secreta. Y de Hélène. No te preocupes, me hicieron jurar que guardaría el secreto —dijo, y yo aparté la mirada—. Kat —continuó afectuosamente—, perdona por esa tarde en el cementerio. Si hubiera sabido… Bueno…, no habría sacado a colación nada de eso.

—Está bien —volví a pensar en ese día, y recordé lo que él había dicho sobre su padre—. *C'est comme ça, alors* —añadí encogiéndome de hombros.

Él colocó meticulosamente una hoja de cilantro encima de un frijol negro.

—Bruyère está bien —dijo después de una pausa—. No habla a menudo de Hélène, pero creo que siempre está pensando en ella. A veces estamos hablando sobre, *par example*, la mejor *boulangerie* de Beaune y de repente saca una pregunta sobre la guerra, como: «¿Los soldados alemanes ocuparon esta casa?». Eso lo preguntó el otro día. Preguntas para las que no tenemos respuesta.

—¿Puedes reprochárselo? Para ella la historia de Hélène tiene un significado muy especial.

—*Mais bien sûr!* —Jean-Luc hizo un gesto de compasión—. Es terrible. Un periodo oscuro y vergonzoso para nuestro país. Y para Bruyère, bueno, su situación es particularmente complicada.

Bajé la mirada hacia la mesa.

—Sí, lo es.

—¿Qué es, eeh… qué es un *bu-gui-tó*? —preguntó Jean-Luc varios segundos después. Al alzar la cabeza vi que miraba con los ojos entornados el menú de la pared. En ese momento me sentí muy agradecida.

—¡Te va a encantar! —le aseguré, tomando la salsa picante—. ¿Quieres compartir uno? Aquí la carne asada es muy buena.

—¡Claro! —su rostro se iluminó—. Yo voy por él —añadió antes de que pudiera levantarme, y regresó unos minutos después con un pesado cilindro envuelto en papel aluminio y otra ronda de cervezas.

—Entonces, ¿Heather y Nico te mostraron la cava secreta? —pregunté, cortando el burrito con un cuchillo de plástico y pasando la mitad a un plato de papel.

Jean-Luc asintió.

—*C'est incroyable*. Como de película. ¿Nico me decía que no tienen idea de quién escondió el vino?

—Yo creo que fue Edouard. Mi bisabuelo. Aunque tal vez nunca lo sabremos. Por lo menos encontramos un inventario de la bodega, así que pude cotejar las cantidades. No falta ni una sola botella, con excepción de Les Gouttes d'Or.

—Nico me lo dijo. —Jean-Luc masticó pensativamente—. Qué pena. La colección es soberbia, desde luego, pero con Les Gouttes d'Or sería realmente magnífica.

—Sí, bueno, a estas alturas estoy convencida de que esas botellas son sólo un mito.

—¿Le preguntaste a tu madre?

—No le importa. Y tío Philippe dice que su padre les prohibió hablar de la guerra.

—¿Entonces no hay nadie con quién hablar? Tu abuelo, Benoît, ¿era hijo único?

Recordé las fotografías que habíamos encontrado en la maleta de Hélène, el par de niñitos desaliñados que aparecían en algunas de ellas.

—No, tenía un hermano. Albert. Se hizo monje.

—¿Has tratado de buscarlo?

Alcé las manos con las palmas hacia arriba.

—¿No toman un voto de silencio o algo así?

Se rio.

—No todos.

—Bueno, parece muy poco probable que lo podamos encontrar. Si está vivo ha de tener unos ochenta años.

—Es sólo un monje, Kat. No desapareció de la faz de la Tierra —pero un atisbo de sonrisa suavizó sus palabras.

Alcé mi mitad de burrito.

—¿Te gusta la carne asada? —le pregunté, haciendo un gesto hacia su plato.

Sin embargo, Jean-Luc no respondió. Estaba observando algo por encima de mi hombro, con los labios fruncidos.

—¿Sabes? —dijo en tono pensativo—, Louise tuvo una reunión en la abadía de Cîteaux hace unas semanas.

—¿De verdad? —no podía imaginarme una visitante más insólita en un monasterio—. Bueno, me imagino que fue sólo una coincidencia. Recuerdo muy bien que Nico dijo que Albert se convirtió en monje trapense.

Jean-Luc tosió tan fuerte que temí que estuviera ahogándose.

—Ay, Kat —dijo—. Los trapenses y los cistercienses son los mismos.

Una conocida sensación de pánico empezó a vibrar en mi pecho, como el zumbido furioso de una avispa.

—¿De qué trató esa reunión? Ella no sabe nada sobre la bodega secreta, ¿o sí? —pregunté.

—Yo… —se le estaba subiendo el color a las mejillas—. Quizá. Yo no le dije nada —añadió rápidamente—. Pero el otro día estaba haciendo preguntas extrañas sobre Nico y su padre, y sobre cómo había sobrevivido su familia a la guerra. Para mí no significó nada en ese momento, pero…

La sensación que tenía en el pecho era cada vez más incómoda. Del otro lado de la mesa, Jean-Luc me miraba con preocupación.

—Si Albert sigue vivo… —respiré profundamente—. ¡Maldita sea! Ojalá no estuviera tan lejos.

—¿No puedes regresar a Borgoña? Probablemente tengo suficientes millas de avión para comprarte un billete —Jean-Luc apoyó los codos sobre la mesa.

Aún podía oler el aire húmedo y mohoso de la bodega, sentir su frescura tocándome la cara y los brazos desnudos. Me había ido sin descubrir todos sus secretos, y seguía llamándome. Por un momento dudé, tentada. Pero no, con todas mis obligaciones, era imposible.

—Pero, ah, desde luego, no podrías irte ahora mismo —los ojos castaños de Jean-Luc me miraban—. Tus responsabilidades te tienen atada a San Francisco. El examen para el Maestro del Vino es en pocas semanas, *n'est-ce pas?*

—Dos semanas —dije, conmovida por que lo hubiera recordado—. Aunque otro viaje a la Côte d'Or probablemente no sería la peor idea en este momento.

Me había ido tan terriblemente mal en la última sesión de prácticas que había tenido con Jennifer, que, literalmente, me había dicho que era difícil creer que hubiera estado un tiempo en Borgoña.

—Y también tu trabajo en el restaurante. Tienes un gran talento para tu trabajo, Kat. Esta noche vi cuánto confían en ti —me sonrió con algo que parecía orgullo.

—Pues, eso no lo sé —tosí avergonzada—. Aunque es verdad que no puedo permitirme el lujo de que se enfaden conmigo. Voy a necesitar un trabajo si no paso el Examen —fue la primera vez que admití la posibilidad en voz alta.

—*Ne t'inquiète pas* —me reconfortó—. Lo vas a lograr —lo dijo con tal seguridad, con tal confianza que por un momento yo también me sentí segura de mí. Esta sensación de esperanza me tomó por sorpresa.

—Gracias —dije. Sin pensar, acerqué la mano y le estreché el brazo; sin embargo, olvidé que mis dedos estaban manchados de grasa de los tacos, y dejé marcas aceitosas en su manga limpia—. ¡Ay! lo siento mucho —dije. Entonces retiré la mano y derramé su cerveza. El líquido cayó como una cascada por la mesa sobre sus piernas—. Ay, Dios, lo siento *mucho* —grité.

—*C'est bon; ça va* —Jean-Luc se secó los pantalones con una servilleta. Se levantó para agarrar más servilletas y vi que estaba completamente empapado.

—Quizá deba llevarte de vuelta a tu hotel —dije.

Abrió la boca para responder y de repente le sorprendió un bostezo, seguido de otro y otro más.

—*Désolé* —se disculpó, obligándose a abrir los párpados, que se le caían de sueño, y parpadeando varias veces. Y después, tras una pausa—. *Ouais*, probablemente deba dormir un poco. Tengo un largo vuelo mañana.

—Claro —me levanté de la silla, colgándome el bolso sobre el hombro con un gesto alegre, deseando disipar una punzada irracional de decepción.

Veinte minutos después dejé a Jean-Luc en su hotel. Me despedí de él con un abrazo incómodo desde el asiento delantero y vi cómo entraba tambaleante entre las puertas de cristal del vestíbulo. Después conduje a casa y me fui directamente a la cama, exhausta. Sin embargo, en los últimos momentos de silencio antes del sueño, pensé en nuestra conversación y cuando finalmente me quedé dormida, fue con una convicción que me hizo sentir más tranquila y despejada de lo que había estado durante semanas.

La mañana siguiente dormí hasta tarde; puse las mantas sobre mi cabeza para bloquear la luz tenue de otro día nublado. Mi teléfono sonó un par de veces, pero cuando vi que era Amy, lo ignoré. Sin duda, mi compañera me llamaba para chismorrear sobre mi noche con Jean-Luc, y aunque no había pasado absolutamente nada, era reticente a hablar con alguien sobre él.

Era casi mediodía cuando por fin salí de debajo del edredón y empecé a moverme por el apartamento con el ruido reconfortante de la radio. Puse café, me bañé y metí las últimas rebanadas de pan en el tostador. Tenía que ir a la tienda antes del trabajo; tenía que hacer una lista…

Bzzzz, bzzzz. Mi celular vibró sobre la barra y deslicé el dedo sobre la pantalla, manchándolo accidentalmente de crema de cacahuate. Mi sonrisa se desvaneció cuando vi un mensaje de Amy.

¡HOLA, SEÑORITA! ¿DÓNDE ESTÁS? Traté de llamarte, pero probablemente sigues con Francesito. PUES, ¿adivina qué? El departamento de salud vino esta mañana. ¡SORPRESA! ¿Te acuerdas de esos extraños posos de café que estaban sobre la barra? Resulta que era CACA DE CUCARACHA. Para hacer el cuento corto, NO pasamos la inspección. El chef está FURIOSO y DESPIDIÓ a Becky. El restaurante tiene que CERRAR durante cinco días para fumigar. El chef va a llamar a todos la próxima semana para hacer una reunión de personal y volver a abrir. Tiempo perfecto para ti, ¿verdad? ;) ¡Diviértete con Francesito! LLÁMAME.

Dejé el teléfono sobre la barra. ¿El restaurante estaba *cerrado*? ¿Era una especie de señal? Respiré profundamente, agarré el teléfono y busqué «Hotel Lombard San Francisco» en Google. Unos segundos después, estaba hablando con un recepcionista, y luego el sonido de un timbre inundó mi oído: una, dos, tres veces, cuatro, cinco…

—*Allô?* —dijo una voz adormilada.

—¿Jean-Luc? —pregunté—. *C'est moi, Kat. Je veux t'accompagner.* Quiero irme contigo.

CAPÍTULO 15

Estaba envuelta entre sábanas frescas, con el peso reconfortante de un edredón de plumas sobre mi cuerpo. Debajo de mi cabeza había acomodado dos almohadas, perfectamente mullidas y, sin embargo, no dejaban de hundirse. Las mullía, las sacudía para acomodarlas en el hueco de mi cuello. Otra vez mi cabeza aplastaba las almohadas. Otra vez. Otra vez. *Otra vez.* Pero si no podía acomodar bien las almohadas, no iba a poder dormir. Y si no podía dormir, ¿cómo podría concentrarme en el Examen a la mañana siguiente? Golpeé las almohadas para darles la forma adecuada y volví a acostarme. Mis ojos se cerraron, mi mente empezó a ir a la deriva... de repente, luego de una fuerte sacudida, mi cabeza salió disparada; abrí los ojos y ahí estaba Louise, arrebatándome las almohadas.

—Mía —dijo—. Mía. Mía. Mía.

—Kat. Kat. *On est presque là* —la voz de Jean-Luc entró en mi sueño.

Abrí los ojos y el sueño se hizo pedazos. Estábamos en la camioneta de Jean-Luc, circulando por la autopista. El dolor que sentía en el cuello era consecuencia de la extraña posición en la que había estado durmiendo.

Jean-Luc y yo llevábamos viajando casi veinticuatro horas. Primero el vuelo de San Francisco a París, y luego —después de recoger la camioneta de Jean-Luc del estacionamiento del aeropuerto Charles de Gaulle—, el camino de París a Beaune, que en este fin de semana de tres días —por Lundi de Pentecôte— había durado siete horas en lugar de las cuatro de siempre. Naturalmente, habíamos hecho varias paradas para tomar café.

Reprimí un bostezo y miré por la ventana. Había visto este paisaje hacía seis meses, justo cuando el follaje rojizo de otoño había empezado

251

a desteñirse en las colinas. En mi ausencia, el viñedo había dormido y vuelto a despertar, produciendo hojas tiernas, muy tupidas, que brillaban verdes a distancia. La velocidad del vehículo no me permitía ver los racimos de fruta dura y verde que se refugiaban bajo las hojas, pero sabía que estaban ahí, justo como sabía que el sol endulzaría esas uvas y daría color a su piel.

Pasamos por un letrero que decía «Route des Grands Crus» y después otro de Beaune. Rodeamos el pueblo y finalmente dimos vuelta al oeste, hacia Meursault.

—Probablemente debería llamar a Heather —dije, buscando mi teléfono en la bolsa—. Me siento muy mal por no haberme puesto en contacto con ella para preguntarle si me podía quedar.

Jean-Luc me miró y después volvió los ojos al camino.

—*Ils sont en plein travaux* —dijo—. La casa es un desastre, viven en tres habitaciones con una hornillo eléctrico. Pensé que estarías más cómoda si te quedabas conmigo.

—¡Claro! —dije rápidamente, a lo que siguió un silencio incómodo—. Gracias, olvidé la reforma por completo. —Seguimos unos cuantos kilómetros y el paisaje me resultaba cada vez más familiar. Pasamos el vivero, el centro comercial, la gasolinera. Era extraño estar aquí sin Heather y Nico, pero después pensé en el correo que ella me había enviado hacía unos meses: «Ya estoy lista para cerrar este capítulo particular de la historia de la familia». Quizá fuera mejor ahorrarles esta nueva pesquisa de detective aficionado, o por lo menos investigar si valía la pena antes de arrastrarlos a un lodazal de emociones.

La camioneta iba alcanzando la cima de una colina. Jean-Luc observaba a través del parabrisas y fruncía el ceño al ver las filas de vides, meticulosamente ordenadas y saludables. Unos minutos después nos detuvimos en la entrada de su casa: el jardín del frente era una profusión de peonías, rosas jóvenes y macizos de lavanda salvaje; la superficie rugosa de los muros de piedra de su casa brillaban bajo el cálido sol de la tarde. Titubeé un momento, pero finalmente seguí a Jean-Luc por la puerta lateral; nuestros pies hicieron crujir la grava.

Dentro de las gruesas paredes estaba oscuro, silencioso y fresco. Me paré en el vestíbulo, aspirando el olor de las chaquetas de lana y de los impermeables colgados en los muros, y del detergente para la ropa, que flotaba desde las lavadoras de una habitación contigua. No había estado dentro de esta casa en casi diez años, pero al parecer nada había cambiado. ¿Cuántas veces había imaginado sin querer las barras laminadas color beige de la cocina y los rayados gabinetes de roble, los suelos de linóleo, limpios pero gastados, la gran mesa redonda en el rincón de la ventana? ¿Cuántas veces había pensado en el calor que emanaba de la vieja estufa color crema colocada contra la pared? Avancé hacia ella de manera furtiva y puse las manos sobre los quemadores. Estaba absolutamente fría.

—Ah, la abandoné cuando mi mamá se mudó a España —dijo Jean-Luc al ver mi expresión—. Si voy a hacer pasta o algo, es más fácil usar la hornilla eléctrica.

—Claro —respondí. Sin embargo, sin el calor constante de la estufa, la cocina parecía haber perdido parte de su alma.

—Pensé que podías quedarte en la habitación azul —decía Jean-Luc—. La primera puerta de arriba. La *femme de ménage* vino mientras yo no estaba, así que las sábanas han de estar limpias —regresó al vestíbulo—. Voy por las maletas. Si quieres puedes descansar un rato antes de que decidamos qué hacer primero.

Las amplias escaleras chirriaron bajo la gruesa alfombra. Eché un vistazo al baño —las mismas cortinas de flores, la misma taza y el mismo lavabo color *eau-de-nil*, aunque Jean-Luc había reemplazado la bañera rota por una ducha—, y seguí hacia la habitación azul. Tenía dos camas gemelas estrechas, cubiertas con edredones de lienzo azul y blanco. Me acosté en la que estaba más cerca, cerré los ojos y caí en un sueño profundo y sin sueños.

Desperté al anochecer, con los ojos secos e irritados y el corazón acelerado. Lentamente, las piezas volvieron a acomodarse en mi mente: Borgoña. La casa de Jean-Luc. Mi tío abuelo Albert. ¿Louise se había reunido con él en el monasterio?

Salí trabajosamente de la cama y fui al baño; me lavé los dientes y me eché agua fría en la cara. Después bajé a la cocina. Encontré a Jean-Luc frente a la estufa eléctrica, con una cuchara de madera en la mano. Sobre la barra había un colador con brócoli picado y el olor de ajo frito perfumaba el aire.

—¡Ah, hola! —parecía sorprendido de verme—. ¿Te desperté? —negué con la cabeza—. ¿Tienes hambre? —hizo una señal con la cuchara hacia una olla hirviendo—. Estoy preparando pasta.

—¿*Tú estás cocinando*? —exclamé sin poder contenerme. Vi que Jean-Luc se sonrojaba—. Perdón —me aclaré la garganta—. O sea, ¡guau!, ¡estás cocinando! Pasta suena genial. *Merci* —dije, mientras me ofrecía una copa de vino blanco.

Comimos en la mesa de la cocina, donde habíamos comido tantas veces juntos; el sitio de nuestro triste compromiso fallido, en asientos diferentes de los que habríamos usado entonces.

—Parece delicioso —observé el plato de *penne* y brócoli—. Gracias —me comí un trozo de pasta y me sorprendí de que tuviera un sutil sabor a chile.

—Pensé que nos caería bien una comida picante —dijo, ofreciéndome un plato de queso rallado.

—Mmm, no, gracias. Así está perfecto —de repente empecé a sentir más hambre y comí rápidamente.

—Mientras dormías, llamé a la abadía de Cîteaux —añadió Jean-Luc, sirviéndome vino—. No me contestaron.

Piqué la comida con el tenedor.

—¿Estaremos buscando una aguja en un pajar? Ni siquiera sabemos si Albert está ahí. Y con mi suerte, seguramente todos los monjes estarán enclaustrados en algún retiro especial de silencio.

—Las visitas empiezan a las diez y media de la mañana —dijo Jean-Luc con un tono más tranquilo—. Tardaríamos alrededor de cuarenta minutos en llegar, así que creo que deberíamos salir a las nueve.

—¿Deberíamos? —dije enderezándome en la silla.

Pareció sorprendido.

—Desde luego, Kat. No pensaste que te iba a abandonar ahora, ¿o sí?

La abadía de Cîteaux estaba rodeada por tierra de cultivo, pastos que dejaban los sencillos edificios a merced del clima. Una ráfaga me atravesó el abrigo, y me estremecí mientras entrábamos a la inmensa construcción de piedra de techos abovedados y enormes ventanales con arcos, sin indicios de calor.

—La abadía se fundó en 1098, cuando un grupo de monjes vino a este lugar remoto con la esperanza de llevar una vida simple, como lo indican las enseñanzas de los evangelios —dijo nuestro guía, un novicio sorprendentemente joven que se presentó como *frère* Bernard—. Esta habitación es el *scriptorium*, donde los escribas medievales copiaban, iluminaban y encuadernaban libros —levantó un brazo para señalar el vasto espacio—. Como dicta la *Regla benedictina*, realizaban la mayor parte de su trabajo en silencio, aunque nuestra orden no hace voto de silencio. Hoy hay alrededor de treinta hermanos en la comunidad y se nos aconseja hablar sólo cuando es necesario; evitamos la charla ociosa y cualquier conversación que lleve a la burla o al conflicto se considera maligna, por lo que, por supuesto, no usamos redes sociales —nos sonrió con benevolencia. Jean-Luc y yo nos reímos, pero los otros visitantes de nuestro grupo, un grupo de adultos mayores, pareció no entender esta muestra de humor hermético—. Por favor, observen la exposición y después vamos a visitar los claustros, que ofrecen un ejemplo temprano de arquitectura románica —*frère* Bernard se dirigió a un costado de la habitación y corrí a su lado, ansiosa por hablar con él antes de que los otros empezaran a hacerle preguntas.

—¿Es posible tener contacto con los hermanos que viven aquí? —pregunté, tratando de no estremecerme con la ráfaga que sopló desde las ventanas de cristales delgados.

—Ofrecemos retiros de silencio para quienes han emprendido una búsqueda espiritual —dijo automáticamente, y tuve la sensación de que ya le habían hecho esa pregunta antes— para quienes buscan a Dios o la paz, o quienes están en una encrucijada en su vida —me observó con más atención—. ¿Eso es a lo que se refiere?

Me sonrojé bajo su mirada.

—No, no exactamente —hice una pausa, pensando lo que iba a decir—. Estoy buscando a mi tío abuelo. Tengo razones para creer que se unió a su comunidad hace muchos años. Por favor, ¿puede decirme si hay un *frère* Albert entre ustedes?

Frère Bernard frunció el ceño y empezó a juguetear con el cinturón de tela que llevaba. Estaba tan gastada que sospeché que aquel era un hábito nervioso.

—¿Qué la trae en su busca?

Una vez más titubeé. ¿Qué debía decir? Ahí, en aquella atmósfera de rígido esteticismo, la idea de buscar una reserva de vino raro parecía terriblemente banal. Pensé en Hélène, en la agonía y en la destrucción a la que había arrastrado a tantas personas.

—Espero encontrar la paz —dije en voz baja—. Espero poder perdonar.

Su mirada se suavizó.

—Quédese después de la visita —dijo en voz baja, al tiempo que los demás empezaban a acercarse a nosotros—. Voy a ver si se puede hacer algo.

—¿Albert está aquí? —me preguntó Jean-Luc discretamente cuando volví junto a él.

—*Frère* Bernard sólo me dijo que iba a ver si podía hacer algo.

—Mmm. Ambigüedad.

Continuamos la visita; deambulamos por una sencilla capilla, un austero refectorio y una *fromagerie* modernísima, donde los monjes hacían en silencio un queso delicioso y cremoso llamado fromage de Cîteaux, para finalizar en la tienda de regalos. Jean-Luc y yo esperamos a *frère* Bernard, mientras llenábamos con nerviosismo una cesta de compras con frascos de miel y mermelada, una bola de queso y otras exquisiteces trapenses. Jean-Luc añadió una caja de manzanilla a la cesta y fuimos a la caja registradora, donde una joven empezó a marcar nuestras compras y a ponerlas en una bolsa.

—Son ciento setenta euros —dijo. Me quedé con la boca abierta.

Jean-Luc le dio su tarjeta de crédito y se rio al ver mi expresión.

—Ya sé, es una locura, ¿verdad? Estas tiendas de regalos de los monasterios son más caras que el Harrods Food Hall.

—*Mademoiselle*? —la figura de *frère* Bernard apareció en una puerta que aparecía al fondo de la tienda de regalos—. ¿Me acompaña? —me indicó con la mano que me acercara, y su invitación excluía claramente a Jean-Luc.

—Te veo en el coche —dijo Jean-Luc—. Tómate tu tiempo.

Frère Bernard me condujo afuera y cruzamos el terreno de la abadía; nuestros pies se hundían en la hierba. Empecé a buscar algún tema banal para hacer conversación, pero recordé que los hermanos hablaban sólo cuando era necesario. A decir verdad, el silencio era tranquilizador.

Después de rodear una construcción alargada entramos a un huerto dividido cuidadosamente por macizos cubiertos de brotes primaverales. Un anciano estaba arrodillado en el suelo, envuelto en el hábito de la orden: una túnica negra sin mangas sobre una sotana blanca, grisácea, ceñidos ambos con un cinturón de piel. Sus canas ralas no alcanzaban a proteger del sol su cabeza rosada, aunque todo ello se compensaba —tal vez— con una tupida barba blanca.

Frère Bernard tosió un poco. El monje levantó la mirada y me quedé helada. Allí, en su cara arrugada, vi los ojos de mi madre, *mis* ojos: verdes oscuros y con bordes marrones.

—*Bonjour* —murmuré.

Él se echó hacia atrás, apoyándose en los talones, y me tendió su mano.

—Mi niña —dijo—. Esperaba que vinieras.

Frère Bernard hizo una reverencia y se alejó por el camino principal; yo me acerqué para tomar la mano de Albert y me arrodillé a su lado.

—Soy tu sobrina nieta —le dije en francés—. Soy la nieta de Benoît.

—¿Te gustan los guisantes? A Benoît le gustan los guisantes —dijo, ofreciéndome una pala.

—Sí —le aseguré. Sentí que el mundo se me derrumbaba. ¿Estaba perdiendo la cordura? Arranqué una planta, con la esperanza de que fuera una hierba—. *Frère* Albert —comencé—, me preguntaba si podía hablar contigo sobre tu niñez.

—Benoît era muy delicado. Siempre estaba mal de salud. *Maman* le daba gelatina de ternera, pero yo tenía que comer conejo.

—¿Y qué me dices de… Hélène? —me estremecí, preparándome para lo peor.

—Ah, Léna —para mi sorpresa, su voz se hizo más tierna y sonrió—. Me cantaba para que me durmiera… *Fais dodo, Colas, mon petit frère…* —tarareó las notas de una canción de cuna—. Desde luego, los años de la guerra fueron brutales. *C'était absolument affreux.* Pero Léna trató de protegernos de lo peor a mí y a Benoît.

—¿Los protegió? ¿A qué te refieres? —pregunté alzando la voz, sorprendida.

—Trepó al cerezo para rescatarme. Puede trepar como un niño. Cuando el clima mejore va a llevarme de campamento a la *cabotte* —su rostro se ensombreció—. No es verdad, ¿sabes? No me importa lo que todo el mundo diga. Fue un malentendido. Un error.

Sentí que el aire se me atoraba en la garganta.

—¿Qué fue un error?

—Hélène no era una *collabo* y, cuando sea mayor, voy a investigar. Voy a descubrir la verdad. *Maman* dice que tenemos que dejar que los muertos descansen en paz, pero es porque ella prefiere fingir que Hélène nunca existió. ¡No, no! ¡Esa es una planta de remolacha! —exclamó deteniendo mi mano, un poco alarmado.

Me eché hacia atrás, apoyándome sobre los talones. Albert golpeó con la mano la tierra alrededor de la planta, volviéndola a acomodar. Mientras él observaba con ternura las hojas delicadas, percibí que la oportunidad se cerraba. Busqué en vano una forma de traerlo de vuelta a la conversación, pero justo cuando pensé que era demasiado tarde, volvió a hablar.

—Ella ha estado buscándolo —en su sonrisa vi al niño travieso que alguna vez había sido—. Por toda la casa, en la bodega, entre los libros de los estantes, en las despensas. *Maman* no sabe dónde lo escondió Lèna, pero yo sí. Ah, sí —luego agregó en tono confidencial—: ¡Yo tengo una idea! Creo que dejó una pista en el libro favorito de papá, lo vi en el escritorio de ella. Pero es un secreto —de repente, su mirada reflejó ansiedad—. No se lo dirás a nadie, ¿verdad? No se lo digas a *Maman*.

—No le voy decir nada —prometí.

Estrechó mi brazo.

—Aquí guardamos silencio; sólo hablamos cuando es necesario. Necesito que el silencio purifique mi alma —apartó la mirada—. He pecado. No los detuve. Después de la guerra…

—¿Detener a quién? —lo presioné, pero su boca se convirtió en una línea delgada y dura—. ¿Por eso viniste a la abadía?

—La otra muchacha no respetó la regla *benedictina*.

—¿Qué otra muchacha? —ahí estaba otra vez, esa sensación extraña y áspera en mi pecho.

—Vino hace unas semanas. Hizo muchas preguntas —suspiró—. ¿Cómo se llamaba? —me miró—. ¿Cómo te llamas?

—Katreen.

—¡Sí! —exclamó—. Eso. Era mi sobrina nieta, Katreen. La nieta de Benoît. A Benoît le gustan los guisantes. ¿Te gustan los guisantes?

Me llevé una mano al corazón, tratando de calmar su extraño latido.

—*Oui*.

Estiró el brazo y me levantó la barbilla para poder contemplarme.

—Te pareces mucho a Léna —dijo maravillado. Sus ojos encontraron los míos, y por un instante parecieron perfectamente lúcidos, antes de volver a ensombrecerse—. No ha pasado un sólo día de mi vida en que no piense en ti y te pida perdón.

Tragué saliva con fuerza para vencer el nudo que tenía en la garganta.

—*Frère* Albert, estoy segura de que ella te perdonó —dije.

Su rostro se arrugó, desconcertado.

—¿Quién?

Respiré entrecortadamente.

—*Je te pardonne* —murmuré—. Te perdono.

Alzó la mano y tomó la mía; mis lágrimas cayeron sobre la tierra y se mezclaron con las de mi tío.

—Fue terriblemente triste —dije varios minutos después, mientras veía pasar los pastizales a toda velocidad por la ventana—. Trágico, de hecho. Obviamente se ha pasado toda la vida destrozado por la culpa.

—Pero ¿culpa de qué? —preguntó Jean-Luc.

—No estoy segura. Algo pasó con Hélène. Sin embargo, no logro averiguarlo —me mordí el labio.

Íbamos en la camioneta de regreso a Meursault. Ya le había contado a Jean-Luc mi conversación con Albert y, sin embargo, no podía dejar de pensar en ese momento en que los ojos de mi tío parecían perfectamente lúcidos y conscientes.

—Estaba tan confundido —dije—. Estoy segura de que padece demencia. Pensó que yo era ella.

—¿Cómo reaccionó cuando le dijiste que eras nieta de Benoît?

—Él, eh…, de hecho, pensó que yo estaba hablando de alguien más —pasó un minuto, durante el cual conté siete vacas—. Creo que Louise fue a verlo al monasterio y se hizo pasar por mí.

—¿De verdad? —Jean-Luc parecía escéptico—. Parece poco probable. ¿Crees que realmente Louise haría algo tan vil?

«Sí», pensé irritada. Pero no venía al caso hablar mal de Louise.

—Aunque, si se reunió con él —dije en un tono moderado—, no creo que su conversación haya sido más informativa. ¡Ay, Dios! —me enderecé tan rápido que el cinturón de seguridad se bloqueó, oprimiéndome el pecho.

—¿Qué? —preguntó Jean-Luc. Y después, cuando vio mi expresión, insistió—: *Quoi?*

—«El libro favorito de papá». ¡El libro favorito de su padre! Albert dijo que Hélène había dejado una pista en él. Montecristo. *El conde de Montecristo* —titubeé, tratando de unir las piezas—. Tío Philippe me dijo que era el libro favorito de su abuelo. Cuando Heather y yo estábamos limpiando la *cave* encontramos muchísimos ejemplares. Pensamos que era sólo una coincidencia pero, ¿y si Hélène dejó un mensaje secreto en uno de ellos?

—*Attends*, me está costando trabajo entenderte. —Jean-Luc frunció el ceño.— ¿Crees que Hélène dejó algo en *Le Comte de Monte-Cristo*?

—No sólo algo —dije con impaciencia—, sino información sobre dónde escondió las botellas de Les Gouttes d'Or.

—¿Dónde está el libro ahora? ¿Está con Nico y Bruyère?

—Creo que lo llevamos al dispensario de caridad, así que debe estar… ¡Ay, mierda! —con terrible certeza ya sabía dónde estaba el libro—. Lo tiene Louise.

—Ah —pasaron varios kilómetros—. ¿Sabes?, ella guarda los libros que no ha organizado en la oficina que tiene en la librería —dijo Jean-Luc con voz inexpresiva—. Es un caos, tiene cajas de cartón apiladas por todas partes.

—Sí, pero ¿cómo voy a entrar en su despacho privado?

Delante de nosotros parpadearon las luces de un vehículo descompuesto. Jean-Luc redujo la velocidad y la camioneta se detuvo.

—Quizá... —tamborileó con los dedos sobre el volante—. Podría invitar a Louise a almorzar mañana. Ha estado diciendo que quiere ir a Le Jeu de Paume.

Una de mis cejas se alzó casi por voluntad propia. Le Jeu de Paume era uno de los restaurantes más famosos de Beaune; recientemente había obtenido dos estrellas Michelin, y sus precios estaban a la altura de su fama.

—¡Guau! He oído que ese lugar es muy.... —dudé, en busca de la palabra correcta. ¿Caro? ¿Romántico?

—Lento —me interrumpió Jean-Luc—. *Oui*, espero que el almuerzo nos lleve por lo menos un par de horas. Cuatro platos, vino y café. Debe ser tiempo suficiente para que busques en su oficina mientras está fuera.

—Espera —dije; en mi pecho se había encendido una pequeña chispa de esperanza—. ¿Que busque en su oficina? Pero si no está ahí, ¿cómo voy a entrar?

—Me imagino que Walker estará ahí, atendiendo la librería. No creo que te cueste trabajo distraerlo. Es decir, sólo si estás de acuerdo, por supuesto.

—Por supuesto —dije, tratando de contener una sonrisa—. Estoy de acuerdo.

—Bien —dijo sonriendo—. *Alors*, esto es lo que tengo en mente…

Con una cucharita, removí la turbia tacita de café por vigésima vez. Media hora antes, Jean-Luc me había dejado en un café de Beaune; de ahí corrió a encontrarse con Louise para almorzar. A esas alturas, probablemente habían terminado su champán y sus *gougères*, y habían seguido con las *entrées*. ¿Cangrejo, quizá? ¿Espárragos blancos en vinagreta de trufa? ¿Copas de meursault frío antes de una botella de Gevrey-Chambertin? Empujé las sobras de una ensalada de queso de cabra y miré la hora en el teléfono; finalmente pedí la cuenta.

La caminata a la librería de Louise era de unos diez minutos y en el camino practiqué mentalmente el guion que Jean-Luc y yo habíamos ensayado la noche anterior.

—Tienes que llegar a las dos en punto —me había dicho, así que esperé a los últimos cuatro minutos en el banco que estaba frente al edificio.

—*Bonjour?* —dije al entrar a la librería, pero detrás de la caja registradora no había nadie.

Miré a mi alrededor para apreciar la distribución del lugar. Localizada en la planta baja de un deteriorado *hôtel particulier*, la librería de Louise estaba en penumbras pese a ser mediodía, pues las ventanas tenían un elaborado enrejado de hierro. Los estantes estaban llenos de libros usados, y los únicos elementos decorativos eran un par de orquídeas raquíticas. Por la puerta semiabierta del fondo alcancé a ver la oficina privada de Louise: un escritorio grande parcialmente oscurecido por montones de cajas.

Me cambié el bolso de un hombro al otro.

—¿Hola? —llamé otra vez. Pasaron por lo menos cinco minutos y después el sonido de agua corriente anunció la aparición de Walker por una puerta lateral.

—*Bonjour* —dijo antes de verme—. ¿Kate?

—¡Walker, hola! —sonreí y avancé para abrazarlo.

—¿Qué estás haciendo aquí?

—¡Sorpresa! Decidí venir a hacer una última sesión de estudio antes del Examen —esperaba que no hubiera escuchado que la voz se me atoraba en la garganta.

—Oh, de verdad que eres fuerte —Walker alzó sus cejas oscuras—. ¿El examen no es en dos semanas?

—En nueve días —lo corregí—. Pero, ¿quién lleva la cuenta? —dejé que se me escapara una risita infantil, pero me estremecí por dentro.

—Sí… de verdad intensa —dijo otra vez, pero esta vez habló más despacio. ¿Había entornado los ojos?

—¿Cómo estás? —pregunté rápidamente—. ¡Me alegro de verte! Te… te he echado de menos.

—Claro —había un frío innegable en su voz.

—He echado de menos que estudiemos juntos —aclaré—. De verdad, aprendí mucho de ti.

—¿Qué estás haciendo aquí, Kate? —cruzó los brazos y me observó con desconfianza—. ¿Por qué diablos haces un viaje tan largo justo antes del día más importante de tu vida?

—Ya te dije —insistí—. Estoy estudiando para el Examen; estoy reuniéndome con productores de vino y *sommeliers*. Con la mayor cantidad posible de ellos. ¡Estoy aprendiendo tanto!

—¿Como qué? —preguntó desafiándome.

—Como… ayer hice el mejor maridaje de vino y queso —balbuceé con nerviosismo—. Volnay y fromage de Cîteaux. ¿Lo has probado? El vino realmente prevalece sobre lo terroso del queso.

—*Fromage de Cîteaux?*

—Eh, sí, ¿lo conoces? Es un queso con corteza...

—Que sólo se produce en la abadía de Cîteaux —dijo, terminando mi frase—. Entonces, supongo que también fuiste a verlo, ¿verdad? ¿Al viejo monje? Loco como el que más, ¿cierto?

Apreté los labios, furiosa conmigo misma.

—¿Sabes?, podríamos haber trabajado juntos —dijo, y suspiró—. Podríamos haberte ayudado a encontrar el vino que faltaba y un comprador para todo. Y obviamente habríamos actuado con la más completa discreción. En cambio, perdimos todo este tiempo cada uno por su lado. ¿Por qué no confías en mí, Kate? —señaló su pecho con el dedo—. Es decir, los dos somos estadounidenses. Los dos trabajamos en el negocio de la restauración. ¿Qué me dices de la camaradería de los *sommeliers*?

¿Estaba bromeando o no? Como a menudo me pasaba con Walker, no tenía idea.

—¿Está, eh..., está Louise? —le pregunté después de una pausa incómoda—. Me gustaría pedirle un consejo sobre un libro raro que un amigo quiere vender.

—Disculpa —dijo, aunque no parecía sentirlo mucho—. Está en una reunión.

—Bueno, si vuelve pronto la espero. No hay problema.

—Podría tardar un poco —dijo con voz tajante.

—Entonces, ¿me estás diciendo que Louise no estaría interesada en una primera edición, encuadernada a mano, de *The Physiology of Taste*? —Dudó—. En danés —añadí.

Walker observó el reloj. Eran cerca de las dos y cuarto. Podía ver que calculaba cuánto tiempo podía tomarse Louise para almorzar.

—Está bien —aceptó por fin, habría sentido lástima por él si no hubiera lanzado un enorme suspiro de desesperación.

Me senté en una de las esqueléticas sillas de jardín que había junto al muro y observé mi teléfono como si estuviera revisando el correo. En realidad, estaba programando el temporizador. Le subí el volumen a la alarma y esperé. Tres minutos después, mi teléfono empezó a vibrar y a sonar, y fingí que respondía una llamada. «¿Bueno? —le dije al silencio—. ¡Ah!, hola, doctor Iqbal. Disculpe, ¿qué? ¿Tiene mis resultados del laboratorio? Claro, permítame un minuto. Espere, déjeme ir a un lugar más privado.» Me levanté de la silla y miré a Walker. «¿Puedo?», le di a entender articulando en silencio las palabras y señalando con un gesto de cejas la oficina de Louise. Sin esperar respuesta, entré.

Mientras el ambiente de la tienda podría describirse como árido y descuidado, el santuario interior de Louise estaba lleno de cajas, pilas de cajas de cartón que llegaban al techo, con excepción de una pequeña área alrededor de su escritorio.

—¡Ay, Dios!, ¿es en serio? —dije para que Walker escuchara, mientras contemplaba las montañas marrones de cartón. ¿Cómo iba a encontrar algo en ese desorden?

Respiré profundamente y abrí lo más silenciosamente posible la caja más cercana. —¿Pero cómo se transmite? —pregunté en voz alta—. Quiero decir, usamos protección. —«Retuércete, Walker, retuércete», pensé.

Eché un vistazo a la primera caja, pero sólo contenía un montón de libros viejos de cocina. La aparté y saqué otra de la pila.

—Disculpe, disculpe, no, no. Estoy totalmente conmocionada —observé una pila de viejas novelas de Georges Simenon—. ¿Lo puede repetir? —abrí otra caja. El ladrillo rojo que vi bajo las tapas anunciaba un montón de guías de vino Gault-Millaut.

—¿Qué tipo de escaneo? —dije mientras buscaba en otra caja. Guías de viaje antiguas, novelas con las esquinas dobladas y las tapas arrugadas, un montón de diccionarios de bolsillo inglés-francés, francés-italiano, francés-español. Mis dedos rozaron una piel gruesa y áspera, y después se cerraron en torno a un volumen pesado. *Les Frères Corses.* Dirigí la mirada al nombre del autor: Alejandro Dumas.

El corazón me empezó a latir con fuerza. Acerqué más la caja y busqué hasta el fondo; puse los otros libros en el suelo, restándole importancia otra vez al ruido. Finalmente, desenterré un libro encuadernado en una tela negra hecha jirones; la portada mostraba el retrato de un hombre obeso vestido con un traje anticuado. El título decía: *Le Comte de Monte-Cristo.* El lomo se rompió cuando lo abrí; leí la primera página, que estaba marcada con una cuidadosa caligrafía: Edouard Charpin.

Escuché un griterío proveniente de la librería y me puse de pie de un salto. Apreté el libro contra mi pecho y busqué mi bolso, pero en ese momento la puerta de la oficina se abrió y entró Louise, en un vestido gris ajustado; sus tacones resonaron mientras caminaba hacia mí.

—*Vous!* —dijo entre dientes. Incluso en medio de la conmoción, me di cuenta de que usaba el tratamiento formal *vous*, usted—. *Qu'est-ce que vous faîtes!* —miraba de un lado a otro con sus ojos oscuros, viendo las cajas abiertas—. ¿Qué es eso? —preguntaba por el libro que tenía en las manos—. ¿De dónde lo sacaste? —en dos pasos ágiles llegó frente a mí y trató de arrebatármelo.

Eché un vistazo hacia mi bolso, pero estaba fuera de mi alcance.

—¡Louise! ¡Qué sorpresa verte aquí! ¡En tu oficina! —dije con voz débil, tratando de ganar tiempo.

—No me vengas con tonterías, Katreen. Sé qué es lo que tramas.

Abracé el libro.

—Yo podría decir lo mismo de ti.

Dio un paso más y pude oler el almizcle nauseabundo de su perfume.

—Dame el libro —entornó los ojos—. Dame el libro e incluso... Sí, compartiré las ganancias contigo. De eso se trata, *n'est-ce pas?* De dinero. Pero se te olvida que soy yo quien ha invertido mucho tiempo coleccionando toda esta basura, en busca de la agujita en el pajar —hizo un gesto hacia las cajas—. Conozco un coleccionista francés que está dispuesto a pagar el mejor precio, en efectivo, por debajo de la mesa. Se muere por poner las manos encima a esas botellas de Les Gouttes d'Or, sin hacer preguntas. Sólo dame el libro y, si resulta algo, te daré una parte. Lo dividiremos en dos partes iguales, *d'accord?*

La ira hizo que la sangre me subiera a la cara.

—¡Esas botellas pertenecen a mi familia!

—El vino le pertenece a Francia. Es parte del patrimonio francés, Kate. ¿Cómo diablos podrías venderlo en una subasta para extranjeros ricos, cuando su verdadero lugar está aquí, en su patria? —antes de que pudiera responder, se estiró para agarrar el libro, y sus largas uñas me dejaron un arañazo en el brazo. Traté de alejarme de ella pero el tacón de mi bota se quedó atrapado en la esquina de la alfombra. A punto de caerme, extendí un brazo, y una mano firme me tomó del codo para levantarme.

—*Qu'est-ce qui se passe là?* —preguntó Jean-Luc con voz atronadora. Me soltó y recuperé el equilibrio apoyandome en la pared.

—¡Ay, Jean-Luc! —un par de rosas se encendieron en las mejillas de Louise—. ¿Qué estás...? Katreen y yo sólo estamos... —se rio—. ¡No esperaba verte tan pronto!

—Obviamente —respondió él.

Louise permaneció callada unos instantes.

—¿Sabías que Katreen regresó al pueblo? —apenas era perceptible el nerviosismo de su voz.

Sin responder su pregunta, Jean-Luc tomó el libro que tenía en mis manos.

—*Le Comte de Monte-Cristo* —sonrió.

—¿No es un libro hermoso? ¡Qué tesoro! —Louise extendió la mano para que le diera el libro, pero Jean-Luc la evitó cuidadosamente y volteó hacia mí.

—*On y va?*

Rápidamente recogí mi bolso del suelo y fui hacia la puerta. Jean-Luc me siguió y salimos de la oficina de Louise; ninguno de los dos se detuvo para despedirse.

—Estábamos equivocados —Jean-Luc se dejó caer pesadamente sobre la mesa de la cocina—. Aquí no hay nada —volvió a agarrar el libro y lo hojeó por centésima vez, pasando las páginas, que eran suaves, ligeramente amarillentas pero, por lo demás, prístinas. Una vez más, examinó el lomo, la tapa y las guardas. Nada.

Habíamos estado sentados ahí toda la tarde dándole vueltas al asunto, tratando de extraer los secretos del libro. Afuera empezaba a oscurecer y refrescaba rápidamente. Del otro lado de la mesa, Jean-Luc tenía la cabeza inclinada sobre las páginas con expresión de desconcierto.

—¿Estás *segura* de que dejó un mensaje aquí? —me preguntó.

Busqué en mi memoria detalles de los libros que había leído sobre la Segunda Guerra Mundial. Algunos mencionaban mensajes en código, que habían desempeñado un papel importante en la Francia ocupada.

—Solían trazar puntos diminutos con lápiz sobre las letras para deletrear palabras. ¿Ves alguna marca?

Empujó el libro, que se deslizó sobre la mesa hacia mí.

—Tiene más de mil páginas. ¿Quieres revisar una por una?

Su irritación dejó una estela de silencio en la cocina. Pude escuchar el sonido de las manecillas de su reloj, el suave crujido de un coche que pasaba por el camino de tierra detrás de la casa. Un pájaro lanzó su agudo llamado de apareamiento.

—¿Tienes una lupa? —tomé el libro y alisé las guardas—. ¿Qué? —dije en respuesta a su mirada de incredulidad—. Nadie dijo que iba a ser glamuroso.

Jean-Luc buscó en el cajón superior del viejo escritorio de su padre; puso a un lado un montón de monedas y billetes viejos y varias plumas secas (¿alguien en Francia tiraba algo alguna vez?). Finalmente, desenterró una lupa ornamentada. A través de la lente comencé la laboriosa tarea de inspeccionar cada letra del libro. Él daba vueltas por la cocina, vació el lavavajillas, limpió los estantes y preparó vinagreta en un viejo frasco de mermelada.

—¿Ensalada y queso para la cena? —preguntó.

—¿Vas a cocinar *otra vez*? —dije, y después—: Perdón, perdón, voy a dejar de decir eso. Suena delicioso, gracias.

Entonces continué revisando la anticuada tipografía. En la página 26 ya estaba lamentando mi ingenuidad. En la 43, empezaba a sentirme bizca. Para cuando Jean-Luc puso suavemente sobre la mesa un tazón de ensalada y una tabla de quesos, ya estaba completamente mareada. Comimos rápidamente, pasando pedazos de *baguette* sobre nuestros platos para recoger las últimas gotas de vinagreta, y después volví sumisamente a mi labor.

Jean-Luc lavó los platos y después se quedó de pie detrás de mí, de manera que su sombra cayó sobre la página.

—Necesito responder unos correos —dijo—. Pensaba traer mi ordenador aquí, si no te molesta.

—*Pas du tout* —le aseguré. Llevó su portátil a la mesa de la cocina y nos pusimos a trabajar en silencio, sólo interrumpido por el sonido del teclado y el ruido del papel cuando pasaba página.

Pasó una hora. Luego otra. Jean-Luc cerró su portátil y empezó a leer el periódico. A pesar de mis mejores intenciones, los párpados se me cerraban, mis manos se iban relajando en torno a la lupa y empecé a cabecear. Las letras flotaban ante mis ojos, líneas negras y puntitos contra la superficie de color claro. ¿Puntitos? Empuñé la lupa con más fuerza y observé el texto. Ahí, en medio de la página, había una marca tenue sobre una *c*. Más adelante encontré otra, sobre una *u*. Recorrí rápidamente los párrafos y seguí encontrando otras letras marcadas. Agarré un lápiz y garabateé la secuencia en un trozo de papel.

—No tiene sentido —murmuré luego.

—*Comment?* —Jean-Luc sonaba desorientado, como si hubiera estado dormitando detrás del periódico.

—Mira —me puse a su lado—. Estas letras están marcadas en el libro, pero el mensaje no tiene sentido. Ha de estar cifrado —le mostré el pedazo de papel.

C U S O Q U A T R E P L U S N A D E U X C O 3 D E V I E N T A U

—*Attends* —Jean-Luc tomó el lápiz—. «CUSO QUATRE PLUS NADEAUX CO TROIS?» —murmuró, tratando de formar palabras con aquellas letras—. DEVIENT? —frunció el ceño—. Espera. ¿Y si es un número? —empezó a escribir.

266

—No —protesté—. Todavía no tiene sentido.

Pero él tenía la vista clavada en la página, y se iba poniendo cada vez más pálido.

—*Bouillie bourguignonne* —murmuró.

—¿Qué? —apenas pude oírlo. Negué con la cabeza, ligeramente molesta.

—¡Mezcla de Borgoña! ¡Mira! Sulfato de cobre más carbonato de sodio —escribió otra línea:

$$CUSO_4 + NA_2CO_3$$

Frunció el ceño, concentrado.

—*Devient* quiere decir «se convierte».

—Entonces, la mezcla de Borgoña se convierte en... AU? ¿Qué quiere decir? —Estaba segura de haber visto esas iniciales antes, pero ¿dónde?

A.U.

A.U.

A.U.

—¡Oro! —gritó Jean-Luc, haciéndome dar un respingo—. Au. Es la abreviatura de oro en la tabla periódica. Pero... —hizo una pausa y negó con la cabeza—. No tiene sentido. ¿Cómo es que la mezcla de Borgoña se convierte en oro?

Observé la fórmula garabateada frente a nosotros.

—¿Y si... no es oro? —sugerí—. No exactamente, sino... gotas de oro. Les Gouttes d'Or —dije mientras las piezas empezaban a colocarse en su lugar—. Si Hélène estaba haciendo mezcla de Borgoña durante la guerra, la uva que se trató con ella se habría convertido en Les Gouttes d'Or. Es genial.

—Pero no revela nada sobre dónde escondió el vino —Jean-Luc dejó caer los hombros.

Algo se removía en mi memoria, pero no podía identificar qué.

—«A.U.» —cerré los ojos y la visión de una sala oscura flotó en mi mente, agujas de frío que acribillaban una pared de piedra seca. Me quedé sin aliento—. *La cabotte!* Mi tío abuelo Albert puso sus iniciales en la pared. A.U. Albert Ulysse. Pero, ¿te acuerdas? *Sus iniciales estaban repetidas.*

Jean-Luc empujó la silla de la mesa y se levantó.

—Ven —me tomó de la mano y me ayudó a levantarme; después me condujo fuera de la casa, hacia su camioneta; abrió la puerta del copiloto y me pidió que entrara.

—Pero no pudo haber escondido el vino en la *cabotte* —señalé una vez que íbamos dando tumbos por el camino de tierra que llevaba a los viñedos—. Ahí no hay dónde ponerlo.

—*Non* —aceptó—. Creo que debe de haber otra cosa escondida ahí, un mapa, *peut être?*

Llegamos a lo más alto de una suave colina y logramos ver la *cabotte*. Jean-Luc se estacionó a un lado del camino y bajamos de la camioneta. Para entonces el sol había descendido, tiñendo las franjas de nubes con matices rosas, bronce y lavanda. En la oscuridad, los viñedos eran como un laberinto oscuro, pero los pasos de Jean-Luc eran seguros, guiándome hasta la puerta de la pequeña estructura de piedra.

Adentro hacía más frío y había más oscuridad. Olía ligeramente a humo de madera. Jean-Luc proyectó el haz de una linterna por el estrecho interior, haciendo que la luz se reflejara en los muros irregulares. Finalmente iluminó la parte del muro donde aparecían las letras: las iniciales de Nico, del tío Philippe, de *grandpére* Benoît, del tío Albert, del bisabuelo Edouard. Y ahí estaba: A.U. Me arrodillé en el suelo y empecé a cavar con las manos, maldiciendo en voz baja.

—Espera —dijo Jean-Luc y fue a la camioneta. Unos segundos después regresó con una pala, me la dio, y después sostuvo la linterna mientras cavaba en el suelo de la *cabotte*, volteando la tierra, más y más profundamente. Un golpe de metal contra metal hizo que mi corazón se detuviera.

Unas cuantas paladas después desenterré una vieja caja de galletas con rayas amarillas y azules. Le quité la tapa y Jean-Luc guio la luz de la linterna hacia mis manos. Del interior saqué un objeto plano; retiré una tela impermeable que lo envolvía y descubrí un *cahier d'exercises*, una libreta escolar, con una encuadernación gruesa y marrón que ya me era familiar.

—¿Qué es? —preguntó Jean-Luc.

El corazón me latía con fuerza cuando abrí el cuaderno. Bajo el delgado hilo de luz observé una caligrafía en francés que cubría las páginas:

Cher journal:
... Bueno, no estoy muy segura de cómo comenzar este diario, así que empezaré con los hechos, como una verdadera científica. Mi nombre es Hélène Charpin, y hoy cumplo dieciocho años...

No era un mapa. Era un diario.

Cher journal,

Hoy fue cumpleaños de Benoît. Madame lo cubrió de regalos: un par de zapatos usados, desde luego, pero sólo ligeramente raspados, una gorra y un suéter de lana tejidos con sus propias manos, y *la pièce de la résistance* para un niño de diez años, una reluciente trampa de juguete, con dientes tan afilados como agujas, para atrapar ardillas, liebres y otras criaturas pequeñas. También le hizo un pastel, tarareando mientras mezclaba mantequilla, azúcar, huevos y nueces. El hecho de que nadie en el pueblo hubiera probado un pastel no sólo desde hacía meses, si no años, no parecía molestarle lo más mínimo.

Después de comer —patatas fritas en grasa de cerdo para Madame y los niños, dos platos de sopa aguada de calabaza para mí— y antes de que Madame partiera el pastel, escuchamos el ruido de una motocicleta en la entrada, después un leve toque en la puerta. Madame se inquietó, como es su costumbre en estos días, y abrió la puerta, detrás de la cual estaba el teniente. Él la besó en las mejillas y me saludó con un movimiento de cabeza, cortés como siempre. Después se acercó a los niños y les dio a cada uno una barra de chocolate.

—¡Ay, Bruno, los estás consintiendo! —dijo Madame con esos horribles tonos jadeantes que usa cuando habla con él, pero el Habichuela Verde sólo sonrió y se dejó caer en una silla en el extremo de la mesa. La silla de papá. Yo empecé a quitar los platos de la mesa para no tener que verle la cara.

Mientras lavaba los platos, Madame partió el pastel y le sirvió primero al Habichuela Verde, después a los niños.

—¿Y tú, Hélène? ¿Un pedacito? —me preguntó.

—*Non, merci* —dije automáticamente por encima del hombro, recordando demasiado tarde que mi rechazo podría interpretarse como un gesto de provocación—. Yo... no tengo hambre.

—Bueno, ¡así habrá más para nosotros! —dijo Madame alegremente. El tintineo del metal sobre la porcelana me indicó que habían empezado a comer.

—¿Por qué Léna no come? —preguntó Albert, su vocecita era aguda como un clarín.

—Pregúntale tú, *chéri* —respondió Madame.

Quité con fuerza un pedazo de patata pegado a la sartén.

—Ya comí bien esta tarde, *ma puce* —dije por fin.

Silencio otra vez, interrumpido finalmente por el sonido de la voz rasposa del Habichuela Verde.

—Tu hermana es una joven de principios, Albert —dijo—. Deberías estar orgulloso de su determinación —sus palabras quedaron flotando por un momento en el aire caliente y viciado de la habitación. Después continuó—: Aunque, desde luego, es una determinación estúpida e injustificada. Después de todo, nosotros no somos el horrible enemigo que cree que somos. ¿No es verdad, jovencito?

La sangre se me subió a la cara, pero seguí frente al fregadero, esperando que nadie lo notara. Un segundo después oí el sonido de un plato que se deslizaba sobre la mesa.

—Si ella no come pastel, yo tampoco —declaró Albert.

—¡Albert! —gritó Madame—. ¡Termínate tu pastel!

—*Non! J'en veux plus!*

—¿Tengo que llevarte detrás del cobertizo? —lo amenazó Madame.

Él se quedó callado y de reojo vi que cruzaba los brazos sobre su pecho. Conté once segundos en el reloj antes de oír la voz de Benoît:

—Yo me lo como —dijo—. Si él no lo quiere. —Entonces tiró del plato hacia sí y se metió una cucharada enorme en la boca.

—Benoît —protestó Madame, pero se quedó callada cuando el Habichuela Verde empezó a reírse.

12 ENERO 1944

Alguien dejó una nota entre los mensajes que recogí en la *boulangerie*. La desdoblé y encontré un poema de Paul Verlaine, que Stéphane había copiado a mano, y un mensaje: «Apréndetelo para el examen».

Qué extraño. ¿Qué examen? No sé a qué se refiere, pero sólo para asegurarme, empecé a memorizar el poema. Esta es la primera estrofa:

Les sanglots longs
Des violons
De l'automne
Blessent mon coeur
D'une langueur
Monotone.[1]

17 enero1944

El Habichuela Verde está aquí otra vez. Es la tercera vez esta semana. Vi cómo empujaba su motocicleta por el camino de grava, y cómo iba de puntillas hacia la puerta trasera para luego entrar. Unos minutos después, unos pies en calcetines caminaron por el pasillo hacia la habitación de Madame. Supongo que ella cree que están siendo discretos en estos encuentros nocturnos, pero a mí no me engañan, y menos cuando él aparece en la mesa del desayuno por la mañana.

    ¿Cómo puede tolerar estar cerca de él? Sí, es amable, desde luego. Con esa típica rigidez alemana, pero su piel está obscenamente sana y rosada, sus ojos grises siempre están vigilantes, como los de un halcón, viéndolo todo, observándolo todo. Yo hago el máximo esfuerzo por evitarlo y creo que eso le gusta. En cuanto a Madame, bueno. Está en deuda con él, y creo que eso también le gusta.

27 ENERO 1944

Hoy Albert llegó de la escuela con la nariz ensangrentada. Se peleó en el recreo, dijo la maestra. Cuando le pregunté a Albert qué había pasado, dijo que un grupo de niños lo rodearon en el patio de la escuela, lo habían molestado y lo habían insultado.

    —¿Cómo te insultaron? —le pregunté. Unas lágrimas se derramaron de sus ojos, dejando rastros de mugre en sus mejillas sucias. Entonces hundió su rostro en mi hombro y empezó a sollozar—. ¿Qué pasó? —insistí.

---

[1] Los largos sollozos / de los violines / del otoño / hieren mi corazón / con languidez / monótona.

—Maurice me llamó *collabo* —dijo; las palabras se amortiguaban con mi cuerpo—. Después, Claude hizo lo mismo, y yo estaba tan enfadado que le pegué. *J'suis pas collabo, Léna. Je suis pas.*

Le froté la espalda con las manos, temblando de ira. Tiene ocho años. ¿Qué puede saber él de colaboracionismo? Es terriblemente injusto.

Desde luego, a mí no me han faltado miradas de censura en el pueblo, empujones accidentales que no eran accidentales, escupitajos que he esquivado por poco. Mis amigos del grupo piensan que mi situación podría ser ventajosa si el Habichuela Verde revela alguna información, aunque nunca lo hace, desde luego. Sin embargo, ¿por qué no se me había ocurrido que el mismo tipo de agresión podría suceder en los patios de la escuela? Abracé a mi hermanito más fuerte. Quisiera saber cómo protegerlo. ¿Qué podría hacer? ¿Qué podría decir?

1 FEBRERO 1944

Día de lavar ropa. Estaba en el fregadero, tan absorta quitando las manchas de sangre de la camisa de Albert, que no vi a Madame hasta que habló.

—¿Es sangre? ¿Es de Benoît?

Yo tenía los dedos entumecidos e hinchados por el agua helada, así que quizá hablé con más dureza de la que hubiera querido.

—Es de Albert.

—¿Qué ha pasado? —gritó.

Escurrí la camisa suavemente para evitar rasgar la tela raída.

—Se peleó en la escuela.

—¡*Chuh*! —escupió—. *Le dije* que dejara de pelearse con los otros niños. Bueno, obviamente necesita que lo castigue. Primero, esa desagradable rabieta en el cumpleaños de Benoît y ahora esto. Se está convirtiendo en una horrible bestiecilla. Tú lo consientes, Hélène. Lo siento, pero debo decirte que tú eres la culpable de todo esto.

—*Moi?* —exclamé incrédula—. ¿Me culpas *a mí*? ¿Sabes por qué se estaba peleando, Virginie? Los niños de la escuela lo llamaron *collabo*. ¡colaboracionista!

—¿Quién? ¿Quién le dijo eso? —se dio la vuelta para quedar frente a mí—. ¡Cómo se atreven! Sólo espera a que se lo diga a Bruno, esos mocosos se van a arrepentir de haber abierto sus petulantes boquitas. Y en cuanto a sus mojigatos padres... —apretó los puños.

En mi mente se formó una imagen del Habichuela Verde y sus subalternos golpeando las puertas de las casas del pueblo, sacando de sus hogares a nuestros vecinos y a sus hijos. Ay, *cher journal*, ¡cómo desearía haberme guardado mis palabras! En cambio, traté de retractarme:

—No fue nada, sólo una pelea de niños. No tengo idea de quién lo dijo. Albert no me lo dijo. A lo mejor no se acuerda.

Sus fosas nasales se dilataron.

—Olvídalo —dijo bruscamente—. Lo voy a averiguar yo misma —salió de la habitación dando zancadas y, un minuto después, la puerta de su habitación se cerró.

Se me parte el corazón al escribir esto. ¿Por qué no se da cuenta de lo que está haciendo? Ya es bastante malo que esté destruyendo su propia reputación, ¿cómo puede destruir también las vidas de sus hijos?

4 FEBERERO 1944

Salía de la casa con mi cesta de la compra bajo el brazo cuando Madame me detuvo.

—Ah, bien, Hélène, ahí estás. Necesito hablar contigo. Ven al *salon*.

Me estremecí, pero la seguí a la habitación que reclamó como propia: muebles brillantes, cojines mullidos y un pequeño fuego alegre que alimenta con leña seca sin el menor remordimiento.

Se hundió en el sofá y me indicó con un gesto que me sentara en la silla situada al otro lado. Me senté en el borde del asiento, consciente de que sus enormes ojos azules escrutaban mi rostro.

—Dime —agarró un hilo suelto de su vestido—. Antes de que tu padre... se fuera —hizo una pausa con delicadeza—. ¿Te mencionó algo sobre *les caves*?

A pesar del fuego crepitante, se me erizaron los finos vellos de la nuca.

—*Les caves* —repetí para ganar tiempo—. No que yo recuerde. ¿Te refieres a algo en especial?

Parpadeó con un movimiento frío de reptil.

—Antes de que llegaran los alemanes, ¿no mencionó algo de esconder las botellas más valiosas?

—Mmm, ¿él dijo algo así? —fruncí el ceño con la esperanza de ocultar mis pensamientos. ¿Era posible que papá nunca le hubiera contado nada a Madame de la *cave* secreta y el tesoro que escondimos ahí? Pensé en ese invierno antes de la Ocupación, hace cuatro brutales y largos años, en todas las tardes que papá y yo habíamos pasado en el sótano, trabajando entre la humedad y la oscuridad... Había dicho que se lo contaría «en su momento». Al final, ¿había decidido no decírselo? Si ese era el caso, yo no iba a revelar el secreto. Respiré profundamente, guardándome de mantener la voz firme—. A mí nunca me mencionó nada —dije.

Apretó los labios, pero mantuvo una expresión plácida.

—¿Estás segura? —insistió—. Bruno dice... —se contuvo y tosió—. Quiero decir, todos sabemos que los productores de vino de la región guardaron sus mejores botellas antes de la Ocupación. Es simple sentido común. El Führer todavía está interesado en conseguir los mejores vinos franceses. ¿Sabías que a Goebbels le encanta el vino de Borgoña? Sería una estupidez no sacarle partido a su interés.

La miré con incredulidad. ¿El Führer? ¿Goebbels? ¿Acababa de mencionar a esos animales como si fueran personas perfectamente normales, y no los *espèces de connard* que estaban causando sufrimientos indecibles?

Madame debió haber malinterpretado mi silencio, pues prosiguió:

—Ayer estuve en la cava y no pude encontrar ninguna de las botellas de Les Gouttes d'Or de 1929, ¡ni una sola botella!

—Papá habría preferido tirar el vino por el desagüe antes de permitir que los alemanes lo tuvieran.

Entornó los ojos.

—Hélène, te guste o no, ahora que tu padre no está, yo soy la jefa de la casa. Puedes cooperar o no. Pero tienes que recordar que yo soy quien toma las decisiones y que no me importa lo que tu padre habría hecho. El colaboracionismo nos protege de los peores horrores de la Ocupación.

¿Así era como justificaba sus acciones? Tragué saliva con fuerza y traté de apelar a su avaricia.

—Papá dice que el vino es parte del legado del viñedo.

—¿Legado? —dijo escupiendo—. Me interesa más nuestra supervivencia. Y en cuanto al moralista de tu padre, bueno, puedes dejar de hablar de él como si fuera a volver. Es hora de que te enfrentes a los hechos —alzó la barbilla—. Está muerto.

La sangre se me fue al rostro como si me hubiera abofeteado. ¿Muerto? ¿Cómo lo sabía? ¿Se lo había dicho el Habichuela Verde?

—Sé razonable —continuó—. No hemos sabido nada de él en todos estos meses. Es la única explicación posible.

Lentamente, para que no pudiera notarlo, solté el aire por fin. Ella no lo sabía con seguridad. Era sólo una excusa que se había inventado para justificar sus propias acciones.

—Todavía está vivo —insistí—. Está en un campo de trabajos forzados y no le permiten escribirnos.

—Piensa lo que quieras.

Nos miramos con desprecio. Sin embargo, habíamos llegado a un callejón sin salida, no quedaba nada que decir, así que tomé la cesta de la compra y me fui de casa.

Más tarde, cuando iba en bicicleta a Beaune, con un viento helado azotándome la cara, analicé nuestra conversación; volví a escuchar la voz clara y fría de Madame hablando sobre el Führer, sus planes para el vino oculto, su declaración desapasionada sobre papá.

Nunca me gustó. Eso no era un secreto. Ahora me daba cuenta de que gran parte de mi desprecio se alimentaba de mis propios celos infantiles y de nuestra rivalidad por el afecto y las atenciones de papá. Sabía que ella era mezquina, manipuladora, hipócrita, pero nunca creí que fuera capaz de hacernos daño. Hasta ahora.

Desde el cumpleaños de Benoît —no, desde antes, desde esa noche de diciembre en la que Benoît estaba tan enfermo que el Habichuela Verde trajo un doctor alemán a la casa— su comportamiento mostraba una confianza renovada. Está en deuda con ellos. Sí, en especial con el Habichuela Verde, pero también se regodea en el poder que ellos tienen; disfruta realmente al alardear del privilegio que se le ha concedido.

¿Cómo pude estar tan ciega? Me avergüenza haber tardado tanto tiempo en admitirlo. Madame no sólo está colaborando con el enemigo. Se ha convertido en el enemigo.

8 FEBRERO 1944

Esta tarde hemos celebrado nuestra primera reunión desde Año Nuevo. Estuvo muy apagada. Tenemos buenas razones para creer que el extenso circuito «Próspero» del oeste está destruido, y todos estamos desconsolados. Hablamos obsesivamente sobre teléfonos intervenidos, rastros de la Gestapo, informantes pagados, acusaciones anónimas.

—No sabía si decir esto o no —dijo Stéphane—, pero casi siento envidia de ellos. Ahora que se los han llevado ya no tienen nada que temer.

Todos asintieron.

Con la idea de llevar nuestra conversación a un tema más alegre, pregunté sobre los *messages personneles* que oímos todas las noches en la BBC.

—¿Quién es Yvette y por qué le gustan las zanahorias grandes?

—Yvette —me dijo Emilienne— podría significar una entrega exitosa de armas mediante paracaídas. El hombre alto y rubio llamado Bill podría indicar la llegada segura de un avión a Inglaterra.

Stéphane había estado concentrado en la lectura del comunicado clandestino, pero en ese momento alzó la mirada.

—¿Todos memorizaron el poema de Verlaine que les envié? —preguntó.

Todos asintieron.

—Un poco deprimente, ¿no? —repuso Danielle. Es nuestra operadora de radio, una muchacha de cara redonda y gruesos rizos de cabello oscuro—. Los largos sollozos del violín del otoño... Hieren mi corazón... Con languidez monótona —entonó con teatralidad.

Él sonrió ligeramente.

—Sólo escuchen. Todos los días, sigan escuchando.

—¿Por qué? —insistí—. ¿Qué significa?

—El Día D —dijo en inglés.

Fruncí el ceño, Stéphane sabe que mi inglés no es muy bueno.

—¿Qué es eso?

—*Le jour J* —explicó—. Significa que nos van a salvar.

Pero cuando pregunté por los detalles, se negó a decir algo más.

10 MARZO 1944

Cher journal,

Esta mañana amaneció oscura y al ver el cielo supe que sería uno de esos días de primavera grises y fríos en que el sol nunca alcanza toda su fuerza. El aire era pesado, eléctrico, y por un momento consideré abandonar mi plan de ir en bicicleta a la Côte de Nuits. Sin embargo, había dos mensajes escondidos en el forro de mi maletín así que me puse el impermeable y el sombrero de papá, enganché una cesta sobre el manillar y salí justo cuando las primeras gotas empezaron a caer del cielo.

Había pedaleado durante diez minutos cuando cayó el aguacero abiertamente, un golpeteo suave que rápidamente se convirtió en un rugido y después en granizo. Los pedazos de hielo me golpeaban en la cabeza, la cara y las manos. Debí rendirme y regresar a casa, pero continué un kilómetro más, la visibilidad empeoraba conforme el granizo se convertía de nuevo en una lluvia intensa. Acababa de tomar la decisión de dar media vuelta cuando vi un control de policía justo enfrente, sobre la Route de Savigny. Uno nuevo, improvisado, que no había estado ahí el día anterior. Todos mis instintos me decían que diera la vuelta y huyera, pero me obligué a pedalear directamente hacia el puesto de control, con el murmullo de las instrucciones de Stéphane detrás del ruido atronador de mi corazón: «Siempre ve directamente hacia las barreras de policía, nunca te des la vuelta. Siempre camina en dirección contraria al tráfico, de manera que no pueda aproximarse un coche desde atrás sin que lo veas. Rompe siempre los mensajes en pedazos pequeños y espárcelos a lo largo de distancias muy largas».

Pues bien, era demasiado tarde para romper los mensajes ilícitos en pedazos pequeños, ya no digamos para desperdigarlos en una distancia larga. Me esforcé por parecer lo más tranquila posible mientras me acercaba al punto de control. La sangre bombeaba en mis oídos, y pensé que podría desmayarme.

—*Halt!* ¡Deténgase! —ordenó uno de los alemanes cuando me acerqué. Era alto y de extremidades gruesas; sus mejillas carnosas estaban ensombrecidas por la visera de la gorra. Bajé de la bicicleta y caminé hacia él, agarrando el manillar para disimular el temblor de mis manos.

—*Guten Tag* —dijo.

—*Guten Tag* —respondí sumisamente.

—Papeles —ordenó, cambiando al francés. En silencio le entregué mis documentos de identidad—. ¿Qué le trae por aquí?

—Estoy buscando comida para mis conejos —la mentira escapó de mis labios antes de darme cuenta de que me traicionaría el terrible clima—. Llevo horas afuera. No tenía idea de que iba a caer esta tormenta —añadí.

Sus ojos fueron de mi cara a mi ropa, mi bicicleta, mi bolsa, la cesta que colgaba del manillar.

—¿Por qué está vacía? —dijo, haciendo un gesto hacia la cesta.

Me sonrojé. Por lo general, metía en ella algunas hierbas, pero la lluvia me había distraído. Antes de poder responderle, dijo:

—Muéstreme su bolso.

Clavé la mirada en el suelo y respiré muy lentamente para no vomitar. Mientras tanto, él abrió la solapa y manoseó el contenido de mi bolso. Mis pertenencias cayeron al barro: un par de guantes usados. Un tubo de tinta china. Nuestras cartillas de racionamiento. Después hubo una pausa. Me permití echar un vistazo por debajo de las pestañas y un temor gélido recorrió mi columna vertebral. En las manos del alemán había un ejemplar de *La voix*, el periódico mimeografiado de la Resistencia, que había metido en mi mochila la semana pasada y había olvidado por completo. ¿Cómo había podido ser tan estúpida? Después, el guardia iba a desgarrar el forro de la bolsa y descubriría los mensajes secretos que llevaba cosidos. ¿Qué información habría en esas cartas? ¿Los nombres de quiénes? ¿Qué parte del circuito quedaría implicada? Apreté los dientes para contener el llanto.

El alemán hizo una señal con la mano hacia uno de los vehículos militares.

—*Herr Leutnant!* —gritó. Mantuve la cara mirando al frente, pero de reojo percibí una figura alta que bajaba de la camioneta y se dirigía hacia nosotros. Los dos hombres hablaron en alemán, un gruñido largo y como de oso que parecía prolongarse para siempre, del cual sólo comprendí: *La voix.*

Los dos alemanes se separaron y el teniente se acercó. Dirigí los ojos al suelo, firme en mi negativa a mostrar miedo.

—¡*Mademoiselle* Charpin! —canturreó. Cuando escuché eso, alcé el rostro para verlo y ahogué un grito. Era el Habichuela Verde—. *Mademoiselle* —asintió—. Qué agradable es verla aquí, y qué esclarecedor —sus ojos grises y fríos se detuvieron en la cesta vacía que tenía enganchada al manillar de mi bicicleta.

—¿Lo es? —conseguí decir con voz rasposa.

—Mucho —dobló el periódico en tercios y se lo guardó en el bolsillo.

Apenas podía escucharlo por encima del zumbido de la sangre en mis oídos. Me observó fija y detenidamente con sus ojos glaciales. La lluvia caía con firmeza en un golpeteo continuo —papá la habría llamado una lluvia de *vigneron*— y corría en riachuelos por mi nuca. El Habichuela Verde también se estaba empapando, pero parecía no darse cuenta. Por fin dio un paso más cerca, demasiado cerca, y habló en voz baja, tan baja que sólo yo podía oírlo por encima de la lluvia:

—Tú y yo sabemos que tendría que detenerte para interrogarte —bajó la mirada hacia mí, de manera que sus pestañas cayeron sobre sus mejillas, un mechón blanco pálido sobre la piel rojiza—. Pero como tenemos *amigos* comunes —añadió acercándose aún más— voy a dejarte ir —se inclinó aún más cerca.

Sentí que me desvanecía de alivio, aunque traté de disimularlo encogiendo los hombros.

—Como desee —me obligué al alzar la barbilla—. No tengo nada que esconder.

—Las jovencitas sin nada que esconder no deberían ser tan descuidadas como para quedar atrapadas en una tormenta, *Fräulein* —me tocó la nariz con un dedo—. Le sugiero que regrese a casa y que deje la, eh…, *búsqueda de comida* para un día con clima más favorable.

Me entregó la mochila, y la apreté contra mi pecho. Luego me subí a la bicicleta con piernas temblorosas. El Habichuela Verde se hizo a un lado para dejarme pasar pero, cuando se apartó, hizo algo realmente aterrador: me miró y sonrió.

11 MARZO 1944

Estoy inquieta, no puedo dormir. De hecho, no he podido dormir desde que el Habichuela Verde me detuvo ayer en el punto de control. No puedo creer que fuera tan estúpida, tan descuidada. ¿Cómo pude olvidar sacar de mi mochila el ejemplar de *La voix*? Ese periódico contiene mucha información relacionada con la Resistencia, cifrada, sí, pero ahora está en manos del enemigo. No dejo de repasar mi encuentro con el Habichuela Verde, examinándolo desde todos los ángulos. ¿Qué sabe? ¿Qué sospecha? ¿Qué le ha contado a Madame? Ella ha estado más silenciosa, más pensativa, ¿o es sólo mi imaginación? Doy vueltas y vueltas en una espiral infinita hasta que caigo exhausta y, aun así, mis pensamientos zumban, zumban, zumban.

Esta noche la luna es como un faro, tan brillante que proyecta sombras. Mirando hacia las filas de vides plateadas, me acuerdo de la noche en que papá y los Reinach se fueron, esa noche terrible y clara. Han pasado dieciocho meses desde la última vez que los vi, pero siento que he envejecido mil años.

He estado pensando mucho en algo que Rose dijo meses atrás, cuando estábamos preparando el sulfato de cobre en la *cabotte*. Era como alquimia, dijo; estábamos convirtiendo metal en oro. Bromeaba. Sin embargo, ahora, pienso a menudo en esta palabra, *alquimia*, pues, ¿qué es sino un proceso de transformación misteriosa? Y me pregunto si esta guerra realmente podría ser una forma de alquimia que nos cambia, que nos pone a prueba hasta que cada de uno de nosotros revela la verdad de su alma.

16 MARZO 1944

Esta noche, al entrar en mi habitación, sentí que algo no iba bien, algo extraño. No logro identificar qué es. Mi primer temor fue que alguien hubiera descubierto este diario, pero no. La alfombra estaba puesta cuidadosamente sobre la tabla suelta, y todo parecía intacto. El resto de mi habitación está como recuerdo haberlo dejado esta mañana: los libros apilados sobre mi escritorio, mi suéter amarillo mostaza colgando del respaldo de la silla, la fotografía enmarcada de papá y *maman* sobre mi mesa de noche. Sin embargo, algo hace que me cosquillee la nuca. Es ridículo, pero siento como si las moléculas del aire hubieran cambiado. ¿Será Madame? ¿Habrá estado aquí? ¿Huelo su perfume? Como un perro rabioso, pasé por los rincones de mi habitación en busca de su aroma. Nada.

¿Es así como comienza la paranoia? Ayer pensé que alguien me seguía al buzón de correos de Beaune, pero cuando me di la vuelta no había nadie alrededor. He estado durmiendo mal, comiendo mal. Con razón tengo los nervios de punta. Estos últimos meses me han vuelto demasiado irritable, demasiado desconfiada. Considerando la severa desnutrición que todos sufrimos, es suficiente para poner a cualquiera al borde de la locura.

Tengo que armarme de valor; hay demasiado en juego como para flaquear ahora. *C'est rien, c'est rien, c'est rien.* Si lo repito lo suficiente, quizá comience a creerlo.

4 MAYO 1944

Cher journal,

La luz del sol me despertó esta mañana y un rayo cálido me acarició la mejilla. Por un momento pensé que estaba de vacaciones cerca del mar (que nunca he visto). Albert estaba en cuclillas a la orilla del agua, cavando en la arena húmeda con una pala nueva y reluciente.

—*Regarde*, Léna —gritó, levantándose de un salto y corriendo hacia una ola—. ¡Puedo nadar!

—¡Espera, Albert! ¡Ten cuidado! —grité, tratando de agarrarlo de la mano. El dolor me recorrió el brazo, haciéndome jadear, y al abrir los ojos me encontré en la misma cama mugrienta de hospital en la que había estado durante las últimas dos semanas. En un rincón, dos policías franceses hablaban con una enfermera. Unos segundos después, ella se acercó a mi cama.

—Charpin, hoy te dan de alta —llevaba el cabello recogido en un moño apretado que acentuaba sus ojos ligeramente saltones.

—¿De alta? —pregunté con voz ronca—. ¿O me trasladan a prisión?

Apretó los labios y me ignoró, para luego seguir su camino hacia el pabellón.

¿Estaba diciéndome la verdad? ¿O era otro truco? El corazón se me aceleró, pero no podía hacer nada más que esperar. Mis pensamientos volvieron por milésima vez a los acontecimientos del día que me había traído hasta aquí.

Era un día cálido, considerando que estábamos a mediados de abril. Me habían avisado de una reunión en Beaune, a las dos de la tarde en la casa de *docteur* Beaumont, en la rue Paradis. Era una dirección nueva, pero eso era común; a menudo teníamos que cambiar la sede de nuestras reuniones y Stéphane había mencionado recientemente al viejo dentista, de quien dijo: «No es uno de nosotros, pero simpatiza con nosotros».

Salí antes del mediodía, con horas de anticipación. El buen tiempo me permitió tomar una ruta larga que me dejó comprobar que nadie me seguía. Zigzagueé entre los viñedos, disfrutando de la brisa suave sobre mi cara. A las dos menos cuarto me acerqué a la calle del doctor, un callejón estrecho de adoquines bordeado de casas adosadas, muy elegante, muy burgués, y vi una placa de latón muy brillante que indicaba que las consultas estaban en la primera planta baja de la casa. Toqué el timbre; una mujer robusta de cabello gris abrió la puerta —el ama de llaves, supuse, por el delantal—, me condujo a una sala vacía en la planta de arriba.

La habitación carecía de luz y de ventilación. Las ventanas cerradas a cal y canto. Me senté en una silla antigua y rígida, y esperé que los otros llegaran pronto. El timbre sonaba constantemente —la sala de espera de abajo iba llenándose con los pacientes de la tarde—, y algo en su vibración aguda me ponía los nervios de punta. Por lo menos, pensé, la multitud de pacientes sería una buena tapadera para nuestro grupo. Después de lo que me pareció una eternidad, aunque probablemente fueron sólo diez minutos, escuché unos pasos ligeros en las escaleras y apareció Emilienne.

—¿No es un lugar extraño para una reunión? —me preguntó, después de que intercambiáramos unos besos en la mejilla.

Me encogí de hombros.

—Stéphane lo mencionó antes.

—La casa no tiene puerta trasera —observó—. Es una trampa fácil —caminó hacia la ventana—. Y me imagino que está demasiado alto para saltar, ¿no?

Antes de que pudiera responderle, llegó Danielle; su cara redonda estaba sonrojada y sudorosa. Después, Bernard, cojeando aún como resultado de su fuga de una prisión de Lyon; y, pisándole los talones, nuestro recluta más reciente: lo llamábamos el Chico, de apenas dieciséis años, con mejillas ásperas a causa del acné. Eran las dos de la tarde. Luego dieron las dos y cuarto. Dos y media.

—¿Dónde está Stéphane? —preguntó Emilienne—. ¿Deberíamos irnos?

Habíamos abandonado reuniones en condiciones mucho menos dudosas, separándonos y reagrupándonos uno o dos días después. Observé a Bernard, tratando de adivinar su opinión. Estaba reclinado en una silla, con las piernas estiradas al frente, el rostro pálido de cansancio. Unas voces subieron por las escaleras, el grito de un niño y la reprimenda de su madre, el murmullo del ama de llaves saludando en la puerta. Eran sonidos tan normales, sonidos domésticos, sonidos de paz que, por un segundo, olvidé dónde estábamos y por qué nos habíamos reunido allí. Mi mirada se dirigió al reloj de la chimenea, dorado, ornamentado y reluciente, sujeto por un querubín gordo, y por eso sé que faltaban tres minutos para las tres de la tarde cuando se escucharon golpes en la puerta principal. Mi mirada se encontró con la de Emilienne, su rostro palideció. No tuvimos tiempo de escondernos: unas botas subieron retumbando por las escaleras y la puerta de la habitación se abrió de par en par.

—*¡Al suelo! ¡Abajo! ¡Abajo!* —gritó con acento gutural un corpulento soldado alemán, grande como un buey. Detrás de él había otros dos, vestidos de calle. Todos llevaban pistolas.

Me lancé al suelo. Mi cara se dirigía hacia la alfombra, pero podía ver que sus pies se movían a nuestro alrededor, moliendo con los tacones los dedos que quedaban a la vista. El miedo me subió a la garganta, ahogándome, y tuve que morderme el labio para contener las arcadas. «¿Dónde está Stéphane? —pensé con desesperación—. ¿Se escapó? Por favor, Dios, por favor, Dios, por favor.» El hombre corpulento —el líder, supuse— volcó una mesita delicada, le arrancó una pata y empezó a golpear a Bernard.

—¡Te reconozco, pequeño bastardo! —gritó—. Esta vez no te vas a escapar.

Los otros dos soldados recorrieron la habitación acompañados por un tintineo de cadenas mientras nos ponían las esposas, haciendo pausas para dirigir unas cuantas patadas a Bernard, dándose instrucciones uno a otro entre gruñidos. Uno de ellos se arrodilló a mi lado y empezó a atarme las muñecas con una correa de cuero.

—Dicen que ya se les acabaron las esposas —masculló Bernard, que después de varios meses en prisión había aprendido un poco de alemán—. Les sorprende que seamos tantos.

—*¡Cállate!* —el Buey golpeó a Bernard en la espalda con la pata de la mesa—. Muévete.

Nos obligaron a ponernos de pie y nos empujaron escaleras abajo con sus pistolas. Pasamos por la sala de espera, llena y espeluznantemente silenciosa, salimos a la calle por la puerta principal, donde unos coches nos estaban esperando. Al lado del primer vehículo estaba una figura alta, encorvada, con la cabeza inclinada y las muñecas esposadas, incapaz de alzar un hombro para limpiarse el rostro ensangrentado. Se me cayó el alma a los pies. Era Stéphane.

Nuestras miradas se encontraron y se apartaron. De ahora en adelante, tendríamos que fingir que no nos conocíamos. Negar y fingir ignorancia: esos eran nuestros únicos recursos para proteger a nuestros contactos. Mis otros camaradas también mantuvieron la mirada fija en el suelo mientras salían. Emilienne iba delante, después yo —arrastrada por un alemán que sostenía el extremo de la correa de cuero que me ataba las muñecas—, y Danielle un poco más atrás. El Buey y sus secuaces nos obligaron a entrar en los coches. A Stéphane, Bernard y el Chico los metieron en el primer vehículo. Mientras metían a Emilienne en el segundo, y antes de que yo pudiera seguirla, percibí —más que vi— que Danielle se doblaba hacia adelante; después escuché sus arcadas y un chorro de vómito que caía en el pavimento.

—Scheisse! —rugió el alemán detrás de mí, dando un salto para alejarse del charco de vómito que teníamos a nuestros pies.

Me giré para mirar hacia atrás y fue entonces cuando vi que había soltado el extremo de la correa de cuero. Danielle alzó la cabeza, nuestras miradas se encontraron y me hizo un guiño. Rápidamente, antes de poder pensarlo, empujé al *boche* para que cayera en el charco apestoso y corrí, retorciendo las manos para librarme de la correa mientras huía.

Sentía los adoquines duros bajo mi pies, pero corrí por la calle a toda velocidad y sin tropezarme. Al volver la vista atrás vi que dos soldados iban pisándome los talones. Si tan sólo hubiera podido llegar al parque, hubiera encontrado un lugar para esconderme. Un disparo sonó detrás de mí, pero seguí corriendo y corriendo... Estaba casi en la esquina; si conseguía dar la vuelta, los perdería... Sólo una manzana... Y, después, un dolor abrasador me partió el hombro e hizo que me tambaleara. En un instante, uno de los soldados me derribó. Lo último que recuerdo es que el peso de su palma carnosa me empujaba la cara contra los adoquines.

Desperté en una cama de hospital, con el hombro vendado, punzante y caliente. Me dolía el lado izquierdo de la cara y respiraba con dificultad. Una enfermera pasó a mi lado con un montón de sábanas dobladas.

—No puedo respirar —le dije.

—Tienes las costillas rotas —respondió, y siguió caminando.

Cerré los ojos para combatir el dolor, y caí en un sueño inquieto. Minutos después, o tal vez horas, una mano me tocó la cara, rozando suavemente los moretones. Abrí los ojos y encontré a un hombre que se inclinaba sobre mí. Me miraba con unos penetrantes ojos azules y unos rasgos afilados.

—Qué niña tan bonita —murmuró, acariciándome la barbilla con un pulgar—. Qué pena que tenga un ojo morado.

Me estremecí y me aparté de él. Sus labios delgados formaron una curva hacia arriba.

—¿*Mademoiselle* Hélène Charpin? —dijo, enderezándose ligeramente. Detrás de su silueta delgada estaba el Buey de pie, todo rasgos carnosos y extremidades gruesas.

—Sí —conseguí mirarlo sin acobardarme.

—Nos gustaría hacerle algunas preguntas. No tardaremos mucho.

Cher journal, ¿qué podía hacer sino aceptar? Agarró una silla y comenzó el interrogatorio. Me preguntó acerca de la casa de la rue Paradis, exigió que identificara a mis camaradas, me amenazó con torturarme ¿Quiénes son? ¿Cómo se conocieron? ¿Por qué estaban reunidos? Y, por último, una pregunta planteada con falsa indiferencia: ¿quién es Stéphane?

Somos una sociedad de apreciación del vino, contesté, recitando los detalles de la tapadera que habíamos inventado mucho tiempo atrás. Al principio hacíamos catas de vino, pero ahora, teniendo en cuenta las restricciones del racionamiento, nos reunimos simplemente para hablar de vino. Recité de un tirón no sé qué tonterías sobre el Clos du Vougeot y sobre las cosechas favoritas del mariscal Pétain. ¿Stéphane? Nunca lo había visto antes de ayer. Mentí, observando la fotografía que sostenían frente a mí, una vieja fotografía de escuela, de un *lycéen* taciturno y huraño.

Mi interrogador tomaba notas con una sonrisa arrogante, como si no tuviera que hacerme preguntas, sino simplemente esperar a que me enredara con mis propias respuestas. El interrogatorio siguió y siguió, las horas pasaron y pasaron, hasta que quedé inerte a causa del dolor y del cansancio, aun cuando los ojos penetrantes de mi inquisidor me hacían un guiño cada vez que la incomodidad me obligaba a moverme.

Mientras describía por quinta vez la asociación de apreciación del vino, mi pequeña Gestapo se fue tan repentinamente como había llegado. Quizás llegaba tarde a otra cita, quizá alguien lo había llamado desde el otro lado del pabellón. En cualquier caso, se levantó de su silla y desapareció tras una esquina. Me puse tensa, en espera de que regresara.

Un torrente de preguntas cruzó mi cerebro: ¿Cómo nos habían encontrado? ¿Quién nos había delatado? Finalmente la fatiga me venció. Me hundí en mi almohada delgada y me dormí.

El día siguiente fue igual, y el siguiente y el siguiente, una y otra vez hasta que de una semana pasamos a dos. Siempre aparecía de improviso, siempre me saludaba con una caricia que hacía que la bilis se me subiera a la garganta, y siempre me interrogaba durante horas. Las preguntas se hacían cada vez más íntimas: me preguntaba sobre mi infancia y mi educación, mis padres, mis amigos, y luego volvía a desaparecer. Temía esas reuniones, aunque fueran mi única interacción humana diaria; aunque me ofrecieran un único respiro en aquel purgatorio silencioso y solitario de miedo y preocupación. El esfuerzo de parecer tranquila y compuesta ante él agotaba mi energía más que el dolor que me causaban las heridas.

De este modo llegamos a la mañana de hoy. Mientras observaba por la ventana las hojas de los árboles, me pregunté si la enfermera me había dicho la verdad. ¿De verdad iban a darme de alta? Y de ser así, ¿a dónde iba a ir? ¿A la celda mohosa de una prisión? ¿A un horrible campo de concentración polaco? ¿Me permitirían ver a Benoît y a Albert antes de enviarme allá? Quería que mis hermanos comprendieran que me había resistido porque creía que era lo correcto.

Finalmente, un doctor fue a revisar mis heridas, me dijo que estaba bien y garabateó su nombre al pie de un formulario de alta. Después de un tiempo más de espera, una enfermera puso una túnica gris áspera sobre mi cama y me ordenó que me vistiera. Mientras me ponía la ropa, volvió a aparecer y dejó caer al suelo mis zapatos viejos y maltratados.

—Vámonos —dijo, arrugando la frente.

La seguí sumisa por el pabellón, por el pasillo, escaleras abajo, preparándome todo el tiempo para lo que seguramente estaba por venir. Una mirada hacia atrás me confirmó que una mujer policía de la Francia de Vichy nos había seguido hasta la planta baja del hospital. La enfermera abrió una puerta y salí a una sala de espera, preparándome para ver los anodinos uniformes grises y verdes de la Gestapo, para sentir sus grilletes en los brazos. En cambio, una mujer delgada de cabello leonado se acercó frunciendo el ceño.

—¡Ah!, ahí estás, Hélène —dijo—. Te tomaste tu tiempo, ¿no? Llevo horas esperándote.

Era Madame.

Han pasado dos días desde que regresé al viñedo. Al menos Albert se alegró de verme; se lanzó hacia mí, ignorando mis heridas, y me estrechó tan fuerte que una punzada de dolor recorrió todo mi cuerpo. Benoît fue más reservado; sólo me ofreció un frío *ça va?* y evitó mi abrazo. Madame nos observaba con una mirada aguda como una aguja.

A la primera oportunidad subí a mi habitación. Habían registrado mis pertenencias, lo que no me sorprendió. El contenido de mis cajones estaba volcado sobre el suelo, mis libros y mi ropa, revueltos y desperdigados. Me puse de rodillas sobre la alfombra raída y busqué a tientas bajo la tabla irregular. Cerré con alivio los ojos cuando toqué este diario, aún a salvo.

—¿Estás feliz de estar en casa, Hélène? —preguntó Madame desde la puerta.

Mantuve los ojos cerrados.

—Estaba rezando para dar las gracias —respondí después de un largo minuto, poniéndome de pie.

—Espero que me hayas incluido. Después de todo —dijo con una voz que destilaba vil mojigatería—, de no ser por mí, estarías pudriéndote en un campo de trabajo polaco —por desgracia, no pude ocultar mi sorpresa. Ella continuó—. No pongas esa cara, Hélène. No soy un monstruo. Sí, hemos tenido nuestras diferencias de opinión, pero todavía me siento responsable de ti, en especial desde que le di... —se calló, y sus mejillas pálidas se llenaron de color—. Es lo menos que puedo hacer por tu padre, se lo debo: salvarte.

Me observaba con una expresión que se parecía extrañamente a la culpa.

—¿Salvarme? —repetí—. ¿Salvarme? —mi cerebro se agitó, aferrándose a sus palabras, tratando de desentrañar su sentido. De repente lo entendí todo—. ¡Me estabas espiando! —sus ojos se apartaron de mi rostro y supe que tenía razón—. Has estado husmeando entre mis cosas y, cuando finalmente encontraste algo... ¡Lo llevaste directamente con los *boches*! —ahora estaba gritando; seguramente los niños se asustaron, pero no me importó—. ¿Tienes idea de lo que hiciste? ¿Sabes lo que les pasa a los *résistants* que atrapan? ¡Su sangre está en tus manos, Virginie! Igual que la de los Reinach ¡igual que la de papá!

En su cara pálida, sus ojos se habían convertido en dos carbones ardientes; tenía los brazos cruzados sobre el pecho, tan apretados que se tensaban los tendones del cuello. Por un breve momento pensé que había quebrado su desafío. En cambio, dio un paso ágil hacia mí y dijo entre dientes:

—Piensa lo que quieras; nunca podrás probarlo.

12 MAYO 1944

Otra noche en vela. Cuando cierro los ojos los veo momentos antes de que los *boches* se los llevaran. Las mejillas sonrojadas de Danielle, la línea de sudor que le perlaba el labio superior. El Chico, sacudiendo el pie izquierdo de arriba abajo, de arriba abajo, de arriba abajo. Emilienne, sus hermosos ojos soñadores y nostálgicos. El agotamiento y la palidez de Bernard. Stéphane, alzando los hombros en un esfuerzo fútil de limpiarse la sangre que le caía por el rostro. ¿Era esa la última vez que los vería?

Todos los días espero noticias; todos los días mis esperanzas se derrumban. Mis heridas me impiden viajar a Beaune y, de cualquier manera, mi bicicleta ha desaparecido. Así que me quedo aquí, en el viñedo, atrapada en esta niebla de pena y culpa, y mi mente repasa los detalles de ese día, preguntándome qué podría haber hecho para evitar este desenlace. Tengo miedo de dormir porque, cuando duermo, me despierto ante la misma horrible realidad: destruyeron el circuito, mis amigos tienen problemas y yo soy responsable.

5 JUNIO 1944

Durante cuatro días me fue imposible encontrar la emisión de la BBC. La señal estaba bloqueada y no pude sintonizarla, independientemente del sumo cuidado con el que movía el dial de la radio. Sin embargo, esta noche mi paciencia fue recompensada. *Cher journal*, lo escuché. Perdona mi mano temblorosa, la premura de estas palabras. Hace unos minutos *lo escuché*.

El programa comenzó de la manera usual: «*Içi Londres. Les français parlent aux français*». Aquí Londres. Los franceses les hablan a los franceses. Luego vinieron los acostumbrados mensajes personales y después, de repente, el presentador pronunciaba las palabras que me había repetido a mí misma en silencio cientos de veces: dos dolorosas estrofas de «Chanson d'Automne» de Paul Verlaine, el poema que Stéphane nos dijo que memorizáramos muchos meses atrás. Recitó cada línea dos veces con toda claridad.

¿Puedo tener la esperanza de que los Aliados por fin estén aquí?

Esperé noticias todo el día, tan nerviosa y distraída que Madame se impacientó conmigo. Después de que accidentalmente alimenté a los pollos con unas sobras que ella había estado guardando para la cena, gritó: «¿Qué te pasa?». Francamente, me sorprende que no pueda percibir la extraña energía que se agita en el aire, haciendo que la sangre vibre en mis venas.

Esta mañana, cuando por fin pude encontrar la señal de la BBC, tardé varios segundos en concentrarme en las palabras del presentador. Pero cuando lo logré, *cher journal*, pensé que iba a desmayarme, pues era el general De Gaulle dirigiéndose a nosotros, al pueblo de Francia, en tonos de clarín: «¡La batalla suprema ha comenzado!». Escuchando su breve discurso, las lágrimas empezaron a correr por mis mejillas, y para cuando concluyó, tuve que limpiarme la cara con un pañuelo: «En la nación francesa, en nuestro imperio, en nuestro ejército hay una voluntad, una esperanza. Detrás de las nubes cargadas con nuestra sangre y nuestras lágrimas, vemos otra vez el alba de nuestra grandeza nacional».

Los Aliados vienen.

Los Aliados vienen.

Los Aliados vienen.

Gracias, Dios. Gracias. Gracias. Gracias. Gracias.

Por fin, hoy pude ir a Beaune. Como un gesto de conciliación, poco frecuente y extraño, Madame me prestó su bicicleta. Me obligué a conducir muy lentamente para no lastimarme el hombro, aunque estaba ansiosa por ver a *madame* Maurieux en el café. Estaba ansiosa por comentar los recientes acontecimientos con alguien que verdaderamente compartiera mi alegría.

Al girar en la rue des Tonneliers, percibí un aroma acre. Unos segundos después me encontraba contemplando estupefacta los escombros carbonizados del café. Detuve a una anciana encorvada que se tambaleaba sobre un bastón y le pregunté:

—¿Qué ha pasado?

—¿Los conocías?

—Los conozco —la corregí—. ¿Dónde están?

—Desaparecidos. Pero... —sacudió la cabeza con lástima y me esforcé por contener una ola de pánico. Sus ojos brillantes observaron mi cara y finalmente dijo—: Los *boches* están tomando cartas en el asunto, castigando a quienes consideran sospechosos de sabotaje. Un consejo, *ma puce* —dio un paso trémulo hacia mí y bajó la voz—. Si eras una clienta regular, será mejor que vayas a casa. Beaune no es seguro para ti.

Cher journal, yo hui.

21 AGOSTO 1944

Siento que he pasado las últimas semanas en una bruma, perdida en una pesadilla de violencia terrible: vecinos que desaparecen, ejecuciones inmediatas, saqueos, incendios provocados. Al principio, Madame justificó esos actos de venganza por parte de los alemanes, pero después pasó algo inesperado: el Habichuela Verde desapareció. Sí, el horrible chícharo alemán se fue, sin siquiera haber dicho una palabra de despedida. Si en algún momento pensé que Madame se sentiría afligida, que había establecido una especie de lazo emocional, me equivoqué. Actúa como si él nunca hubiera existido.

7 SEPTIEMBRE 1944

Después de semanas de bombardeos, esta mañana nos despertamos en silencio. Madame estaba demasiado asustada para aventurarse a salir, así que fui yo quien subió por las escaleras del sótano para investigar. Teniendo en cuenta las explosiones que nos han sacudido durante los últimos días, estaba preparada para lo peor, pero en lugar de tierra quemada encontré nuestros preciosos viñedos que se extendían sobre las colinas con una inocencia verde, fresca e intacta.

No estoy segura de cuánto tiempo estuve ahí, fascinada por las hojas ondulantes, pero finalmente, un estruendo lejano hizo que me pusiera rígida. Después de cuatro años de Ocupación, conocía bien ese sonido: era un convoy que avanzaba por la calle principal. ¿Los alemanes regresaban? Los motores sonaban cada vez más fuerte, y yo tenía cada vez más miedo. Por fin, impaciente por saber qué pasaba, empecé a trepar por el cerezo, ignorando el dolor que sentía en el costado y el hombro. Encaramada en las ramas observé una fila de vehículos que se dirigían hacia nosotros, acercándose más y más. Alcé una mano para tapar el sol que caía sobre mis ojos. ¿Eso que veía era una bandera? Entorné los ojos, tratando de distinguir los colores: rojo, blanco y azul. Abrí la boca pero no pude pronunciar sonido. Eran estadounidenses.

¡Ah, qué escena la de hoy en Beaune! Jamás olvidaré el júbilo de las calles, las multitudes de juerguistas, las banderas que ondeaban en todas las ventanas, las botellas de vino que pasaban de una mano a otra, los vítores tan fuertes que hacían zumbar mis oídos. Mis hermanos y yo bailamos hasta quedar sin aliento; luego hicimos una breve pausa para recuperarnos y bailamos un poco más. Abracé a todos nuestros vecinos, incluyendo a la anciana de la *boulangerie* que me había entregado mensajes secretos durante un año, y cuyo nombre nunca me había atrevido a preguntar. Para mi sorpresa, incluso vi a *monsieur* Fresnes sacar rodando a la calle un barril y servir vino para los soldados estadounidenses, como si él y su esposa no hubieran invitado a los alemanes a beber de la misma cosecha. Cuando lo saludé (no pude resistirme) me dio una copa de vino y me saludó con un frío movimiento de cabeza.

—¿Dónde está tu madrastra? —preguntó.

—No se encuentra bien —le dije. De hecho, Benoît y Albert le habían rogado que viniera con nosotros, pero rechazó sus súplicas con irritación—. Tiene migraña. ¡Ay! —alguien me empujó por detrás y el vino de mi copa se derramó sobre el vestido. Puse una mano sobre mis costillas adoloridas.

—Ay, disculpa. No te vi —*madame* Fresnes entró en mi campo de visión—. *Bonjour* —me ofreció una dura sonrisa.

—*Bonjour* —dije titubeante.

—*Chérie* —se giró hacia su esposo—. ¿Quieres hablar con *monsieur* le Maire? Acabo de verlo ahí con Jean Parent.

—*S'il vous plaît* —murmuré, aunque no escucharon mi muestra de cortesía. «Vayan —pensé mientras se retiraban—, vayan y adulen al alcalde, ahora que todavía pueden.» Los Fresnes son unos lamebotas oportunistas, pero a juzgar por las miradas duras que les lanzan, parece que todos en el pueblo piensan lo mismo. Hace mucho que revelaron sus verdaderas personalidades. Estoy segura de que la fortuna no les sonreirá mucho tiempo más.

Hay cosas que cuatro años de Ocupación me enseñaron a temer. Un uniforme gris con verde visto de reojo. Los puestos de control. Un toque inesperado en la puerta. Fue esto último lo que nos despertó de madrugada, un fuerte golpe que retumbó en la casa. Benoît empezó a llorar y Albert corrió hacia mí mientras caminaba tambaleante y somnolienta hacia el pasillo. Madame apareció con su camisón y murmuró:

—¿Quién es?

Mi primer pensamiento, aún con la conciencia nublada, fue que era papá, y en el instante en que entró en mi mente, bajé corriendo las escaleras.

—¡Espera! —ordenó Madame entre dientes, pero era demasiado tarde. Ya estaba abriendo la puerta.

—¿*Madame* Virginie Charpin? —dijo una voz. De repente, tres hombres me apartaron a empujones y entraron en casa. Entorné los ojos para ver quiénes eran: *monsieur* Parent, el alcalde y ¿*monsieur* Fresnes? Llevaban sombreros y trajes de *tweed*, con bandas tricolor alrededor de las mangas: azul, blanco y rojo, los colores de Francia. Los colores de la Resistencia.

—¿Por qué están aquí? —gritó Madame—. ¿Qué quieren?

—Virginie Charpin —repitió *monsieur* Parent—. Queda arrestada por colaboracionismo. —*Monsieur* Fresnes se acercó y sujetó a Madame de los brazos.

—Por favor —rogó mi madrastra—. ¿Por qué hacen esto?

—¿*Madame*, no recibió todo tipo de beneficios materiales a cambio de… eh… atenciones por parte de un oficial alemán? Sus hijos están bien alimentados. Su casa se ha mantenido caliente. ¡Incluso se ha arreglado el cabello!

Madame abrió muy grande la boca, igual que yo. Escuchar estas acusaciones de los labios de *monsieur* Fresnes, un hombre tan cercano a la Francia de Vichy —tanto, que le había regalado al mariscal Pétain una parcela de viñedos de Clos du Vougeot…—, bueno, podría haberme ahogado en la ironía.

—¡Pero no tienen autoridad! —protestó Madame—. La guerra ni siquiera ha terminado.

—El Comité de Libération se formó hace dos días, *madame* —dijo el alcalde—. Comenzaremos con los tribunales de inmediato. Se le acusa de socavar la moral nacional con su comportamiento antipatriótico.

Madame se agitó violentamente en manos de *monsieur* Fresnes.

—*C'est pas possible!* —protestó—. *Ce n'est pas juste!* —sus palabras resonaron por toda la casa: «No es justo».

—Vamos, vamos, *madame* Charpin —dijo el alcalde, en tono tranquilizador—. No hay necesidad de que se ponga histérica. Le aseguro que todo esto va a ser más fácil si permanece en calma.

—¿En calma? —intentó soltarse de nuevo —. ¿En calma? —sus ojos ardían en contraste con su piel pálida—. Entran a la fuerza en mi casa a mitad de la noche, me atacan con estas ridículas acusaciones, me detienen delante de mis hijos, ¿y esperan que permanezca *en calma*? —ahora gritaba. Escupía al hablar y sus gestos trastornados eran como los de una loca—. ¡No he hecho *nada peor* que cualquiera de *ustedes*!

Cuando escuchó esto, el rostro de *monsieur* Fresnes se ensombreció. Entonces agarró sus manos y con violencia excesiva la obligó a llevar los brazos detrás de la espalda.

—Eso lo decidirá el tribunal, *madame*.

De repente, ella se desplomó y empezó a llorar, sin que le importaran las lágrimas y los mocos que corrían por su cara.

—Por favor —sollozó—. Mi niño, mi Benoît, es tan frágil. No podía soportar verlo desfallecer. Sólo lo hice para cuidar a mis hijos. Con su padre ausente, soy lo único que tiene en este mundo. Por favor, déjenme quedarme con él, no me lleven. Tengan algo de compasión. Por favor, *por favor.*

El alcalde y *monsieur* Parent intercambiaron una mirada.

—Me temo, *madame*, que se le acusa de más que un mero, eh…, colaboracionismo horizontal —el alcalde tosió suavemente—. Es más serio el asunto de que colaboró como informante de la Gestapo. El Comité sabe de una redada contra un circuito de la resistencia local; supuso, por lo menos, una ejecución; el líder fue ejecutado por un pelotón de fusilamiento.

—¡Era mi sobrino! —exclamó *monsieur* Parent.

Mis pulmones se quedaron sin aire. ¿Stéphane había muerto? Lo había sospechado, lo había temido, pero al escuchar la confirmación, sentí una oleada de náuseas en la garganta. Vino a mi mente la imagen de la última vez que lo vi: los hombros encorvados, el hilo de sangre que corría por la cara, los ojos altivos. Estaba tan vivo, era tan vital, ¿cómo podía estar muerto? Miré con rabia a mi madrastra, mientras una furia ardiente recorría mis venas.

—¿Yo? —exclamó Madame—. ¿Una informante? ¡No tengo idea de

qué hablan! Yo nunca… no podría ni imaginarlo… en el fondo de mi corazón siempre permanecí leal a Francia.

Su descaro me sacó de mi silencio.

—¡*Mentirosa*! —grité con voz aguda—. ¡Sabes exactamente de qué están hablando! Me espiaste durante semanas y les diste información a los alemanes. Eres una traidora, Virginie, y ahora todos lo saben, incluyendo tus hijos. *Fille de Boches!* —Las palabras salieron disparadas de mi boca, impulsadas por la tristeza y la rabia.

—Andando —dijo *monsieur* Parent, empujando a Madame hacia las escaleras.

—Pero, ¿por qué Hélène sigue libre? —dijo Madame rápidamente—. Si yo soy la informante, si yo soy la traidora, ¿por qué ella fue la única del grupo que dejaron libre? ¿Por qué ella es la única a la que no le pusieron esposas? Cuenta una historia bonita pero, ¿ya se detuvieron a pensar que quizá *ella* es la que sigue caminando en absoluta libertad, *porque fue ella quien delató a sus amigos*?

—¿Qué? —me tambaleé en las escaleras—. ¡Eso es mentira! Hay muchos que pueden abogar por mí, sólo pregúntenle a *madame* Maurieux, del Café des Tonneliers —demasiado tarde recordé que había desaparecido, quizá estaba muerta—. O… o a la anciana de la *boulangerie* de la place Carnot… —titubeé al recordar que nunca le había preguntado su nombre.

Monsieur Fresnes había soltado a Madame, quien ahora estaba en cuclillas abrazando a Benoît y hundiendo la cara en su cabello, con los hombros temblando por los sollozos. Era una imagen conmovedora de amor maternal. Por muy falsas que fueran sus palabras, yo no dudaba de su devoción materna ni su miedo, que eran muy, muy reales.

—¿Sabes? —dijo *monsieur* Fresnes sin dirigirse a nadie en particular—. No lo dije antes, pero mi esposa sí mencionó algunos rumores sobre Hélène.

El alcalde se giró hacia mí y un escalofrío me recorrió la espalda.

—¡Está mintiendo! —insistí —. ¡Ella diría cualquier cosa para salvar su pellejo!

—Shh…, shh…, no llores. —Madame consoló a Benoît—. *Maman est là, maman est là.*

—Hélène Charpin —dijo el alcalde—, vendrá con nosotros para ser interrogada.

—¡Esto es ridículo! —protesté—. No he hecho absolutamente nada malo, cualquier miembro de mi circuito se lo dirá.

—Todos los miembros de tu circuito están muertos —dijo Madame.

Monsieur Fresnes se acercó rápidamente a mí y me ató las muñecas.

—¡Diles la verdad, Virginie! —grité—. ¡Diles que soy inocente!

Por un segundo, una sombra de culpa atravesó sus rasgos, y percibí que dudaba. Pero antes de que pudiera responder, los hombres empezaron a bajarme por las escaleras, azotándome violentamente en cada escalón. Lo último que vi de Madame fue su cabeza inclinada sobre la figura delgada de Benoît, con el cuerpo relajado por el alivio.

21 SEPTIEMBRE 1944

Los últimos dos días han sido de pesadilla; peor aún: una humillación más grande de la que podría haber imaginado. Durante todo el camino a Beaune mantuve la esperanza en la sensibilidad de mis compatriotas. Sin embargo, cuando llegamos, no hubo justicia. No hubo tribunal. No hubo una sola voz compasiva. Sólo había una multitud con sed de venganza, con ganas de castigar a *les putes*, a las putas, a las mujeres que se habían sometido de la manera más obvia y carnal a los invasores, un grupo de seis al que, por alguna incomprensible razón, me había unido. La multitud estaba tan ávida de deshonrarnos que nadie hizo una pausa para averiguar la verdad. Unas manos me desgarraron la ropa, me desnudaron. Con palos, me empujaron por las calles. Me rasuraron la cabeza con navajas, me cortaron todo el cabello. Me embadurnaron con pintura las partes más íntimas, manchándome la piel con dibujos de esvásticas. Me lanzaron abucheos, burlas y escupitajos, junto con gritos de «puta» y «ramera». Me tiraron piedras que recogían del suelo.

Escribo este relato con la mayor claridad posible para que quede constancia de lo sucedido, para que nadie olvide lo que le ocurrió a este grupo de mujeres. Escribo este relato porque vi con mis propios ojos que los perseguidores más entusiastas de hoy eran los cobardes más desvergonzados de la guerra —traidores, informantes, traficantes—, que esperan purgar su comportamiento haciendo de otros unos convenientes chivos expiatorios.

Más tarde, oí que la llamaban «purga salvaje». El salvajismo, sí, lo comprendo. Aquella era una furia salvaje, alimentada por la mojigatería y el miedo. Sin embargo, «purga» tiene menos sentido para mí. Aseguraron que estaban eliminando la inmundicia de la sociedad, pero lo que realmente querían era eliminar la culpa de sus propias almas.

Dejé los viñedos de madrugada y regresé de madrugada. Es el último lugar en el que quiero estar, pero semidesnuda, con la ropa hecha jirones, con la cabeza afeitada, con una herida sangrante en la cabeza, no tengo otro lugar adónde ir. Al menos todos están dormidos, de manera que no tengo que ver a Madame ni escuchar su voz hipócrita tratando de justificar sus acciones. Me duele la cabeza, me da vueltas, unas manchas de luz flotan ante mis ojos. Voy tambaleándome a mi habitación y cierro la puerta.

Albert me despierta. Tiene un trapo húmedo en la mano y trata de limpiarme la herida de la cabeza. La luz del sol brilla desde la ventana, un resplandor que hace que se me revuelva estómago. Me tapo los ojos con una mano.

—*Ça va, Léna?* —me pregunta Albert, inclinado sobre mí, con una voz tan aguda que me taladra el cráneo. Me giro a un lado, tengo arcadas, arcadas y arcadas.

¿Qué es ese olor? ¿Lo percibes? Llena mis fosas nasales, me ahoga, me ennegrece los pulmones de dentro hacia afuera: un olor acre, a quemado, como los negros escombros del Café des Tonneliers. Albert acerca una taza a mis labios. «Toma caldo, Léna», me pide. Inhalo el vapor y me echo hacia atrás, el terrible olor me quema la nariz. «¡Llévatelo!», grito y le tiro la taza de la mano. Cae al suelo y se hace pedazos.

Me duermo y sueño con manos. Me arrancan la ropa. Me arrancan el cabello. Me tiran piedras a la cara. Me toman por los hombros y me sacuden hasta que mi cabeza se agita como si fuera la de una muñeca de trapo. Me despierto gritando, y veo a una mujer sentada en una silla al pie de mi cama. Tiene el rostro fruncido, mostrando una conocida mueca de decepción.

—Hélène —me llama—, *comment vas-tu?*

Trato de responderle, pero mis palabras se amontonan, como si estuviera ebria. ¿Estoy drogada? Quizá eso explica la pesadumbre de mis extremidades, este mareo persistente. Estoy tan cansada, tan cansada, tan cansada y, sin embargo, cuando cierro los ojos, mi mente se niega a tranquilizarse. Garabateo en estas páginas tratando de detener los pensamientos que giran en mi cabeza. Escondo el libro bajo las almohadas siempre que escucho pasos en el rellano.

Ahora hay un hombre en mi habitación; sus rasgos toscos se hacen borrosos conforme se acerca. No lo conozco, ¿o sí? Alza delicadamente la venda que cubre mi cabeza.

—Abre los ojos —me pide. Con dificultad obedezco. Sus palabras flotan hacia mí—. Pupilas dilatadas... Está desorientada... Herida en la cabeza... Posiblemente fatal... No deje que se duerma...

Una vez más, una mujer permanece a mi lado. Conozco su cara. Es muy, muy familiar. Es mi madre. No, no. Es mi *madrastra*. Me toma de las manos con demasiada fuerza y yo trato de quitármelas de encima.

—Hélène —dice con voz cortante—. ¡Mantente despierta! Maldición, ¡mantente despierta!

Pero no puedo.

CAPÍTULO 16

—¿Eso es todo? —preguntó Jean-Luc, señalando con un gesto el diario—. ¿No hay nada más?

Hojeé las páginas que quedaban del cuaderno.

—Está en blanco.

—Pero, ¿qué le pasó a Hélène? Simplemente... ¿Murió?

—Supongo —respiré profundamente y exhalé con lentitud—. Por Dios, Jean-Luc, no puedo creer lo que acabamos de leer —sentí que el estómago se me revolvía a causa de la tristeza y la indignación—. Ahora comprendo por qué mantuvieron a Hélène en secreto durante todos estos años —se me quebró la voz—. Es peor de lo que había sospechado.

Jean-Luc me dio una palmadita en el hombro, pero apenas lo noté. Cuando el reloj del pasillo dio las cuatro fuimos a la cocina y empezamos a preparar té. Me di cuenta de que llevábamos horas ahí, leyendo el diario de Hélène en voz alta. Estaba a punto de amanecer y yo me sentía emocionalmente vacía. ¿Cómo les iba a contar a Nico y a Heather lo que había descubierto? Al pensar en ellos, un dolor sordo se extendió por mi nuca. Durante los últimos meses había imaginado miles de historias horrorosas acerca del destino de Hélène, pero nada habría podido prepararme para esta verdad.

—Toma —Jean-Luc me ofreció una taza humeante—. Té con miel —después se acercó a la mesa de al lado, sacó una botella de un licor barato y vertió un chorrito en cada una de las tazas—. *C'est du marc* —explicó.

—*Merci* —dije. El brandy tocó el fondo de mi garganta y extendió su calor hacia mi estómago, aflojando los músculos tensos de la nuca, de manera que mi cabeza flotó libremente—. ¿Cómo pudieron soportarlo? —pregunté—. ¿Vivir con esa enorme mentira durante toda su vida? Tío Phillipe siempre decía que nuestro destino estaba conectado con esta tierra, que teníamos la responsabilidad de cuidar estos viñedos, que nuestra familia había luchado durante generaciones para preservar su patrimonio. Pero ahora que sé que mi bisabuela fue una mujer deshonesta, una traidora —respiré profundamente—. No le importaba proteger nuestro patrimonio. ¡Sólo le importaba salvarse a sí misma! —negué con la cabeza, tratando de procesarlo todo—. Siempre pensé que mi madre estaba loca por haberle dado la espalda a este lugar. Me parecía ridículo, como un capricho estúpido, pero ahora veo que tenía razón. Este lugar tiene demasiada historia como para poder vencerla. Es... Es insuperable —un escalofrío me recorrió la espalda y me crucé de brazos, apretando la mandíbula para evitar que me castañetearan los dientes.

—Toma —Jean-Luc se puso de pie, se quitó el suéter y trató de ponerlo sobre mis hombros.

—Estoy bien, estoy bien —dije, tomando una manga de cachemir entre mis dedos.

—¡Ay, Kat! —exclamó irritado—. ¿Por qué no dejas que te cuide?

Me atraganté con un sorbo de té. ¿Cuidarme? Levanté la mirada y vi que Jean-Luc tenía la mirada fija en el suelo, y que se sonrojaba lentamente.

—Oh —murmuré.

—Cuando supe que ibas a volver, pensé que no podría soportarlo —dijo en voz baja—. Estoy seguro de que tú sabías cómo me sentiría. Tenerte tan cerca fue una tortura para mí.

Negué con la cabeza.

—Pero, ¿y Louise?

—Ay, Kat —dijo suspirando—. Siempre has sido sólo tú. —Vi tanta tristeza y vulnerabilidad en su rostro que mi corazón empezó a derretirse como mantequilla sobre pan caliente. Cerré los ojos, esperando que me tomara entre sus brazos, que me estrechara con fuerza, que acariciara delicadamente mis labios con los suyos.

Abrí los ojos. Jean-Luc estaba inmóvil en su silla, observando su té con expresión inescrutable. Esa muestra de sensibilidad había quedado oculta tan rápidamente como había aparecido. Si me había perdonado aún no había olvidado el dolor que le causé. Contuve el aliento; mis pensamientos eran un remolino de impulsos y consecuencias. ¿Qué significaría para cada uno de nosotros? Observé sus manos sobre la mesa, sus dedos largos y endurecidos por los callos. Manos fuertes, manos de campesino, desgarradoramente elegantes y, de repente, me sobrecogió una sola emoción: lo único que realmente quería era que nos cuidáramos uno al otro.

—¿Jean-Luc? —murmuré, estirando los dedos para acariciar los suyos.

Su sonrisa provocó que una descarga recorriera mi cuerpo aun antes de tocarnos. En nuestra prisa por llegar el uno al otro, volcamos nuestras sillas. Sus manos se enredaron en mi cabello, tomaron suavemente mi cuello… y nos besamos. Nuestra ropa caía al suelo, su ternura era a la vez familiar y desconocida, como el recuerdo de un sueño muy antiguo, de un tiempo en que yo había sido feliz.

Me despertó el canto de los pájaros, un alboroto de trinos persistentes. La habitación estaba en penumbra, pero unas rendijas de luz delineaban las ventanas. Me estiré en la cama y sentí las sábanas limpias contra mi piel desnuda. Poco a poco regresaron a mi mente los acontecimientos de la noche anterior. Jean-Luc y yo en la cocina. Cómo subimos desnudos a su habitación. Cómo caímos sobre la cama. Me sonrojé.

En la mesa de noche encontré una taza de café y una nota.

Chérie,

Dormías tan profundamente que no quise despertarte. Tengo una reunión en Beaune a la que no puedo faltar. Regresaré a las 2:00 pm para llevarte a París.

Bisous,

J-L

El café estaba tibio pero me reanimó. Mis pensamientos volvieron otra vez a Hélène y a su diario, y a todo lo que habíamos descubierto la noche anterior. En la brillante luz de la mañana, mi conmoción inicial empezó a desvanecerse. Sin embargo, aún no tenía ni idea de cómo proceder.

Me bañé y preparé mi pequeña maleta, mientras me preguntaba cuándo volvería a este lugar. ¿Qué nos deparaba el futuro? La noche anterior había sido como un sueño, pero ahora las brumas empezaban a disiparse. ¿Estaríamos Jean-Luc y yo destinados a una relación a distancia? ¿El nuestro iba a ser un romance de conversaciones por Skype, orquestadas cuidadosamente en función de las zonas horarias? Sólo pensar en la logística me extenuó. No podía evitar sentir que estábamos en la misma situación en la que habíamos estado diez años atrás: éramos más viejos pero no más sabios, y aún teníamos las mismas responsabilidades y ambiciones.

Metí un suéter en mi maleta y traté de cerrarla. ¿Era posible que nuestras vidas fueran incompatibles? «Sólo concéntrate en el Examen —me dije—. Si se aman el uno al otro las cosas se arreglarán solas». Sin embargo, al pensar en el Examen se me aceleró el corazón. Sólo faltaba una semana y, sin embargo, yo estaba al otro lado del mundo, envuelta en una tragedia familiar, cuando debía estar repasando varietales de uvas o el papel de las enzimas en la producción de vino. Me llevé las manos a la cabeza, que había empezado a dolerme. Todo se me juntaba: mi angustia por Hélène, mi preocupación por un futuro con Jean-Luc, el nerviosismo por el Examen; todo me asaltaba de manera que el pánico me cerraba la garganta, asfixiándome, paralizándome.

Tenía que salir de ahí. Necesitaba regresar a casa y presentar el Examen y, una vez que hubiera terminado, quizá podría descubrir qué hacer con todo lo demás. Al pensar en mi regreso a San Francisco, la tensión que me constreñía el pecho empezó a disiparse. Le dejaría a Jean-Luc una nota —esperaba que lo comprendiera—, y llamaría un taxi para que me llevara a la estación de tren de Dijon.

Quince minutos después estaba en el asiento trasero de un renault, viendo pasar por la ventana aquel paisaje tan familiar.

—¿Podemos hacer una parada antes de tomar la autopista? —le pregunté al chofer, que asintió—. Dé la vuelta en esta entrada. Será sólo un segundo.

Toqué en la puerta trasera; nadie respondió y entré como siempre lo había hecho. La cocina no era más que un enorme hueco de cemento, con lonas de plástico cubriendo los muebles de madera.

—Por Dios, Kate, ¡me metiste un susto de muerte! —gritó Heather cuando la encontré arriba, doblando ropa—. Espera un segundo. ¡Kate! ¿No deberías estar en San Francisco? ¿No tienes que presentar el examen como en setenta y dos horas?

Consciente de que el taxi me esperaba con el parquímetro en marcha, puse el diario de Hélène en sus manos.

—Jean-Luc y yo lo encontramos anoche. Nico y tú lo tienen que leer.

Me observó con total desconcierto.

—Es el diario de Hélène. Luego te explico. Un taxi me espera abajo, no puedo perder el vuelo. ¡Sólo léelo! —grité, mientras corría por el pasillo—. Y ponte en contacto conmigo cuando termines —bajé corriendo las escaleras y salí por la puerta, moviéndome con más agilidad de la que había tenido en días.

Tardé más de veinticuatro horas en llegar a casa, a San Francisco, más de un día completo de viaje. Subí tambaleándome por las escaleras de mi apartamento, con las piernas entumecidas por haber estado sentada en un asiento de los baratos, y me dolía la cabeza. En la sala, desenterré un montón de tarjetas de estudio y empecé a hacerme preguntas sobre las varietales de uvas italianas, concentrada una vez más en el examen al que me iba a presentar dentro de siete días.

—¡Kate! ¡Mi querida niña! —Jennifer abrió la puerta de par en par—. ¡Mañana es el gran día! ¿Cómo te sientes?

—Nerviosa —admití, besándola en las mejillas.

—¡Lo harás bien! —dijo, haciendo un gesto con la mano. Luego tomó mi abrigo y lo lanzó sobre el perchero—. De cualquier manera, hoy no vamos a hablar del examen. Esta noche es para relajarse. Bax ha estado cocinando todo el día y sólo vamos a comer, a charlar y a beber… Una copa de vino cada uno —alzó una ceja—. Después de todo, tienes que estar fresca para mañana.

Entré a su casa sintiéndome, como siempre, acogida por el alegre desorden.

—Cuidado con los zapatos —dijo Jennifer, apartando varios pares del camino—. ¡Niños! —gritó hacia las escaleras—. ¡Saluden a Kate!

—¡Hola, Kate! —me gritaron dos voces.

Seguí a Jennifer escaleras abajo hacia la cocina, respirando el aroma del ajo salteado y el perejil picado. De inmediato fue a la nevera y sirvió dos vasos de agua mineral.

—¿Champán de pobres? —bromeó, ofreciéndome un vaso.

Sonreí débilmente.

—Ay, querida niña —dijo—. Pareces un poco nerviosa. De verdad desearía que dejaras de preocuparte. Después de todo, sólo es un estúpido examen —su mirada penetrante me recorrió de arriba abajo, asimilando todo—. O… ¿Pasa algo más?

Me quedé en silencio y me sonrojé.

—¿Te acuerdas de la *cave* secreta que encontramos en Domaine Charpin? —pregunté por fin.

—Desde luego.

—La semana pasada regresé a Borgoña. No, espera. Déjame terminar —dije cuando vi que abría los ojos como platos—. Pensé que había descubierto una forma de encontrar las Gouttes d'Or. Pero, en cambio, encontré un diario de la Segunda Guerra Mundial que contiene revelaciones espeluznantes sobre mi familia —le conté la historia de Hélène, apartando la mirada, demasiado avergonzada para mirarla a los ojos—. La historia es tan terrible que a veces pienso que no es real. En esos momentos me obligo a reconocer que estas cosas realmente ocurrieron. Honestamente, no sé cómo vivir con la vergüenza. Constantemente estoy escrutando mis pensamientos, temerosa de que revelen que, en el fondo, soy una intolerante.

—Ay, Kate. —Jennifer bajó la cabeza.

Di un sorbo a mi vaso de agua.

—Perdona. Se suponía que esta iba a ser una tarde relajante. No quiero agobiarte con estas cosas.

Ella se quedó mirando el piso por largo rato.

—Creo, de hecho —dijo lentamente—, que soy una de las pocas personas que realmente podrían comprenderte. Crecer en Sudáfrica a la sombra del *apartheid* no fue fácil. Si hablo poco al respecto es porque aún me duele. Mi padre era un afrikáner y un racista en el más puro sentido de la palabra. Mi madre también. Ahora me doy cuenta, pero me llevó mucho tiempo aceptarlo. Él aterrorizaba a mi madre. Le pegaba. A mí y a mis hermanas también. A todas nosotras, sus hijas —sus labios se contrajeron en una sonrisa amarga—. Es un poco diferente para ti porque no conociste a tu bisabuela. Sin embargo, yo pasé mucho tiempo tratando de comprender las elecciones que hicieron mis padres. A veces me pregunto si esa no era simplemente otra manera de justificar sus acciones —suspiró y se quedó en silencio.

—Pero, ¿cómo lidias con ello? —alcé la voz—. ¿Cómo puedes aceptarlos como tu familia, y amarlos y condenarlos al mismo tiempo?

—De la misma manera —respondió simplemente—. Haciendo preguntas y tratando de comprender sus decisiones. No para excusarlos —añadió—, sino para poder hacerme responsable.

Antes de que pudiera responder, una figura corpulenta bajó las escaleras.

—¡Kate! —dijo Baxter con voz atronadora, tendiendo su gruesa mano para saludar—. ¿Cómo te va, querida? ¡Mañana es el gran día! Preparé tu estofado de ternera favorito. Si eso no te da buena suerte, no sé qué lo hará —me sonrió, pero su sonrisa desapareció cuando vio mi expresión desencajada—. ¡Al diablo el examen, Jennifer! ¡Dale a esta chica una copa de vino!

Durante el resto de la tarde, Baxter hizo su mejor esfuerzo para alegrarnos, apilando comida deliciosa sobre nuestros platos y sacando a relucir las historias más graciosas de su infancia en Carolina del Sur. Incluso ignoró las protestas de su esposa y me sirvió una segunda copa de vino.

—Es medicinal —insistió. Para cuando me despedí de todos, ya había conseguido compartimentar una vez más mis sentimientos sobre Hélène.

Jennifer me acompañó hasta el coche.

—Llámame mañana cuando hayas terminado —dijo—. Y recuerda: en este momento ya es más cuestión de suerte que de conocimiento.

Sonreí lo más alegremente posible.

—Gracias.

Esperé a que cerrara la puerta para arrancar el coche y salir a la calle. Todavía era temprano, apenas las ocho de la noche, así que conduje por Pacific Heights, observando las luces de la bahía de Bridge, que brillaban como lentejuelas contra el cielo oscuro. Por lo general, ese camino me resultaba reconfortante, pero mientras el coche descendía rápidamente por las colinas —cuanto más me alejaba de ese foco de tranquilidad y seguridad que era Jennifer—, más angustiada me sentía. No estaba lista para el Examen. Aún no. La semana anterior, durante el último examen de prácticas, había identificado incorrectamente un *chardonnay* francés como californiano.

—¿Percibiste los sabores maloláctricos? —me preguntó Jennifer con cautela—. ¿Estás analizando siquiera lo que pruebas?

Masculló una excusa y seguimos adelante. Sin embargo, ella dejó claro que si seguía cometiendo ese error estúpido, iba a suspender.

Con manos temblorosas me estacioné afuera de mi edificio y me dirigí a la puerta. Estaba tan preocupada que no percibí la figura que estaba sentada en los escalones hasta que llegué a su lado.

—Kate.

Grité y me tambalee en las escaleras pero logré sujetarme de la barandilla para no caer.

—Perdona, perdona. No era mi intención asustarte —bajo el brillo de las farolas la mitad del rostro de Jean-Luc quedó en la sombra.

—¿Qué estás haciendo aquí? —mi mente estaba tan ocupada con el Examen que me sentí mareada, como si me hubiera despertado de un sueño. Di un paso adelante para abrazarlo y sentí que sus brazos me envolvían, firmes y fuertes. La débil luz apenas me permitía apreciar la suave barba que le cubría la cara, la ropa arrugada que hablaba de horas de viaje.

—¿Puedo pasar? —preguntó.

Dudé. Más que nada en el mundo quería quedarme despierta con él toda la noche. Pero el Examen resplandeció ante mi cara como un faro furioso.

—Ya sé que tu examen es mañana por la mañana —dijo rápidamente—. Pero tengo algo que debes ver, algo importante que sentí que necesitaba traerte yo mismo. Sólo me llevará un minuto.

Dentro de mi apartamento rebuscó en el bolsillo interior de su abrigo y me entregó un sobre.

—*Tiens.*

—¿Qué es?

Respiró profundamente.

Es una carta de Hélène.

Con dedos temblorosos saqué la carta del sobre. Las hojas, arrugadas y quebradizas, estaban cubiertas con la cuidadosa caligrafía de Hélène.

1 NOVIEMBRE 1944

Chers Albert et Benoît,

Cuando lean esto, ya me habré ido. Por favor, no intenten buscarme. Me voy porque quiero empezar una nueva vida y, además, aún no sé adónde iré. Desearía que las cosas fueran diferentes. Desearía verlos crecer y convertirse en los hombres de bien que sé que van a ser. Sin embargo, quiero que tengan la oportunidad de dejar atrás esta guerra, igual que todos, y sé que será mucho más fácil si yo no estoy.

Ya sé que estas últimas semanas han presenciado cosas horribles. Para ser honesta, no estoy segura de que pueda perdonar a su madre algún día. Sin embargo, para evitar que la juzguen demasiado duramente, hay dos cosas que quiero que sepan. Primero, creo sinceramente que las decisiones que tomó fueron fruto del profundo amor que siente por ustedes, sus hijos. Por eso no puedo culparla, porque yo también los quiero profundamente. Segundo, es en parte gracias a su madre que puedo irme. Anoche me llevó su joyero, y juntas cosimos su contenido en el forro de mi abrigo. «Espero que sea suficiente, Hélène», dijo en voz baja, tratando de ocultar su remordimiento. Se siente avergonzada, con toda razón, y siempre lo estará. Este acto no es suficiente para absolverla. Aunque yo no soy capaz de perdonarla, sí siento una pizca de compasión por ella. La guerra ha sacado lo mejor y lo peor de cada uno de nosotros.

Mes petits frères, espero que me recuerden, a mí y a papá, y las horas felices que pasamos juntos en los viñedos. El verdadero legado de papá está en esta tierra, en las plantas que crecen en nuestro amado suelo rocoso. Sin embargo, también nos dejó algo tangible: un sótano lleno de botellas valiosas, escondidas en un lugar secreto. Nadie más sabe de él, ni siquiera su madre, pero puse una pista en el libro favorito de papá que les ayudará a encontrarlo.

Hay algo más que les dejo: mi diario. Se los doy porque siento que es importante preservar un registro de lo que ocurrió. Sin embargo, comprenderé que quieran descartarlo junto con el pasado.

Y es aquí donde debo hacer mi propia confesión: cuando abandone el viñedo esta noche, será con las botellas de Les Gouttes d'Or metidas en mi maleta. Lamento mucho quitarles parte de su patrimonio, pero no veo otra opción. Mi plan es ir a París, vender el vino al mejor postor y usar el dinero para dejar Francia para siempre. ¡Ay, cómo me aterra escribir estas palabras!, ¡yo, que apenas puedo pronunciar el más simple saludo en una lengua extranjera! Pero espero que la ayuda que alguna vez ofrecí a otros regrese a mí.

Alors, Albert, Benoît, les digo *au revoir*. Cómo voy a echar de menos sus vocecitas, sus queridos rostros. Espero que piensen en mí de vez en cuando. Y si lo hacen, recuerden esto: Nosotros peleamos por la justicia y la compasión que definen la civilización.

Je vous embrasse,
HÉLÈNE

Levanté la vista de la carta y encontré la mirada de Jean-Luc.

—Entonces… ¿No murió? —dije casi sin voz.

Negó con la cabeza.

—Virginie… —me aclaré la garganta—. Al final, ¿le ayudó?

—No basta para redimirla, pero al menos es algo.

Toqué una esquina del papel.

—Me pregunto si Albert y Benoît encontraron la carta.

Él se encogió de hombros.

—¿Quién sabe? Supongo que en cuanto Hélène se fue, Virginie guardó todas sus pertenencias en cajas y llevó todo al sótano. Ojos que no ven, corazón que no siente, ¿verdad? Creo que la culpa y la vergüenza debieron de ser intolerables. Seguramente, no pudo evitar que sus hijos hablaran sobre su hermana, así que les dijo que Hélène se había marchado y había muerto. Finalmente, mandó poner el banco y la placa en el cementerio del pueblo.

—¿Dónde encontraste la carta?

—Me la dio Louise —admitió, ligeramente avergonzado—. Me la llevó justo después de que te fuiste. Hacía meses que la había descubierto en un libro usado en el dispensario de caridad de Beaune. Trató de comprar la caja, pero Bruyère y tú...

—Me acuerdo, ofrecimos más dinero que ella —chasqueé los dedos—. Ya sabía que esa tarde se traía algo entre manos.

—Cuando Louise leyó la carta, empezó a buscar la *cave* secreta de inmediato y reclutó a Walker para que le ayudara. Sospechaban que estaría en algún lugar de Domaine Charpin, pero esperaban que Nico y Bruyère les dieran una parte si podían llevarlos hasta ella.

—Pero yo la encontré primero. Aunque, ¿por qué te dio la carta?

—Como Nico y tú fueron muy discretos con el asunto de la *cave*, ella desconocía que ya la habían descubierto —me explicó—. Acudió a mí y me pidió ayuda. Resulta que Louise es mucho más conservadora de lo que pensaba. De hecho, es aterradoramente extrema. Está convencida de que hay que mantener el vino en Francia. Supo que habíamos ido a la abadía juntos y me ofreció compartir las ganancias de las ventas en Francia si le decía lo que habías descubierto.

—Parece un plan muy inverosímil.

Jean-Luc alzó una ceja.

—¿No es todo inverosímil en el negocio del vino? El noventa y nueve por ciento de mi éxito depende del *clima*.

Sonreí débilmente y Jean-Luc aprovechó la oportunidad.

—Escucha, Kat, vine aquí porque sabía lo mucho que la carta de Hélène significaría para ti. Pero no es la única razón —titubeó y se pasó una mano por el cabello—. Ya sé que muchas cosas han cambiado desde, desde... bueno..., desde la última vez que estuvimos juntos. Nos hemos convertido en personas diferentes, quizá. Pero mis sentimientos por ti nunca han cambiado. Aún eres la persona que quiero ver todas las mañanas y con la que quiero compartir una copa de vino todas las noches —me ofreció una sonrisa torcida que provocó que mi interior se derritiera—. Kat —dijo en voz baja—. ¿Tú te...?

Se calló cuando me separé de él.

—¡Ay, Jean-Luc! —hice una pausa, tratando de ordenar mis pensamientos—. Desde que me fui de Borgoña he estado pensando en esto. En nosotros. En cómo podemos hacer que funcione. No creo que ninguno de los dos quiera una relación a distancia. Yo quiero despertar contigo cada mañana, desayunar contigo, que cocinemos la cena juntos.

Pero mi vida está en California y tú tienes el viñedo en Francia y, bueno… —incliné la cabeza—. Yo no puedo regresar.

—¡Pero espera, espera, espera! —¿Por qué sonreía?— ¡No me dejaste terminar! Y si yo… —hizo gesto dramático con la mano—. ¿Y si yo quisiera irme de Francia?

Abrí grande la boca.

—¿Y los viñedos?

—Es la Côte d'Or, *chérie*. No voy a tener problemas para encontrar comprador.

—Pero, ¿cómo podrías…, por qué…? Tu vida entera….

—¡Exacto! —se sonrojó—. Ha sido mi vida entera. Incluso desde que era niño, sabía que iba a convertirme en *vigneron* y que iba a administrar el viñedo de la familia, tal como mi padre y su padre y el padre de su padre, y así sucesivamente, hasta el principio de los tiempos. Pero Kat, lo que más me importa eres tú. Claro, sí. Podría seguir haciendo vino en Borgoña para siempre, pero preferiría hacer otra cosa si eso significa tenerte a mi lado.

Recordé la noche en que, años atrás, Jean-Luc me besó por primera vez. Durante muchos días después había estado tonta de felicidad, flotando en mis clases con el sonido de su voz en mis oídos. Recordé el día en que terminé con él, las lágrimas, las dudas y, por fin, la mojigatería con que había justificado mi decisión. Estaba convencida de que era lo mejor para los dos. ¿Cómo habría podido saber que el sacrificio y el trabajo duro no siempre tienen una recompensa, que la suerte desempeña un papel mayor en el éxito de lo que cualquier persona triunfadora admitiría?

Al otro lado de la mesa de la cocina Jean-Luc me observaba con sus ojos claros y leonados. Jean-Luc, con cuyas manos aún soñaba. Jean-Luc, cuya amistad aún echaba de menos. Jean-Luc, cuya ausencia había sentido tan profunda que incluso tenía rechazo hacia el tipo de vino que él hacía. Durante diez años lo tuve presente. Respiré profundamente y alcé mi rostro hacia el suyo.

—Te eché de menos. Mucho. No, no. Más que eso, Jean-Luc… —me quedé sin voz y tragué saliva, tratando de contrarrestar su temblor—. No ha pasado un sólo día que no haya pensado en ti —su rostro mostró una gran sonrisa. Antes de que pudiera pensarlo dos veces, rodeé la mesa, me puse de puntillas, acuné su rostro entre mis manos y lo besé, suavemente al principio y después, conforme me respondía, cada vez con más pasión, hasta que el resto del mundo se esfumó.

Doce copas brillaban en la mesa frente a mí, acomodadas en un semi-círculo. Con las puntas de los dedos acomodé la más lejana, y fruncí el ceño cuando vi las manchas de agua que enturbiaban su pie. ¿Por qué no las había pulido con más cuidado anoche? ¿Las manchas de agua daban mala suerte? Vi al chico de mi derecha. Sus copas estaban inmaculadas. Notó que lo estaba mirando y me saludó con un leve movimiento de cabeza.

—¿Nerviosa? —me preguntó, sacudiendo la pierna de arriba abajo. Alcancé a ver unas catarinas en sus tobillos: calcetines de la suerte.

—¡Uf!, sí. ¿Tú?

—Podría vomitar en cualquier momento —admitió alegremente—. Me llevo muchísimo tiempo encontrar estacionamiento. Pensé que no iba a llegar. Tuve que rogar en un sitio para que dejaran entrar. Me van a cobrar el equivalente a un mes de alquiler.

En ese momento entró en la sala una mujer alta que llevaba un pantalón ligero de crepé y unas gafas enormes que le daban el aspecto de un búho.

—Buenos días a todos —entonó. La habitación guardó silencio y treinta pares de ojos se dirigieron hacia ella—. Bienvenidos al primer examen práctico de la prueba Maestro del Vino —inclinó la cabeza sobre la hoja de papel que tenía en las manos y empezó a leer—. Como saben, tienen dos horas y quince minutos para completar veinte catas a ciegas —un equipo de asistentes circuló entre nosotros, sirviendo vinos en las copas—. Esta mañana vamos a cubrir los vinos blancos. Deberán evaluar la variedad, el origen, la producción, la calidad y el estilo.

Miré el líquido servido en las copas que tenía delante, el cual iba del limón más pálido al oro mantequilla. En algún lugar de sus profundidades yacía la clave de mi futuro.

—Pueden comenzar.

Un murmullo llenó la habitación mientras rompíamos el sello de nuestros librillos de examen. Los vinos blancos eran mi debilidad, y mientras redactaba los ensayos, esforzándome por que mis respuestas fueran meticulosamente claras y lo más analíticas posible, sentí que mi seguridad se desvanecía. ¿El vino número uno era un sauvignon blanc o un riesling? ¿El vino número dos era de Sudáfrica o de Nueva Zelanda? ¿Alemania o Austria? ¿Júpiter o Marte? Para cuando llegué a la quinta y última pregunta, estaba temblando de los nervios.

Los vinos 11-12 pertenecen a la misma región.

Para cada vino:

Identifique el origen específico con la mayor precisión posible.

Compare el estado de madurez, teniendo en cuenta la cosecha de cada vino.

Compare la calidad de los dos vinos en el contexto de vinificación a pequeña y a gran escala. Como una gran corporación que asume la administración de un negocio familiar, ¿mantendría vivos los valores familiares? Y, de ser así, ¿cómo lo haría?

Antes de olerlos o probarlos adiviné que los vinos eran de Borgoña. Tomé un sorbo de prueba del vino número 11 y percibí una intensa acidez en la lengua, que se disolvió en un final ahumado y rocoso. Era tan austero como un vestido de alta costura —envuelto en una simplicidad engañosa, cosido con puntadas meticulosas—, con el objeto de asombrar a quien lo probara. Permití que el líquido llegara a cada rincón de mi boca antes de escupir en el vaso de plástico.

Chablis, pensé. ¿Primer cru? Tomé el vino número 12.

Primero me llegó a la nariz. Notas suntuosas de frutas tropicales, melocotones, y un toque de limón, tan familiar y amado como el aroma del cabello de Jean-Luc. Cerré los ojos y tomé un sorbo de ese vino poderoso, haciéndolo rodar sobre mi lenguacon sus profundidades suaves y melosas. Meursault Les Gouttes d'Or. Sabía a Jean-Luc. Sabía a hogar.

Empecé a redactar mis respuestas. La pluma volaba sobre la página, las palabras fluían de mi mano. Por primera vez sabía exactamente lo que quería decir y exactamente cómo necesitaba estructurar mis ensayos con el fin de crear el mayor impacto y obtener la mayor cantidad de puntos. Sin embargo, cuando llegué a la tercera parte de la pregunta, hice una pausa; volví a leerla una vez, dos veces, tres veces, pensando en mi respuesta.

«Como una gran corporación que asume la administración de un negocio familiar, ¿mantendría vivos los valores familiares? Y, de ser así, ¿cómo lo haría?».

Las palabras me atravesaron como un rayo y, para mi sorpresa, los ojos se me llenaron de lágrimas. «Una gran corporación que asume la administración de un negocio familiar...». ¿Era ese, entonces, el destino de los viñedos de Jean-Luc? ¿Que se lo apropiara y administrara un conglomerado multinacional solamente en función de los márgenes de ganancia y del incremento de los precios? Agité el líquido dorado en mi copa y dejé que el alcohol resbalara por las paredes del cáliz, dejando un rastro parecido a patitas de araña. De repente comprendí que lo mejor de este vino no era su belleza sutil ni la marca de su terreno; no, era el amor que su *vigneron* había imbuido en él a cada paso del proceso, un compromiso que se remontaba ininterrumpidamente al origen del vino. Si algo había aprendido de la historia de Hélène, era que la posibilidad de administrar aquella tierra era un privilegio; la responsabilidad, una especie de libertad. *Liberté*. La palabra podía tener muchas interpretaciones distintas: libertad de la opresión. Libertad del pasado. Libertad de hacer frente a la injusticia. Permanecer en el lugar y luchar por los valores personales es sin duda un legado tan importante como el terreno mismo.

Mientras mi pluma se movía con firmeza por la página, supe con absoluta certeza que sería un error enorme que yo rechazara esa tierra. Necesitaba estar allí, arraigada, para poder enfrentarme al pasado y hacerme responsable. Necesitaba estar allí para asegurarme de que nada de esto volviera a ocurrir. Para bien o para mal, esta tierra estaba en mi alma.

—Tiempo. Se acabó el tiempo. Gracias a todos. Dejen los lápices.

Releí mis últimos párrafos y cerré mi librillo dando un suspiro.

—No ha ido tan mal, ¿cierto? —me dijo Calcetines de Catarina sonriendo.

—Qué alivio, ¿verdad? —me descubrí devolviéndole la sonrisa.

Levantó las manos.

—Dios, para mí no. No supe responder la primera pregunta y todo empeoró a partir de ahí. Me refería a que no había estado nada mal *para ti*; estabas escribiendo y escribiendo como una maniaca. Obviamente tenías muchas cosas buenas que decir.

—¡Ay, bueno! —me sonrojé y traté de ocultarlo dándome la vuelta para agarrar mi mochila—. Aún faltan dos pruebas. Todavía tengo muchas oportunidades para arruinarlo.

Pasó una servilleta de papel sobre su escritorio.

—*Nah* —alzó la mirada y en su rostro me pareció vislumbrar un poco de envidia—. Ya lo tienes en el bolsillo.

Afuera encontré a Jean-Luc, apoyado contra el coche con la cara inclinada hacia el sol.

—¡Hola! —suavemente dejé mi caja de copas en el suelo y me eché sobre él sólo para sentir sus brazos a mi alrededor.

—*Et, alors?* —preguntó después de darme un abrazo que me cortó la respiración— ¿Cómo te fue?

—A decir verdad, muy bien. Pero no quiero hablar del examen —lo tomé de las dos manos y respiré profundamente—. Me di cuenta de algo importante justo en medio del examen. Jean-Luc —me incliné hacia atrás para mirarle a los ojos—. No puedes dejar Borgoña, no puedo permitirte que la dejes. Tenemos una responsabilidad con esa tierra y, ahora que conozco la historia de Hélène, comprendo que nuestro destino es cuidarla. Si le damos la espalda, estaríamos eludiendo nuestra obligación. No podemos permitir que eso ocurra. Prométeme que no vamos a permitir que ocurra —lo miré fijamente; no estaba dispuesta a romper el contacto visual hasta que estuviera de acuerdo conmigo.

Se rio, confundido.

—Pero… Pero pensé que esto era lo que querías, quedarte en California. ¿Y el trabajo en Sotheby's?

Negué con la cabeza.

—No me importa. Es decir, sí. Sí me importa, pero ya lo iré viendo. Después de todo, es Borgoña, no Timor Oriental. Allí hay un montón de trabajos relacionados con el vino.

Una expresión de sincera alegría inundaba su rostro. Aun así, ese hombre que me quería tanto hizo una pausa para mirarme fijamente, para tener la certeza de que yo estaba segura, de que no me volvería a arrepentir de una promesa que le hubiera hecho.

Lo miré a los ojos y sonreí.

—Mientras estemos juntos todo va a ir bien.

—¡Kate! —Heather me saludó cuando me estacioné en doble fila al lado de ese monstruo rosa y eduardiano que era su hotel.

—¡Hola! —abrí la puerta y di la vuelta al coche para abrazarla—. ¡No puedo creer que estés aquí! Sé que es el peor momento para estar lejos, a sólo un par de semanas de *les vendanges*. Has de tener un millón de cosas que hacer.

—De verdad, Kate —sus ojos brillantes buscaron los míos—. No nos lo habríamos perdido por nada del mundo —una sonrisa iluminó su rostro, una sonrisa franca y alegre, y me di cuenta de que yo también le sonreía—. De cualquier manera —añadió mientras nos abrochábamos el cinturón y nos poníamos las gafas de sol—, un viaje trasatlántico sin los niños es como viajar en primera clase. Aunque tal vez Anna nunca me perdone por no dejarla venir para peinarte y maquillarte.

—¿Se quedaron con tío Philippe y tía Jeanne?

—Sí, papi va a llevarlos de campamento a la *cabotte*. ¿Te imaginas?

—¿A Anna le gusta acampar?

—Quizá hubo algún soborno de por medio —me lanzó una mirada pícara y se rio—. Pero papi pensó que sería una buena manera de honrar la memoria de Hélène. Y yo no quise desanimarlo.

—Hiciste lo correcto.

Revisé mi punto ciego y me incorporé.

Heather deslizó un dedo en la pantalla de su móvil.

—¿A qué hora espera Jennifer a Jean-Luc y Nico con las cosas?

—Dijo que estaría en casa hasta las cinco —aceleré para subir una colina—. Eso les da tiempo de sobra para dejar todo listo para la recepción de mañana. A ver… Está el vino, las flores, las copas… —tamborileé con los dedos sobre el volante.

Al principio, Jean-Luc y yo consideramos casarnos en secreto. Sin embargo, cuando Jennifer nos ofreció hacer una recepción en su casa, ella y Jean-Luc, juntos, me convencieron de organizar una pequeña ceremonia. Nada de vestidos, smokings ni peinados rígidos; sólo familia, amigos y mucho vino de primera. Compré un hermoso vestido de satén color crema, con un sencillo corpiño sin mangas y una falda amplia que me rozaba las rodillas, además de un par de zapatillas doradas con las que seguía siendo varios centímetros más baja que mi prometido. La mamá de Jean-Luc y su hermana estaban extasiadas por visitar San Francisco, aunque mis padres, por desgracia, declinaron la invitación. Afortunadamente Jennifer estaría ahí para caminar conmigo por el pasillo.

—¿Estás nerviosa? —preguntó Heather.

—¿Por casarme con Jean-Luc? No —esbocé una sonrisa tonta—. Estoy… emocionada.

Ella sonrió, satisfecha, y terminó de mandar un mensaje, para luego dejar el teléfono sobre las piernas y quedarse callada, tan callada que pensé que a lo mejor se había quedado dormida. En la bahía de Bridge se levantó una vez más.

—¡Ah! —dijo cuando pasamos bajo unos letreros de la UC Berkeley—. La avenida de la universidad.

—Si quieres podemos hacer una parada rápida en Top Dog —broméé.

—Quizá de regreso —miró por la ventana y vio el paisaje de asfalto que se extendía ante nosotras—. ¿No vas a echar de menos esto?

—¿Qué, esto? —hice un gesto hacia el centro comercial, un enorme adefesio de color rosa salmón ubicado al lado izquierdo de la carretera.

—Sí, bueno, las comodidades, el clima, la… libertad.

Otra sonrisa a medias se deslizó sobre mis labios mientras pensaba en su pregunta.

—Claro —dije por fin—. Lo voy a echar de menos. Después de todo, es el único lugar en el que he vivido pero, por otro lado… Es el único lugar en el que he vivido. ¿Entiendes lo que quiero decir? ¿Cómo voy a crecer si no salgo de aquí?

—Creo que sé exactamente a qué te refieres —se miró las palmas de las manos, maltratadas de lavar platos, las uñas cortas, el diamante que brillaba en su dedo anular, una reliquia de familia. Cuando su boca se curvó hacia arriba en una sonrisa anhelante, recordé que ella había hecho un salto similar hacía mucho tiempo. Quizá —pensé— lamentaba haber dejado ir su juventud y su libertad cuando aún no estaba preparada realmente.

—Además —añadí—, sospecho que vamos a regresar algún día. Jean-Luc aún no deja a un lado su sueño de tener viñedos en California.

—¿*Domaine Valéry Valle de Napa*? —dijo cavilando—. A decir verdad, suena muy bien.

A esa hora el tráfico era más fluido, y el paisaje se volvía cada vez más bucólico conforme conducíamos hacia el norte. Heather se durmió otra vez, pero cuando vio el primer letrero de Davis se enderezó en su asiento, se llevó el bolso a las piernas y empezó a buscar algo en su interior.

—¿Estás segura de que es correcto que hayamos venido solas? —preguntó.

Yo también me sentí nerviosa de repente.

—Tú hiciste todo el trabajo para encontrarla —señalé—. No creo que nadie más hubiera adivinado que Hélène se había cambiado el nombre por el de Marie.

Se miró en un espejito y se puso polvos en la cara.

—Nico de verdad quería estar aquí, pero pensé que era algo que teníamos que hacer solas, como las mujeres de la familia Charpin, el futuro femenino —cerró la polvera—. Y habrá otras oportunidades. Me voy a encargar de ello.

El campus de la Universidad de California, Davis, era una extensión verde e idílica dividida por una red de ordenados caminos. Seguimos a un grupo de amables ciclistas hacia las aguas brillantes del riachuelo Putah, y lo cruzamos en dirección a una resplandeciente estructura de cristal, en cuyo costado se observaban unas letras grandes que decían: «Departamento de Viticultura y Enología». Adentro, el vestíbulo era fresco y oscuro y proporcionaba un respiro del calor del mediodía.

—¿Señora Charpin? —una mujer joven se acercó a saludarnos, acomodándose el largo y oscuro cabello detrás de las orejas—. Soy Anita González, estudiante de posgrado —nos ofreció una sonrisa tímida.

—¡Anita, hola! —el rostro de Heather se iluminó—. Muchas gracias por tu ayuda en la organización de hoy —me dio un empujoncito con el codo—. Ella es Kate Elliott.

Anita me estrechó la mano con entusiasmo.

—Soy una gran admiradora de los viñedos de su prometido. Los estudiamos en mi seminario de prácticas de viticultura y todo lo que el

señor Valéry ha creado es realmente extraordinario. Es... Es inspirador.
—se sonrojó.

—¿Esperas convertirte en viticultora? —preguntó Heather, mientras caminábamos por un suelo impecable hacia los ascensores.

—¡Ay, Dios, no! Mi padre tiene viñas en Modesto y he pasado demasiado tiempo allí —apretó un botón—. No, estoy pensando en la venta de vinos. O tal vez en el programa de Maestro del Vino.

—¡Eso es lo que Kate está haciendo! —dijo Heather.

—¿De verdad? —Anita volteó hacia mí y sus ojos marrones me miraron con asombro—. Ese examen... Parece casi imposible.

—De hecho, es imposible —dije riendo.

El ascensor se abrió en el quinto piso y seguimos a Anita hacia unas puertas dobles.

—¡Señora Charpin! ¡Señorita Elliott! Soy el profesor Clarkson. ¡Bienvenidas al Instituto Robert Mondavi de Davis! —un hombre corpulento salió por las puertas abiertas del salón de conferencias, y con un gesto le indicó a Anita que podía retirarse. Ella se alejó discretamente por el pasillo. El profesor estrechó primero la mano de Heather y después la mía, con una sacudida vigorosa.

Nos condujo al interior de la sala y nos presentó a quienes estaban alrededor de la mesa, todos miembros del profesorado, cuyos nombres y títulos se desvanecieron en mi mente tan pronto como los iban mencionando.

—¿Puedo ofrecerles algo de beber? ¿Agua? ¿Vino? El almuerzo está listo. Por favor, sírvanse —señaló con un gesto el *buffet* que se extendía en un costado de la mesa: bandejas de *roast beef*, salmón escalfado, verduras asadas, todo dispuesto primorosamente.

Nos servimos la comida y nos sentamos a la mesa.

—Es encantador, muchas gracias —dijo Heather una vez que todos empezaron a comer.

—Es lo menos que podemos hacer —dijo el profesor Clarkson con sólo un toque de afectación—. Estamos muy agradecidos por la generosidad de su familia. La beca Hélène-Marie Charpin será una gran ayuda para estudiantes con pocos recursos que quieran estudiar enología o viticultura. De verdad, este dinero significará demasiado para muchos jóvenes.

Heather sonrió.

—Esperamos que nuestras donaciones aumenten con el tiempo —murmuró en voz baja.

La subasta en Sotheby's de la cava secreta de nuestra familia, titulada simplemente «Una colección privada», había alcanzado un nuevo récord en ventas de vino. Todos viajamos a Londres para el acontecimiento. Después nos reunimos en el comedor privado de un discreto restaurante para discutir nuestros planes. Para mi sorpresa, tío Philippe sugirió, con la aprobación unánime de la familia, la creación de la Fundación Charpin, que ofrecería donaciones a organizaciones de ayuda a refugiados, así como becas para investigación enológica.

—Bruyère debería dirigirla —declaró—. Desde luego, si ella está de acuerdo —Heather se sonrojó y aceptó con verdadera emoción, mientras todos aplaudíamos.

En cuanto al viñedo, ni todo el dinero del mundo, ni aunque hubiera caído del cielo, arrancaría a Nico y al tío Philippe de su tierra. Seguían siendo apasionadamente devotos a los viñedos y tenían grandes esperanzas de conseguir una *millésime* ese año, una cosecha excepcional para celebrar la apertura del encantador hostal de Heather, que ya había obtenido ocho excelentes reseñas en TripAdvisor.

Se hizo un silencio y yo me aclaré la garganta.

—Me preguntaba… ¿Alguno de ustedes ha trabajado con Marie? Sé que murió hace años, pero…

—Yo —una mujer delgada de cabello plateado se inclinó hacia adelante en su silla—. Fui su asistente en… Debió haber sido en la década de los ochenta. Era un hueso duro de roer; todos los estudiantes de posgrado le teníamos pavor… Pero, sin duda, su trabajo fue muy influyente. Su investigación sobre compuestos sintéticos contribuyó en gran medida a establecer la viticultura en Sonoma. —Todos en la mesa asintieron.

—Algo gracioso que recuerdo de la profesora Charpin —continuó, frunciendo el ceño— es que aunque amaba el chardonnay, se negaba a beber vino blanco de Borgoña. De hecho, creo que no la vi beberlo ni una vez.

De repente, mis ojos se llenaron de lágrimas, y parpadeé para contenerlas.

—¿Y tuvo familia?

La mujer titubeó.

—No. Nadie. Sólo unas sobrinas y sobrinos en… Nueva Jersey, me parece.

—Nueva York —dijo Heather en voz baja.

—En algún lugar del Este —aceptó la mujer—. Hablaba de ellos con cariño, pero tengo la impresión de que no se veían a menudo.

316

—La familia Reinach —dije—. Le ayudaron a venir a Estados Unidos —era el mayor descubrimiento que Heather había sacado a la luz . Rose Reinach y sus padres sí habían muerto en Auschwitz, pero su hermano, Théodore, sobrevivió milagrosamente. Llegó a Nueva York alrededor de 1944 y se graduó en Columbia, montó una exitosa imprenta y, a finales de la década de los cuarenta costeó el viaje de una tal Marie Charpin. Él había muerto unos diez años antes y Heather había tratado, sin éxito, de localizar a sus descendientes.

Creo que habríamos podido quedarnos el resto de la tarde charlando con todos, pero Heather y yo aún teníamos que regresar a San Francisco a tiempo para cambiarnos para la cena de ensayo. Los profesores se despidieron estrechando nuestras manos y entregándonos sus tarjetas de presentación; finalmente, desaparecieron por el pasillo. El profesor Clarkson nos acompañó al coche y le dimos un breve abrazo de despedida.

—¿Estás lista para regresar? —me preguntó Heather mientras él se alejaba en su bicicleta.

Titubeé y me puse a juguetear con el móvil.

—Se supone que hoy publican los resultados del examen —admití—. Me dije que no iba a permitir que me arruinaran todo el fin de semana si no aprobaba, pero… Mi corazón palpita aceleradamente.

Ella me miró con actitud seria.

—¿Has tratado de visualizar el éxito?

Puse los ojos en blanco.

—Puedes sacar a una chica de Berkeley, pero…

—¡Es en serio! —me lanzó una mirada lastimera, pero estaba sonriendo—. Cierra los ojos. Imagínate el correo en tu pantalla…

—¡Heather! —pronuncié su nombre como balando, dos sílabas de exasperación pura.

—¿Te importaría seguirme la corriente sólo por una vez? —dijo con voz tajante.

Y porque era mi mejor amiga, mi prima política y mi dama de honor, y porque había pasado horas escuchando mis preocupaciones respecto al Examen, y porque me había dado un techo y alimentos durante semanas, y porque sabía que me quería de verdad, igual que yo a ella, cerré obediente los ojos.

—Muy bien —dijo con voz apacible—. Imagínate un correo de…

—El Instituto de Maestros del Vino.

—Y dice…

Abrí los ojos.

—Qué ridiculez.

—Vamos, Kate —rogó Heather.

—Dice algo como… —volví a cerrar los ojos—. Es un placer informarle que ha aprobado el módulo práctico del examen. Muchas felicidades por este maravilloso logro. Ahora, siga adelante y emborráchese con champán, sólo el mejor. Estamos bastante seguros de que podrá reconocerlo. ☺ Le deseamos todo lo mejor de parte de los vejestorios del Instituto de Maestros del Vino.

—Muy bien —oí una sonrisa en su voz—. ¿Después qué pasa?

—Brinco de arriba abajo. Tú lloras. Llamo a Jean-Luc y llora.

—¿Y después?

—Y después… —tragué saliva con fuerza—. Se lo cuento a Jennifer esta noche en la cena. Jean-Luc y yo nos casamos mañana y, en lugar de una luna de miel, trabajamos en *les vendanges* pero, honestamente, no importa porque estamos juntos. En un mes o dos decido el tema de mi trabajo de investigación y empiezo a escribir. Mientras tanto, Jean-Luc y yo llevamos una vida idílica en los viñedos. Y un año después, alabado sea Dionisos, ¡me declaran oficialmente Maestra del Vino!

—¿Y después?

—Y después… —dudé. Nunca me había permitido pensar con tanta anticipación—. Empiezo a escribir para *Decanter*, *Wine Spectatory*… Ay, diablos, claro. ¿Por qué no? El *New York Times*. Me vuelvo experta en vinos raros de Borgoña. Las mayores casas de subastas me ruegan que lidere sus oficinas de Beaune, pero yo insisto en ser consultora para poder compaginar mi vida con Jean-Luc y nuestro bebé —abrí los ojos y observé la mirada de sorpresa y placer de Heather—. Sólo un bebé.

Ella se hizo a un lado sin preocuparse por disimular una sonrisa.

—¿Ves? No fue tan difícil, ¿o sí?

—No —acepté—. Supongo que no.

Nos miramos la una a la otra, y aunque mi corazón ya no latía apresuradamente, seguía teniendo un ritmo pesado y aciago.

El teléfono se resbaló en mi mano sudorosa. Marqué mi contraseña y apreté el icono del sobre, a la espera de que se descargaran los mensajes.

—Va lento, no tengo buena señal —dije con impotencia. «Revisando correo… revisando correo…». Un mensaje entró en mi buzón, seguido de una alarma; era del Instituto de Maestros del Vino. Antes de perder el valor por completo apreté los dientes y toqué la pantalla con un dedo tembloroso; miré las líneas superficialmente hasta que llegué al segundo párrafo.

318

—¿Qué pasó? ¿Qué dice?

Sin decir palabra le entregué el teléfono. Lo leyó de un vistazo y me tomó de los hombros. —¡Ay, Kate! —dijo. Su voz parecía venir de muy lejos—. ¡Lo lograste! ¡Lo lograste! —me abrazó con tal fuerza que me sacó el aire de los pulmones; luego me soltó tan rápidamente que me tambaleé y fui a dar contra el costado del coche, con el cuerpo flácido a causa de la incredulidad.

La emoción vendría después, con el descorche y las burbujas del champán. Vendría con el entusiasmo auténtico de Jennifer mientras me decía: «Estoy orgullosa de ti, mi niña». Vendría con el grito de alegría de Jean-Luc, con un abrazo que me despegaría los pies del suelo, con sus susurros que me dirían que su confianza en mí jamás titubearía. Vendría con los mensajes de felicitaciones, los estrechamientos de mano y los abrazos, los correos electrónicos y los mensajes de Facebook, los ramos de flores y muchas, muchas botellas de vino. Pero en ese momento, mientras intentaba asimilar la noticia, pensé en la tierra, en las filas del viñedo que corrían hacia el pueblo, la tierra querida bajo nuestros pies, el suave color verde amarillento de los racimos de uvas que asomaban por debajo del follaje. Borgoña, el lugar que había amado y al que me había resistido durante tantos años, estaba llamándome, esperándome: mi antiguo y mi futuro hogar.

AGRADECIMIENTOS

En mi investigación sobre la Francia de Vichy me basé en muchos relatos, memorias y películas. En particular, encontré inspiración en los hechos y reflexiones de *Wine and War*, de Don Kladstrup y Petie Kladstrup, que ofrece un relato fascinante sobre las regiones vitivinícolas francesas durante la Segunda Guerra Mundial. *A Train in Winter*, de Caroline Moorehead; *A Cool and Lonely Courage*, de Susan Ottaway, y *Fashion Under the Occupation*, de Dominique Veillon, revelan la valentía, a menudo olvidada, de las mujeres francesas durante la guerra. *Outwitting the Gestapo*, de Lucie Aubrac, y *Resistance and Betrayal*, de Patrick Marnham fueron imprescindibles para imaginarme el circuito de la *Résistance* de Hélène y para concebir los detalles de su captura. Para obtener información sobre las colaboracionistas horizontales y la *épuration sauvage*, recurrí a *Year Zero*, de Ian Buruma; *Women and the Second World War in France, 1939-1948*, de Hannah Diamond y a la película de Alain Resnais *Hiroshima mon amour*.

Estoy en deuda con el libro de memorias *Resistance*, de Agnès Humbert, cuya historia me conmovió profundamente (a menudo descubro que me acecha en sueños). El personaje de Hélène está profundamente influenciado por Humbert, y las últimas palabras de Hélène a sus hermanos están inspiradas en su libro.

Mi sincero agradecimiento y admiración a mi agente, Deborah Schneider, francófila, amante del vino y defensora incansable. Mi tenaz y brillante editora Katherine Nintzel dio forma a este libro con sus atinadas reflexiones; la historia es infinitamente más rica gracias a ella. Gracias al equipo de William Morrow —Kaitlyn Kennedy, Kaitlin Harri, Lynn Grady, Liate Stehlik, Stephanie Vallejo y Vedika Khanna— por su entusiasmo y apoyo. También doy las gracias al equipo de Gelfman

Schneider/ICM Partners y Curtis Brown UK —Penelope Burns, Enrichetta Frezzato, Cathy Gleason y Claire Nozieres.

Por sus ojos agudos y sus sugerencias, gracias a mis primeros lectores: Meg Bortin, Allie Larkin, Kathleen Lawrence, Laura Neilson, Susan Hans O'Connor, Amanda Patten, Hilary Reyl, Steve Rhinds, Lucia Watson, y a mis padres, Adeline Yen Mah y Robert Mahque, que leyeron este libro casi tantas veces como yo.

Por la información sobre el comercio de vinos, la química de preparación y la burocracia francesa, mi más sincero agradecimiento a Josh Adler, Jerome Avenas, Gesha-Marie Bland, Claire Fong y Adrian Thompson. Cualquier inexactitud en esta novela es sólo error mío.

Mi experiencia como voluntaria en la cosecha de champán de 2015 fue lo que originalmente inspiró esta historia, y doy gracias a Anne Malassagne y Antoine Malassagne, de AR Lenoble, por haberme recibido en sus viñedos y en su *cuverie*, y a Christian Conley Holthausen, que es una fuente de conocimiento inagotable sobre vino y buena comida.

Estoy en deuda para siempre con Shamroon Aziz, por haberme dado espacio y tiempo para escribir todos los días sin preocupaciones.

Mi amor y agradecimiento para Christopher Klein, quien leyó estos capítulos antes de que fueran un libro y me alentó a seguir adelante, y quien siempre sabe el momento correcto para abrir una botella de vino.

Para la composición del texto
se han utilizado tipos de la familia Janson,
a cuerpo 11. Esta fuente, caracterizada por su
claridad, belleza intrínseca y vigor, fue bautizada
con el nombre del holandés Anton Janson,
aunque en realidad fue tallada por el
húngaro Nicholas Kis en 1690.

Este libro fue impreso y encuadernado para Lince
en mayo de 2019.

· ALIOS · VIDI ·
· VENTOS · ALIASQVE ·
· PROCELLAS ·